暖夏

王松 著

作家出版社

图书在版编目（CIP）数据

暖夏 / 王松著 . -- 北京：作家出版社，2021. 3（2022.4重印）
ISBN 978-7-5212-1359-1

Ⅰ. ①暖… Ⅱ. ①王… Ⅲ. ①长篇小说 – 中国 – 当代
Ⅳ. ①I247.5

中国版本图书馆 CIP 数据核字（2021）第 034971 号

暖　夏

作　　者：王　松
责任编辑：兴　安
特约策划：人民文学杂志社
封面题字：溪　翁
装帧设计：意匠文化·丁奔亮
出版发行：作家出版社有限公司
社　　址：北京农展馆南里10号　　邮　　编：100125
电话传真：86-10-65067186（发行中心及邮购部）
　　　　　86-10-65004079（总编室）
E-mail:zuojia@zuojia.net.cn
http://www.zuojiachubanshe.com
印　　刷：唐山嘉德印刷有限公司
成品尺寸：152×230
字　　数：280千
印　　张：23.5
版　　次：2021年3月第1版
印　　次：2022年4月第2次印刷
ISBN　978-7-5212-1359-1
定　　价：63.00元

六月食郁及薁　七月亨葵及菽　八月剥枣

——《国风·豳风·七月》

目录

金家旺不是一个村，是两个村，东面的叫东金家旺，西面的叫西金家旺，后来叫白了，就叫东金旺和西金旺。两个金旺的人都姓金，中间隔着一条河，叫梅姑河。一条河把金家旺分成两半，两村的金姓就应该是一个金。倘往上捯，也确实是一个金。

但有人考据，如果细究，也不能说是真正的一个金。

相传，当年这里金姓的先祖是个骗匠。这金骗匠的手艺很精湛，大到马卵猪卵，小到鹅卵鸡卵，都能骗。但不知是不是牲畜的卵骗多了，这金骗匠渐渐发现，自己的卵不行了，使不上劲。卵使不上劲，自然无法娶女人。后来只好收养了一个儿子，取名金蛋。金骗匠很疼爱这个金蛋，视为己出，这以后，就带着风里雨里走乡串村四处行骗。一个夏天，爷儿俩来到梅姑河边，见这里有水有草，就不想再走了，从此住下来。

就这样过了些年，金蛋长大了，爷儿俩就闹翻了。

闹翻是因为一个女人。这女人是在梅姑河里顺水漂下来的。当时金骗匠正在河边洗绳子，一见这女人没死瓷实，就跳进河里拼着性命救上来。这女人上岸吐了几口水，果然醒了。金蛋在旁边一见这女人挺俊，心里就喜欢上了。金蛋倒不藏着掖着，对父亲说，这女人他想要。金骗匠本来也想要，但再想，自己卵子不行，要了也是白要。于是一咬牙，就让给了儿子。可让是让了，心里又过不去。金蛋也看出来，这事父亲梗在了心里。金蛋是明白人，知道女人的事，对男人是大事，于是不等父子翻到脸上，就带着这女人过

001

河去了。

梅姑河边有句话，三十年河东，三十年河西。

金骗匠救了这女人，也算是做了一件善事。善有善报，再后来，自己的卵子竟就奇迹般地好了，又成了个囫囵男人。于是也就理直气壮地娶了女人，且凿凿实实地生出一堆儿女。

这以后，河还是这条河，也就有了河东的东金旺和河西的西金旺。

一

朱　卷

第一章

张少山想起二泉，是因为在全镇的村主任联席会上跟金永年干了一仗。这一仗不光是当着马镇长，也当着全镇所有的村主任，虽然干的是嘴仗，可你来我往，唇枪舌剑，咸的淡的多难听的话一点儿没留，全都朝对方横着竖着扔出来。男人干嘴仗不像女人，女人是吵，男人是说。说当然也是吵，但比吵更有杀伤力，能入骨三分。两人的心里都明白，这已是多年的积怨。虽然这积怨并不是两个人的，是两个村的，可这一说一吵，也就成了两个人的。后来还是马镇长，看他俩吵得差不多了，才提醒一句，行了，别忘了你们的身份。

两人的调门儿这才降下来。

张少山和金永年都是村长。村长是人们习惯的叫法，正式称呼应该是村委会主任。张少山是东金旺的村主任兼书记，金永年是西金旺的村主任兼代理书记，两人都主持村里工作，自然还要维持表面，心里怎么想是另一回事，也就一直没撕破脸。平时来镇里开会，一见面虽也皮松肉紧地说笑几句，但也免不了话里有话，或夹枪带棒，只是打着哈哈儿彼此都装着听不出来。但这回不行了，是明打明地撕破脸。脸就是这样，一旦撕破了，也就索性一破到底，一下子把这些年闷在心里说不出口的话，一股脑儿地都朝对方劈头盖脸地扔出来。

梅姑镇在海州县算大镇，再早叫梅姑人民公社，后来叫梅姑乡，几年前撤乡建镇，是第一批改的，叫梅姑镇。马镇长一直在会上强调，现在乡改镇，建制是改了，可不能只停留在称呼上，也不是只把高速公路修到家门口，把购物广场电影院在镇里盖起来就万事大吉了，关键要让大家的日子也根本改变，真正跟上城镇的发展，叫乡还是叫镇都不重要，重要的是要转变大家的思想观念，至于怎么转，怎么变，就要看每个村自己的本事了。

马镇长最常说的一句话是，各村要有自己的高招儿。

这次镇政府召开这个村主任联席会，既是一次彻底脱贫的推进会，也是一次摆问题的商讨会。镇里在下发开会通知时特意强调，更是一次脱贫工作的攻坚会。眼看已是早春二月，2019年已经过去六分之一，进入2020年就要全面实现小康，这个联席会，就是让各村的村主任把自己亟待解决的问题，还有哪些困难，都摆到桌面上。马镇长亲自主持会，开门见山就说，这回各村都要把责任压实，谁也不能拖全镇的后腿，有问题，就大大方方摆出来，别不好意思，能自己解决的，说方案，自己解决不了的，大家帮着出主意。

马镇长的话一说完，焦点立刻就集中到东金旺来。

引起这话头儿的倒不是金永年，而是向家集的村主任向有树。向有树的外号叫"向大嘴儿"，嘴岔子不光大，还敞，一说话像个蛤蟆，扯着嗓门儿不管不顾，经常把人说得上不来下不去。马镇长的话音儿刚一落，他就说，少山哪，你这丑媳妇儿也别藏着掖着了，该见公婆的时候也得见见公婆，我向家集离你们东金旺不到一里地，别说你村里的狗叫，男人夜里吭哧的那点事儿都能听见，你们村的情况瞒不了我，你先说说吧。

他这一说，在座的人都乐了。

张少山立刻让他说个大红脸。

这时，金永年就把话接过去，笑着说，有树，你这话就不对了。

向有树扭脸问，怎么不对？

金永年说，人家东金旺好好儿的，有啥情况？

向有树偏听不出好赖话儿，眨巴着眼说，你西金旺就隔一条河，真不知道？

金永年眯着眼说，就因为知道，我才说你这话不该这么说。

金永年这两句话，一下把向有树说得不知所云。

金永年又说，镇里的陈皮匠这几天正闲着呢，我得去找找他。

向有树更不懂了，看看他，找陈皮匠干啥？

金永年说，叫他来，你这嘴，应该缝缝了。

向有树给噎得哏儿喽一声。在座的人立刻又都笑起来。

这一下张少山的脸就挂不住了。金永年显然说的是反话。向有树的嘴没把门儿的，这大家都知道，可有口无心，说的话虽不中听，但正话正着说，说了也就说了。金永年却成心把正话反过来说，还装傻充愣，这就是成心了，或者干脆说是不怀好意。西金旺这几年搞养殖业，尤其养猪，已在全镇闻名，县里也挂了号，而且早在两年前就正式宣布，全村已经百分之百脱贫，这是明摆着的，大家心里都有数。可俗话说，当着矬人别说短话，你就是全村脱贫了，致富了，也没必要挖苦别人，隔岸观火也就算了，还幸灾乐祸，这就太不厚道了。

张少山的心里一气，脸也就耷拉下来，瞄了金永年一眼。

金永年这时也正笑着，看着张少山。

张少山心里的气更大了，哼一声说，我东金旺再穷也有志气，要饭也要不到河那边去。

张少山这话一出口，会上立刻静下来，所有的人都不说话了。

金永年倒不在意，一笑说，你看你，就这脾气，我要是你就放下身段儿，过河要饭怎么了，我西金旺的老人说过，当年为了要口饭吃，连狗叫都学过，不饿死才是硬道理。

说着又扑哧一笑，总抹不开脸面，自己肚子吃亏啊。

这话就更损了，简直是拐着弯儿地骂人。但金永年却忘了一件事，张少山当年学过说相声，还正经拜过师，把他惹急了，真动嘴皮子，一般人还真不是对手。这时张少山也笑了，他这一笑就看出来，不是好笑，嗯了一声说，我东金旺的人就算想学狗叫，也学不像。

不温不火的一句话，就给金永年回过来了。

金永年知道自己说不过张少山，但也不示弱，是啊，你们学不像，可会掀帘子啊。

这就越说越不着四六儿了。显然，金永年这话是转着圈儿说的，意思是东金旺的人都是嘴把式。张少山当然懂，点头说，要是不会掀帘子，就算嘴里嚼着香东西也吃不出味儿来。

这样说着，就已拉开斗嘴的架势，挑起一边的嘴角，眯起一只眼，看着金永年。

在场的人都看出来，这回张少山是真急了。

张少山又说，人活着不是光为吃，吃谁不会，别说狗，连你西金旺喂的猪都会。

金永年也冷笑一声，是啊，连猪也知道，白菜馅儿的饺子就是不如一个肉丸儿的香。

马镇长就是听了这话，一见越说越离谱儿，才把他俩制止住了。

金永年说的"白菜馅儿的饺子"别人不知怎么回事，但马镇长心里明白。西金旺这几年养猪，已是远近闻名的"肥猪村"。说肥猪村有两层含义，一是村里半数以上的人家都养猪，此外还有一层，全村也已经富得像一口"肥猪"。相比之下，只有一河之隔的东金旺虽也热闹，但西金旺热闹的是猪，东金旺热闹的是人。人不像猪，也不是一回事，猪热闹可以赚钱，人热闹则有两种可能，或者也能赚钱，又或者跟赚钱没关系，只是穷热闹。东金旺这些年就是穷热闹，村里人都爱吹拉弹唱，一天到晚吹吹打打，但就像向家集的向有树说的，远远儿看着挺热闹，又有烟火又有戏儿，可就是别近瞅，走近了一瞅，还都抱着大碗喝黏粥。

金永年一直瞧不起对岸这种穷乐和的红火。老辈留下一句话，锣鼓家伙烧不热炕，说书唱戏搪不了账。每到过年，西金旺这边没动静，只听对岸笙管笛箫，锣鼓喧天。可这边没动静，悄悄飘着炒菜炖肉的香味儿，对岸锣鼓喧天，飘出来的还是烧大灶的柴火味儿。

几年前的一个年根儿，河对岸又开始热闹起来，唢呐吹得几里以外都能听见。金永年实在忍不住了，想这东金旺的人整天不干正经事儿，就是再怎么乐和也不能乐和成这样，过年总得像个过的，就偷偷来到河这边，想看个究竟。刚一下河堤，碰上从村里出来的张二迷糊。张二迷糊是村主任张少山的老丈人，从年轻时就爱喝酒，一喝大了就找不着家，有一回在村里转悠了一宿，直到天亮酒醒了才发现，敢情就在自己家的门口儿转了一夜。从这以后，村里人就都叫他张二迷糊。但张二迷糊也有一手绝活儿，会画门神和财神。每到过年，方圆左近村子的人就都来找他求。张二迷糊也就在这时，靠着画几幅门神和财神挣几个酒钱。这天傍晚，他是想去村头的南大渠转转。南大渠通着梅姑河，赶上冬天枯水期，河闸倒戗水儿，有时能湾住几条鱼。金永年不想让人知道自己来这边是想看东金旺的人怎么过年，就故意扯个由头，对张二迷糊说，过河来是想求他的财神。张二迷糊一听挺高兴，立刻回家去拿来。这时金永年才像是有意无意地问，今年过年，打算吃啥馅儿的五更饺子。张二迷糊并不知道金永年这样问是揣的什么心思，就随口答，还能吃啥馅儿，白菜馅儿呗。

金永年一听又问，这大过年的，怎么不吃一个肉丸儿的？

张二迷糊叹口气，一个肉丸儿的谁不想吃，可也得有啊！

金永年乐了，摇头说，过场子年，连一个肉丸儿的饺子都吃不起？我不信！

张二迷糊说，要使劲吃，也吃得起，可那人说了，剁白菜馅儿动静儿大，听着火爆。

金永年知道，张二迷糊说的"那人"，是指张少山。

于是故意又说，可怎么火爆，也是个白菜馅儿啊。

张二迷糊又哼一声，人家那人说咧，吃饺子是给自己吃，这剁馅儿可是给外人剁的。

金永年眨眨眼，问，这话咋讲？

张二迷糊摇摇脑袋，还能咋讲？我看这东金旺的人，也就是吃白菜馅儿的命了。

金永年一听没再说话，扭头捂着鼻子一边乐，一边就过河回来了。

这以后，东金旺张少山的这句话就在西金旺传开了。再后来也就成了一个笑话，一说起来，西金旺这边过年没动静，是闷着头吃一个肉丸儿的饺子，对岸东金旺响动儿大，听着火爆，其实是剁白菜馅儿。

第二章

梅姑河当年叫煤沽河，因为下游通煤河，上游通天津，天津早时又叫"津沽"，所以由此得名。上世纪50年代，一个搞水利的大学老师带着几个学生沿水线考察。来到煤沽河边，发现这一带的风景很好，也很有乡野味道，只是这"煤沽"俩字虽有地理意味，却少些乡土的诗意。于是向有关部门建议，把"煤沽"改成"梅姑"。

从此，这条河就叫梅姑河。

东金旺和西金旺守着梅姑河，是好事也是坏事。当年河里的水大，这里曾是水路，往上游不到百十里是天津，下游入煤河，再走就是唐山。河道本来是东西向，到这里分出一条河汊，变成南北向，东西金旺两个村就在两岸。东金旺这边有个小码头，过往的商船或货船偶尔停靠一下，给船加水，或船上的人下来买点吃的用的东西。所以当年，东金旺这边的日子也就比对岸西金旺活泛一些，船上的人也经常带来外面的信息。村里常有人跟船出去，跑生意，或做工，这边的人也就更有见识。后来河水浅了，两岸露出河滩，船不能走了。每到秋季，上游的海河一涨水，这里又经常发水。两边的河岸虽有河堤，但西岸的河堤高，东岸的河堤低，一闹水，总是东岸这边先决口子。这边的地越冲越薄，村里人的日子也就越过越过不起来。梅姑河边有句话，越穷越吃亏，越冷越尿尿（suī）。穷日子一长了，也就习以为常，似乎日子本来就应该这样，穷也就不觉着穷了。但现在不行了，村里的年轻人知道好日子是怎么回事了，也就不想再窝在家里了，都纷纷跑出去打工。女孩儿不打工的也都想着怎么往外嫁。东金旺也就像个窝瓜，表面看着还是它，可内里的瓤子已经越掏越空了。

倒是西金旺，这几年，出外打工的年轻人都陆续回来了。

西金旺的人会养猪，似乎也是天性，有人说是得了先人金蛋的遗传。据村里上年纪的人说，当年街里曾有一座金姓族人的祠堂。这祠堂跟前有一块半人多高的青石，相传是从北面二百多里以外的盘山弄来的，石头上刻着三个大字，"又一金"。据说这还是当年金蛋留下的。金蛋不识字，是花了10两银子，请一个过路的教书先生给写的，意思是让后人记住，这西金旺的金姓，跟对岸东金旺不是一个金。后来祠堂没了，但这块石头还在。西金旺的人也就留下一个习俗，每年立夏这天，相传是先人金蛋的生日，全村的金姓族人都要来这块石头跟前祭拜，还要用清水冲洗这块石头，然后为这石头上的"又一金"三个字描上红漆。西金旺的人把这叫"洗石"。每年立夏这天，"洗石"是村里一个很隆重的仪式。这几年日子越来越好过，"洗石"的仪式也就越搞越隆重。但两年前的立夏这天，全村人正"洗石"，马镇长来到村里。马镇长不知这是在干什么，一问是这么回事，觉得西金旺这样搞不太好，有向对岸东金旺挑衅的意思，不利于两村团结，就劝金永年，以后不要再这么搞了。

这以后，"洗石"的仪式虽不搞了，但每到立夏这天，金永年还是让人给这青石上的"又一金"三个字描上红漆。金永年说，这么干，一是让村里的金姓族人别忘了自己的祖宗，二来也是让全村人凝心聚力。甭管干哪样事，心齐才是根本。

老话说，兄弟齐心，其利断金。这话值金子。

金永年平时来镇里开会，跟张少山见面虽也经常半真半假地说些不着四六儿的玩笑话，但不着四六儿归不着四六儿，怎么回事心里知道也就是了，表面还都嘻嘻哈哈。可这回一真掉了脸儿，又都好面子，当着全镇的村主任谁都不肯示弱，话也就越说越难听，想怎么扔就怎么扔了。金永年斜睨着张少山，歪嘴笑着说，这几天，我村里的金喜家刚杀了一头老牛。

他一说这话，会上的人都愣了一下，不知又是什么意思。

马镇长说，现在说的是发展经济的事，你提杀牛干什么？

金永年说，是这话，我回去问问他，看牛胯骨留没留着。

在座的人互相看看，更不知所云了。

马镇长板起脸说，永年主任，你这话就有点儿过了，我要是少山，也得跟你急。

张少山当然懂，金永年这话已经过分得不能再过分了。过去要饭的唱"数来宝"分两种，一种是打"七块板儿"，还一种则是举着两块牛胯骨来回敲，这也是当初师父给他讲的。按当年的江湖规矩，敲牛胯骨的比打"七块板儿"的有身份，所以今天说的"大腕儿"，也就是这么来的，所谓"腕儿"，指的就是举着牛胯骨的手腕儿。金永年这话的意思，显然是说东金旺的人已经快要敲着牛胯骨要饭了，还整天穷乐呵。张少山本来想把这几句话忍了，自己村里的经济确实不如人家，不如就是不如，再怎么说也没底气。可这时马镇长偏又说了这么一句，"我要是少山，也得跟你急"，这一下就把张少山逼到墙角了，如果自己再不急，不光没面子，也显得太软弱了。于是挑起一边的嘴角，放平了声音说，永年，有句话，你听说过吗？

金永年正得意，说，你说吧。

张少山说，打人别打脸，骂人别揭短。

马镇长立刻说，少山啊，你别认真，永年这话虽不好听，也是恨铁不成钢。

张少山扭脸对马镇长说，我东金旺的人不是他金永年的大儿大女，成不成钢碍着他蛋疼了？他管得着吗？说着一拍桌子站起来，用手指着金永年说，都说一笔写不出俩金，我看你是根本没这意思，你西金旺才吃几天饱饭？站起来走道儿没两天就装人了？跟你说，要论骂人不吐核儿你连孙子辈儿都排不上，不信咱就试试，我捏着半拉嘴也能说死你，你信吗？

金永年一看张少山真急了，马镇长也一直朝这边使眼色，才不吱声了。

马镇长这半天看着是在两头压事儿，其实也有挑的意思，为的就是把张少山的火拱起来。张少山和金永年都已50多岁。张少山虽然还大两岁，平时看着也挺沉稳，可还是年轻人的性子，只要跟谁一矫情，两句话不对付立刻上脸儿，一上脸儿还就不依不饶。

马镇长这一不动声色地往火上浇油，张少山果然上套儿了。

这时，他见马镇长一直做手势，意思是让自己坐下，这才一屁股坐下了，但跟着又站起来，脸憋得通红，两眼朝在座的所有人环顾了一下，最后落到马镇长的脸上，一字一顿地说，我知道，现在我东金旺村说话不硬气，不光是跟他西金旺比，在全镇也落在了后头，我村里的问题确实多，困难也多，就甭在这儿一样一样说了，真要说起来，这个会就得光听我一个人的了，不过有一样，我张少山今天先把话撂在这儿，东金旺绝不会拖全镇的后腿，今年刚过两个月，到明年年底，还有小两年儿，咱是面儿上不见底儿上见，到明年年底，我东金旺要是赶不上对岸的西金旺，金永年，你听清了，我就请你来我这儿当这个村主任！

金永年一听乐了，点头说，好啊，一个羊是赶，两个羊也是放，让我当就当！

张少山说，咱谁都甭耍嘴皮子，我先问你，我要是真做到了，你怎么办？

金永年想想说，你要是真做到了，西金旺街里的那块青石，我亲手搬走！

张少山又一拍桌子，一言为定！

马镇长一见目的达到了，又故意往实处砸了一下，看着张少山提醒说，少山哪，你刚才也说了，到明年年底，满打满算也就是小两年的时间，吹气冒泡儿容易，你可得想好啊！

张少山一拍大腿站起来，东金旺的人决不吹气冒泡儿，吐口唾沫砸个坑！

马镇长点头，好，就要你这句话！

张少山从镇政府出来时，感觉就像喝了酒，头上热烘烘的，两条腿也轻飘飘的，脚下生风走得飞快。但一上了回村的路，让早春的风一吹，渐渐就冷静下来。马镇长说得对，吹气冒泡儿容易，可说是一回事，真让落实说的就是另一回事了。这回当着全镇村主任的面，话是已经放出去了，牛也吹出去了，现在静下来再想，这一下也就如同把自己架到了火上。东金旺今天的现状不是一天两天形成的，真要从根儿上变，也不是一天两天就能办到的。当然，变也不是不能变。张少山这两年也一直在想，究竟怎么个变法儿。今天这个联席会就如同把自己推到了陡坡上，回头看看，已经没了退路，只能横下一条心咬牙往上爬了。

也就在这时，他想起了二泉。

一边走着，在心里叹口气，现在要是二泉在，也许还是个帮手。

第三章

二泉这时也正犹豫，是不是该回家了。

广东的早春二月已开始温热，也很潮湿，但又有些像北方的秋天。当然，这种温热和潮湿不像，是植物像。广东有的植物和北方相反，北方是秋天叶黄，广东不是，是春天。这时也是换季，叶子黄了落下来，枝头很快又长出嫩绿的新叶。吹着湿热的风，看着路边飘落的黄叶，这种感觉就有些奇怪。二泉每到这时就会想起梅姑河边的杨树林。这个季节，正是杨树泛青吐绿的时候，好像睡了一冬慢慢醒来，虽然还没长出新叶，却已透出精神。

这时，二泉的右手刚恢复。手还是原来的手，可断了又重新接上，就似乎比原来稍重了一点。刚开始时，总感觉像拎着个东西，有点儿沉，看上去也好像比原来厚了。二泉觉得这只手经过这次离开自己的身体又重新植回来，就有些陌生了。

茂根为这事一直感到自责。当初二泉在那个鞋厂干得好好儿的，是茂根硬把他拉到这个假肢厂来。不过二泉倒不这么想。茂根当初拉自己过来也是好意，这边的工钱确实比那边高一点。茂根一提起这事就摇头说，命啊，这就是命，不信真不行。二泉倒反过来安慰他，也不能这么说。茂根说，可就是这么回事啊，你来这个假肢厂，结果这只手就出事了。

茂根说的这话，二泉也想过。但既然是命，也就只能认了。不管怎么说，虽然这假肢厂的老板跑路了，但在他跑路之前，总算把这笔赔偿金要到手了。

二泉拿到这笔钱时，曾反复犹豫。

自从出了这场事故，二泉就意识到，以后要重新规划自己的人生了。这只手虽然还是自己的手，可毕竟断过，再接上就跟过去不一样了。大夫也说，从医学角度讲，现在的断肢再植技术已经很成熟，但不管怎么成熟，这只手也是重新接上的，这点要有心理准备。所以，拿到这笔钱，本打算就此回家，开个小店，以后多少总有一点收入。可后来，随着这只手慢慢恢复了，心气也就又上来了，再想开小店的事，就不认头了。

二泉对自己的认识一直很清醒。很多人都说，他是聪明人，其实自己知道，这不是聪明，只是专心。专心和聪明当然不是一回事。聪明指的是智商，专心则说的是做事投入。聪明是天生的，而专心只是一种态度，无论聪明或不聪明的人，都可以专心或不专心。当然，如果聪明人不专心，也许反倒不如不聪明的人专心。二泉认为自己不算太聪明，但也不笨，之所以做事往往超过别人，只是因为专心，有时专心得甚至近乎于较真儿。

二泉当年上高中时就是学习尖子，在班里排名前六，后来又进前五，被学校认为最有希望进入全国一流的重点大学。当时学校也像押宝，一边分析全国历年的考情，一边开始为这几个"种子考生"选择报考的志愿和最有希望录取的专业。二泉这时又已从前五闯入前三，只要再努把力，就可能拼到前二甚至第一。那时二泉的志向很大，可这志向是什么，没具体想过。其实越不具体，也就越大，想什么就是什么。所以班主任老师征求他的意见时，他一直没具体说，不是不想说，是说不出来，再问就一句话，将来，想干出一番事来。他的这个想法立刻得到班主任老师的肯定。老师说，好，古人说，求其上，得其中，求其中，得其下，一个人为自己确定人生目标，就要往高里定，这才叫远大理想。但就在这时，村长张少山突然给学校打来电话，让他赶快回去。张少山并没说有什么事。但二泉意识到，肯定不是一般的事，否则在这个时候，张少山不会让自己回去。

果然，他赶回来时，父亲已经没了。

二泉的父亲是个老实疙瘩，一辈子只会种地，用村里人的话说，一镢头砸不出个屁来。但也有个习惯，爱看书。家里有一箱陈年旧书，不知是上辈谁留下的，晚上回来没事，就窝在灯底下一本一本地翻着看。日子一长，越看书人也就越闷。一天早晨正在地里耪棉花苗儿，没吭声就一头栽到田垄上。旁边地里的人看见了，赶紧帮着弄回来。这时村医也赶过来，看了一下说，可能是脑溢血。送到县医院，果然确诊是脑溢血，立刻又送到天津的医院。先做了开颅手术，又躺了十几天，最后人还是走了。二泉赶回来时，后事已经安排完了，人是在天津的医院走的，只要去送一下也就行了。张少山对二泉说，没想到这么快，知道你学习紧，本来跟你妈商量，先让他缓缓，等好一点儿了再告诉你，可没承想，一甩手就这么走了。

从天津回来的当晚，张少山来找二泉，对他说，后面的事，跟你妈商量吧。

二泉这时已经明白，事情都摆在眼前，不用再商量。父亲是走了，可这一病，一走，给家里留下几万块钱的账，恐怕三两年也还不清，底下还有一个弟弟一个妹妹，都上小学，总不能让他们不上了。二泉的母亲也不爱说话，本来就闷，家里一出这样的事就更不说话了，只是抹泪。二泉这时才知道，这次在天津的医院，母亲也查出有心脏病，而且很重。

第二天下午，张少山又来了，问二泉，商量得咋样。

二泉说，没商量。

张少山看看他，没商量？

二泉说，不用商量了，我的学不上了。

张少山倒不意外，只问了一句，你想好了？

二泉点头，想好了。

二泉说想好了，是因为已经反反复复地想了一夜。这一夜倒不是瞻前顾后，只是很难下这个决心。显然，这决心一下，自己的后半生就是另一个样子了。二泉有些像父亲，平时有事在心里闷着，不爱说出来。但越是不爱说的人，也就越有主意。有主意的人一般是甭管想好没想好，只要认准了，就一条道儿跑到黑。但二泉不是，他在拿定主意之前，总要反复寻思，反复考虑，一旦认为没有别的选择了，也就不再患得患失。这时，他看一眼张少山，平静地说，先说家里吧，眼下挣钱要紧，我已经跟茂根说好了，一块儿出去打工。

茂根比二泉大几个月，头年高考刚落榜，一直闲在家里。

张少山问，打算去哪儿？

二泉说，还没想好，出去再看吧。

二泉和茂根的想法不一样。茂根想的是，毕竟第一次出去，往上游走百十里就是天津，天津也是大城市，应该好找工作，先去天津看看再说。但二泉想，既然已经死了高考这门心思，干脆就走得远远的，彻底离开这个伤心之地，把这边的事都忘得干干净净。

茂根当然无法说服二泉。就这样，两人还是来到广东。

二泉没想到，来这边会这样不适应。语言倒没问题，这时广东的很多城市都已是打工的移民城市，全国各地哪儿的人都有。大家都是外地人，说话南腔北调，也就无所谓方言不方言。关键是气候，秋冬两季还行，最难熬的是春天的潮湿和夏天的酷热，尤其春天，抓一把空气都能攥出水来。二泉感觉，自己的身上已经快长毛了。这些还都能忍受，既然咬牙出来了，也就能咬牙干下去。起初是在一个鞋厂。在这边打工有个最大的好处，工厂包吃包住，这样每月的薪水只要没有别的花销，就能净落。二泉没有别的嗜好，对没用的事也没兴趣，平时别人抽烟，他不抽，晚上都出去喝酒，他也不喝，歌厅网吧从来不泡，每月的薪水自己只留30块零花，剩下的就全给家里寄回去还账。这时茂根早已不知去向。茂根和二泉的性情不一样。二泉是认准一个地方就扎下来，闷头踏踏实实地干。茂根不是，在一个地方待不住，只要一听哪儿的薪水高一点，拔腿就走。来这个城市几年，已经换了不知多少个地方。后来茂根突然来鞋厂找二泉，说他刚去了一家做假肢的外资企业，薪水高，订单也多，很少有歇工的时候，问二泉想不想去。二泉一听就动心了，自己撇家舍业，连高考都扔下了跑到这里，为的就是给家里挣钱还账，当然哪儿的钱多去哪儿。茂根一见他的心活动了，就说，想去就甭犹豫了，这几天那边正招人，赶着这机会抓紧去，还能挑个轻省点儿的好工种。

就这样，二泉跟着茂根来到这个假肢厂。

假肢厂这边的薪水确实比鞋厂高。其实也不是薪水高，只是开工的时间长，厂里几乎订单不断。二泉一到这边也就干得更卖力，只要有加班的夜活儿就抢着干，宁愿少睡觉也想多挣点儿。出事是在一天夜里。这个夜里突然来了一批急活儿。本来茂根看他这一天已累得走路都打晃，劝他别再加夜班了。但这一夜的加班费比平时高，他还是咬着牙去了。

其实出事都是意外。如果事先能想到，也就不会出事了。

当时二泉站在机器跟前，正用模具焖一只假手。下半夜三四点钟正是人最困的时候，常打夜工的人把这个时间叫"鬼龇牙"，也最容易出事。二泉困得实在挺不住了，身子突然往前一侧歪打了个瞌睡，赶紧睁开眼，再看跟前的模具里，一只栩栩如生的假手就已经焖出来。但仔细再看，又觉得这只手有点不太对劲，好像太逼真了，也有些眼熟。这时才觉出来，自己的右手腕先是发凉，跟着又一阵阵热咕嘟的。低头再看，已经只剩了一个光秃秃的手腕，一股刺眼的血水正像自来水似的从手腕里喷溅出来。

二泉被送去医院时，茂根也跟着去了。当时茂根多了个心眼儿，特意把模具里的这只断手抠出来一块儿带上了。也幸好带去了这只手，医院的大夫说，应该可以接上。

这本来是一起没任何争议的工伤事故，但这个假肢厂的老板还想争竞一下。这老板是个越南人，方脸儿，宽鼻子，一对转来转去的小圆眼儿挺亮。他先说这不属于工伤，又说已经咨询过律师，如果二泉想以工伤索赔，可以去申请劳动仲裁。二泉虽是高中毕业，但在学校时毕竟是高材生，这点简单的法律常识还懂，于是看着这个越南人，只说了一句话，这肯定是工伤，如果申请劳动仲裁，我要求赔偿的就不是这个数了，咱得一笔一笔都算清楚。这个越南人的中国话说得很好，一听就歪嘴笑了，说好啊，那你就算吧。这时，茂根在旁边黑着脸说，当然也可以不仲裁，不过不仲裁，咱就有不仲裁的说法儿了，我现在告诉你，你听清了，两天之内，你最好把金水泉的这笔赔偿金连医药费都拿出来，不拿你就试试，从现在起，只要不拿钱，我让你出不了这个城市，你信不信？这越南人一听，脸立刻白了。

第二天上午，二泉的赔偿金与医药费就全打到卡上了。

但当天下午，这个越南人就跑路了。这时茂根才告诉二泉，其实他早已看出来了，厂里虽然一直订单不断，可已经拖欠工人半年的工钱，听说在外面还欠了很多原料款。这越南人在这个城市不止这一个假肢厂，还有别的企业，就知道他肯定是憋着要跑路了，所以那天才跟他说那番话，逼着他把这笔赔偿金拿出来，只是他这一跑，拖欠的工钱还是全泡汤了。

张少山打来电话时，二泉正待在茂根租住的房子里。二泉来这个城市几年，一直住厂里的工人宿舍。出事之后，不能再住厂里了，茂根就让他搬到自己这里来。二泉这时才知道，茂根早已不住厂里，原来是自己在外面租了房子。这是一套两室一厅的单元房，不太宽绰，茂根和一对四川的小夫妻合租。这对小夫妻是卖"麻辣烫"的，他们住阳面的大间，茂根住阴面的小间。茂根让二泉搬过来，两人就挤在这个小间里。

张少山来电话时，手机一响，把二泉吓了一跳。

二泉有个旧手机，是茂根淘汰的。二泉本来不想要，他在这里没朋友，平时也不跟任何人联系，要手机没用，白花月租费。但茂根说，现在还有不用手机的吗，你不找别人，别人也得找你，就算没人找，我也得找，没个手机太不方便了。这么说着，才把这手机硬塞给他了。但二泉拿着这手机确实没任何用处，平时除了茂根偶尔来个电话，几乎没响过。这时突然一响，立刻激灵一下，以为又是茂根。一接电话，竟然是村长张少山，心里立刻又一紧，连忙问，是不是家里又出什么事了。张少山乐呵呵儿地说，家里没事，都挺好，三泉已经上高中了，水霞也上初中了，俩孩子都挺争气，跟你当初一样，听说在学校都是尖子生。

二泉听了松口气，哦一声说，这就好。

张少山意识到，这话戳了二泉的心，赶紧又说，你妈也挺好。

二泉听到张少山的声音，心里感觉有点儿酸。自从离开家，这几年还一次没回去过，在这边人生地不熟，也就有个茂根，平时几乎不和任何人来往。这时一听村长张少山这熟悉的大嗓门儿，立刻感到一种热乎乎的亲切。

张少山又问，你在那边怎么样？

这一问，二泉的心里突然涌上一股委屈，咽了口唾沫说，我，挺好。

张少山顿了一下，说，我怎么听着，好像不太好呢？

二泉强打精神说，没事，真挺好。

张少山说，我是看着你长起来的，有啥事，就说。

二泉说，真没事。

张少山说，甭管有事没事，俗话说，在家千般好，出门一时难，还是回来吧。

二泉听了，没说话。

张少山又说，现在的年轻人，都整天想着往外跑，就跟外面满地都是钱似的，你出去这几年应该明白了，哪是这么回事，就算外面挣钱快，也能多挣几个，可这钱是怎么挣的？

二泉这时从心里佩服张少山，他说的这话，就像亲眼看见了似的。

想了一下，不知该怎么回答，只是嗯了一声。

他这一嗯，张少山就听出来了，立刻又说，过去常说，好男儿志在四方，可现在时代变了，这话就不一定这么说了，踏踏实实在家干，也许更能施展拳脚，干吗非得出去呢。

二泉觉得，张少山这几句话说得丝丝入扣，好像自己的事他都已知道了。但如果知道，只能是茂根说的，这又不太可能。就在这个早晨，茂根临走时还提醒他，出工伤这事千万别告诉家里，一来让他妈惦记，二来三泉水霞正上学，也让他们分心。

张少山又说，我打这电话，就是想叫你回来。

二泉问，村里有事？

张少山嗯嗯了两声说，事儿倒没啥大事，可你回来，总比在外头强。

二泉没吭声。

张少山说，你走这几年，家里这边变化也挺大，咱梅姑乡已经正式改叫梅姑镇，镇上不光有购物中心，还盖了酒店，高速公路也通到家门口了，还有了汽车站，往上通天津，往下通唐山，离高铁站也只有三十几里，其实要说起来，跟你在外面打工的地方没啥两样了。说着停了一下，像在点烟，回来吧，别在外面东跑西跑了，家里这边也需要你。

二泉听出来了，张少山说得很诚恳。

于是沉了一下，说，我再想想。

说完不等张少山再说话，就把电话挂了。

其实已经不用想了。这些日子，二泉的心里一直在犹豫，回去，还是不回去？如果不回去，现在这只右手的再植手术虽然已经成功，但医生说，恐怕相当长的一段时间，还无法像正常手一样使用，这主要是两方面原因，一是虽然伤口愈合了，但神经的感觉还要连接，而且要贯通起来，要想完全康复还要有一个相当长的过程。二是毕竟是一只断肢再植的手，真要让它和自己重新融为一体，使用自如，

021

也要经过训练和适应。如果这样说，再在这里耗下去也就没意义了。所以，张少山的这个电话，也就如同在二泉的背上又推了一把。

这个晚上，茂根回来时，二泉已经在收拾行李。

茂根看看他问，你决定回去了？

二泉说，决定了。

第四章

张少山本来也姓金，叫金少山，改姓张，是因为给村里的张二迷糊当了养老女婿。

张少山的爹当年是这一带有名的庄稼把式，种地这点事都在心里装着，走在河边抓一把泥闻闻，就知道这一年是旱是涝。有一年刚入夏，正是青黄不接的时候，张少山的爹在生产队里挖"丰产渠"，下午饿得实在不行了，就抓了只刺猬想烤着吃。烤刺猬烧柴火不行，火太软，见地头的沟边有个荒坟，就过去扒出几块烂棺材板。这一扒把手扎破了，当时也没在意。但几天以后伤口就烂了，先是烂手，后来一直烂到胳膊，没一个月，人就烂死了。当时张少山只有十几岁，还有个姐姐，已嫁到丰南去了。张少山的妈是个远近闻名的美人儿，这时虽已四十几岁，身上也没有像样的衣裳，可看着还是挺漂亮。一天下午，她对张少山说，要跟他商量个事。当时张少山正忙着去生产队上工，就说，等晚上回来再说。但晚上回来时，家里已经没人了。村里有人看见说，他妈拎个包袱，跟一个挑着挑子卖豆腐的男人偷偷走了。

张少山到20岁时，已长得高高大大。村里的张二迷糊眼毒，早在暗中相中了，觉着张少山是个能干的好劳力。于是先下手为强，托人保媒，就招到自己家来当了上门女婿。

张二迷糊是东金旺唯一的一户张姓。人看着迷糊，心却不迷糊，用村里人的话说，不光不迷糊，肚里的肠子也比别人多拐几道弯儿。

张二迷糊的爷爷是河北乐亭人，当年做乐器生意，也不是大生意，只卖些唢呐嘴子丝弦琴马儿之类的零碎东西。但这种生意看着小，其实也不小。从天津到唐山一带都是唱戏唱大鼓的。唐山也是大码头，有不少"落子馆儿"。天津的码头更大，甭管唱戏还是唱大鼓的，只要在这儿唱红了，就能走遍大江南北。张二迷糊的爷爷虽然做的是乐器的零碎生意，但在行里很有名，无论天津的大小茶馆儿园子还是唐山这边的落子馆儿，琴师想买乐器上的东西都找他。张二迷糊的爷爷经常在天津和唐山之间来回跑，但不走旱路，专爱走水路。那时走旱路是坐火车，要走水路，就是坐船从天津下来，绕梅姑河，再进煤河。张二迷糊的爷爷爱走水路也有缘故。当时常有小戏班儿往返于天津和唐山之间，一般也爱走水路。戏班儿的东西多，除了行头就是道具，到哪儿都是一堆箱子，船上地方宽绰，走水路也就方便一些。张二迷糊的爷爷走水路，有时能碰上戏班儿的人，在船上也能捎带着做点小生意。有一回，张二迷糊的爷爷从天津回唐山，船到梅姑河就走不动了，一条从煤河往上游来的运煤船把一条从天津往下游去的棉纱船撞了，堵塞了河道，两边的船排出一里多地。张二迷糊的爷爷坐的这条船过不去也退不回来，只好靠在岸边等着。到了晚上，正一个人坐在船头抽烟，忽听岸上传来一阵笙管笛箫的声音。张二迷糊的爷爷好奇，不知在这乡野之地怎么会有这样的动静，就跳上岸来。爬上大堤一看，下面是个村子，这笙管笛箫吹吹打打的声音就是从这个村里传出来的。于是下了大堤，就朝这村里走来。村口把着道边有一个小饭铺，虽是个棚子，可看着挺整齐，门口挂着一个酒幌儿。这开小铺的是个寡妇，娘家姓张，但婆家姓金，男人一死，村里人就叫她金寡妇。张二迷糊的爷爷走进这金寡妇的小铺要了二两烧酒，一盘摊黄菜，一边吃着喝着跟这金寡妇一聊，知道她娘家也姓张，就觉着挺有缘。这才知道，这个村叫东金旺，这吹吹打打的是有一户人家正办白事。金寡妇说，平时不光办白事，谁家办喜事也这样吹打，赶上年节，更热闹。这金寡妇一听张二迷糊的爷爷是做乐器生意的，就笑了，说，敢情也是行里人，看来你跟这东金旺挺有缘。张二迷糊的爷爷也笑了，说，是啊，是挺有缘，本来坐船在这儿过，偏就堵住走不动了，其实这几年，已在这条河上来回过了无数次，这回要不是河上堵了船，也还不会上岸。

这以后，张二迷糊的爷爷再坐船从这儿过，就经常上岸来看一眼金寡妇。一来二去，在这小铺喝了酒，索性就住下，等下一趟船来了再走。再后来，也就索性娶了这金寡妇，在东金旺落下了。到张二迷糊他爹这一辈，继续丝弦琴马儿一类的零碎生意就已吃不上饭了。张二迷糊的爹手巧，无师自通，会画窗户纸。当年梅姑河边稍微讲究一点的人家，糊窗户都用粉连纸。这种粉连纸是白的，又半透明，糊在窗棂上不仅防风，也显得屋里亮堂。但白花花的粉连纸糊在窗户上也有点犯忌，总像要办白事似的，看着瘆人。张二迷糊的爹就用红的黄的粉的绿的各种颜料给这些人家的窗户纸上画画儿，"喜鹊登枝""喜报三元""五子登科""连年有余"，怎么吉祥就怎么画。但糊得起粉连纸的人家总是少数，况且糊窗户纸大都是在年根儿底下，这一行不光生意少，也半年闲。再到张二迷糊这一辈，就不画窗户纸了，改画门神和财神。门神财神家家都请，生意更活泛，赶上谁家办喜事，也代写"囍"字。

张二迷糊没儿子，只生了个闺女，老婆生完这闺女就死了。这以后，张二迷糊也就断了这念想儿，没再续弦。可没续弦，日后养老也是个事儿，况且不光养老，还得送终。所以当初决定把闺女给张少山时，就提出两个条件，这两个条件其实是一个，就是他得入赘，还要随自己的姓，说白了也就是来给自己当儿子。当时张少山一听就不太愿意，不光不愿意，还有点儿要急。自己姓金姓得好好儿的，改姓张算怎么回事？为娶个老婆就把祖宗扔了，这要是让族里的人知道了岂不笑掉大牙，弄不好还得挨骂。再说自己从小就叫金少山，改叫张少山也别扭，不光锵嘴，听着也难听。当时来给保媒的是村里的福林媳妇儿。福林媳妇儿看出张少山心里不愿意，就劝他，姓啥叫啥干吗这么认真，就像那圈里的牲口，也就是个称呼，别人爱怎么叫怎么叫，你高兴就应一声，不高兴，只给他个耳光，先把老婆娶到自己炕上来才是真的。张少山一听，觉着这话也有道理，自己没钱，别的也就讲不起了，眼看村里三十大几四十来岁的男人还都打着光棍儿，眼下好容易有个女人，也就只好咬着牙答应了。

张少山入赘张家以后，一直跟张二迷糊不对付。张二迷糊的闺女叫张春燕，是个麻脸，而张少山生得牛高马大，又仪表堂堂，所以从成亲那天，张二迷糊的闺女就有点自卑，虽是招的上门女婿，又让人家改了姓，可总觉着配不上人家，平时也就不太管着张少山。但张二迷糊不行，眼里不揉沙子，在村里看见张少山多跟哪个女人说几句话，回来就摔摔打打，给张少山脸子看。张少山当了村主任以后，村里的女人们更爱跟他搭话。女人一搭话也就免不了叽叽呱呱，玩笑也开得深一句浅一句。张少山倒不是那种花花肠子的男人，甭管女人们怎么玩笑，自己心里坦荡。但回来一见张二迷糊的脸像门帘子似的耷拉着，也不痛快。心想，我虽然来你张家当上门女婿，可毕竟不是你亲儿子，不光没吃你的喝你的，还整天真当个亲爹似的伺候着，没必要给你扛这脸子。但心里虽这么想，平时该怎么伺候也还怎么伺候。

其实张少山也不想当这个村主任。俗话说，穷家难当。站在村东往村西数，家家都有本难念的经。如果不当村主任，谁家的"经"爱多难念多难念，只把自己家的这本经念好就行了，可当村主任就不是这么回事了，甭管谁家的"经"，都得去给念。头年村里的金福林修房，把腿摔坏了，媳妇又有糖尿病，还别说当年福林媳妇儿是自己的媒人，就冲自己是这一村之长，他家的事也不能不管。二泉妈的心脏病越犯越重，也得跟村医商量，要防患于未然，别让她再像二泉爹，说走就走了。二泉的两个弟弟妹妹虽说学习都很争气，也得给他们跑助学的补贴。除此之外还有数不清的事。现在村里倒没有揭不开锅的人家了，可总得让大伙儿把日子过起来。人家西金旺那边也是人，只隔一条河，凭啥人家行，这东金旺就不行？

两年前村里换届，张少山下定决心，这回说下大天也不干了。

可全村人一选，最后还是他。

马镇长笑着对他说，这就叫民意，你当村主任也不是一年两年了，民意懂不懂，民意大如天。张少山当然懂，民意如天意，可他觉着，这个民意已经压得他直不起腰了。

马镇长说，直不起腰也得咬牙直着，这个套儿，你甭想褪！

张少山的心里也明白，东金旺的这个村主任，换了自己，还真没人能干。倒不是说自己有多大本事，是再也找不出有自己这样心气儿的人。当村干部跟居家过日子是一个道理，日子穷过富过是一回事，有没有心气儿是另一回事。如果连心气儿都没有，别的就更不用说了。所谓心气儿，其实也就是热情，没这个热情，平时哪样事都打不起精神，就是再能过起来的日子也照样过不起来。可家里的日子过不起来顶多也就是自己一家，当村主任日子要过不起来，就是一个村的事了。这也就应了那句老话，兵尿尿一个，将尿尿一窝。

张少山想，这些年，自己打着精神拼命地干，村里的集体经济还搞成这个奶奶样儿，倘再换个精神不如自己的，这东金旺就更得穷得叮当响了。

第五章

张少山决定把二泉叫回来，是已经有了想法。

这次从镇里开会回来，张少山没像往常又把全村人召到一块儿开会。以往的经验证明，开这种会没任何意义。张少山比谁算得都准，如果自己在会上说，这回各家都要打起精神，一共还有不到两年，咱得赶上河那边的西金旺。底下立刻就会有人问，非得赶上他们干啥？你告诉他，就是要挣钱，要致富。他就又会问，挣钱致富干啥？你告诉他，挣钱了，致富了，就能过上好日子了。他立刻就会说，现在的日子就挺好嘛，饿不着，也累不着，实在不行了国家还有"两不愁三保障",像西金旺那么苦扒苦掖，缺心眼儿的人才那么干呢！

张少山知道，村里肯定有人会这么说，而且说这话的人还不在少数。过去的老话讲，吃不穷，穿不穷，算计不到就受穷。可现在已不是算计的事了，是打得起精神打不起精神的事，说一句到家的话，如果打不起精神，就算守着万贯家财也照样受穷。说来说去，国家的政策再好，过日子也得先说有心气儿，一没心气儿就完了，还别说穷日子，就是好好儿的日子也得过穷了。张少山刚在马镇长那里学了个新名词儿，叫"内生动力"。

马镇长在会上说，要想脱贫致富，内生动力也很关键。

张少山把自己关在村委会寻思了几天，就把思路捋清了。要想实现自己这次在联席会上放出去的话，在这不到两年的时间里赶上西金旺，简单说，在提升全村人内生动力的同时，还要发挥东金旺自己的优势。东金旺的优势说文词儿，叫"文艺"，其实也就是吹拉弹唱。

张少山看着高高大大，像个爷们儿坯子，其实身上也有这方面的基因。张少山的太爷叫金锡林，当年是在天津拴戏班儿的，当然撑不起大台面儿，只是个评戏小班儿，平时自己也登台。小戏班儿唱戏不容易，进不了大园子，就是在一些小园子也经常受人挤对，只能在天津和唐山之间来回跑，插着人家园子的空儿唱。那时评戏叫"大口儿落子"，也叫"蹦蹦儿戏"，行当也不全，叫"三小戏"，只有"小旦""小生"和"小花脸"。张少山的太爷拴班儿是后来的事，再早的本功是唱"小花脸"。自己拴班儿以后，因为扮相还行，赶上角儿不凑手，自己也串小生。再后来连年打仗，兵荒马乱，唱戏的最怕世道不太平，戏班儿也就散了。张少山的太爷这些年干这行也干伤心了，一咬牙把戏班儿的班底卖了，就回东金旺来。

当年在东金旺，张少山的太爷是这一带远近闻名的能人，又在外面跑过码头，有见识，平时在村里就很有威望，说话也占地方。他老婆，也就是张少山的太奶奶，当初在戏班儿里是唱小旦的，人长得俊，又是唱戏出身，俗话说书文戏理，有点儿文化，脾气也好，在村里也很有人缘儿。到张少山他爹这一辈，虽然没再学戏，可脑子里也还有这根弦儿。

上世纪60年代末，天津有几个说相声的演员下放到梅姑镇，那时还叫梅姑人民公社。按当时的建制，每个村是一个生产大队，下面再分若干个生产小队。有的村子小，也就只有一个大队，不再分小队，用当时的说法叫"一层楼"。东金旺那时只有百十户人家，不算大，也就是这种"一层楼"。村里的社员按劳分配，平时在生产队干农活儿，挣工分，到年底再一块儿结算。当时别的村一看下来了这么几块料，一个个儿都细皮嫩肉儿的，别说干农活儿，连地里的庄稼都认不全，谁也不想要。有的村干部干脆敞明叫响说，这些人都是耍嘴皮子的，鹰嘴鸭子爪儿，能吃不能拿，到年底还得在队里分走一份口粮，村里的社员肯定不答应。

张少山的爹叫金守义，当时是东金旺的大队书记，也是这些年一直受张少山太爷的影响，对说书唱戏这类事有一种特殊的感情，就把这几个人接到东金旺来。东金旺的人本来就爱吹拉弹唱，一见来了这几个相声演员，村里一下就更热闹了。从此每天下地干活儿，一到地头休息时就又说又唱，如同开戏。张少山的爹当然明白，这几个演员要论说笑话儿逗哏行，干农活儿都是外行，也就故意照顾他们，平时并不给派正经活儿，只要能在村里活跃气氛，让社员们开心就行。后来干脆给他们成立了一个文艺宣传队，一有宣传任务，只负责演出。相声演员都是多面手儿，说学逗唱样样在行，这一下也就有了用武之地。几个人一商量，把村里爱吹拉弹唱的年轻人组织起来，排演了一台像模像样的文艺节目，不光在村里，哪儿请就去哪儿演。渐渐地在全公社都出了名，还去县里参加过几次文艺汇演。

张少山当时只有10多岁，对吹拉弹唱倒不感兴趣，但觉着说相声挺有意思，一下就喜欢上了。有一个演员叫胡天雷，当时30来岁，在这几个演员里最年轻，长着个枣核儿脑袋，小细眯眼儿，一个肩膀高一个肩膀低，不用张嘴，一看他这样子就挺可乐。张少山就整天追在他屁股后头，缠着非要跟他学相声。胡天雷一听他叫金少山，就乐了，说有意思，跟当年一个唱"铜锤花脸"的京剧名角儿叫一个名字。可再一听他要学相声，就拨楞脑袋了，不想教。张少山也拧，越不教就越要学，连上茅房都追着。后来把这胡天雷追急了，只好对他说，不是我不教你，说相声这行看着容易，其实没这么简单，跟练武一样，得下二五更的功夫，你吃不了这个苦。张少山立刻说，吃得了，我啥样的苦都能吃。胡天雷说，就算你吃得了这苦，可学了也没用，我们都是专业干这行的，现在不也给轰到农村来了，换句话说，要不是因为干这个，也不会来受这份儿洋罪，你现在还自己往这里钻，这不是找倒霉吗？

张少山脑袋一歪说，真倒霉，我认了。

胡天雷一见这小孩儿铁了心，才无话可说了。

胡天雷的心里也清楚，他们几个当初下来，本来哪村都不要，是张少山的父亲把他们接过来的，就冲这份人情，也没法儿再拒绝。于是只好说，要说你这小小年纪就喜欢这行，又有这股子艮劲儿，也实在难得。说着就叹了口气，好吧，既然你想学，就先试试吧。

这以后，胡天雷就开始让张少山练基功。所谓基功，也就是基本功。相声的基本功是练嘴皮子，说白了也就是练"绕口令儿"。"绕口令儿"顾名思义，就是把一句本来挺顺溜儿的话重新编排一下，故意怎么绕嘴怎么说。这看着是嘴上的功夫，其实也得用脑子，笨人练不了这个。胡天雷先教张少山说了几个简单的绕口令儿。张少山一开始果然不行，嘴像棉裤腰，说得松松垮垮，哪儿跟哪儿都不挨着。但这以后就下了功夫，每天一大早就跑到村西的大堤上，冲着河水放开嗓子练，直练得两个嘴角往外倒白沫。就这么练了些日子，回来再给胡天雷一说，把胡天雷吓了一跳，还真像这么回事了。这时胡天雷就又教了他一个难度更大的，说的是两根玻璃棍儿，一根鼓的，一根瘪的。这绕口令儿是：瘪玻璃棍儿比鼓玻璃棍儿瘪，鼓玻璃棍儿比瘪玻璃棍儿鼓。这个绕口令儿看着简单，但一般人一说就知道了，还真挺难，两根玻璃棍儿又是鼓的又是瘪的，一说就乱，很难倒腾清楚。张少山听了，只在嘴里转了转，一张口就说出来了。这一下又把胡天雷惊着了，没想到，这个只有10来岁的孩子竟然这么有灵气。这以后，胡天雷也就开始真教他了。先让他背各种"贯儿"。所谓"贯儿"是相声的行话，也叫"贯口"，是相声的一种表演形式，一般是一口气滔滔不断地把一大段内容连着说出来，要有节奏，中间还不能打奔儿，相声演员的行话也叫背"趟子"。张少山先学着背《报菜名儿》，也叫"菜单子"，后来背《地理图》，再后来又学着背"张扇儿"，都学得有模有样。接着，胡天雷又教他唱功。胡天雷在这几个相声演员里最会唱，用他自己的话说，是"南昆北弋东柳西梆，文武昆乱不挡"。这一下，张少山就更着迷了。相声里的唱，行话叫"柳活儿"，也分两种，一种是本门儿的唱，比如北京的"竹板儿书"，或"太平歌词"，还一种则是学唱，学唱歌，或学唱戏。这一唱戏，张少山就更不陌生了，他爷爷平时在家没事时经常哼唱，从小就听，有些老段子熏也熏会了。这时胡天雷稍一点拨，很快就上了道儿。

但后来，胡天雷这几个相声演员就回天津了。

胡天雷临走，送给张少山一对唱太平歌词的"玉子板儿"，没说让他接着练，只说是留个念想儿。胡天雷回天津落实了政策，也恢复了工作，又继续说相声。张少山记着他太爷当年留下的一句老话，一日为师，终身为父。后来念着这段师徒情分，偶尔也去天津看看师父。

这时张少山想，这一次，是不是可以在东金旺这个独特的优势上做一做文章？河那边的西金旺当然也有优势，他们的优势是养猪，算"武"，而东金旺这边的优势则是"文"。武能学，文可不是谁想学就能学的。正所谓"人有我有，我有人无"，这才叫真正的优势。

但张少山转念再想，西金旺养猪，这优势直接就能变成钱，可东金旺的这个优势又怎么变钱呢？这时，就又想起那句老话，锣鼓家伙烧不热炕，说书唱戏搪不了账。

这一想，就又有点儿泄气。

就在这时，他忽然想起一件事。

第六章

张少山这时再想这事，仍然觉着挺可乐。

就在半年前，西金旺的金永年刚闹出一个笑话，而且还不是小笑话，是个大笑话。

西金旺这几年家家养猪，已成了远近闻名的"肥猪村"。金永年不知动了哪根筋，想在村里搞一个大型活动。这想法本来挺好，一是把村里的猪再往外推一下，二来也能进一步宣传西金旺村的形象。现在搞活动都时兴叫什么"文化节"，于是也想搞个"文化节"。

但金永年就忘了一点，其实也不是忘了，可能根本就不懂，要搞"文化节"，不是有钱想搞就能搞的，这个举办主体还要有一定的规模，用时髦的说法，得有与之相适应的体量，否则也就成了自说自话，关起门来自己哄着自己玩儿的"过家家儿"。

金永年自从有了这个想法，就天天琢磨，可把脑袋琢磨破了也还是想不出叫个什么"文化节"。后来有一次去香河办事，在街上的饭馆儿吃饭时跟人闲聊，无意中认识了一个自称是文艺界的人，姓周，叫周有伦，说是跟台湾的周杰伦虽不是直系亲属，但也有一点关系。这个周有伦一听金永年说想搞文化节，立刻大包大揽，说他可以给策划，还能请文艺界的一线大牌明星，然后就一口气说出一串名字，金永年听着都耳熟，有的名字还挺吓人。这周有伦说，你不用担心，现在的文艺界已经不叫文艺界，叫娱乐圈儿，甭管多大的腕儿都是拿钱说话，只要你肯出钱，别说这些明星，就是国际巨星我也照样能给你请来。金永年一听，兴奋得连连点头，这时已对这个周有伦深信不疑。心里暗暗庆幸，看来这趟香河真没白来，比去一趟香港都值，竟然遇上了这么一位高人。这周有伦又出主意，费这么大劲搞一个文化节，主题一定要突出，既然是为养猪的事，干脆就叫"肥猪节"。当时金永年一听，觉着这名字好像不太雅，肥猪当然是好东西，花钱搞这个文化节，也确实是为养猪的事，但把它说成是"节"，总觉着有点儿别扭。可再想，又实在想不出别的还能叫什么。金永年看着挺精明，其实也没瘪子，心里虽有点儿含糊，架不住这周有伦一忽悠，也就稀里糊涂地同意了。

于是说好价钱，又明确了各项条件，就把这事儿交给了他。

金永年回来后，越想这事，越觉着自己办得漂亮，不光漂亮，也俏。真是想吃冰就下雹子，正愁这文化节没个懂行的人操办，这次在香河就遇上了这个周有伦，而且跟台湾的周杰伦还有点关系。金永年对周杰伦不熟，但知道《双截棍》，走到哪儿都听小孩儿们唱，"快使用双截棍吼吼哈嘿"，这回这个周有伦如果真能把周杰伦从台湾弄来唱个《双截棍》，再请几个内地"大腕儿"，这个"肥猪节"也就成功了一大半。这时金永年已经雄心勃勃，这一次，西金旺的这个"肥猪节"就是不办出全国水平，也得达到省市一级的影响。

这么大的事，自然要跟镇里打招呼。马镇长一听，也认为这是个好事，和镇里的吴书记商量之后，立刻汇报到县里。县里分管镇村经济工作的徐副县长一直很关注梅姑镇的西金旺村，认为这个村不仅在全县镇村经济发展中起到引领作用，还有很多值得推广的好经验。这次一听，西金旺要搞这样一个跟养猪有关的文化节，也很支持，为扩大影响，还特意安排人联系各方面的媒体记者，届时来文化节的现场采访，最好能做实况报道。

可真到这个"肥猪节"开幕式这天，却乱成了一锅粥。别说台湾的周杰伦，事先说好的内地"大腕儿"也一个没有，来的只是些不入流的江湖艺人，节目一个比一个低俗，干脆说就是一群草台班子。按那个周有伦事先设计的策划文案，开幕式要由周杰伦和内地的一个大牌女演员宣布开始，后面的几个环节也都要有他们参与。这时一个没来，一下就抓了瞎。金永年一看，全不是当初说的那么回事，立刻来找周有伦。这才发现，这个周有伦根本没露面，打电话也关机。再问这伙草台班子的人，他们也不认识这个叫周有伦的人，只说是有人花钱雇他们来的，说好演半天儿，不管接，不管送，不管饭，总共给五千块钱。

这天来的各路媒体记者都是见过各种场面的，本来已拉开采访的架势，这时一看这意思，也就明白是怎么回事了，但毕竟是县里邀请来的，碍于面子，还是在现场做着样子采访了一下，然后就都找理由撤了。按原计划，本来还要在这个文化节上和一些请来的相关企业签合作意向，结果人家一看这场面，也都没签，纷纷客气地告辞走了。

徐副县长这天也来参加开幕式，倒没说别的，只在临走时对马镇长说了一句，以后再搞这类活动，事先准备得充分一些。马镇长送走徐副县长，回来一见金永年，脸都气白了，歪起脑袋瞪着他问，你这是怎么搞的，这叫文化节吗，还不如赶大集的庙会！

金永年这时已经灰头土脸，咧着嘴说，上当了，上这小子的当了！

马镇长问，哪个小子，上谁的当了？

金永年这才说出那个叫周有伦的人。

马镇长一听，气得更说不出话了，问，你是在哪儿认识这个江湖骗子的？

金永年到了这时，也就只好把事情原原本本都说出来，前一阵怎么去香河办事，怎么在街上的饭馆儿吃饭时遇见这个周有伦，无意中说起要办文化节，这个周有伦又怎么大包大揽，拍着胸脯说这事儿如果交给他，他就可以全办了。马镇长一听，又给气笑了，伸过头看着他说，你在香河的大街上碰上个周杰伦的亲戚，还说能给你请全国的"大腕儿"，这话如果现在跟你说，你能信吗？那地方要吃馅儿饼，买家具还行！说着又叹了口气，我说永年主任哪，别吃几天饱饭就撑糊涂了，就算你西金旺现在有钱了，可你是村主任，是代理书记，不是土大款，有俩糟钱儿就烧得不知自己姓什么了，你这么干，骗子把你骗了都瞧不起你。

马镇长这几句话，说得金永年面红耳赤，有个地缝儿都想钻进去。

马镇长也觉得自己这几句话说得有点重了，哼了一声，摇摇头，就回镇上去了。

这件事，张少山从头至尾都看在眼里了。这次西金旺搞这个文化节，张少山原本不想来。张少山这几年一直是这样，你西金旺有钱，是你的，你再怎么火爆也只管火爆你的，一村人有一村人的活法儿，我东金旺也不眼热。但这回马镇长明确跟他说，西金旺的这个文化节，你们东金旺的人去不去无所谓，可你这个村主任必须去，这不是让你去凑数儿，也不是凑热闹，用句现在时髦的话说，是去给西金旺站台，你和永年都是村主任，不管怎么说，工作上还得互相支持，况且有句老话，人不辞路，虎不辞山，你们两个村彼此鸡犬相闻，总不能老死不相往来吧，日后保不齐谁还得用着谁，既然当村干部，目光别这么短浅。

张少山就是听了马镇长的这番话，才硬着头皮来了。

可没想到，这回一来，就看了这么一出戏。

开幕式这天还没到中午，县镇领导和请来的媒体记者就都走了，接着请来的嘉宾也都告辞了，只剩了附近几个村的村主任没好意思走。张少山也没走。他没走倒不是怕金永年尴尬，是想看一看，一向财大气粗的金永年这回怎么收这个场。不过金永年还真行，先把这伙草台班子的人打发走了，回来哈哈一笑对几个村主任说，走，涮羊肉去！我金永年个人请客，这算屁事儿，我西金旺这回办这个文化节，目的已经达到了！几个村主任一听，都不知他这话是什么意思。金永年笑着说，甭管怎么说，这个"肥猪节"的牌子算是创出去了，哪天去趟商标局，把这个商标注册下来，以后就是我西金旺村专有的了。

张少山的心里当然明白，金永年这时这么说，是打肿脸充胖子，他只能用这种吹气冒泡儿的大话为自己壮寒气。可话又说回来，他这时不这么说，还能怎么说呢。

这次在镇里的联席会上，金永年之所以主动向张少山挑衅，张少山知道，其实为的还是这件事。开会前，张少山在镇政府的大院门口碰上金永年了。平时张少山来镇里开会跟金永年碰面，都是金永年先打招呼。但他打招呼不是好好儿打，脸上总笑得皮松肉紧，话也说得着三不着两。张少山一直挺烦金永年这副嘴脸，那神气总是居高临下，好像就他会说话，就他能拿别人开涮，可真给他两句，他立刻就傻，嘴皮子又跟不上。有一回张少山笑着对他说，你也就是这岁数了，要倒退几年，你说话总这么招欠，知道这叫啥吗？金永年给问得一愣。张少山笑着说，你这叫嘴给身子惹祸，真赶上个脾气大的，扇你个嘴巴，你说你冤吗？

金永年听了，眼眨巴了眨巴，半天没说出话来。

这回，张少山来镇里开会之前已经做好了心理准备，眼下东金旺已落到全镇后面，马镇长肯定又得在会上点自己的名，这时看见金永年也就没心思搭理他，想点个头就进去。但金永年一见张少山又皮松肉紧地笑了，眯缝起一只眼说，刚才来的路上，碰见你村的福林了。

张少山一听就明白了，他后面肯定又没好话。

果然，金永年挑起一边的嘴角，却一本正经地说，他走得挺急，我问他去哪儿，说是家里来客了，要去骆家湾割二斤猪肉，我说向家集就有卖肉的啊，干吗跑出二十几里去骆家湾，你猜他说啥，他说骆家湾的肉便宜，一斤能省五六毛呢。金永年一边说着，又摇头咂咂嘴，唉，只为省这块儿八毛，就跑出二十几里地，这日子要过成这样，可真得寻思寻思了，还整天吹拉弹唱的，再这么下去别说猪肉，只怕连大肠头儿也吃不起了。金永年在这个时候说这种话，显然就太不厚道了，这叫哪把壶不开单提哪把壶。张少山本来不想跟他搭话，一听他这么说就站住了，回头看着他说，是啊，吹拉弹唱确实不像养猪，盖个棚子弄桶泔水就行了，养猪养的是猪，吹拉弹唱可是人，这猪要是会吹拉弹唱，那回那个周有伦就得饿死了。

这几句刮钢绕脖子的话，一下把金永年说了个大红脸。

张少山偏还不依不饶，接着又说，长记性吧，你西金旺不是最会养猪吗，赶紧培育个新品种，养几头会吹拉弹唱的猪，再有这种事儿，长志气，不求人，也就不用喂这瘟子了。

说完瞥一眼金永年，就扭头朝大院儿里去了。走出几步想了想，又站住了，扭回头说，这人哪，摔跤不怕，最怕的是在一个坑里摔两回，这就叫记吃不记打了。

显然，张少山最后这句绕脖子话，就另有所指了。

金永年是个煮熟的鸭子，肉烂嘴不烂的主儿，又冲张少山眨了下眼说，我倒不是记吃不记打，是分不清哪是人，哪是猪，要真分清了，第二回也就不会又摔在这坑里了。

说完，两人相视一笑，就一块儿走进政府大院儿。

第七章

张少山的另有所指，是指金尾巴的事。

就在前些天，金永年刚又让金尾巴坑了一下。

金尾巴也是东金旺村人，本名叫金满帆。但说金满帆没几个人知道，一提东金旺的金尾巴，方圆左近没不知道的。金尾巴的爹妈迷信，当年梅姑河边有个风俗，谁家生了儿子，怕养不住，就在脑后给留个小尾巴，说这样能长寿。金尾巴刚生下来时只有不到三斤，像个小猫儿，他爹妈担心喂不活，就给留了个小尾巴。后来大了，索性就叫"金尾巴"。

金尾巴和二泉、茂根，三个人同年。金尾巴比二泉小3个月，二泉比茂根小3个月，用二泉的话说，是"等差数列"。但在村里论辈分，三个人又是祖孙三代。金尾巴的太爷当年在族里排行最小。排行小的人有个特点，将来的后代都是大辈儿。所以金尾巴在三个人里虽然最小，辈儿却最大，论着是"小爷"。茂根最大，辈儿却最小，是"孙子"。二泉居中。

金尾巴的脾气也跟二泉和茂根不一样。二泉做事是专心，茂根是用心，金尾巴却是大松心，说白了就是个享乐主义者。当年上学，好容易熬到初中毕业，高中就死活不想再考了，嫌累。后来见村里的年轻人都出去打工，觉着这事挺好玩儿，于是也跟着去了天津。可到天津才知道，不是想象的那么回事，敢情比上学还累。先在一个工地当小工，白天搬砖拉灰，晚上累得连床铺也爬不上去。后来又去公园种花草。可干几天就明白了，与其在这城里种花草，还不如回家种庄稼，这不是一回事吗，况且在这儿不得吃不得睡，还得受人家的白眼儿。

这一想明白，就打铺盖回来了。

金尾巴虽然不爱上学，却有个嗜好，最爱看书。正经书当然不耐烦看，爱看闲书。当年二泉的父亲在世时，金尾巴去找二泉，无意中发现他家有一箱旧书，就总找二泉的爹借来看。但他看书跟二泉的爹不一样。二泉的爹看书就是看书，只要是书就看。金尾巴不是，只挑好玩儿的看，《三侠五义》《七侠剑》《小八义》，看的日子长了，也能跟二泉的爹聊几句。二泉的爹曾对二泉说，这金尾巴看着不着调，他脑子是没用在正道儿上，真用上了，不在你和茂根以下。后来金尾巴听说了这话很感慨，摇晃着脑袋对二泉说，知我者，你爹也！

金尾巴还有一手绝活儿，会吹唢呐。

他这唢呐是跟村里的"金嗓子"学的。"金嗓子"叫金顺儿，是个羊倌儿，叫"金嗓子"不是因为嗓子好，会唱歌，而是能用唢呐吹出人声儿，听着就像用肉嗓子唱的，还能模仿两个人一搭一句儿地说话。当年"金嗓子"去河边放羊，喜欢上了南边向家集的一个女孩儿。这女孩儿是给生产队放鸭的，在河坡上经常跟"金嗓子"见面，两人一个放羊，一个放鸭子，没事就在一块儿说话儿。日子一长，"金嗓子"就喜欢上了这个女孩儿。可"金嗓子"穷，喜欢也是白喜欢，娶不起人家。后来这女孩儿就嫁到骆家湾去了，男人是个杀猪的，姓骆，都叫他骆大膀子。这骆大膀子脾气不正，听说这女孩儿在娘家时，曾跟东金旺村一个放羊的好过，脾气一上来就打她。再后来这女孩儿就窝憋死了。"金嗓子"知道了这事，把身上所有的钱都买成酒，一个人在家里昏天黑地地喝了几天，又睡了几天。再醒来时，就无师自通地会吹唢呐了。从此，每天站在河坡上，一边放羊，一边就冲着骆家湾的方向吹唢呐。金尾巴最爱听"金嗓子"吹唢呐。他曾在闲书上看过，知道男人伤情最伤心，就经常给他买酒。后来"金嗓子"就看出金尾巴的心思了，知道他是想跟自己学唢呐，喝完了酒，也就实心实意地教他。金尾巴虽不爱上学，但心眼儿灵，脑子也快，吹唢呐这点事一点就透，没几天就学会了。喜欢的事，自然就愿意干，这以后也就越吹越好。

金尾巴那次不想在天津待了，下决心回来，还因为一件事。当时是无意中认识了一个"大了"。"大了"是天津人的说法，本来指的是专给人操办红白喜事的人。后来喜事有婚庆公司，这种"大了"也就只管办白事。那时金尾巴住在一个工棚里，白天别人都去上班了，一个人闲着没事，就坐在工棚门口吹唢呐。一天上午，正闭着眼吹，走过来一个50多岁的男人。这男人是个干黄脸儿，站在旁边听了一会儿，就问，你这唢呐是在哪儿学的？

金尾巴睁开眼看看他，说，村里学的。

这人又问，别的曲子会吗？

金尾巴说，会。

这人说，你再吹一个，我听听。

金尾巴翻起眼皮看看他，给你吹，你给钱是怎么着？

这男人一听乐了，点头说，给钱也行，你吹吧。

这时金尾巴就看出来了，这个干黄脸儿不像是闲着没事找乐儿的，于是就给他吹了一个《小放牛》，接着又吹了一个《喜相逢》。这人听了又点点头，问，会识谱吗？

见金尾巴没听明白，就又说，给你个谱子，能吹吗？

金尾巴上学时学过简谱，说，能吹。

这时金尾巴才知道，这人是个"大了"，姓谢，叫谢有常。这谢有常是专干白事的，自己有个响器班儿。这几天响器班儿里一个吹唢呐的病了，正缺人。这谢有常问金尾巴，能不能去给顶几天，钱好说。金尾巴一听是这种白事，就有点犹豫。当初在家时，见过办白事的，有的人家儿讲排场，也请响器班儿。但自己吹唢呐只为玩儿，真去给出殡的吹，这事儿就觉着有点丧气。这个谢有常也看出来了，就说，没关系，这种事没有勉强的，也得看心气儿，有的人不在乎，觉着无所谓，也有人真在乎，嫌硌硬。想想又说，这样吧，我刚接了一场事，你要是愿意，今天下午就来试试，咱这话也得分两头儿说，一是你自己看看愿不愿意，二是我也得看你行不行，要是咱两头儿都觉着合适，后面的事再具体说。

金尾巴一听这倒行，也就答应了。

这个下午，金尾巴就按这谢有常留的地址找过来。

这丧主儿家死的是个老太太，已经90来岁，儿孙挺多，还有从国外回来的，这堂丧事也就办得不土不洋。金尾巴来时，响器班儿已在里面开始吹打。谢有常一见他来了，就赶紧招手，让他进来跟着一块儿吹。这时屋里拢音，笙管唢呐一响震得屋顶直掉土，金尾巴跟着一块儿吹，也就听不出什么。但是到了晚上就不行了。按天津的风俗，死者出殡的前一天晚上，要把为死者陪送的纸人纸马一类冥物都抬到街上，由响器班儿在前面引路，死者的亲友跟在后面，一路吹吹打打地转一圈儿，最后抬到一个宽敞的路口，把这些冥物烧掉，叫"送路"。这个晚上，金尾巴跟着这响器班儿来外面送路。人家这响器班儿的人已在一起合作惯了，彼此配合很默契，但金尾巴的唢呐一响，就如同在一顶帐篷里突然捅出一根竹竿儿，还又尖又细，一下就把人家本来挺和谐的吹奏全搅乱了。金尾巴自己也吓一跳，没想到吹出的是这个动静儿，跟人家都不一样。再吹，更刺耳，这样又吹了几下就不敢再吹了。

这个晚上送路回来，谢有常把他叫到旁边说，还是算了吧，你在这儿不光帮不上忙，还净添乱，再吹两下我这响器班儿就没法儿干了，非让人家主家轰出来不可。说着掏出20块钱给他，打个嗨声说，这种钱要克扣你的，我损阴德，可真给你不光你觉着亏心，我也觉着亏得慌，甭嫌少，拿着去街上吃个砂锅儿，还能买几个烧饼。

说完，就把金尾巴打发出来了。

金尾巴这次也就下定决心，一咬牙，回来了。

金尾巴虽然只跟这谢有常干了一场白事，还干个半屠子，但毕竟心眼儿灵透，会看事，一场白事怎么来怎么去，响器班儿都有哪些规矩，到哪个裉节儿怎么吹，怎么打，就都看明白，也记在心里了。回村来，就把平时爱跟自己吹拉弹唱的年轻人拢到一块儿，也拴了一个响器班儿。这以后不光东金旺，附近哪村有白事，就去给吹吹打打。一开始只是白吹，就为好玩儿，图个热闹。后来人家主家过意不去，也管饭。再后来这响器班儿越吹越像这么回事，主家管一般的饭也过意不去了，还管酒。这一下这伙人的兴致就更高了，一来二去，在方圆左近出了名，十几里外的村子有白事也过来请。金尾巴这时已不光是这响器班儿的班主，也是这伙人的头儿，哪个村再有来请的，一概来者不拒。金尾巴为响器班儿定下规矩，无论本村还是外村，给不给钱都无所谓，只要管一顿像样的饭食就行。

这次金永年让金尾巴这伙人坑了，也就是坑在这顿饭上。

前些天，西金旺的一个老人去世了。这老人已90多岁，叫金老槐，论着是金永年的本家二爷。金永年觉着老人这一辈子不容易，当年曾是这煤河一带的游击队长，让日本人闻风丧胆，刚解放时，还配合公安部门破获过一个潜藏很深的敌特小组。后来一直在生产队喂猪，还被县里评过"发展养猪事业模范饲养员"。现在去世了，又无儿无女，金永年就想以村委会的名义，为老人把这堂白事好好儿办一下，一来别让老人走得太冷清，二来也让大家知道，老人这一辈子干的事，至少西金旺的人没忘，况且这几年村里的集体经济搞得好，就是铺张一点儿也铺张得起。这本来是个好事，各村的村主任一听金永年这回要好好儿地办这堂白事，也都来吊唁，其实也想看一看，这次，一向财大气粗的金永年又要把这堂白事办成什么样。

白事要想办热闹，自然得请响器班儿。村委会的会计金喜出主意，河那边金尾巴的这伙响器班儿就行，前些日子向家集有一场白事，把这伙人请去了，吹得还挺像那么回事。金永年当然知道金尾巴，也听人说过，现在这伙人到处吹白事。但金永年不想跟东金旺的人打交道，张少山那人的脾气太各色，弄不好又得生一肚子闲气。可再想，如果不请这伙人，就得去二十几里以外的骆家湾。那边还有个响器班子，吹得也确实比金尾巴这伙人好。但那伙人的架子大，毛病也多，得伺候好了，还得管接管送，虽然村里有车，接送倒不是问题，可来回也折腾。况且这伙人的活儿多，来了肯定也待不住，吹打一会儿就得走。会计金喜说，还有钱的事儿呢，那伙人的出场费也高，金尾巴这几个人倒不讲价儿，管顿饭也就行了。金永年听了想想说，那就金尾巴这伙人吧，钱就算了，最后完事，管他们一顿像样的饭食。

会计金喜过河来找金尾巴，一说，金尾巴倒也没说别的，问清日子和具体时间，就把金喜打发走了。但金尾巴旁边的几个人不干了，觉着西金旺村的这堂白事只管顿饭，金永年这是瞧不起人。其实金尾巴一听只管一顿饭，心里也已经不痛快。以往也有不要钱的，但不要钱是自己说不要，而且人家对方一定要给，是推辞不要的，现在西金旺一张嘴就说不给钱，只管饭，这就是另外一回事了。可是当初的规矩是自己定的，又不能说别的。这时响器班儿人就都说不去，不伺候。金尾巴想想说，白事没有驳的，去还得去。

说着又点点头，不过，去跟去就不一样了。

这天中午，金尾巴这伙人一来，心里又一个不高兴。定的时间是中午一点，这个点儿就太损了，说饭口不是饭口，可不是饭口又正在饭口。响器班儿来了一看，没备中午饭，显然，说好的管饭是指晚饭。几个人来时，还都预防万一，先在家里垫了几口，就怕来时没饭，得饿着吹一下午，结果果然就没饭。虽然心里窝了气，但都看着金尾巴的脸色。金尾巴倒没动声色，先铺开场面，几个人坐定，然后就让人去把金永年叫来。金永年没给备午饭，脸上却没有一点歉疚的意思，若无其事地问，有啥事。金尾巴说，就想问问你，怎么个心气儿，这堂白事怎么吹。金永年并没把金尾巴这伙人当回事，也就没注意金尾巴的脸色，只随口说了一句，俗话说人活七十古来稀，老槐爷子活了九十大几，该是个喜丧。说完就转身走了。

但金永年并没意识到，也正是他这句话，就惹了祸。

金尾巴抄起唢呐，使劲朝上一挑，就吹起了《喜洋洋》。几个人一听，也就都跟着吹起来。《喜洋洋》这曲子跟别的曲子不一样，不光节奏快，音调还高，这一吹喜庆的气氛立刻就起来了。就这样吹完《喜洋洋》，接着又吹《今天是个好日子》，然后是《今儿个真高兴》。这本来是一场白事，就算再怎么"喜丧"，出来进去也都是吊唁的人，有的当初跟老槐爷子的感情很深，在灵前一边行着礼还忍不住哭起来。这时让金尾巴这伙人一吹，一下就全乱了。来的这些人倒不懂这是什么曲子，只是听着挺热闹，还喜气洋洋的，不像办丧事，倒像是在庆贺什么大喜事。一下就都糊涂了，不知响器班儿的这伙人是怎么回事。按响器班儿的规矩，吹奏曲子是一首接一首，中间不能断气儿，用现在时髦的说法也就是"串烧"，几个曲子吹完一圈儿，再从头儿吹起。金永年在外面正送客人，一听里面吹得越来越不着调儿，赶紧往回走。迎面看见会计金喜，一把薅住问，这伙人这是怎么回事，吹的这都是啥乱七八糟的?!

金喜的脸也白了，结结巴巴地说，我拦也拦不住，他们说是你说的，要吹喜丧!

金永年一听更急了，往起一蹦说，喜丧就是喜事儿啊，这不成心吗?!

说完就拔脚往里跑。

这时，金尾巴这伙人已经又吹起来了《真是乐死人》。金永年闯进来，按住这个又按那个，最后干脆扑过来一把夺过金尾巴手里的唢呐，这才停下了。

金永年歪着脑袋问金尾巴，你是不是成心?

金尾巴不慌不忙地说，我一来，就问过你的心气儿了。

说完一挥手，几个人也不等吃饭，收拾起家伙就走了。

这件事很快就传开了。西金旺这边的丧事刚办完，马镇长就把金永年叫到镇里。马镇长让这事弄得又好气又好笑，对金永年说，其实要说起来，这事儿并不大，或者说根本就不叫个事儿，可这么快就在全镇的各村传开了，你想过，这是为什么吗？

金永年垂头丧气地哼一声说，气人有笑人无，都看我的乐儿呗！

马镇长说，你这就想歪了，这事要出在别的村，还真不算个事儿，可出在你西金旺就是事儿了，俗话说树大招风，你现在不光招风，还招眼，以后做事先动动脑子吧。

马镇长这样说完，见金永年还不服气，就又说，现在生活好了，谁家有丧事，只要条件允许，自己适当办一下也不是不可以，可你这个村主任，又是以村委会的名义这么大操大办，这就是两回事了，况且，听说这事儿还牵扯着东金旺的人？

金永年打个嗨声说，也怨我，记吃不记打。

马镇长哼一声，你这话，只说对了一半儿。

第八章

这几天，张少山的脑子又有点乱。

本来从镇里开会回来，想了几天，已经把思路捋顺了，后面要做的事也有目标了。可再想，好像还是有点含糊。给二泉已打了电话，叫他回来。二泉在电话里虽没明确表态，可听他的意思也已经答应了。但放下电话再想，叫二泉回来，又干吗呢？

偏在这时，又乱上添乱。

这天下午，张少山突然接到县水务局的电话，让他立刻去一趟。张少山接了电话有些摸不着头脑，平时跟水务局并没多少来往，他们找自己会有什么事？赶到县水务局已是傍晚6点多钟，来到水政执法科，一进门，就看见了坐在靠墙长椅上的金尾巴。金尾巴一见张少山来了，立刻站起来说，行了，我们村长来了，我能走了吧？水政执法科的科长是个大胖子，过来一伸手把他按回到长椅上，哼一声说，先等会儿，你的事还没说完，不能走！

张少山看看金尾巴，又看看水政科长，问，到底出啥事了？

水政科长朝对面的椅子指了指，让张少山坐下，然后才说，这事儿挺严重。

张少山回头问金尾巴，你又惹啥祸了？

金尾巴低着头，不说话。

水政科长说，他这回这祸可惹大了。

张少山听了一会儿才听明白，金尾巴这回确实惹了大祸。

金尾巴这伙响器班儿的人平时没事，就凑在一块儿喝酒。但喝酒不能干喝，还得有下酒菜，总去街里的小饭铺儿又去不起，就只好自己想办法就地取材。响器班儿里有个吹笙的，叫金毛儿，最会扎蛤蟆。把铁扦子磨尖了，绑在一根紫穗儿槐的条子上，晚上几个人拿着手电筒去河边。天一黑，蛤蟆都趴在水皮儿上，用手电筒一照眼就花了，一动不动，把铁扦子伸过去一扎就插上了。这样在河边转一圈儿，一晚上就能扎一盆。回来剥了皮，扒下腿，放点儿葱姜花椒用盐水一煮，下酒挺好。但后来金尾巴听说，敢情蛤蟆是国家保护动物，立刻就不让这么干了，为了吃，别再蹲进班房。这以后就改抓螃蟹。抓螃蟹就比扎蛤蟆省事多了，晚上点个汽灯，放在河边，水里的螃蟹一见灯亮儿自己就往岸上爬，只要等着捡就行了。但螃蟹就比蛤蟆少多了，经常一晚上也逮不了几个，总不够吃。前一天的晚上，金尾巴和金毛儿几个人又去河边照螃蟹，直到半夜也没抓到几个。回来时路过南大闸，金尾巴突然有了主意。这南大闸建在河堤上，闸里是梅姑河，闸外是南大渠。金尾巴的爷爷当年在梅姑河上打鱼，绰号叫"鱼鹰子"，隔着水皮儿能看见水底的鱼，所以他撒网，网网不空。后来到金尾巴他爹这一辈还打鱼。但这时河里经常过臭水，打的鱼也不能吃，再后来也就把网卖了。金尾巴从小看他爹打鱼，对逮鱼的事很在行。这时，他发现这南大闸的外侧是一个不大的水坑，水坑再往外才通着南大渠。想了想，就让金毛儿回去拿了几个两掺儿的大饽饽来，捏碎了扔在南大渠通这水坑的入口。第二天上午，几个人就带着水盆水桶又来到这里。因为头一天晚上在南大渠通水坑的入口扔了饽饽，引来渠里的鱼都游进这个水坑。这时已看出来，这水坑里已经有不少大大小小的鱼，一边来回游着噼噼啪啪地溅起水花儿。几个人一看高兴了，立刻动手挖土搭埝，接着就准备淘这坑里的水。金尾巴虽然干正事不愿吃苦受累，但玩儿行，脏点儿累点儿都愿意，况且他是这伙人的头儿，这种时候也得以身作则，于是第一个脱鞋，挽起裤腿，索性跳进水里。别人一见金尾巴下去了，也就都跟着跳下去。但这几个人并不知道，就在他们玩儿得高兴时，已经让向家集的村主任向有树远远看见了。

向家集在东金旺的南边，两村相隔不到一里地，中间横着南大渠。这南大渠既是界河，也是一条排灌干渠，两村的农田浇水都要用这条渠里的水。向有树这天上午去镇里办事，一上河堤，远远看见金尾巴这伙人正在南大闸的底下淘水，还把闸底的泥挖出来搭了一道埝，就知道他们在逮鱼。这个水闸不光用于排水放水，还跟大堤是一体的，金尾巴这伙人这一挖，也就直接威胁到大堤的安全。河堤上每隔一段距离，都有一块县水务局立的警示牌，上面有举报电话。向有树立刻就给水务局打了电话。水务局水政执法科的程科长一接到电话，立刻就带人赶过来。金尾巴这伙人这时已把水坑的水快淘干了，果然有很多鱼，眼看要到收获的时候了，这时一见水务执法的人来了，才知道闯了祸，赶紧都爬上岸，抱上衣裳提着鞋就一溜烟儿地跑了。只有金尾巴没跑。其实金尾巴也能跑，但他知道，如果自己也跑了，水政执法的人肯定就得追到村里，那麻烦就更大了，索性自己把事扛下来也就是了。水政执法的人先把金尾巴控制住，又对遭到破坏的水闸现场拍照取证，然后就把他带回县里来。金尾巴对破坏水闸的行为供认不讳，且把责任都揽到自己身上，说是自己想逮鱼，另几个人都是他花钱雇来的，跟他们没关系。水政科的程科长已看出来，这个叫金满帆的是这伙人的头儿，只要抓住头儿就行了。于是告诉他，他们把这个水闸的结构破坏得很严重，虽还没达到追究刑事责任的程度，但也要赔偿修复费用。金尾巴一听倒也不急，翻翻眼皮说，我没钱。程科长说，我警告你，赔偿经济损失已是最好的结果了，有钱没钱是你的事，如果拒绝接受处罚，我们就只能把你移送公安机关了。金尾巴一听，这才有点儿怕了，想想说，叫我们村长来吧。

这时张少山听了，已经气得说不出话来。当年建这南大闸时，东金旺和向家集两个受益的村子都出了河工，张少山也去了。他知道，别管这水闸让金尾巴这伙人破坏成什么样，肯定不会是赔个千儿八百就能了结的事。可现在村委会已经穷得叮当响，还别说千儿八百，就是拿个几百块也如同是从身上割肉。最可气的是这金尾巴，自己带人闯了祸，捅了这么大的娄子，现在却把这个"锅"甩到村里来，让村集体替他背。这个金尾巴平时干正事没脑子，可一沾歪门邪道儿却一肚子鬼心眼儿，他知道，只要把村长叫来也就没他的事了，甭管村长愿意不愿意，这个锅肯定都得替他背，当然不背也行，那就得陪着他一块儿丢人现眼，况且还有一层，东金旺的村集体遇上这种事，连千儿八百块钱都拿不出来，这要传出去，也就更成了大家的笑柄。心里这么想着，狠狠瞪了金尾巴一眼，扭头问程科长，赔偿水闸的损失，大概要多少钱。程科长一见张少山认了这个账，就说，其实不完全是赔偿损失，这个赔偿也包括罚款，也就是说，还带有惩罚性质，国家对这种破坏水利设施的行为，有明文规定。

张少山问，明文规定是多少？

程科长说，县水务局会送达正式的罚款通知，你们回去等着吧。

张少山回头冲金尾巴说了一句，走吧。

说完，就起身头前走了。

第九章

张少山没想到，金尾巴这伙人惹的这场祸，麻烦的还在后头。本以为认倒霉，村里替他们缴了罚款这事也就过去了。可县水务局并没送达罚款通知。几天以后，水政科的程科长又打来电话，说，他们研究了，让东金旺村委会代缴这笔罚款确实没道理，既然这个金满帆没钱，也可以采取别的处罚方式。张少山一听高兴了，本来这几天，还一直为这笔罚款犯愁，金尾巴这伙人惹了这场祸，让村委会给缴罚款，这确实说不过去。这时一听赶紧问，别的处罚方式是什么方式。程科长说，说到底，罚款只是手段，不是目的，还是要以教育为主。张少山一听立刻表示赞成，连声说，对对，这话对，得让他们真正接受教训。

程科长说的另一种处罚方式，是让金尾巴去河堤上巡逻。这时正是为过冬小麦上春水的季节，但又是枯水期，县水务局虽然对梅姑河沿岸村庄的农田用水管控很严，可还是经常有人偷偷放水。水政执法部门不断加大巡查力度，但毕竟人手有限，也就总是顾东顾不了西。针对这个情况，局里就决定采取一项新措施，简单说就是"以劳代罚"，凡是违反有关水务管理规定的，本该处以罚款的单位或个人，也可以选择以在河堤为水利执法部门巡逻的方式代替缴纳罚款，巡逻时间，根据情节的严重程度暂定为6至15天。张少山一听这个办法挺好，这一来不光村里不用代缴罚款，也可以让金尾巴这伙人直接去接受处罚，省得他们整天在村里游手好闲，再到处惹是生非。再说，这回也不能轻易便宜了这几个小子。

这一想，当即在电话里说，行，就这么办。

但张少山跟金尾巴一说，金尾巴却死活不去。一般偷水的在光天化日之下当然不敢，都是半夜，所以这种巡逻就要在夜里。金尾巴平时最爱睡懒觉，晚上不睡早晨不起，跑到河堤上去转悠一宿，这种事还不如杀了他，一听就拨楞着脑袋说，他最近关节炎犯了，磕膝盖总嘎巴嘎巴响，平时走道儿都费劲，巡逻就算看见偷水的也追不上人家。张少山一听立刻沉下脸说，你关节炎犯了，追偷水的追不上，可跳到南大闸的水坑里淘鱼怎么就行？又说，这两天村委会已经商量了，眼下村里也拿不出这罚款，再说大伙一听，也都不同意出这个钱，你如果实在不想去，就只能还把这事交给水务执法，让他们该怎么处理就怎么处理吧。

金尾巴一听，这才不敢说话了。

让张少山没想到的是，金尾巴只去了一晚上就跑回来了。他这里刚回村，水政科程科长的电话就追过来。程科长在电话里说，现在对这件事的处理已经是网开一面，如果这个金满帆再这样得寸进尺，我们就真得该怎么办怎么办了。

张少山一听忙问，到底怎么回事。

程科长显然很生气，在电话里说，这天夜里，金满帆和另外三个人分在一组，然后这四个人又分成两个小组，以张伍村为界，一组沿河堤往北，另一组往南。金满帆和张伍村的一个人是往北。可到了后半夜，金满帆就不见人了。这张伍村的人在堤上堤下找了几趟，还是不见金满帆的人影，只好一个人先回来了。天大亮时，程科长来了，一听这个情况，立刻紧张起来，倒不是别的，担心这个金满帆夜里在堤上黑灯瞎火的看不见，如果一脚踩空，骨碌到河里就麻烦了。于是赶紧带人又沿着夜里走的路找回来。正走着，就听见一阵打呼噜的声音。朝河堤下面一看，有个用苇席搭的破窝棚，是头年夏天种西瓜的人住的。几个人下了河堤过来一看，果然，金满帆正躺在这破窝棚里睡觉。

张少山一听，挂了电话就来找金尾巴。

可在村里找了一圈儿，也没见人影，连他平时一块儿玩儿的那伙人也一个都不见了。显然，是得着消息都成心躲了。这时程科长的电话又打过来。程科长在电话里说，这个金满帆如果不来，你们村就得再出一个人，人不来，罚款也不缴，这件事就只能交有关部门处理了。张少山当然明白这话的意思，还别说交有关部门处理，这事一旦传扬出去，就又得让人当成话把儿。可这时金尾巴这伙人一个也抓不到，让村里别人去，又没这道理，肯定派谁谁也不去。想来想去，最后一咬牙说，好吧，甭管怎么着，我村里今晚去一个人就是了。

这个晚上，张少山只好自己去了。

张少山替金尾巴这伙人去河堤上巡逻了几个晚上，虽然没逮着偷水的人，但也有收获。夜里大堤上很静，一个人走着，正好可以静下心来想事。这一想，也就渐渐都想明白了。

这次叫二泉回来，其实也就是为这个金尾巴。

在东金旺，金尾巴也不是没怕的人。平时虽然七个不含糊八个不在乎，见谁都充大辈儿，一口一个"我是小爷，我怕谁?"，其实村里人都知道，他最怕二泉。

二泉的脾气和茂根还不一样。茂根是爱说，嘴敞。嘴敞的人心也就浅，平时遇上高兴或不高兴的事就不管不顾地说出来。但二泉不是，不说，甭管遇上什么事，也就永远看不出他到底高兴还是不高兴。金尾巴最怵二泉的，也就是他这个不说话，平时总黑着脸，不知心里在想什么。当初二泉高中毕业时，父亲突然去世，家里得还账，又有一摊子事，就决定放弃高考。但回来之后，发现村里人看自己的眼神都有些奇怪。人的性格就是这样，越是不爱说话的人，对周围的环境也就越敏感。二泉觉着这里边肯定有事，就来找茂根。这时茂根才告诉他，村里都在议论，说二泉这次回来，是因为在学校跟一个女生搞对象，不知怎么搞出了事，好像还把事情闹大了，因为受了处分，所以才没参加高考。当时学校确实有一个低一级的女生，叫金桐，一直主动接近二泉，其实就是有想追求的意思。但二泉正一心准备高考，根本没这心思。当然还有一个原因，这个叫金桐的女孩儿是西金旺村的人，二泉也不想跟西金旺的女孩儿扯这种事，所以也就总是礼貌地故意躲着。这个叫金桐的女孩儿长得挺漂亮，在学校是公认的校花，平时都是别的男生追她，这次反倒被二泉拒绝了，就感觉受了侮辱，据说偷偷哭了几次。后来这事就在学校传开了。但这件事仅此而已，根本不存在闹出事，还把事情闹大了。二泉听茂根这一说，脸立刻黑下来，问，这话是谁说的？茂根知道二泉的脾气，忙说，你看你看，我就不该告诉你，其实是无所谓的事，清者自清，谁爱说就让他说去。二泉说，不行，我必须弄清楚，这话到底是从谁的嘴里说出来的。

茂根说，我真不知道。

二泉说，好吧，你是听谁说的，你总该知道吧？

这一问，茂根就没话说了。

二泉说，你要是不说，我就一个一个捯，我就不信捯不出来。

茂根一看二泉的拧脾气又上来了，也知道，他刚从学校回来，把已经准备得好好儿的高考功课都扔了，心里肯定正难受，于是只好说，好吧，那就告诉你吧，不过，你不许急。

二泉说，你说吧。

茂根这才说，是金尾巴说的，据他说，是去张伍村，听那边人说的。

二泉一听没再说话，扭头就走了。

当天晚上，村里开全体村民大会。平时召集这种会很费劲，但这个晚上农村商业银行的人过来，要为大家讲解办理医疗保险卡的事，关系到每个人的切身利益，所以能来的人也就都来了。正要开会，二泉来了。显然，二泉是故意挑这个全村人都在的时候来的。他黑着脸径直走到金尾巴的跟前。金尾巴这个晚上挺兴奋，正比比画画地跟几个人说话。二泉来到他跟前，伸手一把薅住他的脖领子，一使劲把他揪起来。在场的人一看，立刻都不说话了，会场一下静下来。二泉问金尾巴，我这次从学校回来，是因为搞对象出了事，在学校挨了处分才回来的，这话是你在村里说的？金尾巴一听二泉问这事，就知道他急了。但这时当着一村的人，当然不能示弱，就一梗脖子说，是啊，没错儿，是我说的。

二泉问，你是听说的，还是看见了？

金尾巴含糊了一下说，我，是听说的。

二泉又问，听谁说的？

金尾巴翻翻眼皮说，这你甭管。

二泉说，我今天告诉你，你听清了，以后有谱儿的话说，没谱儿的，别乱说。

金尾巴喊的一声，这你管不着，嘴长在我身上，我想说就说。

他这么说着，并没注意二泉的手里。这时，二泉已掏出一贴伤湿止痛膏。这伤湿止痛膏其实就是一块巨大的橡皮膏，有一巴掌大小。二泉撕下粘在上面的塑料布，没等金尾巴看清，叭地就糊在他的嘴上，粘得还挺结实，看上去就像戴了个口罩。这一下可坏了，金尾巴没料到二泉会来这一手儿，嘴给糊住了，想说话又说不出来，一边呜呜叫着，伸手想把这伤湿止痛膏撕下来，可刚一撕，立刻疼得把脸扭歪了。金尾巴从小毛发就稀，可到了这个年龄，嘴边也长出了稀疏的胡子。这胡子又黄又软，只是一层茸毛。这时一下都被这伤湿止痛膏粘住了，稍一揭疼得钻心。二泉看着他，又一个字一个字地说，我现在说的话，你记住，我在学校从没搞过对象，跟谁也没搞过，我不参加高考，是因为家里的事，听明白了吗？

金尾巴的嘴让伤湿止痛膏糊着，只是瞪着二泉。

二泉又说，你以后再敢胡说八道，我就不用伤湿止痛膏了，用狗皮膏药糊你的嘴！

说完，伸手一使劲，刺啦一下，就把这伤湿止痛膏给他撕下来了。这一下倒好了，金尾巴嘴边的这一层又软又稀的茸毛立刻让这贴伤湿止痛膏都给粘下来，看上去就像刚刮了脸，光光溜溜儿的。二泉把这贴伤湿止痛膏扔在地上，就转身走了。

这以后，金尾巴再见二泉，也就老实了。

张少山夜里在河堤上巡逻时，把思路重新捋了一下。要想让东金旺的这潭水活起来，还是得指着村里的年轻人。可眼下年轻人都出去打工了，剩下的也就是金尾巴这几块料，而且一个比一个不成器。金尾巴说起来脑子是有，能耐也有，用二泉他爹当年的话说，是一肚子歪才，就是没用在正道儿上。当初去天津打工一年多，本以为在外面学点本事，回来能把村里的年轻人带起来。可没想到，带是真带起来了，几个人弄了个不伦不类的响器班儿，经常出去吹白事，还真吹出了一点儿名堂，这本来是好事，但毕竟不能当主业，更不能当玩儿，总还得干点正经事。这伙人都听金尾巴的，可从金尾巴这儿就没心思务正业，更别说什么"内生动力"。平时闲着没事除了喝酒，就是"斗地主"，再闲了就去南大渠逮鱼摸虾，还经常把村里闹得鸡飞狗跳。本来这一次，这伙人把南大渠的水闸破坏了，惹了这一场祸，张少山倒觉着是个好事。下游张伍村的经济是靠种槿麻起家的，头几年收了槿麻直接往外卖，后来就不卖了，村里自己搞起麻织品企业，织麻袋，也拧麻绳，听说最近还要提升技术含量，正准备进设备，要织麻席和麻布。张少山本来想的是，如果带着金尾巴这伙人专门去张伍村取经，先从学种植槿麻入手，他们肯定不去，可这回，如果金尾巴去那边的大堤上巡逻，也就正好是个机会。张伍村的村主任叫张大成，跟张少山的关系很好，如果趁金尾巴在张伍村那边的大堤上，去给他跟张大成接上头，再托付一下，以后金尾巴也就可以经常去张伍村那边取经。倘金尾巴真能带着他身边的这伙人在东金旺也搞起槿麻产业，至少是一条路，村里的经济也就能活起来了。可没想到，这小子是狗屎扶不上墙，竟然这么不长进，只去巡逻了一宿，还钻到大堤下面的破窝棚睡了半宿觉，第二天一早就跑回来了。

张少山这时已经彻底想明白了，金尾巴这伙人能坏事，也能成事，至于成事还是坏事，就看有没有能降得住他们的人。这个人当然有，就是二泉。所以，这次叫二泉回来也就正当其时。他的角色就如同"钟馗"。倒不是让他打鬼，说白了，是让金尾巴有个怕的。

眼下在东金旺，就缺这样一个人。

第十章

二泉没想到，在县城一下车，就碰上了张三宝。

张三宝当年是县评剧团的琴师，弹琵琶，也拉中胡。二泉在县一中上学时，曾跟他学过弹大三弦，也算有师生之谊。当初二泉要学，张三宝并不想教。教乐器不像教别的，得先从基本功练起，不光单调，也很枯燥，一般的人很难坚持。过去学这行是要拿着当饭吃，再枯燥也得认头。可如果只是玩儿，练一段时间也就扔下了，费这工夫没意义，教也是白教。但二泉是个一条道儿跑到黑的脾气，非要学。后来还把张少山搬来跟张三宝说。张少山的老丈人张二迷糊是张三宝的亲叔伯二叔。当年张二迷糊的爷爷扔了卖乐器的零碎生意，来东金旺娶了金寡妇，后来张三宝的太爷也跟着来到海州县。张三宝的爷爷跟张二迷糊的爷爷是叔伯兄弟，可两人的关系比亲兄弟还近。但张三宝的爷爷是弹弦儿的，后来就落在县城。张三宝每到年节都要来东金旺看张二迷糊，这样跟二泉也就认识了。张三宝论着得叫张少山姐夫，也就不好驳这面子，张少山又说，二泉这孩子怎么好，做事怎么用心，于是也就只好答应了。

张三宝正在小饭馆儿跟一个朋友吃饭，一眼看见正在街上走着的二泉，就出来叫他。二泉回头一看是张三宝，也站住了。张三宝知道二泉这几年去广东打工了，这时见他拖着这些行李，就知道是决定回来了。二泉说，刚下车。张三宝估计他还没吃饭，就拉进饭馆，让他坐下一块儿吃。张三宝又给介绍，跟他一块儿吃饭的这朋友是当初评剧团的同事，姓苏，是拉低音胡的，现在上了岁数，早不干了。老苏70来岁，看着还挺精神。二泉一见给自己端来一碗板面，也就不客气，一边吃着一边问张三宝，眼下县剧团怎么样，是不是还在那儿干。

张三宝说，是啊，还在那儿，这几年剧团转企了，比以前好多了。

说着又看看二泉，你在广东好好儿的，怎么回来了？

二泉的筷子停了一下说，嗨，一言难尽。

张三宝点了下头说，嗯，可以想象。

接着又说，我听少山姐夫说了，他也想让你回来。

二泉说，是。

张三宝忽然又笑了，说，前两天，少山姐夫跟他老丈人又打起来了，闹得还挺热闹。

二泉从碗里抬起头问，为啥？

张三宝说，其实要说起来，也不是啥大事，就是少山当这村长，他老丈人一直看着不顺气，这回为点别的事，老爷儿俩就干起来了。

说着又摇摇头，嗨，清官难断家务事。

正说着，张三宝的手机响了。他接电话说了几句，好像是剧团演出的事，最后又告诉对方，自己这会儿在哪儿，就把电话挂了。然后问二泉，你是还有别的事，还是回村？

二泉说，回村。

张三宝说，那正好，下午县剧团送戏下乡，要去张伍村，一会儿有车先拉设备，车马上就来接我，你正好可以跟这车，到了张伍村，我让他们再往前开一下就送你回去了。

说着话，老苏打个招呼先告辞走了。二泉和张三宝吃完了，也从小饭馆儿出来。

二泉在回村的路上，又听张三宝说，才知道张少山跟张二迷糊这回为什么吵架。其实说起来，起因也是一件好事。最近镇文化站为了助推文化产业的发展，开始在全镇的各村搞文化普查。发现东金旺的张二迷糊画的门神和财神有浓郁的地方民俗文化特色，很拙朴，虽是用笔画的，却又有当地传统版画的风格，于是没跟张二迷糊商量，就命名为"梅姑彩画"，准备打造成一个文化品牌。去外面参加了几次文化产品推介会，果然反映很好，天津的一家文化公司也表示出兴趣，想包装一下试试。但对方提出来，目前这个"梅姑彩画"的题材不行，还要再商量一下。张二迷糊画的门神是"钟馗"和"尉迟恭"，财神则是"四面八方一个中"的九路财神，也就是传统的东比干，南柴荣，西关公，北赵公明，西南端木赐，东北李诡祖，东南范蠡，西北刘海蟾和正中王亥。这家文化公司的人说，门神还好说，关键是这九路财神，已经不新鲜，大家普遍都知道，这个"梅姑彩画"既然是在梅姑河一带发掘出来的，最好能带有一些梅姑河沿岸的民俗文化特征。但这一下就把张二迷糊难住了。他画这"东西南北一个中"的九路财神，已经画了几十年，实在想不出这财神还能长成别的什么样儿。就在这时，镇文化站的老周给他出了个主意。老周说，现在一直是这家公司找张二迷糊直接谈，这就成了企业跟个人合作，这种合作的形式本身就不对等，成了雇佣关系，这一来也就只能让人家牵着鼻子走，说什么就是什么，而镇文化站只能牵线搭桥，别的也不好插手。所以，老周说，能不能让张二迷糊跟村主任张少山说说，由东金旺村委会出面跟这家公司谈，这一来公对公，也就对等了，谈得好就合作，万一谈不拢也可以另谈。老周说，这里还有一个问题，跟这家公司合作，怎么合作，合作多长时间，眼下还都是没谱儿的事，假如以后不合作了，村里也就有了经验，如果村委会给张二迷糊成立个工作室，自己也照样能干。

其实老周也是好意，而且他这主意仔细想想，还真行，倘若将来真能搞一个这样的工作室，张二迷糊再带几个徒弟，也就是一个文化产业。但老周却犯了个错误，他不该这样跟张二迷糊嘀咕，完全可以直接去找张少山把这个想法说出来。不过老周也留了一个心眼儿，他知道张少山这人的脾气不光隔色，用天津人的话说就是个"愣子"，也早有耳闻，平时在村里不徇私情，干脆说就是六亲不认。他虽然跟张二迷糊是翁婿关系，如果自己真当面去说，再让他一句话崩回来，自己这个文化干部的脸面也就没处搁了。张二迷糊一听老周这主意，当然觉着挺好，想想应该也有把握，眼下镇文化站已经把桥给搭上了，跟这家公司也见面了，不过是让村里出个名义，暂时也不用做什么，张少山没有不同意的道理。可没想到，晚上张少山回来，一边吃着饭一边跟他一说，他还真不同意。张少山倒心平气和，对张二迷糊说，这事儿不能这么干，如果是公就是公，是私就是私，两下里不能掺和到一块儿。张二迷糊一听，把小眼睛眯起来问，你的意思，就是不行呗？张少山明白，张二迷糊这是在拿话往墙角逼自己，也已经有威胁的意思。他这时已经在等着，只要自己一说是，立刻就又得跟自己吵。但原则的事，吵也不行。他只好耐下心来说，您想想，如果让村委会出面去跟这家公司谈，而且谈成了，这个事儿到底算村里的还是算个人的？张二迷糊这时一点也不迷糊了，瞪起两个小圆眼儿反问，村里的咋着，个人的又咋着，这不是一回事吗？张少山说，当然不是一回事，问题是这里边还有钱的事，将来甭管赚了赔了，村里的和个人的，能一样吗？张二迷糊又紧逼一步问，就算是个人的，你现在整天跟跳兔儿似的在村里乱窜，煽呼着这家搞产业那家搞产业，不也是为让大伙儿赚钱吗，我现在有了现成赚钱的道儿，钱就摆在眼前，你咋倒不支持了呢？张少山仍然耐着性子说，支持当然支持，让我个人怎么支持都行。张二迷糊立刻冷笑一声，你个人支持？你现在穷得连屎都没的拉了，你拿啥支持我？张少山一听张二迷糊这话越说越没溜儿，也有点忍不住了，但还是压着声音说，不管怎么说，公私得分清，我不能拿着村委会的名义给你个人办这事。张少山的这句话还没说完，张二迷糊突然把捧在手里的粥碗叭地摔在地上，碗碴子飞得到处都是，也溅了张少山一脸的黏粥。张少山也吓了一跳，一下子蹦起来。张少山的麻脸女人坐在旁边，一直不敢说话，这时赶紧去拿了一条毛巾来，递给张少山。张少山知道老婆怕自己急，使劲喘了口粗气，接过毛巾把脸上的黏粥擦了擦。张二迷糊摔了粥碗，又扯着脖子嚷，给我个人办事儿，你说的这叫人话吗？我把闺女给了你，我是你老丈人！赚钱是我一个人花吗？我就是养条狗也懂得看家护院，不吃里爬外！

张少山没再说话，转身从家里出来了。

二泉听了这事，心里才有些恍然了。

张少山这些年一直是这脾气，如果他想让一个人干什么事，不会直接说，给对方的感觉只是建议，既然是建议，对方也就可以听，也可以不听。如果不听，他就会找机会再说，这样说几次，如果对方还不听，他也不勉强。而听了，他才会把自己的想法具体说出来。现在二泉明白了，这次在广东时，张少山突然打电话，让自己回来，他当时并没具体说让自己回来干什么。现在看，应该也跟村里的这些事有关。二泉想到这儿，不由得在心里叹口气，张少山并不知道自己在广东那边出的事，现在就是回来，还能帮他干什么呢。

二泉回到家，母亲一看他的手，只是流泪叹气。二泉强打精神，把手伸到母亲面前张开，又攥了攥，笑着说，现在跟好手一样了，回来的路上提行李，一点不费劲。

　　说完就帮母亲做饭。晚上吃了饭，就来找张少山。

　　张少山的家在村南，是个不大的院子。这里不是张二迷糊家的老屋。当年张二迷糊的爷爷娶了金寡妇，就住在金寡妇家里。金寡妇开的小铺在村西，家也在村西。后来张二迷糊的爷爷把房子翻盖了，也就是张家后来的老屋。到张二迷糊这一辈，老屋年头太久，已经破得不能住人了。张少山一入赘，在村南又要了一块宅基地，重新盖了一明三暗四间正房，东屋两间，西屋一间。起初是坯屋，后来又翻盖成"穿鞋戴帽"。所谓"穿鞋戴帽"是梅姑河边的说法，也就是下面垒砖基，上面挂瓦顶，只有中间是土坯，这种房子不光省钱，还有很多好处，由于是砖基，也就像砖房一样牢固，屋脚不会被雨水侵蚀，挂了瓦顶，也就不用再年年抹房。二泉这个傍晚来时，天还没黑透，张二迷糊正坐在院里研朱砂。张二迷糊画门神和财神，用得最多的是红颜料。但别的颜料可以买水彩，唯有这红颜料，必须用朱砂。朱砂的红也是红，但这个红里还透出一层土色，也就是这层土色，才是"梅姑彩画"特有的"土味儿"。张二迷糊一般是去县城的中药店买朱砂。但药店的朱砂是配药用的，粗细不匀，也净是疙瘩，买回来还得研磨，然后再用筛面的细罗过几遍才能用。

　　这个傍晚，张二迷糊坐在门口的台阶上，就着天空最后的一点亮儿正抱着蒜罐子研朱砂，抬头一见二泉，先是愣了一下，接着又哦了一声。

　　张二迷糊每次见二泉，总觉着有些愧疚。张二迷糊画的九路财神虽然村里的大人孩子都知道，也能一口气说出谁是谁，但具体每个财神是怎么回事，却没人能说清楚。只有二泉的爹能说出来。二泉的爹看书多，不光是家里的那一箱旧书，平时见着什么书都看。张二迷糊画的这九路财神，从文财神刘海蟾到武财神关二爷直到柴王爷柴荣，也就一个一个都能讲出来。按说张二迷糊应该拿二泉的爹当知音，但他却并不愿跟二泉的爹来往。张二迷糊自己不承认，其实还有一个本事，会看相。一次他喝了酒，在街里对众人说，这东金旺最老实的好人就是金树田，只可惜，好人不长命，只怕是天寿不长。张二迷糊说的金树田，也就是二泉的爹。张二迷糊说，他不爱跟不长寿的人来往，不吉利。后来二泉的爹果然死了。村里人就都说，树田是让张二迷糊这一句话方死的。张二迷糊嘴上虽说没这回事，心里也嘀咕。这以后再见二泉，就总躲着。当初二泉去广东打工，临走时，张二迷糊还偷偷塞给他5块钱，让他在路上饿了买个烧饼吃。这时，一见二泉走进院子，哦了一声才说，你回来了？

二泉说，刚回来。

张二迷糊知道二泉来找张少山，就低头继续研朱砂。

研了几下，才说，那人不在。

二泉明白，他说的"那人"，是指张少山，就问，去哪儿了？

张二迷糊朝地上啐了口唾沫说，出去了。

二泉听出张二迷糊的话音儿不对，明显还怄着气，出去了，是出村了，还是出门儿了。但知道张二迷糊的脾气，不想再拱他的火儿，已经到嘴边的话还是又咽回去。

张二迷糊又抬头看一眼二泉说，今天一大早，一个蹶子一个屁地走了。

二泉问，出门儿了？

张二迷糊哼一声，谁知道，兴许是。

第十一章

张少山来天津找师父胡天雷，其实也想出来散散心里的闷气。

但说是散闷气，也想跟师父念叨一下村里最近发生的这些事。

胡天雷虽然只是个说相声的，但人情冷暖，世态炎凉，大到忠奸善恶，小到家长里短，好像没有不明白的。一件再缠头裹脑的事，只要让他一说，一分析，就像剐一块猪肉，五花三层儿，一样一样，都能给你摆在这儿，也梳理得明明白白。当年在东金旺下放时，胡天雷曾对张少山说过一句话，相声演员的肚儿，是杂货铺儿，要什么就得有什么。后来胡天雷虽然回天津了，但这些年，张少山已经养成个习惯，每遇到什么想不明白或理不出头绪的事，就给胡天雷打个电话，或者干脆到天津来一趟，当面跟师父嘟啵嘟啵。只要听师父一说，再一分析，心里立刻就清楚了。老话说，一日为师，终身为父。张少山从10多岁就死了父亲，这些年在心里的感觉，胡天雷不光是师父，也真像一个父亲。

胡天雷是相声门里出身，但再早并不是专业说相声的。胡天雷的父亲早年是这行里有名的老艺人，辈分也高，艺名叫"窝瓜花儿"，相声不光说得好，口儿也甜，包袱使得又脆又响。但是干哪行的都一样，上辈人觉着自己苦扒苦掖这些年不容易，就不想让下一代再干这个了，可绕来绕去，往往最后还是子承父业。胡天雷也如此。当初七八岁时经常跟着父亲去园子，父亲和叔叔大爷们上台演出，他就在后台一边玩儿一边听。一来二去，常见的相声段子熏也熏会了。一次晚饭的当口儿，正式演员都回去了，可台下还有稀稀落落的观众，不能让台上空着，这个时间用行话说叫"板凳头儿"，一般是让小徒弟上去演。可这个傍晚小徒弟也不凑手，眼看就要晾台了。这时胡天雷过来说，他想上去说个"单口儿"。后台管事的一听立刻拨楞着脑袋说，不行不行，你嘴上的毛儿还没长全呢，就算真晾了，也不能让你上去把这台砸了。当时胡天雷的父亲"窝瓜花儿"不在，旁边一个徒弟过来说，让他试试吧，他平时在底下说着玩儿，我听过，还行。管事的一想，这时也是救场如救火，也就只好答应了。胡天雷上去说了一段《日遭三险》，还真像这么回事。台下的观众一见上来个小孩儿，都觉着新鲜，再看说话嫩声嫩气，可一发托卖相又像个小大人儿，不光可乐，还挺可爱，一下就挺火。胡天雷的父亲本来不想让他干这行，这一行叫吃开口饭，实在不容易。可有了这回，见他还真是干这个的材料，也就给取了个艺名，叫"黄瓜花儿"，意思是比自己这"窝瓜花儿"小，又顶花带刺儿，像根小嫩黄瓜。但胡天雷的父亲毕竟知道这行里的水有多深，总觉着这碗饭不保险，就还是给他留了条后路，让他继续上学，只在晚上跟着来园子。这样胡天雷到中学毕业时，就分到一个小橡胶厂去烧锅炉。烧锅炉这工作有个最大的好处，是上一夜两天，歇一天两夜，胡天雷不上班的时候正好跟着父亲去园子说相声。再后来心思都在相声上，就还是调到一个区级的小曲艺团来。可当时团里没有演员编制，只能当勤杂工。勤杂工胡天雷也干，只要能说相声就行。这以后，胡天雷就在曲艺团当了个打杂儿的，行话叫"碎催"，平时拉大幕，搬道具，也跟着检场，偶尔赶上哪个演员没到，就上去给垫个场，用他自己的话说，就是个"打补子"的。但"打补子"他也高兴，好歹总能说相声。

后来曲艺团的演员都下放农村。胡天雷是勤杂工，本来可以不走。但他父亲是旧艺人，属于家庭出身不好，就还是和团里的几个相声演员一块儿下来，到了东金旺村。

胡天雷当初在东金旺收张少山当徒弟，其实也就是嘴上这么一说，只是看在张少山的父亲，当时村里的大队书记金守义的面子上。胡天雷是个知恩图报的人，别人对自己有一点好儿就会记在心上。当初他们几个演员刚下来时，哪个村都不要，公社的人也没办法，对他们说，如果实在没人要，就只能把你们退回去了。胡天雷后来才知道，那回如果真把他们退回来，就得去两千多里以外的大西北，真这样，这辈子还能不能回来都说不定了。

胡天雷本以为，这个10来岁的孩子整天追着自己要学相声，也就是脑子一热，觉着好玩儿，可没想到真一教，竟然是个玩儿命的主儿，往死里下功夫。其实胡天雷的心里明白，在东金旺这几年，正经教给张少山的没几块"活"，只是经常跟他聊天，行里行外，天南地北，想起什么就聊什么。但也就是这个聊，张少山说过，反倒让他比相声学到的东西还多。也就从这以后，张少山认定，胡天雷是自己一辈子的师父。胡天雷曾给张少山讲过行里的各种规矩，也跟他说过，相声演员真正的拜师仪式叫"摆知"，这"摆知"又是怎么回事。但让胡天雷没想到的是，他当时说得无心，张少山却听得有意，这以后就记在心里了。

后来胡天雷回天津，又回到曲艺团，从此就专业说相声。业务一忙，事再多，当初下放时的事也就顾不上再想了。但几年以后，张少山突然又来找胡天雷。这时的张少山已是20来岁的年轻人，长得高高大大，一表人才。胡天雷一见张少山，像是从天上掉下来的，拉着他问村里的事。又听他说，他父亲已经过世，心里也挺难受。张少山这才说，他这次来找胡天雷，还是为拜师的事。他说，这回想正正式式地"摆知"。胡天雷一听才意识到，已经过去几年，张少山的心里还想着这事，看来他是真把这事儿当回事了。可当回事也不行。胡天雷对张少山说，拜师这事儿拿嘴说说可以，但真要"摆知"就没这么简单了，这可是一脚门外一脚门里的事。胡天雷说，你知道我在行里是什么辈分吗，真收了你，也就等于给一帮说相声的收了个小爷，至少也是师叔辈儿，这不是招骂吗。胡天雷又打量了一下张少山说，再者说，你这浓眉大眼的，真干这行，模样儿也不行。张少山不服气，说，您不是说过，干这行不要一怪，就要一帅吗。胡天雷说，帅是帅，可不是你这帅法儿，让你去演个八路军的机枪班长还行，一身正气，可脸上没眼儿。说着又叹口气，你就是真叩了我，将来也受罪。张少山一听，又拿出当初的犟劲儿，哼一声说，我就是真叩了您，也没打算吃这碗饭，就是想跟着您学点儿真能耐。胡天雷一听就笑了，拍拍他说，要这么说，你已经是我徒弟了。

张少山这回带着一肚子闷气出来，在路上寻思，到了天津去哪儿找师父胡天雷。胡天雷这时已经70多岁，当年的那个小曲艺团后来几经改制，已变成民办公助，胡天雷也早已从这个团里退下来。但退下来也闲不住。这时天津的茶馆儿相声很盛行，胡天雷的徒子徒孙又多，各个茶馆儿园子都拿他当招牌，抢着请他去。张少山知道师父的生活习惯，每天晚上演出完了已经半夜，回去的路上再吃个宵夜，到家就已是下半夜。第二天也就起得很晚。起来收拾一下，吃了午饭，就去一个老浴池泡澡。行里的几个老朋友每天都聚在那儿。泡完了澡，几个人一边嚼着青萝卜喝着茶，聊到下午，出来吃了晚饭，也就该去园子了。

张少山到天津已是中午，先在街上找个小馆儿吃了碗拉面，就奔凯丽大厦来。

张少山出来之前，先去镇文化站找了一趟老周，问他天津这家文化公司找自己的老丈人谈合作究竟是怎么回事。老周这时已知道，张二迷糊跟张少山谈崩了，爷儿俩还吵了一架，这时一见张少山来找自己，就有点紧张。让张少山以东金旺村委会的名义去跟这家公司谈，这主意是自己给张二迷糊出的，这时就以为，张少山是来找自己发难。张少山也看出老周的心思，就对他说，来问他，只是想弄清楚这里边究竟是怎么回事，没有要埋怨他的意思。老周一听这才踏实了，对张少山说，其实镇文化站也是好意，这回搞文化普查，梅姑镇这一带的民俗文化确实积淀丰厚，有的甚至可以去"申遗"，但真正能发展产业的，目前看，也就是东金旺的这个"梅姑彩画"。最近参加了几次文化产品推介会，果然，天津的一家文化公司对这个"梅姑彩画"很感兴趣。老周说，现在看，这家公司包装"梅姑彩画"的可能性很大，但不管是哪种合作，应该有两个原则，一是平等，二是互利，现在互利不会有问题，只是这个平等，就担心后面会让这家公司牵着鼻子走，这就成了给人家打工，如果真这样，这个合作的性质也就变味儿了。老周说，也就是考虑到这一层，所以才想了这么个主意，如果由东金旺村委会出面，去跟天津的这家公司谈，后面的很多事也许就好谈了。张少山没说自己要去天津，又问清这家文化公司的名称和联系人电话，就从文化站出来了。

凯丽大厦是个写字楼，霓虹文化发展有限公司在18层。张少山坐电梯来到楼上，找到这家公司。刚才跟张少山通电话的是这个公司的业务部经理，叫徐岩，出来接待张少山时，才发现是个只有20多岁的年轻人。张少山并没说自己是东金旺村的村委会主任，只说张天赐是自己的岳父，然后说明来意，这次来天津办事，想顺便了解一下，

062

霓虹文化公司这次如果就"梅姑彩画"这个项目与张天赐合作，有什么具体想法。徐岩经理虽然年轻，看着挺老成。他一直在打量张少山，显然心里吃不准，面前这个自称是张天赐女婿的中年男人究竟是怎样一个人。如果听说话，看着又风尘仆仆，应该是从东金旺来的，可再看身上的穿着打扮，言谈举止，又不像农村人，尤其说的还是一口普通话。张少山学过说相声，还稍带一点北京口儿，就更让人判断不出身份。徐岩经理沉了一下，才说，他们公司确实对这个"梅姑彩画"感兴趣，而且已经调研过了，在梅姑河沿岸一带，会画这种"梅姑彩画"的好像只有张老先生一个人，也就是说，已经濒临失传，所以这次就想以全新的理念包装一下，然后向外推介，当然也带有抢救的意思。徐岩经理顿了一下，又说，只是题材问题，倒不是过于司空见惯，也不是太陈旧，这种来自民间的民俗文化，本身就是传统文化的一部分，当然越老越好，但"钟馗"和"尉迟恭"，还有这九路财神，本身都不是出自梅姑河边，这就使这个"梅姑彩画"的形式和内容脱节，成了两层皮。所以，徐岩经理说，他们公司经过反复考虑，又开了几次论证会，最后大家的一致意见，能不能请张老先生搞一个带有梅姑河地方文化色彩的财神形象，至少有这个地域文化的符号意味，这样就会更有价值。张少山一听就明白了，显然，镇文化站的老周是多虑了，这个文化公司提的意见确实有道理，而且这以前，也是镇文化站包括自己从没想到的，如果真能设计出这样一个带有梅姑河沿岸地域特色的财神形象，不仅为"梅姑彩画"增添了新内容，同时也赋予其新生命。徐岩经理又说，现在，我们正准备和张老先生的合作还只是第一步，如果顺利，后面还会跟进新的创意方案。

张少山又向徐岩经理问了几个具体细节，就告辞出来了。

这时，张少山的心情已经比早晨出来时好多了。回头再想，又觉得挺可乐。这本来是个挺好的事，人家这家文化公司考虑得很细，也已经做了认真论证，这个徐岩经理虽然没具体说，也听得出来，他们后面还会有一系列的想法。可还没到哪儿，就先让自己的这个迷糊老丈人把家里闹成了热窑，还差点儿跟自己把人脑袋打出狗脑袋。接着再想，这事儿也不能埋怨镇文化站的老周，他也是急于想把梅姑镇的文化产业搞起来，只是有些揠苗助长了。

张少山又给师父胡天雷的手机打了个电话。大概胡天雷正有事，手机是一个叫谭春儿的徒弟接的。谭春儿说，师父又有晚场，在"九天茶社"，不过今天不会太晚。张少山知道"九天茶社"，这是胡天雷常去的园子。这时看看时间，已是下午五点多，见街边有个卖馄饨的小铺，进去要了碗馄饨，吃了两个烧饼，就奔"九天茶社"来。

"九天茶社"在大胡同，这里守着三岔河口，人来人往的挺热闹。张少山来到茶社门口想了想，如果跟看门的说要去后台找胡天雷，肯定不用买票，但他脸皮薄，不想这么干。可规规矩矩地花几十块钱买张票进去，又实在舍不得。这一想，索性就去了海河边。

天刚黑下来，张少山的手机响了，是胡天雷。胡天雷问张少山，这会儿在哪儿。

张少山赶紧说，就在茶社门口。

胡天雷说，我也在门口，你过来吧。

张少山挂了电话赶紧过来，老远就看见师父正站在园子门口。已经是70多岁的人了，看着还腰不塌，背不驼，身板儿挺直。张少山不由得在心里感叹，难怪行里的人都说，相声养人。胡天雷一见张少山就埋怨说，怎么不进去，这是跑哪儿溜达去了？

张少山笑笑，没说话。

胡天雷知道张少山的脾气，只是哼了一声。

这时谭春儿把车开过来。胡天雷说，上车吧，春儿开车，咱爷儿仨一块儿回去。

在路上，谭春儿一边开着车才告诉张少山，师父知道你来了，今晚就特意跟后台管事的交代了，把场口儿尽量往前排，完了事好赶紧走。

胡天雷笑笑说，少山难得来，一来肯定有事。

张少山说，也没嘛大事儿。

张少山每次来，只要当天不回去，就住在师父家里。胡天雷家的房子虽然不太大，但有个很大的露台。露台封起来，也就成了一个阳光房，又养了些花草，是个喝茶的好地方。张少山每次来了，爷儿俩就在这儿，一边喝着茶一边说话。这个晚上，张少山一见师父，一肚子的话倒不知从哪儿说了。胡天雷一边沏着茶一边说，看得出来，你这回心浮气躁，不踏实。

说着看看他，是不是最近又遇上嘛事儿了？

胡天雷这一问，张少山才把最近发生的事一一道出，从去镇里开村主任联席会，因为跟西金旺的金永年斗嘴，反倒被马镇长立了军令状，到村里的金尾巴带一伙人淘鱼，把南大闸破坏了，害得自己去大堤上替他们巡逻，直到这次出来前刚又跟老丈人张二迷糊干了一仗，一样一样都跟师父说了。最后叹口气，又摇头说，我现在是狗咬刺猬，真不知从哪儿下嘴了。

胡天雷听完，喝了口茶说，你说的这一堆事儿，其实就是一个事儿。

张少山抬起头，看着师父。

胡天雷说，说来说去，就是你这个村主任，到底还打算干不打算干。

张少山没听懂，眨着眼说，我没说不干。

胡天雷又说，不干有不干的说法儿，可要干，也有干的说法儿。

张少山嗯了一声，但心里还是没明白。

胡天雷说，你如果还打算干，就得知道，你现在急的愁的，都是你这村主任本来就应该急的和愁的，老话儿怎么说，当一天和尚就得撞一天钟，你走在村里的街上，人家谁见了你都得叫一声村长，凭嘛叫你，你比别人多长了一个脑袋？就因为你这根萝卜栽在这个坑里了，你的屁股是坐在这个位子上了，明白吗，听人家这么叫，心里美是美，可还得记着自己是干嘛的，光让人家叫村长，自己却不干村长的事儿，那叫占着茅坑不拉屎。

胡天雷这一番话，像把张少山的脑袋捅个大窟窿，风一下子就进来了。

胡天雷又说，我这话说得有点儿不中听，可实际就是这么回事儿！

张少山也乐了，哼一声说，师父这话，是老不中听的。

胡天雷也哼了一声，中听的就不给你留着了！

接着又说，我给你看样东西。

说完就起身进屋去了。一会儿回来，手里拿着一堆绳子。胡天雷说，当年我父亲有个老朋友，是变古彩戏法儿的，我叫他哈大爷，后来他去济南了，临走说，小子，大爷把这个留给你，当个念想儿，你哈大爷指着这东西挣了半辈子饭，没事儿自个儿看看，有琢磨头儿。

说着，就把这堆绳子递给张少山。

张少山接过看了看，显然，这是个变古彩戏法儿的道具，看着就是一堆丝线绳，有筷子粗细，系着一堆大大小小的死疙瘩。可再仔细看，又看不出这堆绳子怎么用。

胡天雷说，你把这堆绳疙瘩解开。

张少山一听，又看看这堆绳子，还别说把这些疙瘩都解开，就是解一个显然都费劲。胡天雷笑着把这堆绳子拿过去。张少山这时才发现，在这堆绳子里，有一根绳子头儿。胡天雷拽住这根绳子头儿，使劲一抖，这堆大大小小的绳疙瘩眨眼就都抖搂开了。张少山瞪起眼看着，敢情是一根完整的绳子。胡天雷笑笑问，看明白了？

张少山不是傻人，当然已经明白师父的意思了。

胡天雷说，只是再把它系起来，又得费我一晚上的工夫。

张少山这时真从心里佩服师父。按说自己也是50多岁的人了，又已当了这些年的村主任，村干部里流传一句话，只要干一届村主任，就能老十几岁，可直到现在，一到了师父面前，感觉自己还像个孩子，甭管说什么，想什么，一下都成了透明的，师父一眼就能看透，而且再难的事，到了师父这儿就像刚才的这堆绳疙瘩，让他一抖搂也就开了。这时，张少山的心里已经明白了，这些日子，就是因为在联席会上跟金永年戗的这个火分量太重，一下把自己砸蒙了，人一蒙就容易转向，一转向也就心浮气躁。也是因为急于求成，这一下就乱了方寸，结果被一件又一件的具体事给缠绕住了，如同刚才的这堆绳子疙瘩，总想一个一个地去解，这么干就是累死也解不开几个。所以，眼下的首要问题，得先找着这个绳子头儿。

心里这么想着，也就长长地舒了一口气。

胡天雷放下手里的茶盏说，走吧，这楼下刚开个大排档，味儿挺好。

张少山也笑了，说，好啊，我陪您喝两盅。

张少山跟着胡天雷出来时才发现，谭春儿开车送他们回来之后，并没走。这时胡天雷的几个徒弟已经演出完了，也都过来，几个人正坐在楼下的大排档里喝茶。张少山跟这几个人都熟，他虽没"摆知"，大家也知道是怎么回事，就都拿他当个亲师哥。

一边吃着宵夜，胡天雷一边问张少山，眼下有什么具体想法。张少山就把自己已经想的说出来，如果按师父刚才的思路，要找的这根绳子头儿，也就是自己的优势。眼下东金旺的优势除了吹拉弹唱也没别的。胡天雷一听就笑了，说，当年梅姑河边有一句话，我现在还记得，说书唱戏搪不了账，锣鼓家伙烧不热炕。张少山立刻明白师父的意思了。胡天雷说，这个吹拉弹唱确实是你的优势，不过也得明白，这只是锦上添花的事，要想在锦上添花，你得先说有锦，没锦这花往哪儿添，戏词儿里有一句话说得好，皮之不存，毛将焉附。

张少山点头说，我明白，还得想办法，先说发展经济，这是根本。

胡天雷说，当年有一种文艺宣传队，叫"乌兰牧骑"，队员都是一专多能，现在还没到这一步，等将来你把经济搞得上了轨道，可以也搞个这样的乌兰牧骑，就叫"金社"。

谭春儿在旁边一听说，好啊，这个名字好！

张少山也笑了，想想说，嗯，是挺好。

第十二章

第二天早晨，张少山很早就从师父的家里出来了。知道师父的习惯，也就没惊动他。

回来的路上，马镇长打来电话，问，你在哪儿？

张少山想了一下，还是如实说，在天津，正在回去的路上。

马镇长一听就在电话里笑了，去天津了？好啊，看来这回要使真劲了。

张少山知道，马镇长这么早打电话，一般是有什么事，要让自己去镇里。

果然，马镇长问，你中午之前能赶回来吗？

张少山说，差不多。

马镇长说，那就直接来镇里吧，我等你。

说完，就把电话挂了。

张少山听到电话里的背景声音很乱，有几个人在说着什么，其中一个好像是金永年。如果马镇长一大早把金永年也叫到镇里去了，就说明确实有什么事，而且应该不是一般的事。

马镇长是副镇长，分管经济，同时还兼着镇政府"扶贫办"主任，人很年轻，刚30多岁，在工作上还保持着年轻人特有的热情和激情，对周围的人也很有感染力。张少山早就感觉到了，马镇长是个极聪明的人。其实聪明人跟聪明人也不一样，有大聪明，也有小聪明。小聪明是只在小处聪明，专为自己算计，斤斤计较，不吃亏，芝麻粒大的一点事也要寻思来寻思去，这种聪明就是再聪明也目光短浅。大聪明就不一样了，是有洞察力，遇事看得高，谋划得远，而且总能想到别人想不到的地方。马镇长就是这种有大聪明的人，除此之外，还有一股子年轻人的嘎劲儿。这嘎劲儿和他的聪明融到一起，也就总让人捉摸不透。

马镇长是河北深州人，在大学学的是经济管理专业，毕业后考公务员才来到海州县。但还有一层，马镇长的老婆，娘家是西金旺村的。这一来，马镇长在梅姑镇本来是外乡人，却成了西金旺的女婿，也就跟这个地方有了千丝万缕的联系。不过马镇长还是很注意这点，平时处理事，尤其在西金旺和东金旺两村的关系上，让人看着总是一碗水端得很平，况且金永年和张少山都不是省油的灯，也就尽量不让他们说出话来。可话虽这么说，毕竟是西金旺的女婿，平时明里暗里也就还是自觉不自觉地多为这边想一些。镇里的吴书记很欣赏马镇长的能力，觉得这个年轻人脑子灵，反应快，工作也有股冲劲儿。吴书记已经50多岁，觉得跟这样的年轻人搭班子，自己在工作上也有了朝气。不过马镇长平时处理一些事，吴书记也看在眼里，偶尔就不动声色地提醒他，西金旺也好，东金旺也好，对咱来说手心手背都是肉。尤其这次召开村主任联席会之后，干脆就明确对马镇长说，不能只是鞭打慢牛啊，快牛该打也得打，只有让快牛更快，才能进一步提速，让它更好地发挥作用，把慢牛带起来。

马镇长是如此聪明的人，吴书记的话立刻就懂了。

张少山中午前赶到镇政府。马镇长的办公室还有几个人，都是各部门的负责人，好像正商量什么事。马镇长抬头见张少山来了，就让这几个人先走了，过来招呼让他坐，又倒了一杯水端过来说，天津再怎么说也有百十里，让你这么大呼哧小喘地赶回来，真够辛苦的。

张少山听了看看马镇长，觉得这口气不对，他平时叫自己来镇里，从没这么说过话。

马镇长又问，去天津具体办什么事。

张少山不想说去找师父胡天雷了，这种事就是说了，一般人也不会理解，于是只说了天津一家文化公司对东金旺的"梅姑彩画"感兴趣，打算合作的事。马镇长一听立刻说，这事儿我听老周说了，这可是个难得的机会，真谈成了不光有经济效益，对提升咱们镇的文化软实力也大有好处，尽量促成，有什么困难跟我说，镇里能解决的尽量帮你解决。

张少山说，这次谈得挺好，暂时还没什么困难。

马镇长这才把话转到正题。马镇长昨天去县里开了一天的协调会，半夜才回来。最近，县里要举办一个大型的农贸交易会，不光是搞农副产品的商贸交易，也有招商的意思。县里很重视，由县"扶贫办"牵头儿，还专门成立了一个组委会，由县主要领导亲自挂帅。这次开协调会，就是把全县各镇的镇长和相关单位的主要负责人召集到一块儿，布置这次交易会的具体事项。马镇长对张少山说，按组委会要求，这次的交易会上，各镇不仅要宣传推介自己最有特色，也最想打出去的农副产品，为了营造现场气氛，还要在自己的展位跟前安排文艺表演。马镇长说着看看张少山，咱梅姑镇，不说你也知道，眼下在全县的排位不算靠前，所以镇里商量了，当然别的村也都要参加，但主角儿，是你们东金旺和西金旺两个村。

张少山一听就笑了，说，这是要把咱们镇的一头一尾都推出来？

马镇长说，你这个人哪，干吗说话总这么难听？

张少山哼一声，不就是这么回事吗。

马镇长说，随你怎么理解吧。

张少山皱着眉想了想说，我东金旺，实在没啥能在这农交会上推介的。

马镇长说，是这样，我看这回，你们两个村来一次大协作，怎么样？

张少山立刻警惕地问，怎么协作？

马镇长说，由西金旺出猪，你们东金旺出人。

张少山还是没听懂，这出猪出人，又是啥意思？

马镇长说，出猪的当然是宣传猪，你们出人，也就是出文艺节目。

张少山这才明白了，马镇长这半天绕来绕去，其实真正的目的是在这儿，让东金旺出人，也就是出文艺节目，可出文艺节目说来说去，最后还是为了宣传西金旺的猪。可他西金旺的猪跟东金旺又有什么关系？马镇长这么安排这个事，明显又是偏心。这一想，心里就又窝了一口气。眼下自己的东金旺怎么发展经济还没想明白，哪有心思替他西金旺去吹猪？

马镇长看出张少山的心思，脸上虽还在笑，却正色说，这是镇里研究后，决定的。

张少山耷拉着脸，没吭声。

马镇长又逼了一步，你这个村主任，不会不同意吧？

张少山抬起头翻了一眼。

显然，马镇长这样一逼问，也就把张少山的后路彻底断了。

张少山哼一声说，我回去，商量一下吧。

马镇长又笑了，回去商量可以，不过东金旺的主任、书记是你一肩挑，你还跟谁商量？

张少山不轻不重地说，就算是我一肩挑，所有的事，总不能我一言堂吧？

马镇长不笑了，说，总之，这一次是镇里的任务，回去怎么商量，是你的事。

张少山一听马镇长已经把话说到这个份儿上，就明白，已经没法儿再推了。

马镇长又说，好了，现在放下远的说近的，先研究具体的吧。

这时，坐在角落里的金永年起身走过来。金永年这半天一直坐在墙角的一个沙发上，举着一张报纸在看，其实不为看报纸，就为挡住脸。张少山来的路上跑了一头汗，进来时也就没注意旁边。这时一见金永年，敢情一直在旁边听着，心里的气更大了。但是当着马镇长，又不好发作，就扭着脸，故意不看他。金永年偏又不识相，一过来就大模大样地说，这次是去县里亮相，况且来参加农交会的哪儿的人都有，咱拿出去的节目一定得精彩，不精彩可不行。张少山黑着脸，没吭声。最可气的是，这事儿明明是西金旺受益，金永年却连句客气话也没有，好像是应当应分的。金永年又说，也得接受以往的教训，把这伙吹拉弹唱的人事先嘱咐好，别再出娄子，要是在县里的农交会上出点儿洋相，这人可就丢大了。

张少山回头看他一眼说，放心，这回是小刀儿拉屁股。

金永年没听懂，眨巴眨巴眼问，小刀拉屁股，啥意思？

张少山说，让你开开眼儿。

说完也没跟马镇长打招呼，就扭头出来了。

马镇长在后面跟出来，说，我送送你吧。

张少山头前走着，头也不回地说，不用了，让你这大镇长送，我承受不起。

马镇长笑了，就算你学过说相声，嘴也别太损了。

张少山没搭话，径直朝镇政府的大门外面走去。镇政府是在一条老街上，路边的房子也大都已经很旧，但被参天的老树掩映着，很有味道。张少山来到街边，才在一棵槐树底下站住了。马镇长跟过来，掏出烟，递给张少山一支，自己也点上一支，使劲吸了一口，才说，你的心思我知道，别跟永年计较，你们两人也这些年了，他的脾气，你还不知道。

张少山也觉出自己刚才说的话有点过分，吐出一口烟，没吭声。

马镇长又说，我也看出来了，你跟永年，你们这一对冤家，其实也是臭嘴不臭心，两村就隔着一条河，说起来也是邻居，远亲还不如近邻呢，何况当年还同出一源。

张少山听着，脸上已经平复了。

马镇长说，现在得承认，西金旺村确实走在前面了，以后谁还用不着谁啊。

张少山说，其实这事儿，真说起来也没啥大不了的，我回去安排一下就行了。

马镇长笑了，这不就结了？

接着问，你打算怎么安排？

张少山说，我想了，村里会吹拉弹唱的倒不少，可真要用，还得是金尾巴这伙人。

马镇长摇摇头，这伙人靠得住吗，听说上回在西金旺，把一场白事搞得一塌糊涂。

张少山一听就笑了，哼一声说，这事儿我后来听说了，要怪只能怪金永年自己，老话说人争一口气，佛争一炷香，你敬人家一尺，人家才敬你一丈，说到底，那回那事儿不能全怪金尾巴这伙人。又说，这两天二泉就回来了，他一回来，这事儿交给他，也就放心了。

马镇长问，二泉是谁？

张少山就把二泉当年怎么放弃高考，怎么去广东打工，都对马镇长说了。

马镇长听了问，他对文艺演出这些事也懂？

张少山说，他当初在县一中上学时，不光是学习尖子，文艺也有特长，听说经常给学校策划演出，自己也会乐器，这事儿如果有他参与，肯定就不会再出啥差错了。

马镇长笑着说，看来你们东金旺，在这方面还真是人才济济啊。

张少山还有一句话没说出来，二泉就如同"钟馗"，这次去县农交会，如果还让金尾巴这伙人去，有二泉在，他们也就不敢再胡闹了。不过这话在嘴里转了转，没说出来。

沉了一下，又说，这次，是我叫他回来的，别总在外面了。

马镇长立刻点头说，对，应该把他叫回来，现在的年轻人，别总想着往外跑，就是那些大学生也一样，一毕业都想留在大城市，可大城市真就那么好吗，吃饭要饭钱，租房要房钱，有的已经在城里耗了十几年还没一点起色，出行的车越坐越大，住的房子越租越小，已经这样了还咬牙坚持，这又何苦呢，眼下农村正是施展拳脚的时候，要想创业，回来才是真正的打拼。说着话一转，又夸了张少山几句，俗话说，大军未动，粮草先行，现在发展经济，讲的是人才先行，你这思路对头，眼下人才最重要，只要有了人才，别的也就不用愁了。

张少山不凉不酸地说，是啊，我这姥姥不疼舅舅不爱的主儿，别人指不上，只能自己想辙呗。马镇长看看他，你这话不对，到你需要的时候，别人肯定也会向你伸出援手。

张少山叹口气，但愿吧。

马镇长说，有我在这儿，这事儿就不是但愿，而是肯定。说着又笑了，有句话，送人玫瑰，手留余香，这个道理谁都懂，对谁也都适用，这你不用担心。

张少山笑了笑说，行啊，就算没余香，这玫瑰我也送。

马镇长说，你这个心态就对了。

想了想，又说，这个二泉，你一定给我用起来。

第十三章

二泉上高中时，确实是学校的文艺骨干，还不仅是骨干，可以说是灵魂人物。海州县一中有一个传统，每届新生入学，毕业生离校，或逢节日，都要搞一次大型的文艺演出。这样虽然占用了学生的学习时间，但磨刀不误砍柴工，可以激发起全校师生的斗志，也能振奋起大家的精神。二泉从小在村里受熏染，吹拉弹唱都能来几下，虽然跟专业水平比还差一截子，但毕竟也是特长，每到学校有文艺活动，就帮着一块儿策划，自己也经常登台。后来他无意中发现，张少山的家里有一把大三弦。这三弦还是当年胡天雷那几个演员下放时，临走留下的。但张少山不会弹，村里也没人会，就一直挂在家里的墙上。二泉觉着这三弦有点意思，村里会吹拉弹唱的人很多，用张少山的话说，带眼儿的就能吹，带弦儿的就能拉，可唯独这大三弦，还真没人会弹。二泉就把这三弦要过来，带到学校。这时张三宝已在县评剧团当琴师。张三宝偶尔来找二泉，让他回村时给张二迷糊捎点东西。一次来学校，见二泉带来这样一把大三弦，就随口说了一句，这可是把好弦子，一看就是行里人用过的东西。二泉立刻问，你会弹？张三宝一听乐了，说当然会。说着就转着弦轴调好弦，弹了个曲子。二泉一见，从这时起，就摽上张三宝了，非要跟他学弹三弦。张三宝一见二泉认真了，才对他说，乐器里，顶数这大三弦不受人待见，为嘛笙管笛箫琵琶胡琴都有人会，唯独这大三弦儿，很少有人学，就因为这东西是"三难"，难学，难会，也难用，一般的器乐演奏用不着它，而且真要学，下几年的功夫也不一定怎么样，练基本功就更枯燥了，弹来弹来就那几个音儿，光倒把换位就能把人练疯了。二泉一听却说，既然要学，当然要练基本功，别人疯，我不会疯。后来干脆又把张少山搬来，让他替自己说情。张三宝一见实在驳不开了，就想了个办法，故意难为他。弹三弦有个技巧，行话叫"搓儿"，也就是用戴了假指甲的手指捻着轮奏，张三宝对二泉说，好吧，那你就先练这个"搓儿"吧。当时正是冬天，张三宝先把这"搓儿"的技法给他演示了一遍，然后说，练这"搓儿"，得先把手泡在冰水里，赶上下雪更好，把手插到雪里，等手指冻僵了，再练，直到用这"搓儿"再把手指练热了。

二泉认实，回去真这样照着练。一个冬天过来，张三宝再看，他这"搓儿"还真练得有点儿意思了，于是不由得赞叹说，难怪你在学校是尖子生。这以后，才正式教他。后来二泉快毕业时，虽然一门心思准备高考，但学校有文艺演出，他的三弦就已能上台独奏了。

张少山回到村里时，已是下午。一进村，迎面看见金友成。金友成是村委会副主任，虽比张少山大两岁，但从金姓这边论，还是张少山的本家侄子，这时一见就说，二泉回来了。

张少山忙问，啥时回来的？

金友成说，头天下午就回来了，一来就找你。

张少山想了想，转身往村委会走，一边走着一边对金友成说，你去叫他来。

张少山刚到村委会，二泉就来了。张少山走得口干舌燥，先抓起桌上的杯子喝了几口凉茶，这才顾上跟二泉说话，先问，这次回来，不走了？

二泉说，不走了。

二泉的声音不大，脸色也不太好看。这张少山倒没太在意。二泉当初打工走时，脾气就已经变了。上学时，虽也不太爱说笑，但赶上村里有吹拉弹唱的事，只要在家，也常来凑个热闹。但自从他

075

爹突然一走，又放弃高考回来，人就闷了，直到临走，也没说几句话。这时，张少山只是觉着二泉白了，就笑着说，广东那边热啊，怎么没晒黑，反倒白了？

二泉没吭声。

张少山又点头嗯一声，也难怪，那边整天在厂子里干活儿，闷也闷白了。

说着掏出烟，抽出一支朝二泉递过来问，学会了？

二泉伸手推了一下说，不会。

就在这时，张少山盯住二泉右手的手腕。这手腕上有一圈疤痕，看上去像系了一根线绳。再看这只手，皮肤的颜色跟手腕也不太一样，好像更深一点

张少山盯住这只手看了看，又抬头看看二泉。

二泉说，是，断了，又接上的。

张少山的嘴一下张大了，瞪着眼说，接上？这手有接着玩儿的吗？

二泉把手攥了攥，活动了几下说，干一般的事，只要别太吃劲，还行。

张少山问，这到底是咋回事？

二泉淡淡地说，厂里干活儿，出工伤了。

张少山这才明白了，看来二泉这次回来，并不完全是因为自己叫他回来这么简单。接着就想起来，眼前县农交会还有一档子事，于是赶紧对二泉说了。张少山毕竟是看着二泉长起来的，这时已看出他的心思，知道在这个时候，跟他说什么也是白说，也就故意把所有的事情都淡化，只是说，农交会这事儿是镇上布置下来的，死活也得接，以后的事，咱慢慢再商量吧。这么说着，见二泉并没反应，又问，你这手，还能上台吗？

二泉说，使笨劲儿行，乐器这种事，肯定不行了。

张少山一听就急了，中午在马镇长面前已答应得好好的，现在二泉这里一不行，不光一下塌了半个台，金尾巴那伙人没人管束，指不定又得作出什么妖来。这些还都在其次，关键是那个金永年，

肯定又得往歪处想，本来在镇里已经定好的事，现在一回来突然变卦了，他肯定又得跑到马镇长的跟前告状，说自己阳奉阴违，成心扯出这么个理由，还是不想干。

这一想，就拧起眉头，自言自语地嘟囔，这可咋办。

二泉闷声说，爱咋办咋办吧。

二泉这时也正一脑门子官司，沉了一下，问张少山，认不认识一个叫冯幺子的人。

张少山一愣说，认识啊，向家集村北的，冯幺子咋了？

这冯幺子是张少山一个拐着弯儿的亲戚。张少山的老丈人张二迷糊有个表外甥，这冯幺子是这表外甥的表妹夫。但张少山不喜欢这个人，平时很少来往，只听说他整天在外面跑，不知在折腾什么买卖。这时见二泉问，就知道，大概又有什么事。

二泉在这个下午刚去见了这冯幺子。

二泉出去打工这几年，家里欠的债已基本还清了。但这次回来一看，母亲的心脏病还时好时坏，三泉和水霞一个临近高中毕业，一个临近初中毕业。二泉早已下定决心，自己就是再难，也要咬着牙挣钱，绝不让三泉和水霞再走自己的路。这次回来，才知道家里的状况，地荒着没人种，已经租出去了，每年能有一点租金，另外家里还有低保，三泉和水霞上学，国家也给一些补贴。但二泉想，既然回来了，总得先有点事做。听说向家集那边有一个"环太平洋仓储中心"。这个仓储中心叫的名号挺大，其实就是把一块不长庄稼的盐碱荒地圈起来，用彩钢和瓦楞板盖了几个大棚，租给外面的企业存放货物。二泉想，自己手虽有毛病，但并不影响腿脚，况且年轻，还有把子力气，跟这个中心说说给他们看夜儿，应该没问题。于是这天下午，就来到这个仓储中心。里面出来的是一个端着肩膀歪着脑袋的年轻人。二泉认出这个人，知道他叫冯幺子，曾来村里找过张二迷糊。但冯幺子并不认识二泉，上下看看他，问有什么事。二泉就把来意说了，当然是实话实说，自己的右手有点毛病，不过问题不大，估计干重活儿干不了，但看个夜儿还行。冯幺子一听就乐了，不说行，也不说不行，只是走过来，拿起二泉的这只右手，像要买猪蹄儿似的翻过来掉过去地看了一会儿。

二泉让他看得心里有些蹿火，但还是强忍着，只是喘了口粗气。

冯幺子看完了，就问，真来个偷东西的，你追得上吗？

二泉说，我腿脚还行，能追上。

冯幺子又问，追上之后呢，你把他咋办？

这一下把二泉问住了。他这才明白冯幺子这么问的意思。他是说，这只手已经这样，如果真有人来偷东西，就是把他抓住了，恐怕也弄不住。二泉心里的一股火儿一下就顶了脑门子。其实来这里之前，心里已经想了也许会碰钉子，但钉子没有这么碰的，这就像做买卖，一个买一个卖，成就成不成就算，况且这招人虽然跟买牲口不是一回事，其实也是一个道理，谁都不愿花钱买一头瘸驴或病骡子。可这个冯幺子这么说话就有点儿过分了，你不答应说不答应的，何必成心刮钢绕脖子，说这种转轴儿的薦损话。

这一想，没再搭理这冯幺子，扭头就走了。

这时，张少山一听就乐了，说，那小子我知道，就是不会说人话。接着又想说，不过要细想，他说的也有道理。但是看看二泉阴着的脸，知道他这会儿还憋着火儿，别再火上浇油，就把这后面的话又咽回去。接着再想眼前的事，就更发愁了。刚才，本来是愁一件事，已经答应马镇长，在这次的县农交会上为梅姑镇的展台出一台节目，可现在二泉的手成了这样，不光上不了台，他恐怕连去也不肯去了；眼下又多了一件更愁的事，二泉在广东那边出了这样事，本来已经犹豫着想回来，结果自己一个电话，却成了把人家叫回来的。既然叫人家回来，就得对人家负责，可眼下村里的事还掰不开薅，这个责，自己又怎么负呢？

二泉见张少山一脸愁容，以为他想的是县农交会的事，就说，不是还有金尾巴那伙人吗，听说他们现在到处去吹白事，已经吹得有点意思。张少山一听连连摇头，苦着脸说，你刚回来，还不知村里的情况，这些日子，这伙人给我惹的祸是一个接一个，用句天津话说，就是一帮胡臭儿，要是没一个能降住他们的人，这么大的事，哪敢指望啊。说着瞥·眼二泉，见他闷着头，不吭声，就又说，我是接受教训了，这回县农交会这事儿，我宁愿在马镇长那儿说话不算话，落个拉了屎又坐回去，只要没把握，宁肯不让他们去。

二泉抬起头说，我去。

张少山一听高兴了，立刻连声说，你要是去了，我就放一百个心了，他们肯定不敢再出幺蛾子！然后又感慨地叹口气，我就说嘛，你这一回来，我就省大心了！

第十四章

张二迷糊也不是总迷糊，该迷糊的时候迷糊，不该迷糊的时候不光不迷糊，反而比一般人的脑子更清楚。在梅姑河边，把这种看着迷糊其实并不迷糊的人，叫"贼迷糊"。

东金旺的人都知道，张二迷糊就是个"贼迷糊"。

这些年，张二迷糊的心里一直有本账。自从招张少山入赘，细算起来并没吃亏。当初没儿子，虽然只有一个闺女，也如同绝户。老婆不争气，生了这闺女没几年，娘儿俩一块儿出痘。结果她没等再给生个儿子就先走了，给闺女也留下一张麻脸。事后张二迷糊才知道，这不是痘。但至今也没闹清，既然不是痘，老婆当初究竟是走在什么病上。

张二迷糊在东金旺虽是个外姓，但仗着这迷糊脾气，在村里的人缘儿还行。没儿子的绝户一般都受人欺负，张二迷糊不光没人欺负，平时有个大事小情，还总有人帮。但这种帮也是帮皮儿帮不了瓤儿，真到褙节儿的事还得靠自己。过去住的是土坯屋，每年开春，雨季到来之前得抹一次屋顶。那时还有生产队，抹屋顶是队里的事，大伙儿一块儿干，各家轮着抹。可抹屋顶也就是抹屋顶，墙山一年风吹雨淋，也剥落得很厉害，最后抹墙山还得自己干。当年每到这时，张二迷糊带着麻脸闺女铡麦秸茬子，拉土和泥，总怕村里人看着是个绝户，父女俩业障。可自从张少山进门就不一样了，再抹房，张二迷糊爷儿俩都不用伸手，张少山一个人就全干了，而且没过两年，又在村南盖起四间新坯房，过了几年，就翻盖成"穿鞋戴帽"的大瓦房。张二迷糊表面总跟张少山夯拉着脸，其实心里有数，这个夯拉脸是故意夯拉的，对招上门儿的女婿也如同儿媳妇，不能给好脸色，一给好脸色就会蹬着鼻子上脑门子，得让他随时都有紧张感。当然，这种紧张感也得拿捏好分寸，就像画财神，颜色重了不行，轻了也不行，须有轻有重，该轻的地方轻该重的地方重，这样画出来，才像那么回事。

张二迷糊那天晚饭时跟张少山大吵了一通，还摔了一个粗瓷大碗，事后看着麻脸闺女收拾地上的碗碴儿，心里心疼了半天。这个粗瓷大碗是自己专门用来喝黏粥的，捧在手里不光凉得快，喝着也解气，且是上辈传下来的东西，现在已没处去找了。不过张二迷糊想了两天，又觉着这大碗也摔得值，这一下也就又在张少山的心里紧了一扣。跟天津那家文化公司合作的事后面到底怎么办，这次这一闹，张少山的心里也就得好好儿寻思寻思了。

第三天的上午，张二迷糊来镇文化站找老周。老周不在，说是下村搞文化普查去了。张二迷糊刚要走，见老周急慌慌地回来了，说手机没电了，回来取充电器。张二迷糊一见老周，就把他拉到一边，本来想问他，文化公司这事下一步到底怎么办。老周却先笑了，说，张少山已经来找过他了。张二迷糊有些意外，赶紧问，啥时候来的？

老周说，昨天一大早。

张二迷糊又问，他说啥了？

老周说，倒也没说啥，就是问这家文化公司，到底怎么回事。

张二迷糊一听说明白了，张少山这是临去天津之前，特意来找老周，想扒个实底。

老周一听，张少山找完自己就去天津了，也有些意外，说，他别是去找那家公司了吧？

张二迷糊倒有把握，说，真去找也没关系，他只会把这事儿往成里说，不会往破里说。

张少山去天津，张二迷糊是听麻脸闺女说的。现在也就明白了，看来这小子甭管心里怎么想，还是打算帮自己把这事儿弄成。老周一听，也这么认为，丁是对张二迷糊说，这事也不能急于求成，当初给你出的那主意，我后来细想，也不太现实，你女婿的脾气别说你们村的人，镇里也都知道，如果让他以村委会的名义帮自己老丈人弄这种事，他肯定不干。

张二迷糊哼一声说，是啊，为这事儿，这不刚又跟他干了一仗。

老周笑说，你跟他干仗这事我听说了，要说，也是一半聪明一半糊涂。

张二迷糊问，咋说？

老周没接他的茬儿，说，不过有一点可以肯定，你这事儿，他也希望赶紧弄成。

张二迷糊把两个小眼睛眨巴了眨巴，问，你咋这么肯定？

老周就笑了，凑近张二迷糊，把头些天镇里召开各村主任联席会，张少山和西金旺的金永年在会上干起来的事，小声对张二迷糊说了一遍，最后问，明白了？

张二迷糊的小眼睛慢慢睁大了，看着老周问，你咋知道得这么清楚？

老周说，当时我在场啊。

老周虽是镇文化站的文化干部，但也被抽调到镇政府的"扶贫办"，在这边还兼着一摊工作，所以镇里每次开这方面的会，都要过来参加，有时还要负责记录。这时，他又对张二迷糊说，当时你是没看见，他俩也真有本事，话要多损有多损，可还都是乐着说的。

张二迷糊点头哼一声，这倒像那人干的事儿！

老周说，是啊，你自己的女婿，你应该最知道脾气，他这人好面子，别管心里怎么上火，脸上不带出来，这回肯定是急眼了，恨不能一口气儿就把你们东金旺的经济吹起来，谁都知道，产业致富最有效，也最可靠，眼下有这现成的好事儿，你想想，他能轻易放过吗？

这时，张二迷糊心里的气已经完全消了，想了想，问老周，你看，下面咋办？

老周笑笑说，既然大家想的一样，这事儿就好办了，等他回来，先看他怎么说吧。

张二迷糊一听，心里有了底，扭头就回来了。

张少山这次回来，脸上果然已恢复正常了，但张二迷糊等着他说这事，他却一直闭口不提。既然前面已为这事吵过架，张二迷糊也不好主动提，只能先在心里憋着。

就在这时，张二迷糊又得到一个消息，再过几天，县里要举办农贸交易会，各乡镇都去参加。而且县里要求，每个乡镇都要在这次交易会上推介自己的农副产品。张二迷糊是从金毛儿嘴里知道这事的。一天下午，金毛儿来找张二迷糊。金毛儿自从上一次和金尾巴那伙人在南大闸的底下淘鱼，把水闸破坏了，后来听说让村长张少山代他们受罚，去河堤上遛了几夜，这以后再见张少山老远就躲开了。金毛儿虽然在金尾巴的响器班儿里吹笙，平时也跟这伙人搅在一块儿，其实跟张二迷糊还有一层关系，只是一般的人不知道。

金毛儿没有金尾巴的脑子灵，但爱琢磨事儿。爱琢磨事儿的人也就有心计。金毛儿早已看出来，金尾巴这伙人整天游手好闲，吃喝玩儿乐一点正经事没有，可这样下去到哪天才是个头儿？这一想，平时响器班儿有事，该跟他们掺和还掺和，自己心里也就另有了打算。金毛儿的爷爷当年是干牲口牙子的。所谓"牙子"，也就是倒腾牲口的经济人，也叫"掮客"，谁想买牲口或卖牲口，都来找牙子，牙子干的也就是一手托两家的事。到关外，把这行也叫"拼缝儿"。不懂局的看着以为这行挺容易，其实这碗饭也不好吃，买的卖的看走眼，也就是赔一头牲口，牙子看走眼，也许就得把家都赔上。金毛儿的奶奶是给人跑媒拉纤儿的，说白了也就是媒婆儿，站在梅姑河的大堤上往下看，哪村都有说成的亲事，走到哪儿也都有人叫姥姥。干牙行儿和跑媒拉纤儿有个共同特点，都是凭的一张嘴。金毛儿也随他的爷爷奶奶，嘴好使。金毛儿当然不干牙子，也不跑媒拉纤儿，但每次跟着金尾巴的响器班儿出去吹白事，就多留了一个心眼儿。哪家办白事，来的人自然都多，金毛儿一边吹笙，闲下来喘口气时，就跟来的人闲聊，聊着聊着就聊到东金旺村的张二迷糊，接着也就聊到他画的门神和财神。张二迷糊的门神和财神一到金毛儿嘴里就不是一般的门神和财神了，他可以举出很多事例，譬如张伍村的一户人家，生了孩子总是大哭不止，自从请了张二迷糊画的门神回去，往两个门板上一贴，孩子立刻就不哭了，从此夜夜睡得很安稳。又譬如骆家湾的一户人家，儿子和儿媳是种大棚蔬菜的，可这几年小两口儿种啥赔啥，自从请了张二迷糊的财神回去，往大棚一贴，就一天比一天好，好得几乎爆了棚。但金毛儿聊天也有自己的方式，他并不往迷信上说，而是有科学的合理解释，他说，这张二迷糊画的门神和财神，独特之处就在于，有一种祥和的安静之气，这也就是气场，只要贴在家里，能给人一种心理暗示，让人觉着心里踏实，一踏实，再做什么事自然也就可以做好。金毛儿是两只大眼，扑闪扑闪的像个女孩儿，还水汪汪的，一说话睁得挺大，又像个中学生，透出诚实的清纯，也就由不得你不信。金毛儿这样到处替张二迷糊宣扬，起初并没告诉张二迷糊。张二迷糊也就不知道。但后来发现，来找自己买门神和财神的人越来越多，尤其每逢农历的初一或十五，还有远道儿特意过来的。仔细一问，来的人才说，也是口耳相传听人说的。再一问，才知道，都是听这东金旺村响器班儿里一个吹笙的年轻人说的。张二迷糊这才明白了，金尾巴的响器班儿里只有一个吹笙的，就是金毛儿，看来是金毛儿说的。有一回一个南堂镇的人过来，一口气要买50幅门神和50幅财神。张二迷糊在家里忙了半个多月，赶着把这批活儿画出来了，小小地挣了一笔。完事之后，就特意去镇上买了一小罐虾酱，让麻脸闺女又掺了点香椿芽儿，打几个鸡蛋炒了一大盘，去村里把金毛儿叫来喝酒。金毛儿一来就明白了，张二迷糊这是要谢承自己。其实金毛儿这么干，是有自己的想法儿。金毛儿当然没想到民俗文化这一层，他想的是，张二迷糊画的这门神和财神确实挺生色，如果在梅姑镇这一带有人认，拿别处去就应该也有人认，倘果真如此，以后就可以让张二迷糊为自己画，从他这儿一次趸一批，拿到外面去，说不定也是个能赚钱的道儿。于是这次来张二迷糊家，两人一边喝着酒就达成一个口头协议，以后在这梅姑镇一带，张二迷糊自己该怎么卖还怎么卖，同时金毛儿也拿到外面去卖。

但让金毛儿没想到的是，这事儿还没正式干，就让别人抢了先。金毛儿在响器班儿不光吹笙，有时也吹管子。这几天管子的嘴子坏了，金尾巴的手里也没了，就去镇文化站找老周要。去了跟老周闲聊时，无意中听说，镇里已经把张二迷糊的门神和财神命名为"梅姑彩画"，要正式向外推介，而且天津的一家文化公司已经看上了，正在洽谈合作的事。

金毛儿一听就意识到，看来自己谋划的事干不成了。

金毛儿在这个下午来找张二迷糊，是为另一件事。这几天张少山已跟张伍村的村主任张大成说好了，让他给介绍一个种槿麻的专业户，东金旺这边让金尾巴带几个人过去，先学习槿麻的种植技术，等将来种出来，再进一步学习加工，争取在东金旺这边也能发展成产业。张大成一听挺高兴，对张少山说，没问题，这就太好了，他不担心培养竞争对手，现在槿麻制品不是多，而是太少了，市场一直供不应求，梅姑河沿岸的土壤最适合种槿麻，真把这个产业发展壮大起来，形成规模，再进一步扩大影响，将来对大家都有好处，现在做产业有一句话，不怕大，就怕"蜡"。张少山听了不懂，问这个"蜡"是啥意思。张大成说，"蜡"是俗话说的"坐蜡"，也就是说，怕的是原地动不了劲儿，没发展，就像熔化的蜡汁儿又凝住了。张少山一听笑着说，跟你又学了一手儿！张少山这边跟张大成商量好，回来跟金尾巴一说，金尾巴倒也没说别的，第二天上午就带着几个人去了张伍村。可不到中午，张大成的电话就打过来。张大成在电话里说，你们村来的这都是啥人啊，我特意找了一个种槿麻最有经验的专业户，槿麻加工也搞得最好，人家还特意准备了一下，可你村的这几个人来了就像蘸油蘸醋，只待了一下就都跑了，害得我们的人白白耽误了半天儿工。张少山一听就明白了，立刻来找金尾巴。果然，这伙人正聚在金尾巴的家里玩儿"斗地主"，脸上都画着小王八儿。张少山进来一看，气得瞪着眼半天没说出话来。金尾巴知道张少山的脾气，他这会儿越不说话，心里的火儿肯定越大。于是赶紧出溜下炕，一溜烟儿地躲出去了。另几个人一见金尾巴溜了，也都讪讪地走了。这个下午，金毛儿来找张二迷糊，是想问一问，种槿麻这事儿到底有谱没谱儿。张少山上午刚来找金毛儿，对他说，他早看出来了，金毛儿跟金尾巴那帮子人不一样，应该还想干点正经事。又问他，到底想不想种槿麻，接着又给他讲了种槿麻的前景，将来如何有发展。金毛儿想，张二迷糊是张少山的老丈人，这事应该最知根知底，自己跟张二迷糊又有交情，他不会不对自己说实话。如果这事真有谱儿，他还真想干，况且这几天县里要搞农交会，听说张伍村这次宣传的主打就是槿麻制品，也正好可以搭上他们的顺风车。

张二迷糊这时才知道，张少山这些天一直在村里忙，敢情是在跑种槿麻的事。接着一听金毛儿说，再过些天，县里要举办农贸交易会，小眼睛立刻亮起来。这个农贸交易会虽然交易的是农副产品，但既然让各镇村宣传自己的东西，眼下东金旺又没别的好宣传，把自己这"梅姑彩画"拿去宣传一下，不是也一样吗，用金毛儿的话说，正好搭这个顺风车。

这一想，就在心里打定主意。

金毛儿关心的是种槿麻，这时又追问，这事儿到底保牢不保牢。

张二迷糊点头嗯一声，肯定地说，保牢，肯定保牢。

第十五章

张二迷糊又等了几天，张少山还是没提"梅姑彩画"的事。

但张二迷糊静下来再想，渐渐就明白了，这事也许又是自己一厢情愿。"梅姑彩画"虽然是东金旺的一个特色，这次拿到县农交会去宣传推介，应该名正言顺，可自己毕竟是张少山的老丈人，如果从这一层想，这件事虽然名正，但至少在张少山看来，也许又言不顺。凭他那六亲不认的各色脾气，替自己的老丈人宣传，这种"假公济私"的事，他肯定不干。

这回张二迷糊接受了上次的教训，知道跟张少山说也是白说，弄不好不光白饶一面儿，还得又生一肚子闲气，也就干脆不赏他这个脸。想了两天，索性来镇文化站找老周商量。老周一听乐了，说，这可是好事儿啊，顺理成章，也名正言顺，好办好办！

张二迷糊一听，反倒愣了。

老周说，这事我能做主，他张少山要是觉着以东金旺村委会的名义不妥，就还以镇文化站的名义，这不是宣传你张天赐个人，是宣传咱梅姑镇的"梅姑彩画"，到哪儿都说得出去！

张二迷糊问，这次县农交会，镇文化站也去？

老周说，按说这种农交会，不该有文化站的事，可现在这种时候就不分这么细了，况且我还是镇里"扶贫办"这边的人，这次当然得参加，这几天正筹备这事。

张二迷糊高兴了，哼一声说，这就行了，这回，我还不赏那人脸了！

老周知道他说的是张少山，赶紧说，也别闹僵了，后面的事，还得靠他支持呢。

张二迷糊一拨楞脑袋，我这半辈子就是凭本事吃饭，从不求人，何况是那小子！

老周扑哧笑了，知道张二迷糊有这种说大话压寒气的毛病，本想逗他一句，你不求人，干嘛把人家招上门来当养老女婿？一想张二迷糊脸皮儿薄，怕他挂不住，就把话又咽回去。

张少山这些天确实已忙得脚后跟打了后脑勺儿。种槿麻的事总算有了些头绪。金毛儿已经吐口了，说想种个试试。他一说想试，又带动了村里的另几户，也都说要试一试。事情就是这样，只要有人挑头就好办了，后面自然会有人跟着。张少山一直想说服金尾巴种槿麻，其实还有一个目的，村里的这伙年轻人得让他们有点正经事做，总闲着自然就惹是生非。但金尾巴这小子像个在树上蹦来蹦去的歪猴儿，贼精，就是不上套儿。不过现在，金毛儿答应了也一样，先干起来再说。俗话说，万事开头难，只要开了头儿，后面的事就好办了。

种槿麻的事一定下来，县农交会的事也就到了眼前。

这次二泉虽然答应，跟着一块儿去县里，但事先对张少山说了，节目的事他不参与。张少山知道二泉的脾气，既然他已答应去，也就不好再提别的要求。好在金尾巴也知道深浅，一听这回是去县里，又是农交会这样的大场面，关键是前一段刚给村里惹了祸，害得张少山替他们受罚，跑到大堤上去转了几夜，自知理亏，这回也就挺认真。张少山又跟他商量具体节目，第一个是《百鸟朝凤》，由金尾巴吹，再来几个器乐合奏，《旱天雷》《喜洋洋》《步步高》《打黄羊》《金蛇狂舞》，甭管是广东音乐还是北方曲子，只要喜庆就行。这伙人里还有会唱大鼓的，再来两段乐亭大鼓，几段评戏，再有几首流行歌曲，这样一凑，这台节目也就撑起来了。张少山想，如果节目再不够，大不了转着圈儿地再演一轮儿也就行了。

事情都定下来，张少山总算松了口气。

但是到了县农交会开幕这天，还是意外地又横生出枝节。其实也不算意外，只是有的事张少山事先不知道。这回最先闹出事的倒不是金尾巴，而是金毛儿。金毛儿出事时，偏偏二泉又不在跟前，这一下让金尾巴钻了空子，故意推波助澜，后面的事也就越闹越大了。

二泉这天本不想跟村里人一块儿走。但张少山特意借了一辆面包车，打算一大早就把这伙人拉到县里去，所以一定让二泉跟这辆车走。张少山想的是，既然这次让二泉去的目的，是为把金尾巴这伙人镇住，干脆就让他一块儿走，这样也才能把他去的效果最大化。二泉既然已答应跟着去县里，为这点事不好拗着张少山，也就只好跟这辆车一块儿来了。金尾巴已知道二泉从广东回来了，也已经听说，他的右手打工时出了事，只是在村里还一直没见过面。这时在车上看见二泉，才知道他也跟着一块儿去参加这次农交会。偷眼看看二泉的那只手，倒也没看出什么，只是感觉好像不太自然。金尾巴的脑子快，立刻就明白张少山这次让二泉一块儿去的用意了，又见二泉在车上一直耷拉着脸，跟谁也不太说话，自己也就不像平时嘻嘻哈哈，一路上没吭声。别人心里都明白，金尾巴最怵二泉，这时一见金尾巴不吭声，也就都不吭声了。张少山坐在车上一看，心里暗笑，有句俗话，一物降一物，卤水点豆腐，自己要的也就是这个效果，看来这次叫二泉来，这一招儿还真管用了。

但是一到会场，事情就有点不对了。梅姑镇的贫困户在全县占的比例较大，经济发展也相对靠后，而这次县里搞这个农交会的目的，就是要为"脱贫攻坚"再助一把力，所以组委会对梅姑镇也就特殊照顾，有意把展位安排在最显眼的位置，一进会场第一眼就能看见。金尾巴这伙人来时，展位已经布置起来。这时金尾巴就看出来了，敢情这次农交会上，梅姑镇推介的农副产品主要就是西金旺的猪，再有就是关于猪的一些深加工产品，根本没有东金旺什么事。金尾巴是聪明人，接着也就明白了，让自己带人来搞这场节目，说到底，也就是为给西金旺村当吹鼓手。当初张少山跟金尾巴说这事时，并没提这些，只说是镇里下来的任务，如果事先说了是这么回事，金尾巴肯定不会来。金尾巴直到现在还憋着对金永年的火。上次去西金旺吹那堂白事，金尾巴认为自己这么干没什么不对，是他金永年无礼在先。他请骆家湾的响器班儿给几千块钱的出场费，不光管饭，还管接管送，可自己带人来了，在饭口都不管饭，饿着肚子就让干活儿，这也太瞧不起人了。你瞧不起也没关系，可以不请，请了又不当回事，这就说不过去了，许你不仁，当然就许我不义，这叫一报还一报儿。但事后又有一件事，这件事就让金尾巴忍无可忍了。一天中午，金毛儿脸色煞白地来找金尾巴，先骂了一句他娘的，然后就把一沓钱拍在他手里。金毛儿平时没有骂人的习惯，金尾巴一听，就知道有事。再一细问才知道，就在刚才，西金旺村委会的会计金喜来找他。一来就说，我们永年主任说了，没想到你东金旺的人这么在乎钱，不就是千把块钱的事吗，就值当把我们一堂白事闹成这样，现在钱给你们送来了，别落个我们西金旺白使唤人。说完，把一沓钞票啪地扔在金毛儿面前的地上，扭头就走了。走了几步又站住，回头说，这钱，是我们主任让这么给你们的，捡不捡在你们。说完就摇摇晃晃地走了。金尾巴听完，沉了一下说，你应该让他来跟我说。金毛儿说，我说了，这事儿你该去跟金尾巴说，可金喜说，他们主任交代了，不用直接找金尾巴，别人自然会转给他。金尾巴把这沓钱数了数，一共两千，于是说，好吧。当天下午，他就到镇里去了一趟。镇里有几家寿衣店，其中一家最大的，也卖花圈，还管送。金尾巴来到这家寿衣店，说要定做一个花圈。店里人说，花圈有现成的，不用定做。金尾巴说，要做个大的。店里人问，要多大。金尾巴说，直径8米。人家一听吓一跳，问他，你知道直径8米的花圈有多大吗，得两丈四，有两房多高。金尾巴点头说，就要这么大，该多少钱多少钱，我给。说完付了钱，又留了地址，就回来了。第二天一早，这个直径8米的巨大花圈就给送到西金旺村委会的门口。西金旺的人都没见过这么大的花圈，不知怎么回事。金永年出来一看，也吓了一跳，这个花圈在村委会的门口一摆，矗天矗地，忽忽悠悠的像个巨大的摩天轮。这时金永年的手机响了，是金尾巴打来的。金尾巴在电话里问，花圈送到了吗。金永年已经气得说不出话来，半天才问，你这是要干啥？金尾巴说，那天去给你吹白事，一忙就忘了，没买个花圈带去，失礼了，今天补上。金永年气急败坏地问，这东西有后补的吗？金尾巴说，是啊，本来我想补也没钱补，是你后补的钱，我才想起给你补这么个花圈。

说完，就把电话挂了。

这时，金尾巴在展位跟前，一见是为西金旺宣传，倒也没动声色。这一上午的演出还算顺利。梅姑镇的展位本来就靠前，金尾巴这伙人的表演也就格外抢眼。其实演奏器乐和别的表演一样，也是"人来疯"，看的人越多，演奏的人也就越起劲。响器班儿又是以吹打乐器为主，尤其金尾巴的唢呐，一吹起来声音又尖又亮，整个会场都能听见，一下就把参会的人都吸引过来。金尾巴这回吹《百鸟朝凤》也是出奇地得心应手，嘴好像就不是嘴了，唢呐也不是唢呐了，把各种鸟叫的声音模仿得惟妙惟肖。一个曲子吹下来，围在展位跟前的人都鼓起掌来。接下来就是响器班儿按事先定下的曲目一个接一个地演奏，中间还穿插着乐亭大鼓和评剧清唱，还有流行歌曲，这一下不光把梅姑镇的展位搞得人气很旺，整个农交会的会场气氛也都给带动起来。马镇长走过来，笑着一拍张少山的胳膊说，你啊你啊，我就说嘛，只要是你真想干的事，没有干不成的，也没有干不好的，你看这效果，这才叫真正的爆棚呢！然后又凑近张少山，压低声音说，这回咱主打宣传的是梅姑河边三宗宝，肥猪、檾麻、鹌鹑鸟，西金旺的养猪业，张伍村的檾麻业，还有向家集的鹌鹑养殖业，照你们营造的这气氛，这回的效果肯定错不了。说着又用肩膀一撞张少山，等着吧，回去给你东金旺记头功！

张少山本来让马镇长夸得挺得意，可一提西金旺的猪，脸上的笑就有点皮松肉紧了。马镇长看出来，笑着瞪他一眼说，别这么狭隘，我事先说了，这回可是大协作！

说完就匆匆走了。

出事是在中午刚过的时候。其实说起来，二泉也有责任。

二泉的心里很清楚，自己这趟来农交会是干什么的，所以上午一到会场，就搬了把椅子在展位跟前坐下来。这中间除了去过一次卫生间，始终盯着金尾巴这伙人演出，一步也没离开。但将近中午时，看见一个高中的同班同学。这个同学叫高建明，当年在毕业班时，成绩排名一直和二泉不相上下。后来二泉放弃高考，就再也没跟班里的同学联系过，也不想知道任何人毕业后的情况。但高建明是个例外。当初二泉在班里时，为了买高考复习资料，曾向高建明借过60块钱，后来匆匆回村，也就没顾上还。当然，当时就是想还手里也没钱。再后来去广东打工，二泉的心里还一直记着这事。刚有钱能还了，就让茂根往学校打电话，询问高建明的联系方式。这时才知道，高建明已考上天津的一所大学，去上学了。二泉听了，不想再跟高建明联系，但又想不出这60块钱怎么还他。最后还是茂根想了个办法。茂根先和高建明联系上，两人加了微信，然后二泉把这60块钱先给茂根，茂根再通过微信转给高建明，这事才解决了。现在高建明已经大学毕业，又回到海州县，考了"村官"，在南堂镇下滩村当村主任助理。这次南堂镇的几个村也来参加县农交会。这个中午，高建明正要出去吃饭，经过梅姑镇的展位时，一眼看见二泉，立刻站住喊了一声。二泉这时也已认出高建明，犹豫了一下，还是起身走过来。高建明很兴奋，拉起二泉就走，说打电话，把几个在县城的同学都喊来，一块儿聚聚。二泉本来不想去，还不仅是不想见同学，也对展位这边不放心，已经答应张少山了，担心再出什么事。但高建明不由分说就把他拉出来了。

这个中午，二泉直到坐在饭馆里，心思还在展位那边。但又想，既然几个同学都来了，人家又是冲自己来的，再虚与委蛇就太没同学情义了，索性踏踏实实地跟大家吃一顿饭，好在自己不喝酒，只是吃，时间也不会太长，吃完了赶紧回去就是了。这一想，再和几个同学一聊，一下说起当初在学校的一些事，也就把会场这边的事先放下了。但二泉并不知道，就在他和几个同学在饭馆吃饭的时候，会场的展位这边已经乱了。

事情是出在金毛儿身上。

这个上午，别人不知道金尾巴的心思，但金毛儿心里清楚。上次西金旺的金永年让金喜给送来两千块钱，还故意拽在金毛儿跟前的地上，这件事金毛儿后来没对任何人说，除了金尾巴，连张少山也不知道。后来金尾巴又给西金旺送去一个直径8米的大花圈，金永年觉着这事儿不露脸，也就吃个哑巴亏，没跟任何人声张。虽然事后，这事儿还是传开了，但并没有人知道具体是怎么回事。这次在展位跟前，金毛儿已经看出来，金永年和金尾巴一见面，两人不光脸上的表情都有点儿拧，谁看谁的眼神儿也都不对，于是就预感到，后面可能得出事。可没想到，最后这事却出在自己身上。这一上午，响器班儿的演出一直挺顺。《百鸟朝凤》是唢呐独奏，本来用笙伴奏，但金毛儿别出心裁，这几年一直用管子。管子的声音很低沉，跟唢呐却是一个意思，这一来，清脆的唢呐和低沉的管子相互映衬，也就又有一种独特的效果。这次来农交会上演出，金毛儿虽也带了管子，但管子的嘴子坏了。几天前去镇文化站想临时找老周要一个，老周的手里也没了。于是这个上午，金尾巴开场吹《百鸟朝凤》时，金毛儿就只能还用笙给他伴奏。后来到评剧清唱时，围观的人里有听过这响器班儿吹奏的，知道金尾巴的《百鸟朝凤》吹得好，就嚷着让他再来一个。金尾巴也是"人来疯"，一听有人让他吹，也就又吹，于是金毛儿也就又用笙给他伴奏。但懂行的一听，又嚷着让金毛儿用管子伴奏。这一下就把金毛儿难住了，只好对周围的人说，管子倒带了，可嘴子坏了。

将近中午时，金毛儿看见张二迷糊。于是趁演出间隙过来，才知道张二迷糊的"梅姑彩画"这次也来参加农交会，但是由镇文化站推介的，所以跟这边隔一个展位。金毛儿跟张二迷糊说了几句话，就回来继续吹笙。过了一会儿，又看见张三宝也来了。张三宝是听说张二迷糊来参会，过来给他送瓶酒。金毛儿也认识张三宝，知道他是县评剧团的琴师，这时一看见他就想，评剧团应该有管子的嘴子，可以先找张三宝要一个。接着心里又一动。金毛儿的心眼儿活泛，这时想，这是个难得的机会，自己马上就要种槿麻，后面还有加工的事，也许资金上还得让张少山帮着解决，张二迷糊和张三宝，一个是张少山的老丈人，一个得叫张少山叔伯姐夫，将来一旦有事，肯定都能说得上话。于是就来到这边的展位，先问张三宝，这个中午有没有事。张三宝说没事。金毛儿就对他俩说，难得在县里凑一块儿，中午一起去吃个饭吧。张二迷糊一听金毛儿要请客，就知道中午又有酒喝，挺高兴，立刻就答应了。

这个中午，三个人从会场出来，张三宝把他俩领进街边的一个饺子馆儿。金毛儿进来一看，心里就有点儿打鼓。他本来想的是在街上随便找个小铺儿，吃点儿喝点儿也就行了，这时一见这饭馆儿的气派，担心身上带的钱不够。张三宝看出金毛儿的心思，一坐下就笑着说，这顿饭算我的，到县城来，哪能让你花钱，等以后我去东金旺，你再请我。金毛儿一听张三宝这么说，心里又不踏实了，这一下钱倒是省了，可本来的目的又达不到了。张二迷糊这时已急着喝酒，就冲金毛儿说，行啊，算谁的都一样，喝酒就行了。

金毛儿一听，这才不好再说别的了。

一边喝着酒，金毛儿想起管子的事，就问张三宝，能不能帮着找个嘴子。说着就从身上拿出这个管子，让张三宝看。张三宝一看就笑了，说，县剧团要别的没有，这东西还不是现成的，这旁边就是文化馆，今天上午正有排练，我让他们送俩嘴子过来就是了。说着就掏出手机打了个电话。一会儿，一个年轻人就把嘴子送来了。金毛儿把嘴子安上，试着吹了吹，挺好。张三宝说，管子这东西好是好，也比唢呐有味儿，可就是声音太低沉，听着有点儿悲。这时三个人已不知不觉喝了一瓶白酒，张三宝也有了点酒意，就说，有个管子曲，叫《寿中寿》，你会吹吗。金毛儿一听乐了，说当然会，这是个常吹的曲子。一边说，一边就借着酒劲儿吹起来。正是饭口，饭馆儿里吃饭的人挺多，说说笑笑的也挺热闹。这时一听这边有人吹管子，还吹得挺悠扬，立刻都不说话了，扭过头来朝这边看。张三宝和张二迷糊一边喝着酒，一边坐在旁边有滋有味儿地听着。但这饺子馆儿的老板懂行，听了两耳朵就听出毛病了。这个叫《寿中寿》的曲子节奏缓慢，也含着一种沧桑，其中还透出些悲凉，虽然好听，但是是在白事上吹的，说白了是为死人"接三"吹的曲子。饺子馆儿的老板赶紧跑过来，急扯白脸地说，你们这是吃饭还是玩儿啊？要吃饭就好好儿吃，吃饱了想上哪儿玩儿上哪儿玩儿去，跑到我这饭馆儿吹死人"接三"的曲子，我这是做生意还是出殡啊？旁边吃饭的人里也有懂行的，已经不高兴了，嫌丧气，说这几个人肯定是喝大了，犯"二百五"。这时张三宝才醒悟过来。平时在这门口儿，本来都是半熟脸儿，赶紧向人家道歉，结了账就拉着他俩出来了。

事情到这儿，本来也就完了。金毛儿拿着这管子回来，一看金尾巴带着响器班儿的人去吃饭了，就在展位跟前坐下来。一个人正

093

无聊，张伍村的村主任张大成刚在外面吃了饭，朝这边走过来。张伍村的檾麻产业这一上午宣传得很好，已经签了几个大订单，张大成挺高兴，这时一见金毛儿一个人坐在这儿，就笑着说，别闲着啊，接着吹！金毛儿最近经常去张伍村，让张大成带着去种檾麻的专业户那学种植技术，已跟张大成混得很熟，这时又已经喝得晕晕乎乎，一听让他吹，也就拿出管子又吹起来。但这时，他的脑子还停留在刚才在饺子馆儿的《寿中寿》上，这一吹也就又吹起了《寿中寿》。他这里正悠悠扬扬地吹着，金尾巴几个人回来了。金尾巴这一上午本来就不情愿，心里憋着气，午饭伙食又差，是盒饭。金永年偏还说风凉话，说这盒饭又有菜，又有肉，要在村里可吃不上这么好的东西。金尾巴一听，把吃了一半的盒饭塞给身边的人，起身就出来了。这时带人回来，往展位跟前一坐，见金毛儿正闭着眼吹《寿中寿》，立刻拿出唢呐，使劲一挑就也跟着吹起来。如果说金毛儿吹这个《寿中寿》是酒后吹的，金尾巴这时就是成心了。他一边吹着又朝另几个人示意，这几个人明白他的意思，也就都抄起家伙跟着吹起来。登时，悠扬悲凉的《寿中寿》响彻展会大厅。

起初会场上的人都没在意，就知道梅姑镇这边的展位又开始演出了。但过了一会儿，就有人听出不对劲了，虽然吹得挺好听，可这是出大殡的曲子。于是都站得远远儿的，一边朝这边看着一边议论。这时副主任金友成已经急了，赶紧跑过来，比比画画地让金尾巴停下来。金尾巴只瞄他一眼，并没有要停的意思。这就不用说了，显然，这伙人吹这个《寿中寿》就是成心。金友成惹不起金尾巴，不敢过来硬拦，急得在旁边直跺脚。这时会场已经乱了，就是不懂这曲子的，让懂行的一说也明白了，一下都围过来，想看看这展位是怎么回事。

就在这时，张少山连呼哧带喘地跑过来。

张少山这一上午没在自己的展位跟前待着，借着农交会这机会，一直在会场的各个展位上转，一来想了解一下，看看别的乡镇都在干什么，二来也想寻找新的发展点，中午连饭也没顾去吃。正在会场上转着，就见镇文化站的老周跑过来，说马镇长正找他，让他赶紧去。张少山一听就知道有事，立刻跟着老周从会场出来。马镇长正站在会场外面的一棵白果树底下。马镇长这时已知道里面发生的事，但又不能直接进去。他作为副镇长，在这种场合一露面，闹的笑话就更大了，所以才让老周赶紧去找张少山。这时一见张少山来了，就脸色铁青地瞪着他问，你东金旺的这伙人怎么回事，是不是又成心捣乱啊？

张少山一下让马镇长问蒙了。

老周这才把里边的事对张少山说了。

张少山一听，转身噌地蹿进去。来到展位跟前，金尾巴和金毛儿这伙人还在如醉如痴地吹着《寿中寿》。金友成一见张少山立刻迎过来说，哎呀主任，你可来了！

张少山朝四周看看问，二泉呢？

金友成说，这半天一直没见他。

正说着，二泉从外面回来了。二泉显然在会场外面就已听说这事了。他没看张少山，径直走过去，先夺下金尾巴的唢呐，又转身从金毛儿的手里拿过管子，这伙人才停下来。

第十六章

张少山这回气疯了，不光气金尾巴这伙人，也气二泉。

县农交会的会期本来应该是三天，但第一天就闹出这种事。当天下午，西金旺就收摊儿了。金永年没说任何话，收拾起东西，带上自己的人就回去了。

临走扔下一句话，丢不起这人。

会上的这个展位本来是西金旺和东金旺两个村的，而东金旺只带了几样小杂粮，别的也没什么正经的农副产品。西金旺一撤，展位空了大半，再守在这里不光没意义，也难看。张少山只好让自己的人也撤了。最让张少山难受的是，回来之后，没有任何人再来电话说这事。手机揣在兜里像个死蛤蟆，一直没动静。张少山想，哪怕马镇长打电话来骂自己几句也好。到了晚上，张少山实在沉不住气了，就给马镇长把电话打过去。听筒里响了半天，马镇长没接。张少山想了想，这时如果给马镇长身边的人打电话，肯定更丢人。于是又给文化站的老周打过去。老周显然正开会，是出来接的电话，先叹了口气，然后才说，你们村的这伙人是怎么搞的啊，本来挺好的事，又准备了这么长时间，结果又弄成个这。

张少山不想跟他闲扯，问自己带人走了以后，马镇长怎么说。

老周说，马镇长倒没说啥。

张少山说，刚才给他打电话，他没接。

老周说，这会儿正开今天的总结会呢，镇扶贫办的几个人都在。

张少山一听，这才松了口气。看来马镇长没接电话不是故意不接，是正开会。挂了老周的电话，想了想，就让金友成去叫二泉。金友成说，他刚才已经来了一趟，见你正打电话，没进来就走了。张少山说，你现在去叫他，让他来。

正说着，二泉进来了。

张少山抬头看一眼二泉，嘴动了动，叹了口气。

二泉说，今天的事，的确怨我，要是我在，不会出这样的事。

张少山摆摆手，算了，事已出来了，再说啥也没用了。

二泉说，不过，这事儿要说起来，也不能全怨金尾巴。

张少山哦一声，看着二泉。

二泉说，今天从县里回来，我问了一下金毛儿，才知道是怎么回事。

张少山问，怎么回事？

二泉说，这个金永年，做事也太过分了。

二泉就把金毛儿说的，那次去西金旺吹白事之后，金永年怎么让会计金喜送来两千块钱，怎么故意给金毛儿拽在地上，金尾巴一气之下又怎么买了个两丈多的大花圈给西金旺送去，都说了一遍。

张少山一听更意外了。金尾巴给西金旺送去一个两丈多的大花圈，这事儿他已听说了，不光他听说，连别的村也都知道了，已经传成了笑话。本来以为，金尾巴只是为那次去吹白事，金永年瞧不起人，心里越想越气不过，所以才后找补，又给来了这么一下，可没想到，金永年后来还干了这样一件事。如果这样，金尾巴这回这么干也就情有可原了。这么想着，心里的气也就消了，忍不住哼地一笑说，这小子，还真是个爷，亏他想得出来！

又看一眼二泉，说，我还一直没顾上问你，这次回来，有啥打算。

说完又瞥一眼二泉的那只手，想起前些日子，他刚在向家集的冯幺子那儿碰了钉子，才意识到这么问不太合适，就又岔开说，今天要不是金毛儿喝了酒，也不会出这事。

二泉也已听说了，金毛儿这个中午是跟张二迷糊和张三宝一块儿出去喝的酒。于是说，喝酒是另一回事，得从根儿上解决，以后定个规矩，再有事，不许他们喝酒。

张少山打个嗨声，这伙人，神鬼都不怕，谁能管住他们。

二泉说，我管。

张少山一听乐了，点头说，行，有你这话就行。

张少山虽然这样说，心里也没底。其实要算起来，二泉这些年没在家里待几天，小学初中都是白天去学校上学，晚上才回来，高中干脆住校，一个星期才回来一次。后来他爹走了，他从学校回来，在家没待几天就又出去打工了。不过张少山知道二泉的脾气，他平时说话很少，可越是这种话少的人，才越有一股狠劲儿。这狠劲儿也分两说，一是对自己，二是对别人。对自己狠，是有咬劲儿，干什么事只要认准了，见了棺材也不掉泪。对别人狠，是别招惹他，一旦招惹了下手就不管不顾。可金尾巴这伙人也不是省油的灯，这一回一回的，张少山已经让他们折腾疲了。所以这次叫二泉回来，是不是真能指上，心里也没谱儿。

让张少山没想到的是，没过两天，二泉就真把金尾巴打了。

这天晚上，张少山正在家里吃饭，村里福林的小儿子跑来送信儿。福林的这个小儿子叫金狗儿，是个结巴，平时说话一个字一个字地往外蹦，这时一着急舌头就更不会打弯儿了，一个字能说出一串儿。张少山听了半天才听明白，金狗儿的意思是让他快去看看。张少山问，出啥事了。金狗儿比画着说，是金尾巴，在街上跟二泉撕巴起来了，让二泉给打了。

张少山一听，放下饭碗就出来了。

但走了几步又站住，回头问金狗儿，到底咋回事。

金狗儿说，就知道他俩人打架，为啥，也闹不清。

这时金友成来了。张少山听金友成一说，才知道是怎么回事。

这事一开始，还是因为金友成的一句话。几天前，金尾巴跟村里杂货店的小老板吵起来。这杂货店的小老板是玉田人，姓韩，叫韩九儿，来东金旺村开这个小杂货店已经十几年了。过去生意还行，村里人不光买油盐酱醋，日常使的东西也都有。这几年镇上有超市，还盖起购物中心，远的张伍村，近的向家集，也都有了像样的商店，韩九儿的这个小杂货店也就越来越不景气，只能勉强维持。金尾巴平时经常来这小店买酒。韩九儿卖的是散酒。玉田那边有小酒坊，小酒坊出的酒不论瓶，论坛儿。韩九儿就经常回玉田，把那边整坛儿的酒拉过来，再零卖。其实东金旺旁边的向家集也有小烧酒锅，但相比之下，还是韩九儿这里卖的玉田烧酒味道更好，也便宜。金尾巴经常来找韩九儿买酒，但不是总给现钱，有时不凑手，就赊酒账。金尾巴倒也不赖账，每回响器班儿一接活儿，有了进项，第一件事就是先把这酒账还了。但响器班儿的事也没准儿，有时活儿能连上，一档接一档，也有时十天半月没人来请。这伙人喝酒却几乎天天喝，也就经常有赊账的事。可总这样赊，日子一长，韩九儿这小店本来已经惨淡经营，就撑不住了。这回，金尾巴又来赊酒，韩九儿就不赊给他了，于是两人吵起来。金尾巴喝酒也如同吸毒，瘾一上来，恨不能一下就喝到嘴，这时来赊酒，韩九儿不赊，一下就急眼了，指着韩九儿的鼻子问，我过去哪回赊账，赖过你的酒钱？

韩九儿倒也实话实说，承认，从没赖过。

金尾巴说，这不就结了，再怎么赊也就是三五天的事儿，至于这样吗？

韩九儿说，你要是三五天还不上呢，我这是小本生意，总垫垫不起。

金尾巴嗤的一声说，几个酒钱都垫不起，你这买卖儿干脆关门算了！

韩九儿就是听了这话，一下就急了。做买卖的都讲口德，最忌讳说不吉利的话，金尾巴这样说已经不光是不吉利，简直就是在咒人。这就太不讲理了，你来赊酒，本来就是求人的事，还说些咸的淡的，现在干脆又说这种不着四六儿的话，这就实在让人过不去了。况且俩人这么来来回回一矫情，小杂货店的生意也就没法儿再做了。韩九儿一见耽误了自己的生意，更火了，一边往外推着金尾巴一边说，今天说了不赊，就不赊，出去出去，我还得做生意。

他这一推，金尾巴也急了。

金尾巴虽然整天东嚷西嚷，也是个好面子的人，本来要赊酒，已经有些尴尬，现在韩九儿不赊也就罢了，挺大的人还往外推，这算怎么回事？一下就有些恼羞成怒。他虽然瘦小，也有点干巴劲儿，韩九儿是用两只手推的，这一推，身子也就跟着使劲，也就在这时，金尾巴一反手就薅住他的腕子，往怀里一带，又往旁边一闪，韩九儿一个趔趄差点儿栽到地上。韩九儿已经50来岁，又是外地人，来人家这边做生意也不敢太造次，可这事儿本来就是自己占理，金尾巴买东西不给钱，非要赊账，但赊不赊是自己的权利，不给赊就动手打人，天底下哪有这么不讲理的。韩九儿的这个小杂货店就在村委会跟前，他俩这一吵，副主任金友成在里面听见了，就从村委会出来。韩九儿一见金友成就扑过来，拉住让给评理，有没有这么浑横的人，买酒不给钱还打人，这不是要明抢吗。金友成一听韩九儿说，已经明白是怎么回事，于是就对金尾巴说了一句话，他说，你别再胡闹了，还是小心点儿吧。

金尾巴一听金友成这话里好像有话，眨巴眨巴眼问，我有啥小心的？

金友成说，有句话，叫望乡台上打莲花落，你听说过吗？

金尾巴的两眼立刻瞪起来。望乡台上打莲花落——不知死的鬼，这话他当然知道。

金友成说，你这儿还美哪，也不想想，眼下二泉已经回来了。

金尾巴先一愣，又哼一声，他回来又咋样？

金友成说，这回县里农交会的事，你忘了？

金尾巴没说话。

金友成说，二泉已跟村长说了，以后，不许你们喝酒。

金尾巴一听，噌地蹦起来说，我爹妈都管不了我，他个瘸手儿，也想管我？说着又哼一声，小爷我偏要喝，这回还喝定了！你去告诉他，有本事来找我！

金尾巴这样说话，当然是吹气冒泡儿，反正二泉没在跟前，拿着大话壮寒气也就随便壮。但他应该想到，这金友成也不是省油的灯。金友成平时看着窝囊，也有个毛病，最爱传闲话，说白了也就是传"老婆舌头"。他传"老婆舌头"还不是传着玩儿，而是都有目的。村委会副主任这差事最不好干，就像钻进风箱的老鼠，一头儿是村委会主任，另一头儿是一村的村民，这边拿你真当个村干部，可那边在村主任面前却并不是这么回事，甭管大事小事都做不了主。这一来，也就只能夹在中间两头受气。但金友成也有办法。他在村民之间和村民与主任之间，偶尔把本来可以不传或根本就不应该传的话适当地来回传一下，自己也就可以跳出圈儿外，还能充好人，只要看着这些人自己互相纠缠就行了。这次一听金尾巴这样说，还七个不含糊八个不在乎地声称让二泉来找他，就觉得，这些话有必要让二泉知道一下。

果然，他把这话传过去，二泉当时没说话，但从脸色能看出来，八成要有事了。

这个傍晚，二泉和金尾巴在当街碰上了。金尾巴拎着一个罐子，正要去小杂货店打酒。金尾巴打酒的这罐子是个小坛子，但比坛子薄，虽然个儿大，能盛四五斤酒，拎着还挺轻巧。金尾巴拎着这罐子低头走得挺快，正走着，觉得面前有个人把路挡住了，抬头一看，是二泉。二泉没说话，耷拉着脸，看着金尾巴。金尾巴嘴上虽不承认，但心里还真怵二泉，这时就稍稍愣了一下。傍晚的时候，街上人正多，金尾巴不想在这个时候招惹二泉，想绕开赶紧走。但往旁边一绕，二泉又挡住了。金尾巴就明白了，二泉这是成心要找事。只好不走了，抬头眨着眼看看二泉，说，我这会儿有事，正忙，你有啥事就快说。

二泉问，又去买酒？

金尾巴眼一斜说，咋了，不行吗？

二泉说，我是说过，不让你们喝酒，你说，让我找你？

金尾巴没听懂。几天前自己说过的话，这会儿早忘了，这时二泉没头没脑地说出这么一句，就不知他这话是什么意思，于是又看看二泉。

二泉又说，你说，你爹妈都管不了你喝酒？

这下金尾巴想起来了，知道二泉今天是为自己曾说的那几句话，接着也就意识到，今天可能又要有麻烦了。果然，二泉没等金尾巴回答，已经伸出右手一把抓住金尾巴拎着酒罐子的这个手腕子，又用力一攥。金尾巴立刻疼得一咧嘴。

二泉看着他问，我这只瘸手，还行吗？

说完，另一只手夺过这酒罐子扔在地上，叭地摔烂了。

这一下金尾巴急眼了。他急，也是急给街上人看的。这时旁边已经越围人越多，如果自己再不急，面子上就实在过不去了，于是拧起脸一跳说，是我说的，咋样？你就是个瘸手！

二泉的右手本来正攥着金尾巴的手腕，这时一见他犯浑，左手也过来，一把揪住他的脖领子。金尾巴到了这时也不能再示弱，伸手抓住二泉的胳膊，一使劲就撕巴起来。但二泉这时已腾出右手，一拳朝金尾巴打过来，正打在他鼻梁子上，血登时就出来了。金尾巴一看自己见血了，嗷儿地使劲往起一蹿，就朝二泉抓过来。二泉把头闪开，又一拳打在他腮帮子上。这一下打得很重，金尾巴晃了晃就一头栽到地上。二泉这时也就把憋在心里所有的闷气都冲金尾巴发泄出来，跟过来踩住他，两手抡圆了就噼嚓叭嚓没脑袋没屁股地打起来。

这时张少山已从家里出来，远远看见二泉正在当街打金尾巴，就站住了，伸手在身上掏出烟，又摸了摸，发现没带火儿，就回头让福林的儿子金狗儿回去给自己拿火儿。等金狗儿拿了火儿出来，把烟点上，抽了两口，才发现脚上的鞋还趿拉着，于是又蹲下提鞋。张少山一边这样磨蹭，一边两眼一直朝那边瞄着。他不想立刻过去。金尾巴这些日子实在太不像话了，正经事不干也就算了，还给自己找了多少麻烦。前一阵还有个事，让张少山直到现在想起来还气得胸口发闷。上一次张少山让金尾巴带人去张伍村学种檾麻，结果他们去了一下就都跑回来，最后没办法，只好让金毛儿去了。后来张少山还不死心，又想让他们学养鹌鹑。旁边的向家集有很多养鹌鹑的专业户，已经形成规模，在外面也有了些名气。张少山想，养鹌鹑这事儿也许金尾巴这伙人愿意干，鹌鹑是鸟儿，养这东西不光能挣钱，也能玩儿。但这回张少山接受上次的教训了，没直接说，而是让金友成去把金尾巴这伙人叫来，就在村委会，自己掏钱买了几斤蒜炒花生，又去韩九儿的小店打了几斤玉田烧酒，请他们喝了一顿。一边喝，又一边掏心掏肺地把他们开导了一番。这伙人一边喝酒，倒像在认真听，可是等酒喝得差不多了，先是金尾巴，说去撒尿，接着就跟抽签儿似的，一个跟一个地都出去了。最后，张少山这里傻等了半天，出去一看，早都跑得没影儿了。这时，张少山想，这回二泉回来，金尾巴挨这顿打是迟早的事，今天既然已经打了，索性就让他打个凿实的，一回就把他管过来。只要他老实了，他那伙人也就都老实了。就这样，在这边又磨蹭了一会儿，看看二泉打得差不多了，也担心二泉下手没轻没重，再把他打坏了，这才不紧不慢地过来，把二泉喊住了。

金尾巴虽已是20多岁的人了，让二泉这一顿没脑袋没屁股地连踢带打，已经给打得晕头转向。这时见张少山来了，竟然趴在地上咧开大嘴哭起来。一边哭，一边嚷着让村长给他做主。张少山过来煞有介事地看了看，金尾巴不光鼻子流血了，耳廓也流血了，虽然看着伤得不重，但血流得挺凶。张少山让金尾巴先去村里的小诊所上药。金尾巴不去，说要去就去县医院，他可能脑震荡，耳膜也破了，县医院要不行就去天津的医院，二泉得赔他医药费。

张少山一听就乐了，说，行啊，那就让他赔。

金尾巴立刻不哭了，两眼瞪着张少山。

张少山问，你让他咋赔？

这一下把金尾巴问住了，想了想说，五百块！

张少山说，你现在就去他家吧，看哪样东西值五百，随便拿。

说着又哼了一声，他现在，穷得尿尿都不燥了，赔你个屁！

旁边看热闹的人一听，也都笑了。

二泉在身上摸了摸，掏出一张20元的烂票子，扔给金尾巴，转身走了。

第十七章

金尾巴让二泉在当街打了一顿，这一下倒给打明白了。

人就是这样，明白一件事也许很容易，也许很不容易。容易不容易不在于自己想不想明白，而是要看吃了多大亏。这也像挨打，非得打疼了，不光伤及皮肉，还得伤筋动骨，对一件事也许才会幡然悔悟。否则，自己以为明白的事，其实越明白，也许就越没明白。

就在几天前，金尾巴刚遇到一件事。南堂镇的上滩村有一户人家办喜事，来请金尾巴的响器班儿。这种事以往也有。现在金尾巴这伙人的名气越来越大，红白喜事已经都能吹，也就不光梅姑镇，外面乡镇有办红白事的也经常来请。但这次去了才知道，骆家湾的响器班儿也正在这里。南堂镇有一个上滩树，一个下滩村，其实就是一个行政村的两个自然村，中间只隔一条公路。下滩村有一户人家办白事，骆家湾的响器班儿这时正在这边吹白事。本来上滩村办喜事的这家也说好要请骆家湾的响器班儿，时间也合适，下滩村这边的白事只办"头七","头七"一完，正好上滩村这边的喜事就接上了。但上滩村的主家一听这伙响器班儿刚在那边吹了白事，觉着丧气，就不想再请了，这才宁愿跑到东金旺来请金尾巴这伙人。这一下骆家湾的响器班儿就不干了。本来这两个活儿如果连起来，怎么算怎么合适，那边一吹完这边就接上了，等于跑一趟，挣两趟活儿的钱，可金尾巴这伙人一来，也就把这好好儿的一个活儿给搅黄了。骆家湾这响器班儿的班主叫骆玉鸣，是个40多岁的连鬓胡子，外号叫骆胡子。于是骆胡子就来上滩村找这办喜事的主家说，如果还让他的响器班儿吹，只收一半的钱。骆胡子的响器班儿当然名气更大，吹得也好，这主家一听打了五折，也就答应了。但又跟骆胡子提了个条件，说已经请了东金旺的响器班儿，他们的人这就到了，人家大老远来的，说不用就不用了，这个嘴实在张不开。骆胡子一听就明白了，大包大揽地说，这没关系。主家说，你们没关系，我可有关系啊。骆胡子说这事儿主家不用管，他处理就行了。

这些事，金尾巴当然不知道。这天下午，他带着人来了，刚坐下铺开场面，骆胡子也带人过来了。骆胡子不认识金尾巴，但金尾巴认识他，立刻过来问，这是怎么回事。骆胡子只说了一句，人家主家改主意了，不用你们了。然后就指挥着自己响器班儿的人把金尾巴这伙人从院里撵出来了。金尾巴带着自己的人直到来到街上，还没弄明白是怎么回事，再要找主家，主家也不露面了，只打发个管事的出来说，实在不好意思，本来找的就是骆胡子的响器班儿，但他们说时间撞上了，所以才请的你们，可现在，他们的时间又不撞了，而且提出只收一半的钱，主家驳不开面子，只好还请他们。金尾巴一听，脾气也上来了，对管事的说，事儿是这么个事儿，可没有这么干的，如果他要一半钱，我就不要钱，白给你吹。管事的一听赶紧说，这可不行，这么一闹，你们两家不打起来了，我这喜事还办不办？

金尾巴说，这你不用管，现在这事，已跟你主家没关系了。

说完，就带着自己响器班儿的人坐在门口的街上吹起来。其实这时，这么一干，显然就已拉开要打架的架势。金尾巴的这个响器班儿一向训练有素，平时在场面的安排上有三种方式，吹白事的时候怎么坐，吹喜事的时候怎么坐，金尾巴都是根据红白喜事所需要的效果安排的，此外还有一种特殊方式，强壮的坐外面，瘦弱的坐里面，这是专为不安全，有可能受到威胁的环境安排的。响器班儿的这伙人平时玩儿归玩儿，闹归闹，真到事儿上，也都是看着金尾巴的脸色行事。这时，金尾巴让自己的响器班儿按第三种方式在这主家外面的门口坐定，这样一吹，也就把里面给搅了。骆胡子也知道这事儿自己不占理，一开始不理会，只管带着人坐在院子里吹。可吹了一会儿，外面也响里面也响，就实在太乱了。主家也过来说，这事儿这么干可不行，再这样闹下去我们这喜事就没法儿办了，你们两边别再打起来。

骆胡子一听，这才让自己的人先停下，从院子里走出来。这时金尾巴的这伙人还在外面热热闹闹地又吹又打。骆胡子走过来，对金尾巴说，先停停，你们也别吹了。

金尾巴朝自己人做了个手势，就停下来。

骆胡子说，看来今天这事儿，咱得有个说法儿才行。

金尾巴说，你说吧，怎么个说法儿。

骆胡子朝身边看了看，说，这么着吧。

在街边的墙角有个石碾子。骆胡子朝这石碾子走过去，突然把手里的竹笛抢起来使劲往这石碾子上一摔，啪的一声，好好儿的一个竹笛就摔烂了。骆胡子把这笛子扔到地上，转身看着金尾巴说，该你了。这时金尾巴已经明白了，骆胡子这是动邪的了，要跟自己死磕。但骆胡子磕得起，金尾巴却磕不起。骆胡子的响器班儿年头儿多，又财大气粗，每人的手里都有备用家什，砸了一件还有一件。金尾巴这边都只是一件，这要是跟他戗起火来，一件一件地砸，以后连吃饭的家伙都没了。金尾巴毕竟在外面跑过，懂得吃亏。这吃亏和服软还不是一回事，服软是示弱，说白了也就是尿了，吃亏则是瘦死的骆驼不倒架儿，甭管事儿怎么样，不伤面子，还显得挺有肚量。于是没再说话，收起家什，就带上自己的人走了。

可回来的路上，越想这事儿越气。骆家湾的骆胡子这么干已经不是欺负人了，简直就是骑在人的脖子上拉屎。甭管哪一行，凡事都讲个规矩，你抢别人的活儿也就抢了，可不能这么明火执仗，明火执仗也就明火执仗了，还拿着不是当理说，不知道的人一听倒像是他多占理似的。金毛儿也咽不下这口气，一边走着一边气哼哼地说，咱就是人少，真闹起来怕闹不过他们，要是人多，今天非得跟这骆胡子掰扯掰扯，大不了这活儿咱干不成，他也别想干！

金尾巴听了倒不这么想。这不是人多人少的事，过去两军阵前打仗，比的不是人多人少，而是要看领兵的将领，说白了也就是这个领头儿的，就凭自己这瘦小枯干的身板儿，往骆胡子跟前一站先矮半头，在气势上就不如人家，对方当然不把你放在眼里。况且这里还有一个更严重的问题，金尾巴心想，如果总发生这种事，自己在这伙人的面前就难以服众了。

这回，金尾巴让二泉这一打，一下倒给打明白了。金尾巴知道，二泉的右手在广东打工时出过事，是断肢再植，可这回挨打就领教了，这只重新接上的手一点儿不耽误打人。如果不耽误打人，肯定也就不耽误打架。二泉的身量儿虽然也不算太高，就是一米七几，但看着壮，肩膀也宽，关键是他那张整天黑着的脸，像长着一层瘆人毛，不怒自威，让人一看心里先就发怵。金尾巴想，二泉当年玩儿乐器也是高手，琵琶中阮都行，尤其是后来的大三弦儿，更是专业琴师张三宝一手教出来的，如果让他也来自己这响器班儿，以后别说一个骆胡子，就是仨俩的也不怕他了。但是刚跟二泉在当街打过架，还让他把自己打了一顿，现在反倒舰着脸去请人家来自己的响器班儿，这事儿总觉着面子上过不去。这一想，就决定先拐个弯儿，请二泉在街上的小铺儿吃个饭，让村长张少山作陪，也不提讲和，只当是酒杯一端，一笑泯恩仇了。金尾巴知道，二泉是脸儿热的人，自己这么干，他立刻也就明白了。

张少山一听，觉着这倒是好事，心想，到底是金尾巴这小子的脑子活泛，知道跟二泉作对占不到便宜，现在甭管怎么说，明显是服软儿了。这样一来，后面的事也就都好办了，只要有二泉在村里镇着，自己这村主任再想干什么事，也就可以放开手干了。

这天下午，张少山本来在向家集，一直跟这边的村主任向有树商量，怎么帮东金旺这边的几个养殖户引进鹌鹑种苗的事，到傍晚时看看不早了，向有树要留张少山吃饭。张少山说村里还有事，就赶紧回来了。一进村，就径直奔街里的小饭铺儿来。这时金尾巴和二泉已经先到了，金毛儿也在。张少山一见金尾巴和二泉已经坐到了一块儿，心里挺高兴。金尾巴对张少山说，我和二泉已经说好了，他比我大几个月，从今天起，他是我大哥！

张少山一听笑了，说，他是你大哥？这辈儿是咋论的？

金尾巴摇晃着脑袋说，按身份证儿论，肩膀齐为弟兄！

张少山说，行啊，怎么论是你俩的事，不过既然论了弟兄，二泉又是你大哥，你这当兄弟的以后可就得小心了，要是再作妖，大哥打也打得，骂也骂得，别再让我给你做主了！

金尾巴一拍胸脯说，这是当然，不光我，以后响器班儿的人，都得叫他大哥！

说着给二泉斟上一盅酒，端起来说，大哥，我知道你不喝酒，可这盅酒得喝。

二泉一直没说话，这时，看看张少山。

张少山笑着说，甭看我，这酒喝不喝，是你自己的事儿。接着又说，不过要我说，既然是你这兄弟敬的，这酒就该喝，再者说，虽然有句老话……金尾巴立刻接过去说，酒要少吃，事要多知。张少山噗地乐了，说，敢情你这肚子里，也有点儿文墨啊。

金尾巴说，老书上都这么说。

张少山说，对，酒要少吃事要多知，可一个老爷们儿，不会喝酒总是个缺憾，在外面说不定遇到啥事儿，真到场合上，也没法儿上台面儿，你说是不是？

张少山这样把话说出去，又拉回来，也是想给自己留个余地。他知道二泉的脾气，倘自己把话说得太满，二泉一拨楞脑袋，就是

107

不喝，自己这台阶就没法儿下了。

没想到，二泉端起酒盅，一口就喝了。

金尾巴一看高兴了，乐着说，大哥真给面子！

于是赶紧又倒上一杯，自己也端起来说，我再赤赤诚诚地敬大哥一杯！

二泉端起来，又喝了。

旁边的金毛儿也赶紧给二泉满上一杯，端起酒盅说，这第三杯，我敬大哥！

二泉又喝了。

这下张少山开心了。自从二泉回来，接连发生了这些事，可没想到最后，就这样都化解了。于是也端起酒盅说，好啊好啊，俗话说，兄弟齐心，其利断金，以后就看你们的了！

说着，自己也一口把酒喝了。

这时张少山身上的手机响了。他掏出来看看，是老丈人张二迷糊的电话。自从上次跟老丈人吵了那一架，后来两个人也就黑不提白不提了。但张少山的心里明白，这个不提不是事情过去了，也不是忘了，只是彼此都故意不提。但越不提，也就越说明这事儿还是没过去。这时他让电话又响了两声，才接通，一听，是自己的麻脸女人，就问，啥事？

麻脸女人在电话里问，你在哪儿？

张少山说，在村里吃饭。

麻脸女人没再说话，就把电话挂了。

第十八章

张少山发现，自己还是想错了。本以为，金尾巴请二泉喝了这顿酒，两人化干戈为玉帛，从此兄弟相称，响器班儿的这伙人也都认二泉是大哥，这以后虽然不明说，其实也就等于把这伙人"收编"

了。二泉可以替自己管着这伙人，以后他们除了出去吹红白事，在村里也就能干点儿正经事了。可过了些日子才发现，不是这么回事。

几天后，金尾巴这伙人又要去陈快庄吹一档白事。金尾巴怕二泉不去，小心翼翼地来请他。没想到，二泉很痛快就答应了。白事和白事也不一样。一般的白事叫丧事，但如果死者年岁大了，丧事虽还是丧事，就叫"老喜丧"。这种"老喜丧"和普通丧事就不一样了，是丧事当着喜事办，有讲究一点儿的主家，女人的头上还要戴喜字花儿。响器班儿一般都爱吹这种"老喜丧"的白事，好吃好喝，也没有哭哭啼啼，一堂白事办得一派祥和。陈快庄的这堂白事就是"老喜丧"。二泉去了也不用亲手摸乐器，到吃饭的时候只管喝酒就行了。金尾巴也很豪气，真拿二泉当个大哥，对响器班儿的人说，以后都要以大哥马首是瞻。

这以后，二泉也就经常跟着金尾巴这伙人出去，而且越来越觉着，其实喝酒这事也挺好，每回在外面喝得晕晕乎乎，回来倒头一睡，也就什么都不想了。

张少山一见二泉成了这样，嘴上不说，心里就有点起急。但也知道，他这种人，道理比谁都明白，劝也是白劝。一天下午，跟村里小诊所的大夫商量好了，就一块儿来找二泉。二泉中午刚又喝了酒，正睡得迷迷糊糊。张少山一把拽起他，说，你这样下去可不行！

二泉歪里歪斜地坐起来，哼唧了一声，就又躺下了。

张少山又把他拽起来，摇晃了一下说，你现在，听明白了！

说完，朝旁边的村医使了个眼色。村医就过来，把和张少山事先商量好的一套话对二泉说了。这套话是张少山授意，村医查了一晚上的医书才想出来的。他告诉二泉，如果是一般人这样喝酒，大不了毁身体，喝了也就喝了，但二泉不行，他的右手是做过断肢再植手术的，经常这样大量摄入酒精，很危险，会破坏身体的免疫力，如果真出现这种情况，这只手也许就保不住了。二泉听了哼一声说，保不住就保不住吧，反正留着也没用。

张少山实在忍不住了，冲他嚷起来，你爱怎么着就怎么着吧！

说完，拉起村医就走。

走到门口又站住，回头说，我说句盐酱口的话，不是咒你，照这样，你早晚得出大事！

张少山自己也没想到，这回说的这话，还真盐酱口了。

这个傍晚，金尾巴又拉二泉去向家集，但这次不是去吹红白事。金尾巴有个朋友是向家集的，就住在小烧酒锅的旁边，跟烧酒锅上的人都熟，喝酒也方便。这个傍晚，金尾巴就带了几个人去找这朋友喝酒。金尾巴平时是逢酒必醉，有事的时候小醉，没事的时候大醉。这个晚上喝到半夜，就又醉得不能动了。二泉虽然觉出来，自己也喝得有点大，但还能走。于是就独自先回来了。东金旺和向家集只隔一条南大渠，渠上有一座小桥。说是桥，其实就是用几根木头钉的跳板。二泉本来已喝得晕晕乎乎，来到桥上就有些不稳，摇晃着走了几步，身子一歪，一脚踩空就掉下去了。渠里的水倒不深，但也已经没了胸口，二泉是头朝下下去的，到水里呛了几口，一下就蒙了，两手扑腾着想站稳，可脚底下都是烂泥。好在二泉是在梅姑河边长大，水性好，这时酒已经醒了，从水里钻出头，使劲扑腾着来到岸边。但抬头一看，岸坡很陡，不仅陡还光溜儿。二泉想试着爬上去，可一爬才知道，自己这次是遇到大麻烦了。如果是正常人，用两手抠住岸坡上的泥三两下就上去了。但他能使上劲的只有一只手，还是个左手，右手基本没用。坡上的泥一沾水也就更滑，爬了几次，还没出水面就又出溜下来，而且越爬这岸坡也就越滑。这时酒劲也上来了。本来喝得浑身热乎乎的，突然让凉水一激，又被夜风一戗，就觉着肚子里的酒一下都涌到头上来。两腿一软，身子就歪着沉下去。喝了几口水，拼命冒出头。但冒了几冒支撑不住，扑腾着就又沉下去。

幸好这时，张少山也来到桥上。

张少山这个晚上也是刚从向家集回来。张少山的老丈人张二迷糊有个哥哥，叫张大迷糊，本来也是东金旺村的人，但直到40多了还没娶上女人。后来金毛儿的奶奶给提亲，说东边的向家集有个刚死了男人的寡妇，比张大迷糊大3岁，一听这边的条件，倒不嫌他穷，只是成亲以后也不算"倒插门儿"，但得去她那边过，男方要是同意，这门亲事就能成。张大迷糊一听，倒不在乎，只要有个女人，在哪儿过都是过，于是也就答应了。这以后，张大迷糊就迁到向家集，成了这边的人。这个晚上，张大迷糊的胃病又犯了。张二迷糊不放心，让张少山过去看看，顺便给送点药。张少山到了这边，又说了一会儿话，回来时就已是半夜。

这时来到南大渠，一上桥，听见桥下的水里有扑腾的声音。

张少山以为这渠里又湾住了大鱼，就在桥上站住了。伸头往下看了看，又不像鱼。如果是鱼，闹不出这么大的动静。借着月色再细看，吓了一跳，看出竟是一个人，正在水里一翻一冒地扑腾。张少山也顾不得脱衣裳，赶紧跳进水里，薅住这人的肩膀使劲往上一拉。这时，这水里的人也已经给呛蒙了，觉着有人来救自己，一把就把张少山的胳膊死死抓住了，再也不肯松手。幸好这渠里的水不太深，张少山先让自己站稳，然后拖着这人在水里走了一段，来到个岸坡平缓一点的地方，才把他拽上来。

等上了岸再细一看，竟然是二泉。

二泉这时已经让水呛得不省人事。张少山赶紧把他头朝下放在岸坡上，一边控着，又用两手使劲按压他的胸口。这样按了一会儿，二泉嘴里吐出几口水，才总算缓过气来。张少山虽已是50多岁的人，还有把子力气，把二泉扶起来，搭在自己身上，就背回村来。

第十九章

张二迷糊终于沉不住气了。

自从上次跟张少山吵了那一架，后来一直等着张少山再说这事。但等了些日子，张少山却始终闭口不提，整天在村里忙东忙西，好像没这回事了。镇文化站的老周已经催了几次，说天津的那家文化

111

公司倒没放下这事，总来电话问。其实张二迷糊的脑子也一直没闲着，已经试着画了几个样子，但老周一看，都摇头说不行，还是没脱出原来"九路财神"的原型，有的干脆就是把这九路财神拼凑到一块儿的，反倒不伦不类。老周也着急，对张二迷糊说，这家文化公司挺有实力，后面也真想把这事当个事做，可别拖来拖去，最后再拖黄了。

其实张二迷糊的心里更急，也知道能有这么个机会不容易。但张二迷糊这些年一直画他的九路财神，实在想不出这财神还能长成别的啥样。几天前，还是金毛儿的一句话提醒了他。那天下午，金毛儿来找张二迷糊，说自己这些日子一直跟着张伍村的张凤祥学种槿麻，人家不光教技术，还帮了不少忙，寻思来寻思去，也没别的能感谢人家，就想让张二迷糊好好儿地给画一套财神，拿去权当谢承。但金毛儿又说，该多少钱就多少钱，他照数儿给张二迷糊就是了。张二迷糊倒也爽气，一听就说，你这两年给我帮了这些忙，一套财神才值几个钱，又是自己画的，送你就是了。金毛儿一听坚决不干，说不能让张二迷糊白画。一边说着话，看张二迷糊像有心事，一边就问，是不是又遇上啥不顺心的事了。张二迷糊这才说了那家文化公司让重新设计财神的事。又说，已经试着画了几个，可镇文化站的老周一看就先说不行。

金毛儿听了想想说，这事儿不对，你这买卖做倒行市了。

张二迷糊忙问，怎么叫做倒行市了？

金毛儿说，这家文化公司到底是看中你画的财神，还是只看中你的画法儿，这得先弄清了，如果是看中你的财神，那你想怎么画就怎么画，怎么画了，他们都得认，否则这事儿就没意义了，可如果只看中你的画法儿，那就是另一回事了，想要别的样子也行，但这样子得由他出，他们这么大的公司，肯定有专门搞设计的，怎么能反过来让你给出样子？再说，你又不是他们肚子里的蛔虫，怎么知道他们想要的这财神长啥样儿？

张二迷糊一听，这才醒悟了，还真是这么个理。

金毛儿又说，要我看，这事儿你还得找村长，让他去跟这家公司谈，你不能这样让他们牵着鼻子走，越迁就，最后这事儿反倒越可能谈不成。

张二迷糊就是听了金毛儿这番话，才意识到，这事真的不能再拖了。那天傍晚，张二迷糊本打算跟张少山摊牌，可一直等到天黑还不见他回来。于是干脆让麻脸闺女用自己的手机给他打了个电话，他想的是，用这个电话打过去，甭说什么事，只要张少山一看，是自己的手机，也就应该明白了。张二迷糊的手机是专门用来联系业务的，平时打电话也不心疼，反正到月头儿都是张少山去给缴费。但这个傍晚让女儿打了电话，张少山晚上回来还是没提这事。张二迷糊看出来，张少山在外面喝了酒，心想，那就明天一早再说，反正不能再这么黑不提白不提地耗着了，这回非得跟他说出个所以然不可。但第二天早晨起来一看，张少山早走了。张二迷糊气得想把手里卷了一半的旱烟摔到地上，但举了举，又没舍得。

张少山这些日子确实已忙得转了向，用他自己的话说，脚后跟真能打后脑勺儿了。这时金毛儿赶着季节，已开始准备种槿麻的事。村里的几户打算养鹌鹑的人家引进种苗的事，也已经基本有了着落。但张少山总感觉村里的事像一盘散沙，自己还是使不上劲。

这天中午，镇扶贫办的小刘打来电话，说马镇长让他立刻去一下。

张少山来到镇政府，马镇长正站在院里跟几个人说话，好像是安排什么事。回头一看张少山，冲他招招手。张少山自从上次在县农交会上出了那件事，后来还一直没正式跟马镇长见过面。这时走过来，脸上虽没带出来，心里还是有些不自在。

马镇长笑笑说，你这一阵，可是忙得可以啊！

张少山摇头叹口气说，忙也是瞎忙。

马镇长说，瞎忙倒不一定，不过我看，也有点儿眉毛胡子一把抓的意思。

张少山一听就明白了，看来马镇长对东金旺的情况已经大致了解了一些。

113

马镇长说，确实只是大致了解，我得随时知道你在干什么啊。

张少山说，既然镇长都知道了，我也就不用再详细汇报了。

马镇长说，你知道为什么看着挺忙，可还是觉着在瞎忙吗？

张少山说，是啊，发愁没有分身术，这边的葫芦刚按倒，那边的瓢又起来了。

马镇长说，现在有个大家普遍认同的经验，这个经验也确实很有效，就是先培养致富带头人，这是迈向全村脱贫的第一步，也是关键的一步，这一步走好了，后面的事就好办了。

说完又问，致富带头人，你知道吗？

张少山当然知道，去县里参加培训，大家都在说如何培养致富带头人的事。

马镇长又问，你一直说的那个二泉，最近怎么样了？

一提二泉，张少山的心里更烦了，摇头嗨了一声，没说话。

马镇长看出他不想说，把话锋一转说，告诉你个高兴事吧。

张少山哼一声，我眼下，还能有啥高兴事儿。

马镇长说，你听了，保准高兴。

张少山抬起头，看着马镇长。

马镇长说，你师父来了。

张少山一听就明白了，马镇长说的是胡天雷。

马镇长说，是啊，这对你，应该是个高兴事吧？

胡天雷这次来梅姑镇，是天津的几个文艺团体联合送戏下乡，胡天雷所在的民营相声艺术团也下来了，所以也就跟着一起来了。马镇长告诉张少山，本来这个晚上是定在张伍村演出，但胡天雷上了年纪，明天就要回天津，他提出来，今晚先去东金旺。

张少山心里明白，师父这样说，当然是冲自己。

马镇长说，你也不用急，还来得及，下午他们的人去村里，这种演出装台也简单。

张少山这时已顾不上再跟马镇长说话了，打了个招呼，就赶紧往回走。

这个下午，张少山回村刚一进街，就见金友成迎过来。金友成说，主任你可回来了。张少山一边往村委会这边走着一边问，天津来的人已经到了？

金友成说，你都知道了？

张少山这时已看到，有一辆卡车正停在小学校的大门口，里面不大的操场上有几个人正在忙碌。金友成说，这几个装台的人先到了，说是演员晚上过来。

张少山先过来跟几个装台的工作人员打了招呼，就回到村委会。这时手机响了，一接电话，是胡天雷。张少山虽然满心高兴，但还是埋怨师父，怎么事先也不打个招呼。胡天雷在电话里说，这次也是临时定的，本来年纪大了，都劝他别来了，可他还是想来看看。又说，也是不想打扰村里，所以事先才没打招呼，这会儿正在县里，下午吃了饭就过来。

张少山正有一肚子话想跟师父说，于是说，行，我在村里等您。

傍晚的时候，送戏下乡的演员到了。张少山这才知道，这次从天津下来的一共是五个文艺团体，分成五路，来东金旺的就是胡天雷所在的这个相声艺术团。如果按惯例，胡天雷这样重量级的演员，演出的场口儿应该安排在最后，行话叫"攒底"。但胡天雷一来就跟团里说了，给他安排在头一场，演完了，好跟张少山说话。这样胡天雷演出完了，一下台，就和张少山来到村委会。村委会有一间能歇着的地方，平时张少山忙得晚了，就睡在这儿。胡天雷事先已跟张少山说了，这个晚上演出完，就不跟团里的人回县里了，住在村里，也可以和张少山多说说话。张少山事先已把这间屋子打扫干净，也给床上换了干净被褥。这时和师父一块儿过来，又特意去村里的小杂货店打了几两白酒，让金友成去炒了一捧花生。

爷儿俩一边喝着酒，一边聊着天。胡天雷笑笑说，不用问，看来你这一阵又不太顺。

张少山叹口气说，顺也顺，可就是顺得不太顺心。

胡天雷这次在县里，见到张三宝了。当初胡天雷和张三宝认识

115

也是通过张少山。这回张三宝听说胡天雷来了，特意一块儿吃了顿饭。吃饭时，自然说到东金旺，又由东金旺说到张少山。所以张少山这一阵的情况，胡天雷已从张三宝的嘴里大概知道了一些。这时，胡天雷就笑了，一边喝着酒一边说，你这一阵总觉着事情顺得不顺心，知道这毛病在哪儿吗？

张少山说，我也一直寻思这事儿，可岔头儿太多，好像总择落不清。

胡天雷说，用咱的行话说吧，包袱儿怎么抖？

张少山看看师父。

胡天雷说，讲的是三番四抖，对不对？

张少山点头，但还是没明白师父的意思。

胡天雷又问，这三番四抖的关键在哪儿？

张少山说，先铺平垫稳。

说完想了想，一下就明白了，点头说，我懂了。

胡天雷说，我毕竟在这儿下放过，当年不叫村长村主任，你爸那时是大队书记，他跟我说过一句话，当村干部看着容易，其实，这可不是是个人就能干的。

张少山感慨地说，是啊，我爹这话，值金子啊。

胡天雷忽然乐了，摇头说，要说咱相声这行，外人不知道，其实也深了去了，当年老先生留下一句话，叫"万相归春"，春就是相声，这世间万物万理，说来说去都能归到相声上来。说着，把酒盅端起来一口喝了，刚才说的这个铺平垫稳，你再好好儿寻思寻思吧。

这时，张少山的心里已经在寻思。但他寻思的是一个人。

第二十章

张少山寻思的这人，是金永年。

这个晚上，胡天雷对张少山说，这一阵之所以工作还算顺利，可又总觉着顺得不太顺心，毛病就在于"没铺平垫稳"。这话一下说到张少山的心缝儿里了。张少山由此联想到马镇长说过的话。马镇长说的是"眉毛胡子一把抓"，表面看，跟这个"铺平垫稳"好像风马牛不相及，其实细想，也是一回事。没铺平垫稳也好，眉毛胡子一把抓也好，究其原因，就是没找到一个合适的"致富带头人"。这个带头人倒不一定是在具体的事上带头，但就干劲而言，必须走在全村人的前头，说标杆儿还不准确，应该是一个有影响力的灵魂人物。

张少山好容易见着师父，不知不觉聊了半宿。聊到后来，话也就越说越深。胡天雷当年下放时，知道东金旺和西金旺两村的关系。这个晚上临睡时，对张少山说，一个人怎么才叫有本事？得学会借力打力，三国的刘备不是一个人，那是刘关张三人，光刘关张还不够，还得再加上个常山赵子龙，你张少山如果耍光杆儿司令，就是有三头六臂也不够用。

张少山听到这儿，嘿嘿地乐了。

胡天雷问，你乐什么？

张少山点头说，我觉着，自己挺可乐。

张少山心里想的，没跟师父说出来。他觉着马镇长这个中午跟自己说的话，如同是在自己的脑袋上凿开一个洞，但这个洞上还糊着一层纸，且还不是一般的纸，是牛皮纸。现在师父的这一番话，一下又把这层牛皮纸给捅破了，脑袋里也就一下子豁亮了，好像所有择落不清的事，这一下全择落开了。于是嘴里不由自主地念叨着，万相归春，万相归春啊。

胡天雷问，你叨咕嘛呢？

张少山发自内心地说，师父今晚的话，也值金子啊。

说着，看看已是半夜，就赶紧收拾着让师父休息了。

第二天，张少山让自己的麻脸女人做了早饭，送到村委会来。爷儿俩吃过早饭，来接胡天雷的车也到了。胡天雷临走对张少山说，当年江湖上有句话，光说不练是嘴把式，光练不说是傻把式，得又练又说，才是真正的好把式，现在西金旺是光会练，不会说，可你

117

东金旺这边也是光能闹，说来说去还是个嘴把式，这么一比，以后怎么干，你也就该明白了吧？

张少山的心里这时已经豁然开朗，点头说，明白了，我得能说能闹，还得能练。

张少山送走师父，立刻给金永年打了个电话，约他晚上一块儿吃饭。金永年一接到张少山的电话有些意外，又听说晚上要请吃饭，在电话里愣了片刻，显然是一下划不开环儿，摸不清张少山的葫芦里又要卖什么药。张少山乐了，说，我最近不能喝酒，就是想一块儿吃个饭，咱老哥儿俩这交情，一顿饭还过不着吗？一听电话里的金永年还闷着声，不说话，就又说，放心，我张少山现在穷得尿尿都不臊了，就是想摆鸿门宴也摆不起啊！

金永年又沉了一下，才答应了。

其实要说起来，金永年和张少山还有一层很深的关系，只是一般人不知道。当年张少山的老太爷在天津拴小班儿时，经常在天津和唐山之间来回跑。小戏班儿虽小，但行头乐器和道具之类的东西一样也不能少，走旱路行李笨重不方便，就宁愿慢一点也走水路。那时从天津往唐山方向走，最方便的水路就是走煤河，一出天津可以先绕梅姑河，到下游顺水汊再绕回煤河。张少山的老太爷路上要回家看看，也就经常从梅姑河这边走。有一回在船上遇上了水贼。小戏班儿的人都文弱，张少山的老太爷虽然会几下拳脚，也抵不住水贼人多，眼看就要吃亏的时候，幸好船上的船老大带着几个船工出手相助，打跑了水贼，才把这小戏班儿的这伙人救下了。张少山的老太爷是跑江湖的，受人之恩自然要感谢，到了唐山请这船老大吃了一顿饭。两人喝着酒一聊，才知道这船老大也姓金，叫金洪昌。再一细问，敢情是西金旺村的人。这一下两人就感觉更近了，再一喝一聊，就成了朋友。

这个金洪昌，也就是金永年的老太爷。

这以后，张少山的老太爷再带戏班儿来回走，也就经常坐金洪昌的船。再后来两人的关系越走越近，也明白，两个村这些年不来往，就在暗地里偷偷结为金兰兄弟。但这件事只有他两人知道。后来金洪昌临死，才把这事告诉了金永年的爷爷。金永年也是后来从他爹的嘴里才知道的。但金永年和张少山，两人这些年只是心照不宣，彼此从没提过这事。

金永年虽然表面对东金旺不屑，话里话外总说，那边整天吹拉弹唱也就是穷乐和，其实心里也眼热。尤其那次把"肥猪节"搞砸了，后来马镇长单独找他说过几次。金永年明白马镇长的意思，现在西金旺已是远近知名的富裕村，马镇长说话也就比较慎重，不过该说的还是得说。马镇长到底是大学毕业生，一句让人听着可能不太顺耳的话，从他嘴里拐几个弯儿说出来，不光就顺耳了，听着还有点儿意思。马镇长对金永年说，现在西金旺的经济搞得好，村民的日子富裕了，村里的集体经济也上去了，可也要注意一个问题，腿跑得快当然是好事，但脑袋也得跟上，可别让自己的腿把自己脑袋甩到后面。马镇长这番话说得七拐八拐，金永年虽没上过大学，但也不傻，听完想了想就明白了。再想，就觉得马镇长到底是受过高等教育的年轻领导，确实有水平。这次在县农交会上出了这件事，金永年的心里当然最清楚，这是东金旺的金尾巴这小子还记着上次吹白事的事儿，故意带着他的响器班儿给自己来这么一下。别管张少山是不是知道这事儿的底细，事后，马镇长没在公开场合批评过张少山一句，后来反过来还对自己说，少山也不容易，百密还有一疏，这肯定不是他的意思。

只凭这一点，金永年就在心里暗暗佩服马镇长。

金永年没想到张少山会突然请自己吃饭。想来想去，还是觉得这顿饭有点儿莫名其妙。吃饭的地方选在向家集，这一点倒可以理解。既然是张少山请客，自然应该来西金旺，但他又不愿来这边，在东金旺，又没这道理，所以在向家集也就最合适。不过金永年倒不在意这些，这几年忙村里大大小小的事，越忙人也就越实际，饭馆儿不饭馆儿倒无所谓，只要有一口吃的能填饱肚子也就行了。这个晚上，金永年来到向家集街上的饭馆儿，张少山已经等在这里。

金永年一坐下就干笑着说，这不年不节的，怎么想起请我吃饭？

张少山也笑笑，不年不节，就不许一块儿聚一下，说说话儿？

金永年说，有句戏词儿怎么说来着，礼下于人，必有所求，是不？

张少山摇头叹了口气，你这张嘴啊，唉，算了，不跟你一般见识。

金永年说，知道你会说相声，要跟我一般见识，我俩舌头也顶不过你一个。

张少山眯眼一笑，你知道就行。

一见面，饭还没吃，两人就先斗上嘴了。张少山看一眼金永年。金永年也看一眼张少山，都扑哧笑了。张少山这才说，上回县里农交会的事，一直想跟你说说。

说着倒了一杯茶，然后端起来。

又说，没别的，今天以茶代酒，就算赔个礼吧，这事儿怨我了。

金永年稍稍愣了一下。

其实那天的事，不是一句话两句话能说清楚的，后来马镇长知道了这件事的真相，也又气又笑地对金永年说，俗话说，一报儿还一报儿，是你先不仁，人家才不义，再怎么说也不能把钱给人家扔在地上啊，亏你还是个村主任，有这么干事的吗，如果这样，就怪不得别人了，只能说是你自找。可现在，张少山一张嘴却把责任都揽到自己身上了。金永年一时吃不准，张少山的这话该怎么接。想了想，干脆把茶端起来一口喝了，然后一抹嘴说，算了，事儿都过去了，再说这次农交会对别的村作用肯定挺大，可对我西金旺，也无所谓。

张少山放下茶杯，长出一口气说，有个事儿，我心里一直搁着，其实你心里也搁着，可咱俩都没提过，当年我的老太爷和你的太爷，他们老哥儿俩可是过命的交情。

金永年一听张少山提这事，就把手里的茶杯也慢慢放下了。

金永年摸不准，张少山为什么在这个时候突然把这事拿出来说。本来他突然请自己吃饭，如果说是为上次县里农交会的事赔礼，这理由还说得过去，可现在突然又把这个陈年老事也翻出来，这就显

120

然是想跟自己拉近关系了。金永年当然知道张少山的脾气，他是个脚掉了宁愿藏在鞋窠儿里的主儿，从不肯轻易跟人说软话儿，可这回，这是怎么了？

张少山忽然乐了，看了金永年一眼说，你干嘛这么看着我？

金永年没说话，仍然看着张少山。

张少山说，我最近忙得上火，嘴里都烂了，不能喝酒，可这会儿跟你一喝茶，也像喝了酒似的有点儿上头，晕乎乎的，人一到这时就容易感慨，啥叫父一辈子一辈的交情，当年你太爷在这梅姑河上使船，我太爷带着他的戏班儿坐船，大几十年一晃就这么过去了，眼下再看咱这一辈，也都已这个岁数了，再过个大几十年，不知这梅姑河又会变成啥样了。

金永年这时没心思陪张少山感慨，只是警惕地看着他，等他下面说的话。

张少山却不往下说了，又给金永年倒上一杯茶，摇摇头，如今有句话，只要感情有，喝啥都是酒，看来还真对，我这会儿好像喝了半斤，已经觉出酒劲儿了。

金永年实在绷不住了，瞄一眼张少山说，最近，听说你挺忙啊。

张少山重重地打个嗨声，摇头说，忙也是瞎忙。

说着又苦起脸，最近二泉回来了，可没想到，又成了这样。

金永年知道二泉，问，他怎么了？

张少山就把二泉在广东打工时右手怎么出了事，现在回来又怎么整天只是喝酒，一样一样都对金永年说了。然后又摇头叹息，我现在，也是骑虎难下了。

金永年问，怎么？

张少山说，他在广东出事，我不知道，可这回是我把他叫回来的，本以为现在村里能干事的年轻人都出去了，叫他回来，也能帮帮我，可他现在这样，我反倒难办了。

说着又长长地出了一口气，我不像你，干啥都顺风顺水，眼下是真难啊。

金永年仍没说话。

张少山为金永年夹了一筷子木樨肉说，算了，不说了，咱吃饭。

金永年看一眼跟前碟子里的木樨肉，又抬头看一眼张少山。

第二十一章

东金旺和西金旺虽然只隔一条河，但这些年，河上一直没修桥。两边的人偶尔过河，就用摆渡。当年东金旺的羊倌儿"金嗓子"一边在河坡上放羊，一边也在渡口看摆渡，到了晚上就住在河边。后来"金嗓子"死了，他这一间半土屋就扔在堤坡上。二泉回来以后，不想住在家里，看看这闲着的土屋还能住，就收拾出来，平时一个人住在河堤上。

这次在向家集又和金尾巴这伙人喝大了，回来时还在南大渠出了事，如果不是遇上张少山，自己虽然有水性，后果也不敢想。二泉这时才意识到，其实喝酒也并不是总能让人忘了眼前的事。当年高中快毕业时，有一次学校搞模拟考试，班里的高建明和二泉考了个并列第五。二泉对这个成绩并不满意，但高建明很高兴。他平时在班里都是排在第六或第七，这次不仅闯入前五，还和二泉并列，于是就拉二泉和几个同学一块儿去街上吃饭。那是二泉第一次，也是唯一的一次喝酒。二泉之所以后来再也不喝酒了，也是因为那次。他发现喝酒有一种奇怪的感觉，喝的时候是放纵的兴奋，也越喝越兴奋。但酒醒之后，却又有一种失落，这失落里还有一些茫然，让人感到一种可怕的沮丧。

也就从那以后，他再也不喝酒了。

二泉这次掉进南大渠，让张少山背回河边的土屋，在土炕上昏昏沉沉地睡了一天一夜，又躺了一天一夜，这种失落和沮丧的感觉就又像乌云一样黑压压地笼罩在心里。这中间醒过几次，看见眼前的炕上放着几个馒头，几块烀白薯，旁边的搪瓷盆儿里还有大半盆水。显然，张少山又来过了，吃的东西都是他送来的，搪瓷盆儿里的水也是他给烧的。但这时胃里虽是空的，却没有一点食欲。他只喝了几口水，一翻身就又睡了。

二泉分不清是梦境还是脑子里想的，好像又回到在广东打工时的那个城市。车间里的机器声，厂区里的汽车声，夜晚的街上五颜六色的灯光和商店里传出的音乐声……二泉睁开眼，眼前是一片漆黑。身边没有任何声音，屋外只有蛤蟆偶尔跳进河里的声音。这时，二泉又想起当年上高中时，班主任老师说过的话，求其上，得其中，求其中，得其下。后来二泉才知道，这几句话是出自《孙子兵法》，但后面还有话，原话是，求其上，得其中，求其中，得其下，求其下，必败。二泉想，自己这次从广东回来，是不是就是求其下了呢，也许就因为求其下，自己现在才败成这样。可是，如果不回来，哪怕求其中，这个中又是什么呢？

第三天上午，张少山来了。这时二泉已经起了，正坐在门口的河边发呆。张少山从河坡上下来，走到他身后站了站，说，到底还是起来了？

二泉像没听见，仍然看着河水。

张少山说，洗把脸，跟我走。

二泉问，去哪儿。

张少山说，过河。

说完就朝渡口去了。

二泉在河边洗了把脸，回来端起搪瓷盆儿喝了几口凉水，穿上衣裳，就跟着来到渡口。

渡口有一根两指多粗的棕绳，横在河上，两头用木头橛子固定在岸边。摆渡时，船上的人只要拽着这根棕绳就可以过河。自从羊倌儿"金嗓子"死了，渡口的摆渡船就没人看了，偶尔有过河的人，只能自己拽着绳子过去。二泉在这个上午把渡船拽到对岸。一上大堤，张少山并没沿着堤上的公路走，而是径直下了河坡。二泉这才明白，是要去西金旺。

二泉这些年很少来西金旺。过去上学时，这边也有同学，但大家似乎有默契，在学校该怎么来往怎么来往，一回来就很少联系了。这时跟在张少山的身后，不知来这边要干什么。

过了一个小桥，前面是一条水泥的上坡路。上了坡，水泥路一直通到街里。虽然只是一河之隔，但看得出来，西金旺这边的条件远比东金旺要好，不光村里的道路平整，房子也整齐，很多人家已经盖起小楼。这时张少山站住了，转身对二泉说，让你见个人。

二泉看看张少山，觉得他脸上的神情有点怪，就问，见谁？

张少山说，话先说头里，见，也就是个见，见完之后怎么着，看你自己。

说完一转身，就接着又往前走了。

二泉站着没动，说，你不说清了，我不见。

张少山这才站住了，转身回来说，这西金旺有个养猪能手，让你认识认识。说着，见二泉好像还没明白，就又说，这是最好的一个养猪场，在天津都有人知道，让你认识，是跟人家取经，要是你想干，也觉着能干，咱就想想办法，也办个养猪场行不行？

二泉一听，觉着这倒是个好事，自己的右手虽还不太方便，但养猪还行。心想，早怎么没想到，顿时就有些兴奋。接着才意识到，看来张少山真为自己下了一番苦心，心里就有些感激。张少山看出他的心思，哼一声说，不光为你，你真开了头，也是咱全村的事。

西金旺本来就比东金旺大，人口也多，这几年又盖了不少新房。谁家盖新房，都想在村边盖，这样不仅豁亮，想干点什么事，地方也宽绰。但这样一来，村子也就像摊大饼，向四周蔓延着越铺越大，看着已像个小镇了。二泉跟着张少山往村南走，这时发现，有的人家大门上贴着财神。财神一般是贴在屋里，外面的大门应该贴门神。但西金旺不是，这么贴，让人看着就挺新鲜。二泉曾看过张二迷糊画的"东西南北一个中"的九路财神，这时看，这些人家贴的财神也是一边一个，却并不是传统的"文财神"和"武财神"，虽也头戴乌纱，手持笏板抱在胸前，样子却有些奇怪。再细一看才看出来，这个头戴乌纱的竟然是猪八戒。二泉觉着有意思，这些年也走过一些地方，却还从没见过哪里有把猪八戒当财神爷的。这时来到村南的一个院子。这院子的院墙不太高，也不显眼，院门是铁的，虚掩着。张少山在铁门上敲了两下，喊了一声，有人吗？一边说着一边就推门走进院子。二泉刚要跟进去，张少山又折身出来了，说，家里没人，去猪场看看吧，大概在那边。

说着，就头前朝村外走去。

出了村又往东走了一阵，就看见一片一片整齐的猪舍。二泉虽没养过猪，但也知道，现在养猪场的猪舍已跟过去的猪圈完全不是一回事了。过去的猪圈就是个圈，垒起半人多高的土墙，棚上一半草泥顶子，里边再垫了黄土，猪拉屎撒尿，同时踩着滚来滚去，也就滚成了烂泥塘。到一定的时候，把这烂泥猪屎起出来，拉到地里也就是农家肥，传统的说法叫"起猪圈"。所以过去，家家的猪圈都跟茅房连在一块儿。现在的猪舍已完全不是这么回事了，住的地方像人一样干净，不光猪舍干净，吃的喝的也很讲卫生。张少山一边走，一边指着这远远近近连成片的猪舍羡慕地说，你看看，人家西金旺现在已成了这样，能不富吗。

二泉朝这片猪舍看看，又回头看一眼张少山。

张少山摇头说，谁能想到，现在这猪，成了西金旺的财神爷啊！

二泉一听，想起刚才看见有的人家门上贴的财神是猪八戒，这才明白了。

正说着，就见一个女孩儿拎着个空编织袋子朝这边走过来。这女孩儿穿一件暗红的牛仔裤，上身是浅色衬衣，挽着袖子，把两个前襟系在腰上，看着挺飒利。她老远一见张少山就笑着招呼说，不是说好10点来吗，这才9点半刚过啊，太早了！

张少山迎上去，也笑着说，又不是开会，哪有这么准时。

女孩儿说，我约了人，还要谈事儿呢。

说着一回头，看见二泉，突然愣住了。

这时二泉也愣了。他认出来，这女孩儿竟然是金桐。金桐比上学时黑了，也不是黑，是黑里透红。上学时皮肤白皙，有些弱，这时黑红的肤色，看着不光健康，也显得结实了。

张少山没告诉任何人，就在前一天晚上，他刚来这边找过金桐。张少山和金桐并不熟，只在镇里的经验交流会上见过几次，对这女孩儿的印象很好。一个20多岁的女孩子就能干成这么大的事，办起一个这样规模的养猪场，而且还辐射带动了村里的很多养猪户，这不是一般人能做到的。张少山也是寻思了些日子，前一天晚上才硬撞着来的。金桐当然知道张少山是河那边东金旺的村主任，也很爽快，一见面就说，您有什么事需要我做，只管说吧，只要我能帮忙的，一定尽力。张少山来的时候本来心里还有些嘀咕，担心这女孩儿真一拨楞脑袋，把自己驳了，自己这张老脸就没处搁了。没想到女孩儿这么痛快，心里才稍稍踏实了一点。于是就把来意说了，现在金桐的养猪场搞成这样的规模，能不能帮一下东金旺的人。但张少山先声明，就是帮，也不能让金桐吃亏，这个帮一定是要有回报的，只不过这回报在后头，等东金旺这边的养猪业真发展起来了，该怎么算再怎么算。金桐一听就明白了，笑着说，将来有回报更好，没回报也无所谓，现在不是说这个的时候，先商量，看怎么把这事做起来吧。说着又看看张少山，似乎还有什么话，又不好说出来。张少山领会错了，赶紧又说，他这次来，请金桐帮一下东金旺，已跟这边的村主任金永年打过招呼了，虽然没明说，但金永年这么聪明的人，应该也明白了，所以他不会反对。金桐一听就笑了，说，他就是真反对也无所谓，这西金旺别人怕他，我不怕，他越是反对的事，我偏要干。

然后才说，我想说的是，养猪可不是简单的事，很麻烦啊！

张少山笑笑说，都是庄稼人出身，这我当然明白。

金桐说，行，我明天上午有时间，您领人过来吧。

但张少山并没说，他想让金桐帮的这人是谁。张少山在这件事上要了个小聪明。二泉当年在县一中上学时，金桐曾对他有意，但被二泉拒绝了。这事张少山早就听说过。所以这回想出这么个主意，一开始还挺得意，觉着这是个一举两得的事，如果金桐真同意帮一下二泉，二泉也就能把这事儿干起来，同时一边干着，也许两人当年的情分又能重新接上，可以再续前缘，这岂不是两全其美的好事。所以，张少山这个晚上临走时，就想把这事再往实里说一说。他告诉金桐，眼下东金旺这边的状况，金桐应该也知道一些，是白手起家，一切都从零开始，要经验没经验，要资金也没资金。金桐听了想想说，这样吧，如果您那边的人真打算干，就先从我的猪场拉去20头猪崽儿，等将来养大了，死了活了最后再一块儿算。张少山听了一下睁大眼，看看金桐问，你不要钱？金桐笑了，说，不是不要，是现在不要，以后等出栏时，咱再算总账。张少山到了这时索性就厚起脸皮，又问，万一这20头猪崽儿都没养成呢？金桐说，这种情况不太可能，不过要真这样，就算我替你们交学费了。

张少山一听，这才彻底踏实了。

但这时，张少山一看金桐见了二泉，脸上的反应，就预感到这事有些不妙。于是赶紧打着诨说，这是我们村的二泉，你俩当初都在县一中，应该认识，这回二泉可是慕名来的。接着又说，这次的事就全仰仗金桐场长了，技术支持的事后面再具体商量，先说猪崽儿吧。

金桐哦了一声，笑笑说，猪崽儿的事简单啊。

张少山立刻说，行行，那我就先替二泉谢谢金场长了。

金桐仍不看二泉，对张少山说，谢倒不用，只要将来都能顺利出栏，就行了。

张少山故意回头对二泉说，你听见了吗，不能大意啊，这养猪可不是简单的事！

二泉闷着头，没吭声。

金桐又说，现在西金旺这边的品种都是杜洛克，可我的杜洛克跟他们别人家的还不一样，优势现在先不说了，我的猪崽儿给别人，一般都是16块钱一斤，既然您少山主任出面，就算10块吧，现在的猪崽儿都已长到30多斤，也一律按30斤算，先20头，够了吧？

张少山一听，愣住了。

127

金桐又说，我猪场的猪崽儿都是现成的，你们要用，还得尽快，眼下正是疯长的时候，一天一个样儿，再过几天就40斤了。说着又一笑，真到40斤，我可就不能再按30斤算了。

张少山只好点头说，行，我们回去商量一下，尽快给回话儿。

这时，二泉已经转身走了。

回来的路上，二泉一直不说话。张少山在旁边走着，也不说话。过了河，来到岸上，二泉才说，我知道你是好意，可这么大的事，该先跟我商量一下。

张少山说，我也没想到啊，这丫头怎么会出尔反尔呢。

二泉问，她怎么出尔反尔了？

张少山这才把前一天晚上曾去西金旺找过金桐，而且已经说好，她先免费提供20头猪崽儿，活了死了最后再一块儿算，怎么来怎么去都对二泉说了。二泉一听就明白了，金桐在前一天晚上答应这事，是因为张少山说，请她帮一下东金旺的人。但她帮东金旺的别人行，帮自己，就是另一回事了。金桐毕竟是个女孩儿，不能说记仇，至少当初的事不会轻易忘了。二泉后来才听说，当年那次的事，确实把金桐伤得很厉害。金桐的自尊心很强，也清高，不仅长得漂亮，在班里也一直是学习尖子。可那次的事以后，有一段时间，她的学习成绩一下就下来了。其实这些年，二泉偶尔想起这事，一直觉得对金桐有些愧疚。可再想，自己当时也只能这样选择，况且后来又发生了这一系列的事，可见那时这样做，的确是对的。

但人这一辈子，走的路看着挺宽，其实也拐来拐去，没想到这回又碰上了。

第二十二章

二泉为钱的事只动过一次心。但只这一次，就改变了一生的命运。

当初父亲突然走了，给家里留下几万块钱的饥荒。俗话说，欠

128

债还钱，天经地义。但这个天经地义说着容易，真做起来就没这么简单了。几万块钱，二泉倒不认为是多大的天文数字。他不相信，凭自己的能力连几万块钱都挣不到。但这只能是以后的事，眼下得先说完成学业，将来工作了才能挣钱，这也就需要相当长的一段时间。可二泉知道父亲是什么人。父亲这些年无论遇到多难的事，从不愿欠别人的钱。有一次，他去镇上买农药带的钱不够，临时跟张伍村的人借了50块钱，回来时天已大黑了，可还是拿了钱又跑出十几里给人家送去了。二泉知道，且不说弟弟妹妹还得上学，母亲也有病，如果父亲在天有灵，知道因为自己治病欠了人家这一堆账，死也不会安稳的。也就是想到这一层，他才决定放弃高考，宁愿出去打工，也要尽快把家里的这笔账还上。

现在，二泉又一次为钱发愁了。

如果没有这次的事，二泉的心里本来还像撂荒的地，一直就这样闲荒着。可现在不行了，有了养猪这事。这次去对岸的西金旺，看到那边一片一片的猪舍，二泉的心气儿就像一堆干柴，一下又给燎起来了。他想，金桐一个女孩儿都能把养猪场干成这样，自己的右手虽还不太方便，但毕竟是个男人，肯定也行。可就在这时，钱的问题就像一块大石头，突然从天上掉下来，一下又把眼前的路给挡上了。这时，二泉想起张三宝曾说过的一句戏词儿里的话，"有钱男子汉，没钱汉子难"。现在看来，真是这么回事。虽然从古至今，有气节的人都耻于谈钱，可真到节骨眼儿上，这个钱字，还真是一件绕不过去的事。

二泉躺在河边的土屋里，想了一整天，到傍晚时就明白了，再怎么想也是白想。如果按金桐说的，她给提供的这些猪崽儿按10块钱一斤算，而且每头30多斤的小猪都算30斤，一头猪崽儿300块钱确实已经很便宜了。从西金旺回来时，张少山说，现在外面的生猪市场，杜洛克猪崽儿都要卖到五六百一头，最高的已经达到800，金桐说的这价格确实已如同白给一样了，可就是这如同白给的价钱，20头猪崽儿也要6000块钱，用张少山的话说，现在自己穷得尿尿都

129

不臊了，这6000块钱上哪儿去弄？况且真把这20头猪崽儿弄来了，把它们怎么办？它们还得吃，得喝，得住，这后面的一系列事，哪一样也都得要钱。

二泉这一想，刚热起来的心就又凉了。

二泉在广东打工时，曾交往过一个女孩儿，是湖南永州人，叫小勤。都说湘妹子最多情，这个小勤和二泉在一起时，性情也很温顺。但就是一样，太在乎钱。二泉跟她是在鞋厂打工时认识的，两人刚一明确关系，这小勤就问二泉，每月给家里寄多少钱，手头有没有积蓄。这一问，二泉的心里就有点反感。二泉这时本来不想谈朋友，还不光是不想，也知道谈不起。他看到身边的年轻人，谈了朋友的一下班就都成双成对地出去了，只要一出去，当然就得花钱。可自己每月的薪水都寄回家还债了，手头只留30块钱，这30块钱别说谈女朋友，就是自己一个人也不敢上街。但这时，确实感到太寂寞了，身边连一个说话的人都找不到，有了这小勤，总是一个安慰。后来和这小勤第一次，也是唯一的一次怄气，也是因为钱。那次小勤跟他说，她家里突然有事，让她赶紧寄两千块钱回去，可她手里只有1000，想跟二泉再借1000，厂里一发薪就还他。这一下就把二泉难住了，按说两人既然是这种关系，别说1000，就是再多也不用说借。可这时，二泉的手里满打满算只有40多块钱。这次小勤真急了，瞪着他说，我没说找你要，只是借，一发薪就还给你，1000块钱，我就是找别人借也能借出来。二泉到这时没办法了，才把实话说出来，他每月的薪水，都寄回家还账了。这时，既然话已说到这个份儿上，他也就不怕难看了，索性把身上的钱都掏出来。他告诉小勤，自己每月只留30块钱，这多出的10块多钱，还是上几个月没舍得全花，存下来的，现在这40多块钱，就是他手头的全部积蓄了。这次小勤才真信了，没说话就回宿舍了。事后听她同室的小姐妹说，她那个晚上回去，一直哭到半夜。这次的事以后，虽然两人没分开，但在一起时，明显话越来越少了。后来二泉去那家假肢厂，本来想让小勤一起去，但小勤还是留在这个鞋厂了。当时茂根已看出来，

130

对二泉说，这个叫小勤的女孩儿没谱儿，恐怕长不了。二泉也已有了这种感觉，就跟小勤谈了一次。这时小勤才说，她家的条件也很不好，姐姐出嫁了，一个哥哥和一个弟弟都是残废，父母年岁也大了，所以将来只想找个能依靠的男人。

小勤把这些话说出来，二泉的心里也就明白了。

但人是感情动物，毕竟已相处两年，真要分开，也不是一刀两断的事。后来二泉出了工伤，就意识到，跟小勤的关系真到十字路口了。这时茂根给出主意，你出这么大事，小勤那边不会不知道，你也就不用再主动告诉她，只看她来不来，如果来了，就是还想跟你走下去，不来，这事儿也就这样了。二泉一想也对，就没告诉小勤。果然，二泉住院这段时间，直到出院，小勤一直没露面。二泉又反复想了想，觉得这事总不能一直这样拖着，就是不想再继续了也该有个了结，就决定再跟小勤最后谈一次，索性把话都说开，既然自己已成了这样，以后就别再拖累她了。但二泉来到鞋厂时，才听说，小勤早已辞工走了。这一下，二泉反倒轻松了。心里明白，这不能怪小勤，人穷，当然就得实际一点，感情只是第二位的。

这个傍晚，二泉躺在河边的土屋里，又想起小勤，就觉得她当初这样不辞而别是对的。她虽然是个女孩儿，可从一开始看事儿就比自己透彻，只有把事儿看透了，也才能实际。二泉想到这里不禁叹口气，钱啊，说来说去说到底，还是一个钱字。

现在，二泉就又让这个钱字绊住了。还不是绊，是挡住了。

天大黑时，金毛儿来了。二泉已经听说了，金毛儿这一阵总往张伍村跑。金尾巴在村里已经不凉不酸地甩出闲话，说金毛儿现在行啦，不跟咱玩儿啦，人家已经改邪归正，出不了今年就得干成东金旺的比尔·盖茨啦。村里人也都在传，张少山通过张伍村的村主任张大成，给金毛儿介绍了一个搞槿麻产业的专业大户，叫张凤祥，金毛儿这些日子就是去跟这个张凤祥学种槿麻。二泉知道这个张凤祥。张凤祥有个女儿，叫张保妍，当年也在县一中上学，比二泉低两个年级，跟金桐是同学。金毛儿是个知道感恩的人，觉得张凤祥这样实心实意地教自已种植技术，就总想感谢人家。先是求村里的张二迷糊画了一套"东西南北一个中"的九路财神，给张凤祥送去了，后来又画了秦琼和尉迟恭两幅门神给送去了。再后来又跑到下游的河汉，在渔船上买回一条八斤多重的大鲇鱼，给张凤祥拎过来。这时张凤祥就实在不好意思收了。本来金毛儿又送财神，又送门神，这按梅姑河边的说法，已不同于一般的礼物，张凤祥已经有些过意不去，但金毛儿说，权当感谢，收了也就收了。可现在又拎来这么一条八九斤重的大鲇鱼，这就有点儿过分了。这时张凤祥已听到村里人的风言风语，说金毛儿借着来学种槿麻，总找机会往张凤祥女儿的跟前凑。张凤祥的女儿在天津的一个职业学院学的是财会专业，毕业后回到县里，先在一家企业当会计。后来就辞职回来，帮家里管理槿麻产业。

其实村里的风言风语把这件事传反了。

事实是，金毛儿自己并没想怎么样，想怎么样的是张保妍。张保妍觉着金毛儿人很机灵，又多才多艺，不光会吹管子，还会吹笙，人也不寒碜，长得不高不矮不胖不瘦，又挺有上进心。于是他每次来跟父亲张凤祥学种槿麻的技术，就总是主动往他跟前凑，或递一条擦汗的毛巾，或给端一杯水。起初金毛儿并没理会，但后来就留意了。其实张保妍长得也不难看，两个眼睛挺大，忽闪忽闪的，但金毛儿并不喜欢。金毛儿还是喜欢眼小的女孩儿，眼太大了看着吓人。张凤祥当然不知道女儿的心思，也没问过，就想当然地以为这件事真像村里传的，是金毛儿憋着给自己当女婿。张凤祥虽是个农民，没有太高文化，但为人处世很得体。他并没跟金毛儿把这层纸捅破，而是拐了一个弯儿，去找村主任张大成。他对张大成说，眼下自己的女儿虽还没处对象，但他想，将来要找，就找个有学历的，至少也得跟自己女儿差不多，是个大专，倒不是为别的，主要是自己这槿麻产业，现在从种植到加工再到销售，已经基本形成一条龙，以后得有个内行管理才行。张大成一听就明白了，笑着说，行，我有数了。于是就把金毛儿找来，很婉转地把张凤祥的意思告诉他了。

金毛儿起初没听明白，不知张大成这东一句西一句地要跟自己说什么。张大成最后只好把要说的意思和盘托出，告诉他，这事儿就别往这上想了，不可能，张凤祥对女儿已经另有打算。金毛儿这才明白了，可忍不住又笑了，觉着这是哪儿跟哪儿啊，这些日子一直把自己追得屁滚尿流的是张保妍，怎么倒成了自己追她。但张凤祥毕竟一直真心实意地教他种槿麻，也就不好把这事说破，担心真说了不光他，也让他女儿张保妍面子上不好看，于是也就只好默认了。但默认了，又觉着对不住自己，心里实在委屈。这个晚上，就来找二泉，说心里烦，一块儿聊聊，也说说心里话。

二泉一听，说，你现在学种槿麻，学得挺好，有什么可烦的。

金毛儿这才把这些日子的烦心事，都对二泉说了。

金毛儿说，现在自己的心里很纠结，就像扒下的槿麻皮，都缠绕在一块儿了，本来以为追女孩儿难受，可没想，让女孩儿追更难受，这些日子去跟张凤祥学种槿麻，人家教得很尽心，一点儿不藏着掖着，特别是他那个女儿，也很热心，本来大家相处得挺好，可没想到自己这一感谢，倒谢出事来了，张凤祥的这个女儿突然一下对自己热情起来，躲都躲不开。

二泉听了问，你对这个女孩儿，到底怎么想呢？

金毛儿苦着脸说，毛病就在这儿，我想的，没法儿跟这女孩儿说啊。

二泉说，你就照实说。

金毛儿说，照实说，人家一个女孩儿，不伤人家啊？

二泉一听，心里咯噔一下，想起自己当年跟金桐的事，看一眼金毛儿，没再说话。

金毛儿这时也已听说了二泉的事，又说，其实你这事，也好办。

二泉低着头，仍没吭声。

金毛儿说，要我看，这金桐也就是一口气。说着摇了摇脑袋，我要是你，干脆就去再找她一趟，跟她把这事儿当面说清楚。说着又扑哧一乐，没准儿一举两得，另一桩好事儿也就成了呢。说完看看二泉，又咧了咧嘴，当然，我看你这种人，也干不出这样的事。

二泉哼了一声。

第二十三章

张少山想起一句老话，福无双至，祸不单行。

这次带着二泉去对岸的西金旺找金桐，本以为自己事先都已铺平垫稳，这事儿肯定十拿九稳了，可没想到，二泉一露面儿，金桐立刻变卦了。张少山这才意识到，看来自己还是把这事想简单了。但二泉心里的这把火好容易点起来，总不能让这一瓢冷水又浇灭了。

这两天，正为这事儿发愁，老丈人张二迷糊这边又有事了。

张少山这天来镇里办事，碰见文化站的老周。老周一见就把他拉到个没人的地方说，我正要给你打电话，你老丈人那事，怕是要黄。张少山听了心里一紧，忙问，怎么回事。老周这才说，前一阵子，天津的那家公司三天两头催，问他们要求的财神形象搞得怎么样了，可这一阵子再也没动静了。其实这段时间，张二迷糊闷在家里一直跟憋宝似的想来想去，但好容易想出一个方案，老周一看就给否了，都是换汤不换药，基本还没脱出原来的坯子。这一下，也就越弄越没心气儿了。老周对张少山说，他一见张二迷糊心气儿不高了，怕把这事儿撂黄了，这天上午就主动给这家公司打了个电话，想稳住对方。可对方一听主动就说，这也不是着急的事，现在流传在民间的门神和财神，都是经过成百上千年的文化积淀才一点一点形成的，要想搞出新意，确实不是一蹴而就的事，别急，先慢慢设计吧。

老周对张少山说，你看，听他们说话这意思，这事儿怕是要凉了。

张少山一听就明白了。天津这家文化公司，他上次去看师父胡天雷时，曾经去过，还跟这公司一个叫徐岩的业务经理见过一面，从这家公司的规模就能看出来，他们指不定同时抓着多少个项目，这个"梅姑彩画"只不过是这些项目中的一个，恐怕还不一定是重点项目，这段时间迟迟没进展，人家不可能一直这样等着，自然就去抓别的项目了。不过老周这一说，张少山才意识到，难怪这几天回去，老丈人张二迷糊的脸又像门帘子似的耷拉下来，看来是嫌自己对他的事不上心，又故意给脸子看。不过张少山进张家门儿30多年了，已经有一套对付张二迷糊的办法。张二迷糊是软硬不吃，就吃糊弄。你跟他来软的，他反倒逮理了，更得理不饶人，来硬的，他比你还硬，能拉开一副泼命的架势。唯独拿话填活他，反倒怎么说他怎么信。张少山想到这儿，就掏出手机，给张三宝打了个电话。

张三宝显然正排练，电话里挺乱，一接电话问，有什么事。

张少山说，你先出来一下，有几句话跟你说。

张三宝就出来了，电话里一下静下来。张少山这才把张二迷糊要跟天津一家文化公司合作的事，对张三宝说了。张三宝一听就说，这事儿我知道，那家公司还让我二叔再设计一个有梅姑河民俗文化风格的财神，我二叔一直为这事儿犯愁呢。张少山说，我说的也就是这事儿，你在剧团，老戏都熟，对各种人物和脸谱儿也都清楚，你也帮你二叔想想吧，哪怕出个点子也行。张三宝一听就乐了，说，姐夫你这一说，还真靠谱儿，我琢磨琢磨吧。

张少山又说了几句闲话，就把电话挂了。

张少山让张三宝帮着出点子，其实并不是真让他出点子，真正的目的就是打了这个电话。这天傍晚，张少山回到家，吃饭时张二迷糊还耷拉着脸。张少山只当没看见，一直跟麻脸女人说让女儿买药的事。张少山跟老丈人张二迷糊一样，麻脸女人只给生了一个女儿，取名叫张欢。这个女儿本来在县一小当老师，几年前报名去甘肃支教，又在那边和一个一起支教的男老师谈了朋友，就一直没回来。张少山对麻脸女人说，甘肃靠近内蒙古那边出一种特殊的中药材，叫肉苁蓉，可以补肾阳，还能润肠通便，对老人很好，他已经用微信告诉欢欢了，在那边给姥爷买一点，能寄就寄，如果不能寄，就等回来时再带回来。

张少山说这话时看着麻脸女人，可其实，是说给老丈人张二迷糊听的。说完就站起来，往外走了两步好像忽然想起来，又回头对张二迷糊说，下午刚给张三宝打了个电话，他在县剧团，知道老戏多，让他也帮着想想，看能不能把哪出老戏里的人物形象，改成财神的样子。

说完不等张二迷糊说话，就去村里了。

张少山的心里很清楚，不管自己在外面怎么忙，家里的后院儿不能起火。否则累一天了，回到家连个安生饭也吃不了，再整天给老丈人扛脸子，这日子就没法儿过了。

其实张二迷糊跟天津这家文化公司合作的事成与不成，张少山倒并不在意，就算不成，他大不了接着自己画，自己卖，这些年一直也是这么过来的，无所谓。问题是二泉的事，这回出师不利，让张少山的心里挺犯愁。张少山知道，二泉虽然不爱说话，但心里是个争强好胜的人，这次从外面回来，人更闷了，不光更不爱说话，也挺消沉，就因为这才整天跟金尾巴那伙人搅在一块儿喝酒。这次好容易打起精神，决心要好好儿干一场了，却又碰上这么个梗节儿。当然，张少山也明白，这事儿说来说去还是怨自己，本想借二泉办猪场这事打开一个突破口，看能不能让他当村里的致富带头人，可自己还是操之过急了，还不光是操之过急，也把这事想简单了。张少山这才意识到，自己也是打年轻时过来的，就算没吃过猪肉，也见过猪走，年轻人搞对象哪能像自来水的龙头，说来一拧就有，说不要一关就没了，感情是个很复杂的事，况且是今天的年轻人。但不管怎么说，事情既然已进展到这一步，总得想个办法，不能还没干就这么黄了。现在看，解铃还须系铃人，如果二泉能去找金桐当面谈一下，当然最好不过，人跟人就怕见面，天大的事，见面一说一谈，满天的乌云也就散了。但这显然不现实。凭二泉的脾气，这事儿他宁可不干，也不会去跟金桐说这种软话。

张少山寻思来寻思去，最后一咬牙想，只能再去找金永年。

张少山想，这回也不跟这老滑头再说绕脖子话了，索性挑明了，让他帮着劝劝金桐，看他怎么说。这样想好了，就给金永年打了个电话，问他这会儿在哪儿。金永年一接张少山的电话，好像并不意外，说自己在村委会。张少山说，你等一下，我这就过去。

说完就径直过河，来到西金旺的村委会。

金永年已经等在村委会门口，一见张少山就笑着说，你可是稀客。

张少山说，是啊，我替你说吧，我是夜猫子进宅，无事不来。

一边说着一边就走进来。

金永年跟在后头说，好啊，我听听，你这夜猫子今天有啥事。

西金旺村委会的办公室装修得很豪华，陈设也讲究，看着比马镇长的办公室气派多了。张少山在墙边的实木大沙发上一坐，就把来意对金永年说了。金永年听得很仔细，中间只拿出烟，递给张少山一支，一直没插话。等张少山说完了，才抽着烟哦了一声。

张少山看着他，等他往下说。

金永年又打了一个长长的嗨声。张少山一听他这嗨声，就知道他要说什么了。果然，金永年说，我这个村主任，现在看着是个主任，其实也就这么回事了，如同那庙里的佛像，人家拿你当回事呢，是个菩萨，不当回事，也就是个泥胎，眼下养猪场都是个人的，村集体没参股，也就没说话的地方，尤其金桐这丫头，死倔，我真去跟她说，只怕也是白饶一面儿。

张少山仍不死心，看着他，你这西金旺的大主任，还不如我？

金永年摇摇头，都说穷家难当，其实富家也有富家的难处啊。

张少山知道是碰了软钉子，得见好儿就收，否则这软钉子只会越来越硬。心里也明白，这金永年是个蒸不熟煮不烂的主儿，油盐不进，再说什么也是白说。

这一想，也就只好起身告辞了。

金永年让张少山碰了软钉子，倒不是因为赌气，其实还另有原因。金永年有个儿子，叫金长胜，在镇里的兽医站当兽医。这金长胜好像得了先人遗传，天生对兽医这行感兴趣，这些年干别的不行，唯独一沾给牲畜治病的事，一门儿灵。镇兽医站一共有五个兽医，三个年轻的两个上岁数的，但顶数金长胜医术好，也最认真负责，全镇各村的牲畜情况都在心里装着，哪个村的哪个养殖场牲畜该打防疫针了，不用跟兽医站打招呼，到时候他就主动去了。

金长胜从上初中时就暗暗喜欢金桐，但后来中考时，没考上县一中，觉着自己的学习不如人家，有点儿自卑，也就一直没敢向人家表白。后来在镇里的兽医站当了兽医，金桐也办起这个"顺心养猪场"，而且她这养猪场越办规模越大，金长胜也就有了经常跟金桐接触的机会，对她的养猪场也格外上心，平时有事没事总往这边跑。金永年虽然没问过儿子，但早都看在眼里，心里也就有数。几天前的那个上午，张少山带着二泉来金桐养猪场的事，金永年当天下午就知道了。这一下也就明白了，张少山在前几天的那个晚上为什么突然请自己吃饭，又给自己赔礼，还翻腾出当初祖辈拜把子的陈年老事，看来目的就是不想让自己插手这件事。可事情往往不是人安排的，是老天安排的，人算不如天算，谁会想到，这个二泉和金桐当年在县里上学时，还有过那么一段儿。据说这二泉那时仗着学习好，又会吹拉弹唱，在学校很牛，金桐这样的女孩儿上赶着追他都不放在眼里。这回好了，六月债，还得快，该着这二泉一还一报儿，又犯在金桐手里了。这可就怨不得别人了，自己种的果子，酸的甜的苦的辣的都得自己吃。现在张少山一看金桐是这个态度，又反过来想让自己去劝金桐。

金永年想，就冲自己的儿子长胜，也不能管这事。

其实金永年并不知道，张少山在来西金旺找他之前，已经去镇里的兽医站找过金长胜了。张少山当然不知道金长胜也喜欢金桐。他想的是，金长胜是镇里兽医站的兽医，自然是金桐养猪场求得着的人，况且金长胜也是西金旺人，在金桐面前说话也就应该有分量，如果让他去说说，也许金桐会给面子。可张少山哪里知道，这一下也就等于把金长胜架到了火上。金长胜是个心胸宽阔的人，倒没有那么多拐弯儿抹角的小心眼儿。但心胸再宽阔，让他去干这种事，心里也不太情愿。可一看张少山说得这样郑重其事，又言辞恳切，也就只好答应了。

金长胜既然决定来跟金桐说，也就不是走过场，而是说得真心实意。他对金桐说，金水泉是我初中同学，高中跟你又一个学校，说起来大家都是老同学，现在他刚创业就遇上这样的难处，况且这种难处咱谁都有过，如果能伸手帮一把，就帮他一把。金桐的养猪场确实一直得到金长胜的关照，村里别的养猪户都开玩笑说，金长胜已经快成了"顺心养猪场"的专职兽医。这时一见金长胜来跟自己说这事，而且说得这样认真，就说，你先告诉我，这事儿你是怎么知道的？金长胜一听脸就红了，又不会撒谎，只好老老实实地说，是东金旺的村主任张少山来找过他。金桐听了点点头，嗯一声说，既然张少山去找过你，这事儿具体是怎么回事，你也就应该都知道了，话是这么说，如果是金水泉去找你，是一回事，张少山去找你，就又是另一回事了，再说我也没不帮他，我的杜洛克猪崽儿，市场价格平均16块钱一斤，而且每一头都得精确到两，可给他金水泉是什么价儿，张少山应该告诉你了。金长胜想说，但你事先答应过人家呀，先免费提供猪崽儿，最后出栏再一块儿算。可话到嘴边转了转，又咽回去。金长胜当然也知道金桐的脾气，她说的话，一般是轻易不会收回去的。其实金桐这样的态度，金长胜的心里反倒暗暗高兴。但还是很真诚地说，你再考虑一下吧。

金桐笑笑说，你来之前，丽春姐刚来过，我跟她说的也是这话。

金桐说的丽春姐，叫金丽春，是马镇长的老婆，当初在镇政府办公室，是合同制的办事员，跟马镇长结婚以后，觉得再在镇里工作不太合适，就主动辞职回来了。平时在村里很低调，从不去人多的地方，去了也不太说话，偶尔有谁想通过她给马镇长递个话儿，她就笑笑说，我俩从结婚那天就有个约定，我在家里的事，他不问，他在镇上的事，我也不问。但金丽春这回也来找金桐。金丽春来，也是因为刚见到张少山。张少山倒不是特意来找金丽春，是在镇里的街上无意中碰见的。张少山也知道金丽春的脾气，并没明确托付她，只是把带着二泉来找金桐这事的前后大致说了一下，最后又说，这个事，他正打算去跟马镇长汇报，现在是一点招儿都没有了，只能向领导求助了。说完，又做了个无可奈何的表情，就匆匆走了。

金丽春来找金桐，一开始金桐以为她只是来猪场串门。但说了一会儿话，金桐就听出来了，好像不对，金丽春的话头儿总往对岸的东金旺那边引，有几次还有意无意地提到二泉。这一下，金桐脸上的笑就有点儿干了。这时金丽春又说，其实她这人，一般不太问别人的事，问多了也不好。金桐一听就把话接过来说，是啊，丽春姐这么做就对了，所以你从来没遇上过尴尬的事。金丽春一听金桐这话茬儿，也笑了，又说了几句闲话就知趣地走了。

这时，金桐又把这番话对金长胜说了一遍。

金长胜一听，心里也就明白了。

这个下午，金永年送走张少山，再仔细想想又觉着不对。这事儿自己还不能不管。这就像一辆车，如果任由它这么下去，后面再想刹车恐怕就刹不住了。所以，还不能让它失控。

金永年这一想，当天晚上就来找金桐。

金永年自己也知道，要论心眼儿，自己确实比张少山多，可心眼儿是长在心里，没长在嘴上，就像茶壶里的饺子，肚里满，却倒不出来。张少山倒不是心眼儿少，而是心实，心实的人也就不爱动心眼儿。但他毕竟学过说相声，说相声的人当然都会说，可以把一句话换几个说法儿转着圈儿地说出来。这样一算，如果金永年有八个心眼儿，只能说出两个，而张少山有四个心眼儿，却能把这四个都说出来，里外一比，金永年也就还是不如张少山。

但这个晚上，金永年来"顺心养猪场"找金桐，却发挥出很好的口才。金桐正和养猪场的两个工人准备猪饲料，一见金永年来了，知道他有事，就和他来到外面。

金永年一上来就说，你现在，可给咱西金旺争脸了。

金桐听了看看金永年，不知他怎么冒出这么一句。

金永年说，我听说了，头几天张少山带人来了。

他故意说"带人来"，却不提二泉。

金桐听了笑笑，没说话。

金永年说，眼下用马镇长的话说，咱西金旺可是全镇的一面旗帜啊。

金桐问，您到底要说什么？

金永年哦一声说，我的意思是说，咱要有大将风度，该发扬风格的就发扬风格，带领大家一块儿奔小康嘛，一个都不能少嘛。说着看一眼金桐，不过话又说回来，咱办的是养猪场，不是开粥场，做事儿也得留余地，我已经听说了，你这次处理这事，就处理得挺好。

这时金桐就眯起眼，看着金永年。

金永年又说，有句俗话，叫顾己不为偏，凡事都有个度，该说的话就说，别不好意思。

金桐忽然扑哧笑了。

金永年看出来了，金桐这笑不像好笑，脸一下涨红了，问，你笑啥？

金桐说，我在考虑，我这顺心养猪场，是不是该请您这村主任当个名誉场长啊？

金永年听了一愣。金桐已经转身回去了。

| 二 |

兰 卷

第二十四章

五月端五的前一天，茂根回来了。

茂根的爹叫金同喜，跟张少山是没出五服的本家兄弟。金同喜当年在村里是个能人，不光脑筋灵活，眼也毒，总能发现别人看不见的赚钱机会。当年东金旺街上的第一家小饭铺儿，就是金同喜开的。在此之前，金同喜常在外面倒腾小买卖，手里攒了几个钱，就都投到这小饭铺儿上。后来别人也想干这行时，他已把这小铺儿盘给别人，又在村里投资了一个小诊所。小诊所的生意比饭铺儿好做，但也更复杂，国家规定多，相关的条条框框也多。金同喜自己不懂医，得请有资质的大夫，麻烦也多，弄不好还有医疗责任的事。再后来这行也不好干了，就把小诊所倒给村委会，自己又在村外开了一个鞭炮厂。当时张少山已是村委会主任，看出金同喜越玩儿越大，有些为他担心。开小饭铺儿开不好，大不了赔几个钱，小诊所只要小心，治病别给人家治出毛病也没太大问题，可这鞭炮厂不行，这东西能爆炸，这就太危险了，弄不好得出大娄子。于是劝金同喜，这行可是刀尖儿上舔血的事，别再把命搭上，最好还是干点儿别的。但金同喜是能人，能人一般都很自负，别人的话很难听进去。张少山劝了几次见劝不住，只好让他把这鞭炮厂离村里远远儿的。后来，金同喜这鞭炮厂干了不到一年，果然出事了。那年快到年根儿时，金同喜让厂里的工人白天黑夜连轴儿干，想趁着春节大赚一笔。一天晚上，他见几个工人实在太累了，就让他们回去休息一晚，自己留在厂里看夜儿。半夜起来时，一边溜达着一边抽烟，不知怎么引着了火，接着就发生了爆炸。这爆炸的声音很大，又是在半夜，把一村人都给震醒了。等张少山带着人赶过来时，鞭炮厂里仍然烟气腾腾，对面都看不见人。但在废墟里找来找去，却始终没找到金同喜。最后还是金福林多了一句嘴。这鞭炮厂车间的屋顶已被炸得掀去一半，金福林说，看看那剩下的一半屋顶上是不是有人。结果爬上去一看，果然，金同喜在上面。人已炸得没法儿看了。

这以后，茂根家的日子也就下来了。

茂根和他爹不一样。他爹是脑筋灵活，他是精明。精明和脑筋灵活当然不是一回事。脑筋灵活是转弯儿快，不认死理，用一句文词儿说也就是不因循守旧。精明则是善于观察，也善于分析，观察分析之后总能寻找到一般人找不到的机会，说白了也就是能"钻"。但这个"钻"又不是钻营，而是善于利用一切有可能利用的机会，这机会也包括往往被人忽视的人际关系。二泉在广东时，茂根曾对他说过，有人说我能钻，我倒不觉着这是坏事，现在别说在家，出门在外更一样，甭管干什么都要靠关系，每一个关系都可能是一个机会，用今天时髦的话说，这叫人脉。茂根对二泉说，你在这方面，就不如我。

后来二泉一走，茂根也就离开那个城市，来到天津。

茂根一到天津就如鱼得水了。在这边认识的人多，只要沾一点边儿的就可以去找。当然，这种找也有前提，脸皮得厚，能吃话儿。茂根把这种事想得很开，其实这跟做生意是一个道理，唯一的成本就是脸面。甭管找谁，人家认你这关系，就认，不认也无所谓，一听话头儿不对，赶紧扭头出来，只要不在乎脸面，也就没失去什么。所以来天津不到一个月，已经来来去去地换了几个地方。在天津不像在广东，在广东那边人生地不熟，只能去工厂，所以干来干去还是个打工仔。到天津不管怎么说，找的都是拐弯抹角的关系，这样再找工作，也就比在广东时体面，虽然都没干长，茂根的心气儿也就越来越高。这时才意识到，自己毕竟是高中毕业，虽然当年高考落榜，也算有些文化，总不能像个普通的农民工整天戴个安全帽拎个已经看不出颜色的塑料水瓶满大街溜达。也就在这时，茂根忽然想起来，当初在村里时，曾听人说过，村主任张少山学过说相声，他师父是当年从天津来东金旺下放的演员，叫胡天雷。后来这胡天雷回天津了，张少山这些年还一直跟他有联系。茂根脑子好，还记得当年这几个下放的演员是天津一个区级曲艺团的。于是就来这曲艺团打听。一问才知道，这胡天雷现在已是很著名的相声演员，早退休了，晚上经常在茶馆儿园子演出。茂根就一路打听着又来到这个茶馆儿园子，果然见到了胡天雷。胡天雷一听茂根是东金旺的人，自然很热情，再一问茂根的父亲，也有印象，还记得叫金同喜，当年曾在生产队里一块儿干农活儿。又听茂根说，这几年一直出来打工，前一阵刚从广东回来，就问来找自己有什么事。茂根本来是撞着来的，既然胡天雷当年曾在东金旺下放，就想攀个老乡，这时一见胡天雷果真认了这个关系，也就直截了当说，自己毕竟是高中毕业，不甘心当打工仔，更不想当个普通的农民工，这茶馆儿园子再怎么说也是个有文化的地方，所以想来这里干，干什么都行。又说，知道胡老先生是村主任张少山的师父，所以也想拜胡老先生为师。胡天雷一听，知道这年轻人根本不懂这行里的事，就笑了，说，看来你只知其一，不知其二，或者说只知其然不知其所以然，干脆说吧，你对这行太不了解了，不是你想的那么回事，且不说你拜谁不拜谁，干这行讲的是童子功，你现在都这岁数了，舌头已经硬了，况且这碗饭，也不是是个人就能吃的。

但胡天雷虽然这样说，还是跟茶馆经理打了个招呼，对茂根说，你如果真喜欢这行，留下也行，每天就在后台帮着做点事，钱不会太多，吃饭没问题，哪天再找着合适地方，跟我说一声就行，随时可以走。茂根一听赶紧连连道谢。

这以后，也就留在这个茶馆儿园子了。

胡天雷让茂根留下，也有自己的想法儿。这个年轻人虽然不懂行，可看着挺机灵，东金旺的人都好吹拉弹唱，年轻人也都有这根筋，让他在园子里熏一熏，倒不指望学成什么样，有一天回东金旺，

147

也许又是张少山的一个帮手。于是也就跟徒弟谭春儿交代了一下，平时没事的时候也带带他，太深的东西不用给他讲，只说一说面儿上的事就行了。

茂根在这茶馆儿园子干了一段时间，渐渐就明白了，看来真不像自己想象的，本来是想学点儿东西，也许能在这一行里发展。可现在看，根本不是这么回事。照这样干下去，再干多长时间恐怕也还是这意思，况且在这儿虽然不忙不累，也挺干净，但每月的收入确实不高，也看不出以后能有什么前景。这一想，也就没心气儿再干了。这时胡天雷也已看出茂根的心思，就跟他说，要不想干就别干了，索性回东金旺，眼下村里也正是用人的时候。

茂根一听，这才下决心回来了。

第二十五章

茂根这次一回村，就来河边的土屋找二泉。茂根这些年跟二泉在一块儿时爱开玩笑，但二泉从不跟他玩笑。这时，他对二泉说，给你带来一个好消息，一个坏消息，先听哪个。

二泉一见茂根回来了，有些意外，哼一声说，我还能有什么好消息，说坏的吧。

茂根说，也好，听了坏的再听好的，能高兴一点。

然后说，坏消息是，当初二泉在广东的那个女朋友，也就是叫小勤的那个女孩儿，已经结婚了，男的比她大几岁，也是湖南人，已在广东打工10多年，手里攒了点儿钱，两人一结婚，就一块儿回湖南老家去了。二泉一听，这倒不是什么坏消息，跟这小勤毕竟有过两年交往，不管怎么说，总有些感情，虽说她后来没打招呼就走了，也能理解她的苦衷。现在有了这样的归宿，也替她高兴。茂根倒乐了，说，看来你真跟过去不一样了，变大气了。

说着又看看他，可这是大气的事儿吗。

148

二泉苦笑了一下，摇头说，是啊，这不是大气的事，是无可奈何，我跟她的事，后来也想过，当初就算她不走，我成了这样，还养得起人家吗？

　　接着就说，说好消息吧。

　　茂根说的好消息，倒真是个好消息。当初的那家假肢厂，那个越南老板虽然给了二泉工伤的赔偿金，但还欠着全厂工人几个月的工钱就跑路了。后来当地的有关部门介入，清理这家企业的资产，又拿出一些钱，把拖欠工人的工钱补发了一部分。茂根这次回来，就把二泉补发的这点工钱也带回来了。这可真是雪中送炭，虽然不多，但毕竟也是一笔钱。

　　二泉这时已把酒戒了。金尾巴又来找过他几次，还想拉他一块儿去吹红白事。二泉都推了。金尾巴偏又没眉眼，看不出二泉不是心思，还总来找。这个下午，茂根刚走，金尾巴又来了。一见二泉就说，这回的这场活儿可不错，也不远，就在旁边的向家集，还是个双喜事，娶媳妇儿连着聘闺女，一块儿办，肯定是好酒好菜。这次二泉实在忍不住了，冲着金尾巴吼了一嗓子。金尾巴不知二泉怎么突然发这么大火，赶紧一溜烟儿地走了。

　　二泉冲金尾巴发火，其实还另有原因。

　　这个下午，茂根来之前，二泉刚从村里回来。二泉自从在广东做了再植手术，医院一直定期给寄一种抗排异的新药。现在从广东回来了，那边的药再寄就慢了一点，这回晚到两天，二泉就有些担心，这中间断了几次服药，会不会影响效果。于是来村里的小诊所，想问问大夫。小诊所的大夫姓康，已经70来岁，家在县城，是从县人民医院退休下来的，退休以后闲在家里没事，就应聘来到东金旺的小诊所。康大夫一听，对二泉说，这种抗排异的药当然最好按时吃，不过偶尔断几次，问题应该也不大。二泉一听这才放心了。回来的路上，碰上了张少山的麻脸女人。如果按村里的辈分，二泉是张少山的叔，但二泉的心里一直把张少山当长辈，叫别的叫不出口，每次见面也就什么都不叫。二泉正低头走着，抬头一见这女人，本想打个招呼就过去，却被这女人叫住了。这女人看看二泉，说，事儿都是有顺有不顺的，别着急，慢慢想办法。二泉听了先是愣一下，然后才反应过来，她是在劝自己，说劝还不准确，是安慰。看来，自己最近正犯愁的事，张少山回去对她说了。这女人又说，是啊，其实这些日子，他心里比你还急，你这次回来，他本想让你在村里挑头儿，给大伙儿打出个样儿来，可没想到一直这么不顺，晚上回家，也是整夜整夜地睡不着。

这女人又叹口气说，这几天，他把办法都想绝了，可还是不行。

二泉一听问，村长一直给我想办法？

女人说，是啊。

接着，就把张少山这些天怎么先请金永年吃饭，后来又怎么去镇里的兽医站找金永年的儿子金长胜，让他帮着跟金桐说说，再后来又怎么专门到对岸去了一趟，厚着脸皮让金永年帮着去跟金桐说情，最后连马镇长的老婆都搬动了，怎么来怎么去都对二泉说了。二泉一听，一下愣住了。他知道，张少山这些日子为自己的事费了很大劲，可没想到竟然下了这么大心思。二泉了解张少山的脾气，也是个轻易不愿求人的人，这回为自己的事竟然这样到处去求爷爷告奶奶，况且他这些年跟西金旺金永年的关系，谁都知道，可这次为自己这事，竟然连脸面也不顾了。这样想着，没再说话，扭头就回河边来了。

这个晚上，二泉又想了一夜。

钱，钱，钱，想来想去还是钱。茂根这次回来，倒是带来一笔钱，可这点钱连一半也不够。这时，二泉突然想到高建明。上次在县里的农交会上遇到高建明，一起吃饭时，他曾说，大家都是同学，以后有什么困难只管说，只要能尽力的，大家一定尽力。这时二泉想，现在自己就是遇到了困难，而且还不是一般的困难，简直就是一道过不去的坎儿。但再想，又觉得不行，高建明毕竟大学毕业没几年，手里肯定也没多少钱，这时找他借，只会让他为难。况且还有一层，二泉知道，凭高建明的性格，只要自己开口了，他就是手头拿不出钱，也肯定会联络在县城的同学，哪怕带有集资的性质也会帮自己把这笔钱凑上。但是，二泉不想这么干。二泉本来想的是，当年既然放弃高考，跟班里的同学没打招呼就走了，索性就让自己在同学面前永远消失。他不想让任何人知道自己的现状。如果再让大家帮自己集资，这事儿宁愿不干。二泉这一想，心里反倒踏实了。睡到半夜，忽然让一个梦惊醒了。在梦里，梦见自己右边的上牙掉了，掉下的牙竟然是红的，还在滴滴答答地淌血。醒来之后想，这不是个好梦。二泉倒不迷信，但想起老话说，梦见上牙掉了，左边的是父亲不好，右边的是母亲不好。这一想，就再也睡不着了。果然，第二天上午就传来消息，说母亲突然病了。

这段时间，二泉的母亲心里一直难受，胸口像揣着块石头，又沉又闷。二泉虽然住在河边的土屋，离家也近，经常回来看看，但知道他心思不整，自己难受也就忍着，并没跟他说。这个早晨，二泉的母亲起来时，觉着心口一扎一扎地疼。起初以为夜里着凉，是胃疼，想着喝口热水也就没事了。在院里喂鸡时，感觉疼得越来越厉害，这才意识到不是胃，应该是心脏。二泉在广东打工时知道母亲心脏不好，曾买了"速效救心丸"寄回来，叮嘱随时放在手边。这时就赶紧放下鸡食盆子，转身进屋去拿药。可走到门口就摔倒了。幸好这时福林的媳妇来借笸箩，进院一看，赶紧跑去村委会叫张少山。张少山一来，就看出是心脏病又犯了。先去拿了药，让二泉的母亲吃了，然后又给镇医院打电话叫急救车。

这时金友成也带着村医赶来了。张少山让金友成赶紧去河边叫二泉。

这个上午，二泉正在河边的渡口修摆渡船。这条船年头儿太久了，又一直没人修，已经有些漏。二泉找了点油灰膏儿，打算把船底漏的地方补一补。正干着活儿，金友成从河坡上跑下来，告诉二泉家里出事了。二泉一听扔下手里的活儿就赶紧跟着回到村里。这时镇医院的急救车也到了。急救车上的大夫一看这情况，直接就送到县里的人民医院。

151

这次有惊无险。县医院的大夫说，幸好来得及时，否则后果就不好说了。

第二十六章

二泉在县医院守了母亲几天。

这次虽然没出大事，但也更雪上加霜了。茂根这次带回的一点补发的工钱，母亲这一病，也就都花在这上面了。这时张少山才告诉二泉，上次金桐说的话，其实有的也的确是实情。当时她说，她的猪崽儿虽然每头都已30多斤，但还按30斤算。后来才知道，的确是这样。据金长胜说，金桐说这话时，她的猪崽儿都已是35斤往上，所以她当时才又说了一句，再过几天就得40斤了，真到40斤就不能按30斤算了。张少山发愁地说，眼下又耽搁了这些天，那边的猪崽儿肯定早都过40斤了，当初咱算着，如果按30斤算，20头猪崽儿应该是6000块钱，可现在长到40斤，至少又得多两千多块，这就更不好办了，哪儿弄这么多钱去。

二泉这时倒平静了，对张少山说，我也想明白了，凡事都一样，求人不如求己，您也不用再去找这个找那个了，干脆，等家里消停点儿了，我还出去打工，别的干不了，去工地当小工子总还行吧，咬着牙拼命再吃一年两年苦，我就不信，挣不回万把块钱。

说着看一眼张少山，这回，这养猪场我还非干不可，干定了！

张少山是看着二泉长起来的，当然知道他的脾气，这时一见他拧劲儿又上来了，心里登时一热，但想了想，又说，话是这么说，可你这手，眼下毕竟还这样。

二泉说，手我自己知道，使笨劲儿还行。

张少山好像还有话，但张了张嘴，就转身走了。

二泉在家里住了几天。一边照顾母亲，一边也把里里外外收拾了一下。这次母亲病了，本来叮嘱妹妹水霞，别告诉三泉。三泉在县一中，暑假开学就要上高三了。二泉知道，这时应该已进入冲刺阶段，正是较劲的时候。但三泉在学校还是听说了，这个星期六就跑回来了。二泉一见三泉回来了，也正好，就把三泉和水霞叫到一块儿，对他俩说，这次从广东回来，本来不打算再出去了，可现在看还是不行。二泉并没跟三泉和水霞说怎么不行，只说，这几天想来想去，还得出去，不过这次不走远，就在天津附近，最多一两年也就回来。

然后对三泉说，到那时你高考也差不多了，水霞也就上高中了。

三泉虽然刚17岁，但比二泉高，也壮，脾气却跟二泉不一样。二泉是闷，三泉是心里不存话，有什么就说出来。这时一听二泉说，就问这次又要出去打工是不是因为自己高考，担心又有用钱的地方。二泉说，这不用你操心，你只管踏踏实实地学习就行了。三泉说，要是为高考的事不用发愁，学校已经说了，如果高考成绩好，只要考上规定的重点大学，学校有奖励，村长也说了，对困难家庭的高考录取生，镇里也有补贴政策。二泉说，你和水霞只要专心学习，另外，我不在时，把家里照顾好就行了。

二泉把家里都安排好，就回到河边的土屋。当初从广东回来时，带回一只半旧的走轮行李箱，一直放在身边，平时换洗的衣服和日常用的东西都放在这里面。二泉回到土屋把这行李箱收拾了一下，又把几件衣服洗了。晚上，茂根来了。茂根回来后总不在家，不知在外面忙什么事。这时一见二泉收拾行李，就问，你真要出去？

二泉说，是，这回不走远，就去天津。

茂根说，你还是再想想。

二泉说，反复想了，只有这一条道了。

茂根说，我看未必，条条大道通罗马。

二泉的事，茂根显然都已知道了。但茂根说话不喜欢直说。直着说出来的话虽然好懂，一听就明白，但意思也一览无余，这样也就没退路了。绕着说话，似是而非，虽然让人听着费劲，但也可以给自己留有充分的余地。这时，茂根对二泉说，干养猪场当然是个再好不过的事，况且河那边的西金旺先干了这几年，也已经蹚出道儿来，只要顺着他们的路走就行了。不过，茂根又说，还有一句话，有多少水，和多少泥，本来就一碗水，如果非要和一堆盖房的泥，这就不切实际了，况且这盖房也有几种盖法儿，自己一个人盖是盖，跟别人合着盖也是盖，实在不行先帮别人盖，不为盖房，就为挣个工钱，等工钱挣够了，自己有了条件再盖，也是一个办法。茂根这话虽然说得东拐西拐，但二泉还是一耳朵就听明白了。看来，茂根这次回来是已经有了想法，他虽然没明说，但意思是想让自己跟着他干。二泉知道，茂根这么想，也是一举两得的事。当初一块儿在广东打工，两人的关系也就比在村里时更近，现在茂根回来了，如果想干点事，找别人也是找，找自己也是找，当然就宁愿找自己，这样更可靠。另外还有一层，他这次回来，肯定已知道自己现在的状况，如果拉着自己一块儿干，也可以帮自己一下。但这时，二泉已经认准了养猪。他想，这个养猪场，自己非干起来不可。

茂根也知趣，看出二泉去意已定，于是又叮嘱了他几句，就回去了。

二泉这一夜没睡踏实。他想起当年去广东时，走的头一天晚上也是一夜没睡。但那次是出去挣钱给家里还债，这一去前途未卜，想想今后也很渺茫。这次就不一样了，出去挣钱是为了回来办养猪场，一想到这，虽然无奈，但再苦再累也心甘情愿。

第二天一早，二泉起来收拾好行李，去河边洗了脸，又换了一身干净衣服。提着行李箱刚出门，就见张少山从大堤上跑下来。其实还不是跑下来的，由于往下跑得太快，一屁股坐在堤坡的草地上，是出溜下来的，老远一见二泉就喊，你哪儿也甭去啦！

二泉在河边站住了，看着他。

张少山跑过来，已经喘得说不出话，两眼却眯成一条缝儿。

二泉问，咋回事？

张少山这才说，好消息，这回总算行了！

二泉说，到底咋回事，你快说啊。

张少山这才说，有个事，因为一直没落实，他也就没敢告诉二

154

泉。前几天马镇长和吴书记商量工作时，说起东金旺的情况，马镇长说，他也是在家里听老婆说的，前些天，张少山曾带着金水泉去西金旺找金桐，向她的养猪场求助，本来事先都已说得好好儿的，可不知两人当年有什么恩怨，金桐一看让她帮的人是金水泉，立刻变卦了，故意给出了个难题。金水泉本来已经振作起精神，也下定决心要大干一场，可这一下又给难住了。吴书记问，让什么事难住了。马镇长说，说白了就是两个字，资金。接着，马镇长就又把从张少山这里听到的关于金水泉的情况，跟吴书记详细说了一下。吴书记一听就笑了，说，如果只是因为资金，卡在这个事上，看一看咱们能不能帮着解决。马镇长说，我也这么想，现在已经让"扶贫办"的人去了解具体情况，如果符合条件，就特事特办，看能不能用扶贫贷款扶持一下。

二泉一听，两眼立刻瞪起来，问张少山，镇里领导是这么说的？

张少山乐着说，刚才接到镇里扶贫办的电话，贷款的事成了！

二泉一听，拖起行李扭头就往回走。

张少山问，你干啥去？

二泉说，把东西放下。

第二十七章

张少山想起师父胡天雷在几个月前对自己说的话。当时师父说，你这一阵之所以总觉着事事不顺，就是顺也顺得不太顺心，换句话说，也就是按倒葫芦瓢又起来，如果用相声的行话说，就是因为没铺平垫稳。现在好了，终于铺平了，也垫稳了。但只有张少山自己知道，就为这个铺平垫稳，自己付出了多大心力。用师父的话说，如果是三番四抖，现在终于到了该抖的"包袱口儿"了。可这个抖还不光是抖"包袱儿"，关键是这包袱儿里抖出的东西。

张少山想想都高兴，没人的时候，能自己噗地乐出声来。

这天上午，张少山来镇上给二泉跑贷款的事，在镇政府的大院里碰见金长胜。金长胜一见张少山就说，我听说了，你村的二泉，镇里已经给办了扶贫贷款，这一下，问题就全解决了。张少山连连点头说，是啊是啊，这事儿也得感谢你啊。金长胜一听笑得有点儿干，赶紧摆手说，我没做什么，只是去帮着说了说，还没说成。说着就想起来一件事，把张少山拉到个清静地方说，我正想问您，现在资金的事有着落了，下一步，是不是还打算从金桐那儿进猪崽儿？

　　张少山说，是啊，既然前面已说好了，她那儿的品种又有优势，就还是找她吧。

　　金长胜说，我也是这意思，你们最好还是从金桐这儿进。

　　张少山点头说，对，你是这方面的专家。

　　金长胜笑了一下说，这倒不是，我就是个兽医，算得上啥专家，不过我知道，她那养猪场养的不是一般的猪，都是经过改良的"三元猪"，这她说过吗？

　　张少山想想说，她只说，她的猪有优势，倒没说具体。

　　金长胜说，这"三元猪"的母本是"大白猪"，父本是"长白猪"，繁殖出来的后代，再和父本的"杜洛克"杂交，产下的猪崽儿才是"三元猪"，这个品种除了具有很多优势，还有一个最大特点，就是生长的时间短，可以很快进入成熟期，这对二泉很合适。

　　张少山一听问，金桐的猪场，养的都是这种"三元猪"？

　　金长胜说，她精明也就精明在这儿，别的猪不养，只养"三元猪"。

　　张少山这才明白了。

　　这次张少山接受了教训，事先想好，再去对岸找金桐，不能让二泉露面了。于是先跟二泉商量，眼下既然资金解决了，索性规模再大一点，一次进30头猪崽儿。虽然镇里的扶贫贷款真正到位还得有个过程，但金桐的企业做得这样大，万把块钱的事，就是拖几天应该也不会在乎。可就在这时，二泉的几句话，一下又让张少山心里没底了。二泉这几天也没闲着，心里一直在盘算这事。这时说，现在进这30头猪崽儿，确实应该没问题了，可这还只是第一步，把这些猪崽儿真弄来了怎么办？它们得吃，得喝，关键是还得有个住的地方，上次去金桐那边的猪场已经看见了，现在的猪舍跟过去的猪圈已完全不是一回事，各方面的要求都很高，还别说后面的饲料问题，光建这猪舍得多少钱，真正的大头儿还在后头。

张少山一听，立刻说不出话了。这一层，他还真没想到。

张少山这才发现，自己又把事情想简单了。这两天光顾着高兴了，想着这回有钱了，先跟二泉商量一下，然后自己一个人过河，跟金桐一说，不会再出任何横生枝节的事，也就把这30头如同小祖宗一样的小猪崽儿接过来了。可这时二泉一说才意识到，对啊，真把这些小祖宗接来怎么安置，还真是个更大的麻烦，它们都是活物儿，来了得吃喝拉撒，还得住。

这一想也就意识到，还不能立刻去找金桐。

张少山这天一早起来，准备到张伍村去一趟。张少山曾听张伍村的村主任张大成说过，他们有一个施工队，这施工队归村委会管，但平时大家都各自干自己的事，只是村里有什么事时，才把这些人召集起来。张少山想，去张伍村跟张大成商量商量，能不能请他这施工队过来帮帮忙，材料费当然该怎么算就怎么算，不过在保证安全和质量的前提下能省就省，另外，是不是工钱先欠着，等二泉的猪场缓过手来，再一块儿给。张少山这次去，还有一个目的，自己对建筑毕竟是外行，也想让张大成帮着算算，建一个这样规模的猪舍，就算工钱先欠着，光用料大概得多少钱。张少山先给张大成打了个电话。张大成在电话里一听就爽快地说，你来吧，我帮你细算算，别的事都好说，只是眼下正忙的时候，谁手里都有活儿，我看吧，想想办法。张少山说，有你这话就行，我也不跟你客气了，这就过去，咱见面再细说。

张少山正走在去张伍村的路上，手机响了。掏出来一看，是金桐。张少山的心里动了一下，摸不清金桐这个时候给自己打电话，会有什么事，于是接通说，正想这几天去找你呢。

157

金桐在电话里笑了，说，祝贺您啊，少山主任。

张少山愣了愣，听不出金桐这笑是不是好笑，于是试探着问了一句，祝贺啥？

金桐说，我今天去镇里的兽医站办事，才听说，镇里给你们放贷款了？

张少山明白了，金桐一定是听金长胜说的，赶紧说，是啊，后面咱还得商量猪崽儿的事。

金桐说，行，您哪天过来吧。

张少山说，先跟你说下，我们商量过了，这回，索性就一下要30头猪崽儿。

张少山故意没提二泉，而是说"我们"。

金桐好像并不在意，笑笑说，好啊，如果要30头，我的猪场还有个优惠。

张少山哦了一声。

金桐说，如果买我猪场的猪崽儿超过30头，我可以帮着建猪舍。

张少山本来正走在路上，一听咯噔就站住了，问，你说，帮着建猪舍？

金桐笑笑说，是啊，当然，只是猪舍，里面的设施，还得你们自己负责。

张少山脱口说，这可太好了，这一下，眼下最大的难题也解决啦！

金桐又说了一句，您哪天过来一下，咱具体商量吧，建猪舍还有很多事呢。

说完不等张少山再说话，就把电话挂了。

张少山拿着手机，愣了半天才回过神来。事情来得太突然了，愁了这些天的事，一个电话就这样解决了，一点心理准备都没有。张伍村是没必要再去了，于是赶紧给张大成打了个电话。但张少山还是留了个心眼儿，只告诉张大成，现在有了一点办法，如果不行，还得去找他。张大成一听就在电话里笑了，说，我就说嘛，只要是你张少山想干的事，没有干不成的，行啊，有事儿再跟我说。张少山也笑了，不是我有办法，是办法自己送上门儿来了。

张大成问，哦，怎么回事？

张少山说，以后再细说吧。

说完挂了电话，就转身往回走。

金桐已经把话说到这个分儿上，当然没有什么不行的。第二天，金桐又把电话打过来，说这件事宜早不宜迟，建猪舍之前还要办一些手续，包括申请环评，都需要时间，不过看镇里的态度，各种手续肯定也会特事特办。然后又告诉张少山，都要跑哪些手续。张少山本想让二泉直接跟金桐对接，省得自己再当二传手。但转念一想，还是别了，这回保险起见，宁愿自己麻烦点儿吧。于是把金桐说的都一一记下了，又交代给二泉。二泉往镇里跑了几趟，果然一路绿灯，各种手续很快就都办下来了。最后，养猪场的位置就定在村东南，虽然离河堤和南大渠远了一点，但地方宽敞，旁边还有一片杨树林。张少山来看了，也很满意。

地点一定，金桐那边也就很快派施工队过来。其实建猪舍虽然建的是猪舍，但最关键的还是基础，要用钢筋水泥铺筑地面，还要做好防水，以免渗漏。这样一来，这种施工也就比想象的要复杂得多，在工艺上也有很多要求。金桐派来的施工队很有经验，猪舍很快就建起来。这时又有了新问题，猪舍不是建起来就完了，里面还要有相应的配套设施。张少山这时才知道，这些小祖宗们不光得吃，得喝，得睡，每天还要洗澡，敢情它们都爱干净，在讲究卫生方面，比人也不在以下，甚至比不太讲卫生的人还要干净。而这些配套设施，金桐已有言在先，要这边自己解决。这时，张少山也就不顾及自己的老脸了，猪舍一竣工，就又来到河这边。这次来，没事先打电话，是硬撞着来的。金桐正跟人谈事。张少山等了一会儿，金桐才出来。一见张少山就说，我听说了，那边的工程已经差不多了。

张少山赶紧说明来意，一是代表东金旺村委会，来向金场长表示感谢，二是还有一点具体的事，也想跟金场长再商量一下。金桐一听就笑了，说，你们东金旺村委会感谢我？张少山在心里咂摸了咂摸，品出这话的味道，想改口说，主要是二泉感谢你，但话到嘴边，又怕说出来反倒惹祸，就没再吭声。金桐说，感谢的话就不用说了，还有什么事，您说吧。

张少山赶紧顺坡儿下驴地说，行，感谢的话以后有的是机会说，我就说正事。

张少山这次来，本来是为两件事，一是猪舍内部设施的事，二是马上要进猪崽儿的事，这时也就索性把这两件事放到一块儿说出来。他跟金桐商量，眼下镇里的扶贫贷款虽已批下来，这几天也正加紧办，可放款还得有一个过程。金桐不等张少山说完就笑着说，明白了，有您这村主任在，还怕以后赖账啊，所有的事都往前赶吧，该怎么干怎么干。

接着又问，您是不是想说，猪舍里的设施也最后一块儿算？

张少山咧了咧嘴，是啊，这也得不少钱呢。

金桐说，行，等贷款放下来，再一块儿算吧。

说完又一笑，不过先说下，钱可一分不能少。

张少山赶紧说，不会不会，金场长这么支持，保证一分不少，只要别算利息就行。

金桐一笑说，真看不出来，您这村主任这么精明，说话滴水不漏。

张少山这里跟金桐说好了，就兴冲冲地过河回来了。先来到河边的土屋，二泉没在。想了想，估计是去新建的猪场那边收拾了，就回村来。一进村委会，金友成就说，茂根一直找你呢。张少山这才想起来，这一上午，茂根打了几个电话，自己还没顾上回。

于是问，他在哪儿？

金友成说，来了几次，见你没在，就回去了。

张少山给茂根把电话打过去。茂根一接电话问，您回来了？

张少山乐呵呵儿地说，在村委会。

茂根说，我这就过去。

说完就把电话挂了。

160

第二十八章

茂根不仅脑筋灵活，也很精明。精明人最大的特点就是不管干什么事都不会轻易决断，更不会盲目出手。当初在广东打工时，曾听人说过，广东北部的山里有一种猴子，看着挺呆，其实是贼人傻相，要多精有多精，它就是饿极了，看到食物也不会抓过来就吃，总得围着这东西转来转去，直到看清了，弄明白了，才会动手。茂根也是这脾气，甭管什么事，都得先反复寻思，直到寻思透了，也想明白了，然后才决定干还是不干。

茂根明白赚钱之道。赚钱无非是两种赚法，一是人赚钱，二是钱赚钱。如果人赚钱，也就不叫赚钱了，叫挣钱。当然，这挣钱也不一样，一是凭体力，二是凭脑力。前者是挣辛苦钱，后者则有含金量，靠的是聪明才智。还一种赚钱的办法则是用钱赚钱，这种赚钱也叫生意，将本求利。俗话说，钱赚钱，不费难。但话是这么说，也得看用多少钱去赚钱，也就是得看本钱大小。过去家里蒸馒头，得先发面，发面要用一种"面肥"，也就是一块已经发酵好的面团儿，也叫"起子"，得先把这"起子"揣到面里，才能让整盆面都发起来。这"起子"也就如同做生意的本钱，当然是"起子"越多，发的面也就越多。

茂根这次从天津回来之前，又去了一趟广东。当初在那边就是两条腿走路，一边在工厂打工，一边把手头的钱投到一个朋友的小饭馆儿上。这朋友是山西人，叫胡青子，身材矮墩墩的，长着一脸络腮胡子，看着是个憨相，其实贼精，脑袋的转轴儿比茂根还快。茂根也就是看准了他这个转轴儿，才把手头的钱投到他的小饭馆儿上。但生意上的事都是实打实，真金白银，没有相信不相信一说，亲兄弟也得明算账。茂根之所以敢把钱投给他，自然也有能拿住他的地方，这胡青子搞了一个对象，是河北昌黎人，女孩儿长得倒不漂亮，但胡青子爱得不行，整天捧在手心儿里。茂根曾对胡青子说过，海州县离昌黎不远，当天就能打来回。胡青子一听就明白了，自己真在钱上跟茂根耍心眼儿，掉腰子，也就跑得了和尚跑不了庙，茂根一扭身儿就能去昌黎找他的老丈人。这次茂根回广东，就是去找这胡青子，想把投在他饭馆儿的钱撤出来。这时胡青子和他的昌黎女孩儿已把这小饭馆儿经营得很红火，但一听茂根要撤资，又有些为难，钱都在生意上转着，一时抽不出来。茂根也就实话实说，以后不打算再回这边了，而且这次回去，也想在家里那边干点儿事，正要用钱。胡青子一听是这么回事，倒也痛快，好在数目不大，赶紧想办法，就给茂根把这笔钱凑上了。

　　茂根这次回到东金旺，才知道村长张少山正想尽办法，让村里人发展经济，而且已经有人在种槿麻，还有的打算养鹌鹑。又听说二泉正准备养猪，这一阵已经在建猪舍。茂根这次回来，确实也想干点事。但出去了这几年，刚回来，得先看看，家里这边现在究竟是怎么个状况。这些日子，也就一直没闲着，先在镇里的各村转了一下，又去县城看了看。茂根跟张三宝也熟，就把张三宝叫出来，一块儿吃了顿饭。张三宝一见茂根也回来了，又听说这回也不打算再走了，就笑着说，你们这些年轻的能人都回来了，这回，东金旺就真要起来了。茂根是个很低调的人，并没透露自己想干什么。知道张三宝跟张少山的关系，也想扒扒底，从张三宝这里打听一下张少山的心里到底怎么想。这时张三宝才把全国的大形势，正在搞"脱贫攻坚"，还有不到两年时间就要全面实现小康社会，而在梅姑镇，东金旺现在是落在了后头，所以开春时，镇里怎么开了各村主任的联席会，在会上张少山又是怎么跟西金旺的村主任金永年矫情起来，最后又是怎么在镇长面前拍了胸脯，大概的情况都给茂根说了一下。茂根一听，这才明白了，当初张少山为什么往广东打电话叫二泉回来，自己临离开天津时，胡天雷又为什么说现在村里正是用人的时候。接着，张三宝就又把二泉这一阵的事，都对茂根说了。其实茂根在镇里的各村转了这些天，已经发现了，无论搞什么产业，如果只是一家一户，单打独斗，不光难度很大，也形不成气候，最好是大家一起干，成一定规模，这样才能产生影响。现在每个村都已经找到适合自己的产业，有干种植的，也有干养殖的。但茂根想来想去，觉得干种植不太合适，光前期的各种事就很麻烦，关键是，自己对这一行也不太熟悉。而如果干养殖也有问题，别管养什么，专业性都太强，况且梅姑河边有句话，带毛儿的不算财，风险也太大。茂根想，自己这次不干是不干，要干，就必须要有十足的把握。当然，所谓的十足把握谁也不敢说，但至少自己能掌控的事，心里得有根。再有就是前景，一定要可持续发展，说白了甭管是哪种产业，你弄出来的东西得有人要，也就是得有市场，市场才是产业的命脉。没市场，这产业再好也持续不下去。

茂根这一想，心里也就清楚了。

茂根这个中午来到村委会。张少山一见就先说，这一上午一直有事，你打的几个电话倒不是顾不上接，是没听见。然后就问，这次回来，是不是有什么想法了。茂根一听也就直截了当说，回来的这些日子先去各村转了转，现在倒有了一个想法，所以想跟村长商量。

张少山说，你说。

茂根说，我想办个饲料厂。

张少山一听，看看他，办饲料厂？

茂根点头说，我也是想了几天，才琢磨出来的。

张少山没立刻说话。茂根想办饲料厂，这还真没想到。张少山知道茂根随他爹，有经济头脑，人也精明，只要他说的事，肯定是经过反复琢磨的。接着再想，如果真办个饲料厂还真是个主意。往大里说，眼下全镇的各村都有人在搞养殖业，尤其河那边的西金旺，几乎大半个村的人都在养猪，真把这饲料厂办起来，需求量肯定很大，甚至供不应求。往跟前说，现在二泉的养猪场马上也要办起来了，虽说已经有了扶贫贷款，但这笔钱用在启动资金上还可以，真往长远看，饲料还是个大问题，只不过现在还没到时候，暂时显不出来，可真等逼到眼前了，肯定又是一个绕不开的难题。况且村里的几家鹌鹑养殖户，马上也都要启动了，还有几家养土鸡和养鸭的专业户，也都要用饲料，茂根办这个饲料厂，至少村里这些养殖户的饲料问题也就都可以解决了。张少山这一想，就点头说，好，这个想法有点意思。

茂根一听张少山这样说，心里就有底了。

张少山又说，你详细说说。

茂根这才说，眼下咱这边还是养猪的多，而且猪的食量大，饲料的需求量也就大，暂时看，技术含量也还不是太高，所以要办这个饲料厂，一开始就以猪饲料为主，这些天跑了几个村的养猪场，特别是河那边的西金旺，他们现在的饲料来源主要是两个，有一定规模的养猪场，饲料一般是从外面的饲料厂进，都有相对固定的厂家供应，小一点的养殖户，就都是自己配饲料，这样就很费事，如果这样看，这个饲料厂将来的前景应该很好。

张少山明白了，看来茂根这些天已经下了功夫，了解得很细。

茂根又说，只是眼下，还有点儿困难。

张少山说，你说。

茂根先在心里想了一下，这话本来不想直接说出来。可再想，不直接说又不行，这是绕不开的实际问题，不说明白，后面的事没法儿干，于是也就干脆有什么说什么。这话虽是绕着说的，但意思张少山还是明白了。茂根的意思是，他这次回来，手头倒有点钱，可这点钱干别的是钱，真要办这个饲料厂就远远不够了。最近听说，镇里可以办贷款，而且二泉的养猪场已经把贷款办下来，就想让村长帮着想想办法，看能不能也给贷点儿钱。

其实茂根刚说一半，张少山就已明白了。心里在想，眼下村里的局面真要一步一步打开了，如果二泉的养猪场办起来，茂根的这个饲料场再办起来，先别说别的，村里一部分人的就业问题就能解决了，这一下，东金旺的这潭水也就真可以活起来了。当然，茂根要办饲料厂，情况跟二泉还不一样，二泉的养猪场是镇里的"扶贫办"给办的扶贫贷款。不过茂根这种情况，如果跟镇里说说，估计也能解决一下。想到这儿就说，你的意思我明白了。

茂根看看张少山。

张少山说，第一，这是好事儿，咱们村委会一定大力支持。

茂根一听，立刻松了口气。

不过，张少山又说，我要说的是第二点，贷款的事，上面有严格规定，我尽量去想办法，看能不能给你争取下来，不敢打保票，不过估计有希望，你放心，只要干，咱就有办法！

茂根赶紧说，那就先谢谢村长了。

张少山说，先甭急着谢我，咱一步一步来。

这时，张少山的心里也总算松了一口气。都说年轻人有活力，还真是这么回事。这几年，东金旺虽然吹拉弹唱的挺热闹，可经济上一直死气沉沉，凝固得就像一盆糨糊，已经溃住了，就是插双筷子也搅和不动。现在二泉和茂根都回来了，就如同兑进了一股清水，眼看着就活泛起来。俗话说，锯动就掉末儿，如果照这样干，东金旺可就真要有点儿意思了。

当天下午，张少山就来到镇里。一进镇政府大院，看门的老刘笑着说，你最近可来得勤啊，天天能看见你。张少山嘿嘿一笑，就走进来。马镇长正开会，扶贫办的小苏在院里接电话，一见张少山，指指会议室小声说，徐副县长来了，正听扶贫工作的汇报呢。

又问张少山，您有急事？

张少山说，我等一会儿吧。

说完在大院里转了一圈儿，一看文化站这屋开着门，就走过来。

老周正坐在办公桌跟前打电话，一见张少山进来，冲他打了个手势，意思是让他先坐。张少山就在旁边坐下了。老周打完了电话，才过来招呼张少山。张少山说，来找马镇长，他那边正跟徐副县长汇报工作，得等一会儿。老周先给张少山倒了杯水，端过来说，徐副县长还兼着县扶贫办的副主任，他这次来，是以扶贫办领导的身份来的，刚才刚给我们开了会，这会儿是单独听马镇长汇报。接着又说，你来得正好，我本来也想找个机会跟你说说，有俩事儿，都

165

不是大事儿，可你也得重视起来，知道你现在忙，不过，再忙也别忙糊涂了。

张少山一听笑了，说，你怎么也学会拉抽屉了，话来回说。

老周说，不是来回说，我怕你现在的脑子没在这儿，我说的话听不进去。

张少山说，你说吧，该听进去的，我肯定能听进去。

老周要跟张少山说的两件事，第一件是他老丈人张二迷糊的事。前一阵天津的那家文化公司要跟张二迷糊合作，结果张二迷糊迟迟拿不出新方案，对方渐渐也就凉了。老周告诉张少山，现在张二迷糊把这笔账记到了他头上，说张少山吃里爬外，光顾着给村里人办事，不管自己家的人。老周说，你这一阵回家小心点儿，这老头儿的肚子里可憋着你的火儿呢。张少山一听，这才明白了，难怪这几天回家，老丈人又是摔东砸西的，自己还一直摸不着头脑，不知他这是又犯什么病了。老周说的第二件事，是关于金尾巴响器班儿的事。老周说，这几天县文旅局发来通知，上面为了完善公共文化服务体系，要免费发下来一批乐器，让每个镇文化站报一下，都需要什么，后面可能还要派专业老师下来辅导。

张少山一听说，这可是好事啊。

老周说，是啊，所以我就想到你东金旺的这个响器班儿了，这伙人要说不行，应该也还行，可说行，又总觉着差点儿意思，等这回上边的乐器发下来，就让他们常来参加活动，有专业老师辅导，也能提高一下，以后要是有更大的台面儿，也就不用发愁了。

张少山一拍大腿说，行，也帮我把这伙人调理调理。

正说着话，院里已经有了动静。马镇长和吴书记一块儿把徐副县长送出来，一边说着话一边朝外走。扶贫办的小苏过来，在文化站的门口朝张少山招招手。

张少山跟老周打个招呼，就赶紧出来了。

这时就见马镇长回来了。马镇长一见张少山就笑着说，我猜猜，你肯定又是来求援的。

说着朝自己的办公室指了指，就头前走进去。张少山也随后跟进来。张少山的心里挺佩服马镇长，虽然只有30多岁，看着也有股年轻人的冲劲儿，但又好像所有的事都装在心里，每次说话，总能先你一步，提前就站在前面等着你。马镇长坐到自己的办公桌前，先掏出手机看了看，回了几个微信，然后才放下手机扭头对张少山说，说吧，又有什么事。

张少山看出来，马镇长还有事，就赶紧把茂根要办饲料厂的事说了。马镇长笑了，连连点着头说，好啊好啊，这回，你东金旺的这壶水总算要烧开了。

张少山一下没反应过来。

马镇长说，你想啊，有了金水泉的这个养猪场，不光能在村里起到引领作用，后面还能吸纳暂时没条件自己办猪场的人入股，如果这个金茂根再把这饲料厂办起来，也照方抓药，你这一下也就如同有了两艘航空母舰，东金旺再有几艘这样的航母，你还用发愁吗？

张少山点头说，理是这么个理，可这饲料厂的资金，又是个实际问题啊。

马镇长说，想到了，我跟吴书记商量一下，你东金旺现在势头挺好，应该扶持一下。

张少山一听就站起来，抹了下嘴边的胡楂儿乐着说，我就说嘛，镇领导肯定支持！

马镇长看他一眼，你可一直是个酷口啊，怎么也学会拍马屁了？

说完自己也乐了。

第二十九章

二泉直到把金长胜送出村，仍然摸不透，这究竟是个什么脾气的人。但有一点可以肯定，这个人做事极认真。不过认真也不一样，有的人认真是天生的，不光对自己，对不相干的人也认真，丁是丁，卯是卯，一点儿不含糊。也有的人认真，是有选择的，该认真的认真，不必认真的也就不认真。还有的人认真，不是天生的，也不是有选择的，而是有原因的，或者说是有目的的，也许本来并不是认真的人，但因为某种原因，或为了达到某种目的，做某件事才格外认真。二泉觉得，这个金长胜好像都不是，他对工作的认真，只是一种本能。

二泉这次从金桐的顺心养猪场引进猪崽儿，一开始想的是20头。后来横生枝节，金桐突然变卦了，眼看这事儿还没干就要搁浅，幸好这时镇里给办了扶贫贷款。这一下，张少山的胃口又大起来，鼓动二泉，既然资金解决了，索性就一次引进30头。二泉想想，反正一个羊是赶，两个羊也是放，30头就30头，也就同意了。可等到猪舍建好了，张少山最后去和金桐商量之后，那边把猪崽儿送过来。二泉一过数，又吓一跳，弄来的竟然是40头。张少山这时才乐呵呵儿地说，是他和金桐商量的，现在既然条件允许，从一开始就应该把底子铺得大一点儿，这样才便于尽快发展，当然也不能大而无当，前提是要切合实际。二泉知道张少山是好意，也是发展心切。但还是皱着眉说，您总该先跟我商量一下，这一下弄来这么多小祖宗，猪舍也没这么大啊，往哪儿搁它们？张少山一听又乐了，看着二泉不急不慌地说，你这话就说错了，这猪舍到底能不能搁下，是你说了算，还是我说了算？

二泉没听懂，看看张少山。

张少山说，你我说了都不算。

二泉问，谁说了算？

张少山说，金桐啊，她说了算。

二泉这才明白了，自己这猪舍是金桐帮着建的，有多大面积，用多少材料，她心里当然有数。张少山说，这么跟你说吧，进40头猪崽儿这主意，也是她出的，一开始我也含糊，从20变30头，已经有点儿嘀咕，你毕竟没干过，是个外行，现在又增加到40头，真怕你弄不过来，再说地方也没这么大。可她说，她心里有数，这猪舍从一建，她就已算好了。

168

二泉一听，这才不说话了。

这次金长胜来猪场，不是二泉叫来的。

金长胜是一早来的。来了之后先仔仔细细地把每头猪崽儿检查了一下，然后告诉二泉，这些猪崽儿在对岸的顺心猪场都已打过防疫针了，又叮嘱后面的饲养要注意什么。二泉此前跟金长胜并不太熟，这些年没搞养殖，跟镇里的兽医站也就打不着交道。是这一次，听说张少山为了进猪崽儿的事还曾经请他去金桐那儿帮着说情，才知道，敢情这事金长胜也给帮了忙。这次一见他主动来猪场，又这么认真，还如此耐心地给自己讲解后面的注意事项，心里就很感激。等金长胜完了事，背起药箱要走，二泉就送出来。可从猪场一出来，金长胜立刻就是另一副面孔了，脸沉得能掉下冰碴儿来，没一点表情，二泉说三句话，也回答不了半句。二泉觉得有点儿尴尬，但人家毕竟是来为自己做事的，出于礼貌也要送到村口。这一路走着，也就总是竭力找话说，可费半天劲，好容易找到一个话头儿，金长胜一个嗯，就把这话头儿又掐断了。就这样来到村口，金长胜说了一句，再见。就头也不回地上大堤走了。

二泉回来的路上特意绕到村北，想来茂根的饲料厂扒个头。

茂根的饲料厂一开始并不顺利。办饲料厂和办养猪场在表面看是一样的，都需要两个条件，一是资金，二是技术。其实一着手干起来才知道，并不是一回事。饲料厂的资金问题解决了，镇里根据这个项目，批了一部分贷款，但接着在技术方面就遇到更实际的问题。养猪场的技术，更多是经验，而饲料厂的技术含量则要求更高，也更专业。更要命的是，饲料厂的技术问题还不是去哪里请教一下就能解决的，必须要有专业人员来指导。而这时饲料厂刚起步，又是白手起家，要请专家显然请不起。这一下就把茂根难住了。就在这时，马镇长给张少山打来电话，说吴书记去县里开会，碰到了徐副县长。上次徐副县长来梅姑镇听汇报，曾听说东金旺的金茂根要办一个饲料厂，一直还记着这事，这次一见吴书记就问，这个饲料厂进展得怎么样了。又说，如果在技术上遇到什么问题，可以跟县里的农光生物饲料公司联系，请他们提供技术支持。马镇长在电话里对张少山说，我一会儿让人把这个公司的电话发给你，饲料厂有什么事，就让金茂根直接跟他们联系就行。张少山一听"农光生物饲料公司"，想了想，立刻乐了，对马镇长说，这个公司的人我认识，他们头年来过啊，这就太好了！

张少山这一说，马镇长才想起来，当初这个农光生物饲料公司曾是东金旺的对口帮扶单位，确实到东金旺来过几次。但那时东金旺没有养殖业，人家是饲料公司，一见没有用武之地，后来就把对口帮扶转到别的镇去了。马镇长说，这回正好，你跟他们联系吧，如果还能派人过来，在技术上指导一下就太好了。张少山立刻跟这家公司联系。这时，徐副县长也已让县扶贫办的人给这家公司打了电话。公司就专门派了一个技术员，来到茂根的饲料厂。这个技术员姓刘，是个胖乎乎儿的年轻人。来到东金旺，一听饲料厂的情况，建议茂根先易后难。又说，一开始先以生产猪饲料为主，这个想法是对的，而且技术含量先不要太高，只生产一般的粗饲料就行，等后面有了发展，再逐步提高各种科学成分的含量。

茂根虽然对专业技术不懂，但企业经营大同小异，加上人也精明，运作起来倒并不吃力。现在又有了这个刘技术员在专业上的指导，饲料厂很快就运转起来。让张少山高兴的是，这个饲料厂一建起来，立刻解决了村里几个困难户的就业问题。厂子虽然刚起步，工钱不太高，但毕竟也有了收入。张少山又跟茂根商量，根据村里各家的实际情况，饲料厂用工可以分为两种形式，一种是正式工，按月拿工资。但有的家里有老人或病人，得经常回去照顾，如果每天按固定时间上下班就不行了，只能灵活掌握，按天算，来一天拿一天的工钱。第一批猪饲料生产出来，果然被周围几个村的养猪场和养猪户一抢而空，来晚一步的都没抢上。这一下张少山的心里有底了，茂根的劲头儿也上来了，开始想办法增加产量。但张少山这时最关心的，还是二泉养猪场的饲料。不过这也有个问题，饲料厂也是刚起步，资金周转很紧张，生产的饲料如果卖给外人，马上就能回款，给二泉的养猪场就不行了，得先赊着。张少山跟茂根商量，尽管如此，二泉的养猪场毕竟是咱村自己的企业，俗话说顾己不为偏，就是饲料款拖着，也得先给二泉，眼下还得求外人帮忙，咱自己村的人，这个忙就更得帮了。茂根一听倒也同意。这个饲料厂是在村长张少山一手扶持下，又跑贷款又跑技术，才办起来的，现在自己村的人有困难，只要村长一句话，当然责无旁贷。再说茂根和二泉一块儿出去打工这几年，不光有交情，也有感情，就是没有张少山的话，这个忙该帮也得帮。

二泉这时办养猪场就如同过日子，处处精打细算。扶贫贷款已经到位了，二泉做的第一件事，就是先把金桐这40头猪崽儿的钱还上了。张少山这时才告诉他，弄这40头猪崽儿过来时，金桐明确说了，现在这些猪崽儿早都超过40斤了，可既然当初谈，是在30斤的时候谈的，就还按30斤算。张少山说，人家这一算，可就给你省了大几千块钱哪！

然后盯着二泉，又说了一句话，人不能没心，咱得有情后补。

二泉看一眼张少山，哼唧了一声说，咋补。

张少山也哼一声，你问我，我问谁啊？

二泉自从把这40头猪崽儿接过来，就已忙得抬不起头。40头猪崽儿不是个小数儿，如果站在一块儿，也是黑压压的一片，这要照顾起来就得从早忙到晚。张少山本想劝二泉，还是雇一个人，总得先有个帮手。但也明白，雇人就又得增加挑费，二泉肯定舍不得。于是没事的时候也就经常过来帮把手。好在有了茂根的饲料厂，饲料问题总算先有着落了。

二泉在这个中午来到村北的饲料厂，茂根刚和陈快庄一个养猪场的人商量完事，一边说着话一边往外送人。把这人送走了，回来才顾上跟二泉说话，笑着问，你咋这么闲在？

二泉说，刚把镇里兽医站的金长胜送走，顺便过来看看。

茂根一听金长胜，哦了一声。

二泉问，你认识？

茂根说，知道这人，不熟。

二泉说，你这饲料厂，一干起来就挺顺啊。

茂根摇头笑了，说，顺也有顺的麻烦。

二泉问，怎么？

茂根说，本来还担心，现在生产的只是粗饲料，也许没人要，可谁知道粗饲料的需求量更大，一出来就供不应求，眼下已经成了抢手货，现在不光有人通过咱村的人来找我说情，刚才这陈快庄养猪场的陈胖子来跟我商量，想预付一笔款子，饲料一出来，他立刻拉走。

二泉说，这不是好事吗？

茂根说，好事是好事，可别的客户怎么办，再说，我也得生产得出来啊。

二泉一听就说，你能不能生产出来是你的事，我这边的饲料，你得保证。

茂根一笑说，这你放心，我已跟村长说了，就是没我吃的，也得有你那些小祖宗吃的。

二泉也笑了。

第三十章

茂根的这个饲料厂叫"金旺潭饲料厂"。

起初张少山不太赞成，总觉着这么叫拗口，也别扭。茂根当然有自己的解释，一镢头刨出个深潭，这饲料厂也就如同聚宝盆。但张少山虽没明说，心里想的是，叫"金旺"可以，只是这个"潭"，潭就是坑，在风水上有些犯忌。可转念再想，村子本身就叫金旺，况且这一叫"金旺潭"，自然就连西金旺也包括在内了。西金旺这几年的名气很大，又是以养猪闻名，拉上他们也不吃亏，用句时髦的话说，这也叫"蹭流量"。这一想，也就没再反对。

但没过多少日子，饲料厂还是出事了。

事情是出在金尾巴身上。最初的起因，是在镇文化站。

一天镇政府扶贫办的小苏给张少山打电话，说马镇长让他来一下。张少山赶到镇里时，金永年已经先到了，正跟马镇长说话。张少山自从上次请金永年帮忙，去金桐那里当说客，碰了个不软不硬的橡皮钉子，跟金永年的关系本来已经有些缓和，这以后也就又不对付了。过去只是心里较劲，但还维持表面，现在就连表面也不维持了，干脆说，心里怎么想，就都挂在脸上。这时，两人见面对视了一下，都没说话，只是不冷不热地点了下头。

马镇长一见张少山就笑着说，你东金旺现在可真是风生水起啊。

张少山这个时候有意保持低调。心里明白，马镇长叫自己来，肯定有别的事。

果然，马镇长几句话就转到正题，说，现在为了加强公共文化服务体系的建设，最近，上面给各镇免费拨下一批乐器，咱们文化站的这批乐器，以后就由明光明老师负责。

张少山这才注意到，旁边还坐着一个挺斯文的年轻人。

马镇长介绍说，明光明老师就是咱海州人，几年前大学毕业，一直在县一中当音乐老师，现在县里的各机关单位都有扶贫任务，明老师就主动报名，来咱梅姑镇中学当支教老师。

又说，明老师虽然教音乐，但在县一中就是骨干，年轻有为啊，也有工作热情。

明老师立刻笑着摆手说，我只是尽一点自己的能力。

接着，马镇长又说了一下这批乐器的意义。现在各村都在搞经济，"脱贫攻坚"当然是最首要的任务，但提高文化软实力的意识也不能丢，不能"一头儿沉"，所以这次的这批乐器拨下来，应该也有文化扶贫的意义，这个问题一定要提高认识。然后就问张少山，你好像说过，想在东金旺搞一个"乌兰牧骑"式的"金社"，现在筹备得怎么样了。张少山说，前一阵先是忙二泉养猪场的事，后来又忙

173

茂根的饲料厂，再后来几个槿麻种植户出苗以后，又有点儿问题，把张伍村那边的种植专家张凤祥请过来，一直忙这事，"金社"的事也就还没顾上。马镇长说，没顾上正好，索性就先往后放一放，现在先说文化站这边的事吧。

马镇长说的这批乐器，张少山已听文化站的老周说过。起初张少山也觉着是个好事，让金尾巴这伙人来文化站，也算有点正经事干，省得整天在村里喝酒斗地主。但这些日子渐渐发现，这个事还不完全是这么回事。现在村里已形成风气，有养鹌鹑的，有种槿麻的，二泉办起养猪场，茂根也办了饲料厂，有的家里没干什么，也都出来打工。尤其金毛儿，本来是金尾巴响器班儿的人，也不跟着掺和了，自己一心一意去种槿麻。所以金尾巴身边的这伙人虽然嘴上不说，心里也都已有了想法儿。据茂根说，已经有人跑到他那儿去打听，也想来饲料厂上班。在这个时候，如果让他们来镇里的文化站参加活动，也许刚有了一点的势头就又引到别处去了。但这时，听马镇长这样说，又不好把这话直接说出来。马镇长又说，以后咱们的文化站要定期搞活动，你们两个村的年轻人，尽量都来参加，这样也能相互带动一下。

张少山一听，这才明白了。要说养猪，当然是西金旺带动东金旺，可要说吹拉弹唱，别管怎么说，自然还是东金旺带动西金旺。马镇长这样说看似顺理成章，其实又是在替西金旺着想。但心里明白，嘴上又不好把这事说破。这段时间以来，马镇长毕竟对东金旺的工作很支持，几个关键的时候，都是镇里帮着渡过的难关，况且现在的这个要求也不算过分。张少山想到这儿，也就只好硬着头皮表示同意。但想了想，还是耍了个心眼儿，故意先把话拐到别处去，绕了个弯子说，现在东金旺有文艺特长的年轻人倒不缺，可真正靠得住的，也就是二泉，眼下又回来个金茂根，但是他俩一个正办养猪场，另一个忙饲料厂的事，又都在爬坡的艰节儿上，忙得连睡觉的时间都没有，也就不可能有精力来参加文化站的活动，如果来，也就是金尾巴响器班儿的这伙人，可这些人，眼下也都有自己的事，

174

有的帮家里养鹌鹑种槿麻，还有的已经去饲料厂上班，要说能抽出时间的，也就剩金满帆了。

马镇长听了问，金满帆是谁？

金永年在旁边说，就是那个金尾巴。

马镇长听了哦一声。

张少山在心里暗暗得意了一下。自己刚才的这番话，已经不动声色地跟马镇长讲了条件，东金旺的人不是不能来参加活动，可以来，但要来，也就只能来一个人。

马镇长想了一下说，好吧，不管怎么说，先把这事干起来吧。

张少山回村跟金尾巴一说，金尾巴倒挺愿意。金尾巴好热闹，一听是参加镇文化站的活动，肯定都是年轻人，还能一块儿玩儿乐器，立刻满口答应了。

这以后，金尾巴就经常来镇文化站参加活动。

这次上面拨下来的乐器有二胡，琵琶，笛子，还有一架扬琴。文化站的事本来都是老周负责，但老周眼下在镇里的"扶贫办"还有一摊工作，要经常下村跑情况。现在镇里让梅姑镇中学的明光明老师来组织文化站的活动，是因为他是音乐老师，可以在专业方面做些辅导。通知一发下去，各村喜欢文艺的年轻人果然都踊跃报名，愿意来参加活动。

其实金尾巴来文化站，心里还有一个心思。这几年东金旺的女孩儿都出去了，打工的打工，嫁人的嫁人，留在村里的，金尾巴也都看不上眼。现在来镇里的文化站参加活动，各村来的肯定有女孩儿，喜欢吹拉弹唱的女孩儿也就应该有模有样。果然，金尾巴来了几回，就发现一个女孩儿。这女孩儿是西金旺的，叫金晓红，确实长得很受看，眼挺大，鼻子挺尖，下巴也挺尖，两个嘴角总往上翘，不笑不说话，一笑两个酒窝儿，看着就挺喜兴。金尾巴的心里纳闷儿，这么漂亮的女孩儿，就在跟前的西金旺，自己常去那边吹红白事，怎么没见过？

金尾巴当初看闲书，不光看《三侠五义》《小八义》，也爱看才子佳人的书。武侠的书看完就扔脖子后头了，但才子佳人的书不行，看完还总好琢磨。慢慢地琢磨时间长了，在脑子里也就有了具体形象，眼长什么样，鼻子嘴长什么样，说话什么神态，什么声音，越想越真切，渐渐地也就成了心目中理想的样子。这时，金尾巴一见这个金晓红，立刻觉得，她就是自己心目中想象的那个女孩儿，简直一模一样。这以后，也就往文化站跑得更勤了。有时不到活动的日子，也要来文化站转一圈儿。其实金尾巴长得也不丑，虽然身材不高，但挺秀气，又整天游手好闲，风吹不着日晒不着，还细皮嫩肉的，也就有模有样。金尾巴一开始只是在旁边偷偷观察，见这个叫金晓红的女孩儿性格挺随和，跟谁都可以说笑，也就开始试探着过来搭话。金晓红不爱唱歌，爱打扬琴，一来文化站就坐在旁边练琴。于是金尾巴就凑到跟前，站在旁边欣赏。金尾巴毕竟懂乐器，一边欣赏一边还煞有介事地点评，说金晓红哪个曲子打得好，好在哪里。这样一来二去，跟金晓红也就混熟了。金晓红在这之前好像不认识金尾巴，聊天时一听他是东金旺的，就说，你们村有一伙响器班儿，吹得好不好不说，个个儿爱喝酒，一喝大了就到处惹祸，听说还闹出过不少笑话。一边说着一边就笑起来。金尾巴一下让她笑得有些尴尬。心里吃不准，她既然是西金旺的，自己的响器班儿又经常去那边吹红白事，这女孩儿到底见没见过自己呢？见是应该见过的，如果见过，但对不上号，这还好说，而如果是见过，也已对上号了，知道自己是谁，这时只是故意这么说，这事儿就肯定没戏了。

金尾巴这个下午垂头丧气地回来，在家里想了一晚上。既然自己喜欢乐器，这个金晓红也喜欢乐器，就说明两人有共同的爱好，有共同爱好也就有共同语言，自然也就应该有感情基础。这时，金尾巴的心里突然涌起一股勇气，自己是个大男人，既然喜欢这女孩儿，怎么就不能去当面表白呢？况且能遇上一个跟自己心里想的一模一样的女孩儿，也不是容易的事，这就叫缘分，真错过这个村，也许就再也没这个店了。

这一想，也就决定，索性去跟她当面说。

但是离下一次文化站的活动还有几天，金尾巴这时已经情火中烧，一天也不想再等了。可又不能跑到河那边去找人家。这样挖空心思想到天亮，就想出一个主意。

金尾巴这天早晨一起来，先给县剧团的张三宝打了个电话。张三宝知道金尾巴在村里有个响器班儿，以为找自己，又是为乐器的事。金尾巴说，是为乐器的事，但也不是。张三宝一听金尾巴说得没头没脑，就问，你昨晚是不是又喝大了，酒还没醒啊？

金尾巴清醒地说，没喝酒，想求你个事。

张三宝一听就笑了，说，说吧，你求我的事，肯定都是大事。

金尾巴听出张三宝这话不像好话，也不理会，就说，我想要几个扬琴的曲谱。

张三宝一听有些奇怪，问他，你的响器班儿又不用扬琴，要扬琴的谱子干吗？

金尾巴说，这你就别问了，当然有用，你现在手头要是有，我就过去拿。

张三宝一听他要得这么急，估计确实有急用，就说，你来吧，我跟团里打扬琴的说说，他们手里肯定有。金尾巴一听，立刻就奔县城来。到了县剧团，张三宝果然给找了几个扬琴的曲谱，有《渔舟唱晚》《彩云追月》，还有《雨打芭蕉》，都是老曲子。金尾巴一看挺高兴，谢过张三宝，拿上曲谱就回来了。但他没回村，而是直接奔镇里的文化站来。

这个上午，镇文化站挺清静，老周没在，下村去了，只有一个小女孩儿在整理材料。金尾巴一进来就对这女孩儿说，现在有点急事，想找西金旺的金晓红，让这女孩儿给打个电话，叫她马上来文化站一下。女孩儿一听问，啥事这么急。金尾巴说，你就别问了，让你打就打吧。这女孩儿就给金晓红把电话打过去。金晓红接了电话，问是谁让她来文化站。女孩儿说，是东金旺的金满帆。金晓红说，你让他接电话。这女孩儿就把电话给了金尾巴。金尾巴本来不

177

想接，可不接又不行，只好拿过电话说，是这么回事，我有个朋友，在县剧团工作，我这会儿有点事，正要去县城找他，现在有几个扬琴的曲谱儿，但都是总谱，不是扬琴的分谱，想让你看看，需要不需要，如果你需要，我一会儿去县里，就先不还他了。金晓红一听有扬琴的曲谱，很高兴，立刻说你等一下，我马上过去。说完就把电话挂了。

西金旺离镇上也就几里地，金晓红一会儿就到了。来了一看金尾巴手里的曲谱，果然都需要，一边高兴地道谢，一边又说，现在这些老曲子的乐谱还真不好找，有总谱也比没有强，如果能再找一些就更好了。金尾巴立刻说，行，一会儿去县里，就让这朋友再给找找。

可嘴上这么说，却并不急着走。

金晓红看看他问，你还有事？

金尾巴吭哧了一下说，是，有点事。

金晓红就笑了，说，有事就说啊，干吗这么吞吞吐吐的。

金尾巴说，你出来一下，咱去外面说。

金晓红就跟着金尾巴出来了。金尾巴头前走着，来到镇政府外面的大街上，看看四周没有认识的人，才转身对金晓红说了自己的想法。他说得很直接，也很干脆，就是喜欢金晓红，想跟她交朋友，又特意说，是那种男女朋友。他说，关于这件事，自己已经想了很长时间，所以这次决定，还是当面对她说出来。金晓红这才明白了，金尾巴突然叫自己来，并不是为乐谱的事，真正的目的是在这儿。但也没生气，反倒扑哧笑了。金尾巴一看她笑，心里立刻有些不悦，这么严肃的事，而且自己又是这样郑重其事地对她说，她笑是什么意思。

于是不高兴地问，你笑啥？

金晓红说，我笑是想说，如果跟你交朋友，得先学会喝酒。

金尾巴没听懂。

金晓红又说，如果不会喝酒，在你跟前还没说话，就得先让你的酒味儿熏倒了。

178

金尾巴这才明白了，金晓红当初对自己说，东金旺响器班儿的那伙人如何如何，其实她那时就已对上号了，知道自己是谁，只是没好意思说出来。如果是这样，也就明白了，这事从根儿上说就没戏，自己现在再多说一个字，都是自讨没趣。

于是冲金晓红点点头，就扭头走了。

这是金尾巴第一次在感情的事上遭到打击。他认为自己失恋了，而且第一次知道，敢情失恋是这种滋味儿。当年，《牡丹亭》里的柳梦梅思念杜丽娘，大概也就不过如此吧。但回来之后痛定思痛，再想想，又觉得这事也许还没到彻底绝望的地步。自己过去带着响器班儿的人到处喝酒，也确实闹出过一些事，在外面的名声不是不好，而是很不好，还别说金晓红这样的女孩儿，哪个女孩儿当然也不愿找个这样的人。如果想挽回影响，首先就要彻底改变自己在外面的形象，只有这样，也才能让这个叫金晓红的女孩儿重新认识自己。金尾巴这样一想，就把心一横，为了爱情，从此酒不喝了，唢呐也先不吹了。

这样打定主意，第二天一早就来饲料厂找茂根。

第三十一章

茂根的饲料厂这时确实正需要人。虽然一直生产粗饲料，但需求量越来越大。后来西金旺的一个养猪户，无意中才把这里边的原因说出来。原来县里的农光生物饲料公司派来的刘技术员，针对梅姑镇这边养猪业的实际情况，也根据茂根的饲料厂的生产能力，专门搞了一个特殊的粗饲料配方。这个配方看似简单，但猪所需要的基本营养成分都有了，由于尽量简化生产程序，在工艺上也就并不复杂，成本也较低。这一来，价格就比外面的大饲料企业便宜很多。而只要不是在猪的特殊生长期和生理期，使用这种粗饲料完全可以，猪反而更爱吃。也就是这个原因，"金旺潭饲料厂"生产的这种饲料才供不应求。茂根了解了这个情况，心里也就更有底了，索性把厂里的设备马力全开，24小时连轴儿转，三班倒连续生产。

正在这时，金尾巴来找茂根，对他说，也想来厂里上班。

茂根一听就有点为难。金尾巴不是个省油的灯，到哪儿哪儿乱，眼下厂里正是这种紧张的时候，他来了还别说惹什么大事，就是惹个小事，企业也禁不住折腾。可从村里的辈分论，金尾巴是"小爷"，又不好驳这小爷的面子。金尾巴倒也知趣，看出茂根的心思，就说，其实前些年去天津打工，也是啥活儿都干过，啥苦也都吃过，这回又是在自己人的企业做事，也就更没的说，啥脏活儿累活儿看着安排，工钱多少也无所谓，反正肉都烂在锅里，随便给就行。接着又说，不过你也别为难，如果实在不好安排，我就另想别的辙去。

金尾巴这一来回说，茂根反倒更不好拒绝了。但想了想，心里还是没底，金尾巴的这个响器班儿毕竟已在外面吹得有些名气，三天两头儿有人请，赶上旺季几乎忙不过来。平时在村里，这伙人也挺滋润，怎么说变就变成这样了？金尾巴看出茂根的心里想什么，就叹口气说，老书上有句话，人无百日好，花无百日红，现在这日子看着是不错，可哪天是个头儿？

茂根这一听，才明白了。既然如此，也就只好让金尾巴留下了。

但留是留下了，可安排在哪儿，又让茂根发愁了。茂根早就发现，金尾巴这些年有个毛病，爱打哈欠，也不是总打，只要事儿一多就打，而且事情越多越打。别人打哈欠，一般是困了，但他不是，只是一种本能，或者说是身体抗拒做事的一种生理反应。可这个打哈欠能传染，甭管在哪儿，只要一个人打哈欠，旁边的人立刻就会跟着打，一个传一个。现在厂里白天黑夜地加班生产，甭管把他放在哪儿，如果老打哈欠，旁边的人也就甭干活儿了。

茂根想来想去，最后只好让他去烧锅炉。

烧锅炉简单，而且是一个人的活儿，不用跟别人接触，这样他爱打哈欠就只管打，只要别耽误工作也就行了。但金尾巴这回一工作，果然像变了一个人。茂根注意观察了几次，竟然再也不打哈欠了，工作时两眼睁得挺大，看着也挺有精神。饲料厂的锅炉不是茶炉，不光烧水，还要给发酵的饲料加温，所以要24小时不间断地烧。金尾巴是跟村里的金福林倒班，每人盯一天一夜。金福林上了点年纪，腿又有毛病，金尾巴也就总照顾他，每回故意早早地就来接班。烧锅炉这活儿说简单也确实简单，不用动脑子，只要该添煤的时候添煤，该续水的时候续水也就行了。这中间，响器班儿的几个人又来找过他几次。自从金尾巴来饲料厂上班，响器班儿也就群龙无首了，剩下的几个人整天没着没落，就带着酒来厂里找金尾巴，想在这锅炉房里一块儿喝。但这时金尾巴很坚决，正色说，锅炉房是生产重地，别说在这儿喝酒，闲人都不能进来。又说，他现在也没心思喝酒了，再过一过，也许就彻底戒了。来的几个人一看金尾巴真要洗心革面了，都无可奈何，只好拎着酒走了。

但这天，金福林的媳妇突然病了。

金尾巴在这个早晨，本来已干了一天一夜，又给金福林替了半天班儿，直到中午才交了班从厂里出来。正想回去睡觉，在路上碰见金毛儿。金毛儿刚从自己的槿麻地回来，一见金尾巴就笑着说，问你个事啊。金尾巴看金毛儿笑得有些奇怪，就站住了，问他，啥事儿？

金毛儿问，你常去镇文化站参加活动，是不是有个姓明的老师，是镇中学的？

金尾巴说，是啊。

金毛儿又问，常去参加活动的，是不是还有个叫金晓红的女孩儿，是河那边西金旺的？

金尾巴刚烧了两天一夜锅炉，本来已经晕头转向，跟金毛儿说话也就有一搭没一搭，这时一听提到金晓红，立刻站住了，看着他说，对啊，是有这么个女孩儿，咋了？

金毛儿凑过来说，告诉你个新鲜事儿，我也是刚听说，这金晓红跟那个明老师搞上了。

金尾巴一听，觉得头顶上像挨了一棒子，嗡的一声。

稍稍缓了缓，才说，瞎传的吧？

金毛儿摇头说，说不好，这种事，是爱瞎传，谁跟谁多说两句话，别人看见了就说这说那。说着又往金尾巴跟前凑了凑，不过，这对你也是个机会啊，经常去那儿参加活动，要是看见合适的，也划拉一个吧，在那儿认识的，肯定有共同语言。

金尾巴没再说话，嗯嗯了两声，扔下金毛儿就扭头走了。

金毛儿当然不知道金尾巴这时的心思。这个消息，对他来说简直就如同晴天霹雳。他这时已经连着30多个小时没睡觉了，本来已头昏脑涨，可一听这消息，登时就清醒了。前面是一片杨树林。他先走进这片林子，愣着站了一会儿，让自己稳住神，然后就转身上了大堤，直奔镇中学来。人一着急，腿底下也就走得风快，几里地本来也不远，金尾巴没一会儿就走到了。可来到学校门口，突然又站住了。刚才是急火攻心，没动脑子就来了。这时再想，来是来了，可见了这个明老师又怎么说呢？一张口劈头就问人家，听说你跟西金旺的金晓红搞对象了，这事儿是真的吗？真要这么问，甭管是真是假，人家肯定以为自己的脑子有毛病。可退一步说，如果不这么问，又怎么问呢？问是一定要问的，不光要问，还必须问个明白，因为这个传闻是不是真的，对自己来说真的是太重要了。可关键是，怎么问呢？

金尾巴这么寻思着，就走进学校。

正是中午，学校的老师们刚吃了饭，都在午休。金尾巴正往里走，传达室的人出来，问他找谁。金尾巴站住了，说要找明老师。传达室的人说，你等着，我打电话叫他出来。

说完就进去了。

一会儿，明老师出来了。金尾巴平时来镇文化站参加活动，跟明老师经常接触，已经很熟。这时明老师一见金尾巴就问，满帆，你怎么来了，找我有事？

金尾巴这时已平静下来，说，我来镇里办事，顺便问你一下。

明老师说，哦，要问什么？

金尾巴说，现在大家都在传，说你和西金旺的金晓红已经，嗯，好几个人跟我说，明老师是咱的辅导老师，这事儿要是真的，等你们订婚时，大家要好好儿庆祝一下。

明老师一听就笑了，说，消息真快啊，我本来和晓红商量，哪天找个适当的机会，再跟大家公开呢，没想到已经都知道了。说着又点点头，是有这么回事，我们马上就要订婚了。

金尾巴使劲笑了一下说，祝贺你们啊！

明老师说，谢谢，不过你跟大家说一下，庆祝就不要了，我和晓红心领了。

金尾巴这时突然感觉很累，浑身一点劲也没有了，好像随时都能一屁股坐到地上。硬撑着又跟明老师说了几句闲话，就告辞从学校出来了。回来的路上，金尾巴突然有一种奇怪的感觉，似乎自己浑身上下都空了，如果用一根木棍敲，能发出当当的声音。但两条腿又像灌了铅，沉得几乎迈不开步儿。来的时候本来还有点儿饿，现在也没这感觉了。

好容易撑着回到家，一头倒在床上就睡了。但是不是睡着了，自己也不知道，脑子里好像一直还在想事，可想的什么又不知道。不知过了多久，迷迷糊糊地睁开眼时，窗外挺暗，又有些发蓝。看看手机上的时间，是凌晨4点多。这时再想，才意识到，自己是从昨天中午一直睡到了现在。按厂里规定，跟金福林的交接班时间是早晨6点。这时，金尾巴的心里突然有些犹豫了，现在再去上班，费劲巴力地烧那个锅炉，好像已经没有任何意义了。

但又想想，还是爬起来穿上衣裳。

这时才觉出肚子里发空。回想一下，从昨天中午下班，直到现在，还一口东西没吃。睡在东屋的娘听见这边有动静，说了一句，锅台上有昨晚剩的饽饽。

金尾巴过来随手抓起一个，一边吃着，一边就从家里出来。

这一天，金尾巴觉得自己像个皮影儿戏的人物，看着一直在动，该添煤添煤，该续水续水，好像没什么不正常。但只有自己知道，干这些事都是下意识的，脑子里在想什么，连自己也说不清。到了

183

晚上，一边烧着锅炉，脑子里突然冒出一个念头，很想喝酒。其实这些日子，这个念头偶尔也冒出来，但每回一冒头，立刻就被自己强按回去。可这次，他不想再按了，也知道，就是按也按不住了。此时觉得，这个念头实在太强大了，已经完全把自己控制住了。但他这时还很理智，先把锅炉续足水，又添了几铲湿煤，焖上炉膛，然后才从厂里出来。先回家去拿了个空瓶，然后就奔街里的小杂货店来。小杂货店黑着灯。显然，韩九儿已经睡了。金尾巴砸了几下门，里面的灯亮了。韩九儿迷迷糊糊地问，谁啊？

金尾巴说，买酒。

杂货店的门开了，韩九儿一见是金尾巴，哦一声说，你可有日子没来了。

金尾巴进来，掏出钱拍在柜台上说，不赊账，打满了。

看着韩九儿把酒瓶子灌满了，就拎上转身出来了。

这个晚上，金尾巴是一路喝着回到饲料厂的。到了锅炉房，一看不用续水，炉膛也不用添煤，就坐在角落里，又一口接一口地喝起来。其实喝酒跟喝酒也不一样，一种是乐着喝，还一种是愁着喝。乐着喝是遇上高兴事，也就越喝越高兴。愁着喝则是有不高兴的事，这时也就应了那句俗话，酒入宽肠酒入愁肠。入宽肠是一醉解千愁，而入愁肠，也就是常说的愁更愁。金尾巴这时也就是"酒入愁肠愁更愁"。他倒不是愁别的，只是觉得眼前的一切突然都没意思了，别说在这饲料厂里烧锅炉，就是想想自己的响器班儿，也没什么意思了。

但他就忘了一件事，其实也不是忘了，而是觉得已经无所谓了，他从昨天早晨到现在，只啃了几口又干又硬的两掺儿饽饽，肚子里还是空的，这时烧酒往空肚子里一砸，就如同扔进一个燃烧弹，轰的一下，一会儿的工夫就一直烧到头顶上来。金尾巴渐渐地就又有了过去那种熟悉的感觉，好像腾云驾雾，浑身轻飘飘的，心里却又异常清醒，只是什么都不愿想了。此时，好像自己在俯视自己，有一种超然物外的轻松和解脱。

事情也就是在这时发生的。

金尾巴只顾喝酒，也就不再去管锅炉。这时锅炉的温度已经越烧越高，水也就越烧越少，超过红线时，金尾巴仍然没去注意。这样又烧了一会儿，突然就爆炸了。幸好这是个小锅炉，又不是单纯烧水，皮厚，炉膛小，这一炸倒没完全炸开，只是把炉膛里的煤火都喷出来。金尾巴这时是坐在角落里，倒没炸着，可这一下就把酒炸醒了。扔下酒瓶子定睛一看，才意识到出事了。这时锅炉房里已经着起大火。茂根当初建这饲料厂时，为降低成本，一切从简，厂房的外墙是铁皮，里面则都是用木板夹的。这时锅炉一炸，炉膛里的煤火一下就把木板墙引着了。其实这时，如果金尾巴赶紧去喊人救火，应该还来得及。但他也自知理亏，上夜班不该喝酒，就想自己把这火扑灭。可这时的火势已经越烧越大，眼看着烧透墙板，转眼间就烧到了外面。这一下也就完全失控了。大火很快蔓延到库房，一下把库房里的麻袋也引着了。等茂根听说了，从家里出来一看，饲料厂这边的大火已经烧得映红了半边天。

幸好茂根当初一建厂时，先投了保，这一把火，损失倒不太大。

但金尾巴没再露面。自知没脸在村里待了，就悄悄去了天津。

第三十二章

张二迷糊终于决定，又要发飙了。

按说已是70多岁的人，到了这个年纪已经懂得退让，遇事不再较真儿，能忍就忍，就是遇上再过不去的事，也不会沾火儿就着。张二迷糊这些日子也确实已经一退再退，一忍再忍。可这一次，已经实在忍无可忍，也退无可退了。不过这回发飙之前，还是先在心里寻思了一下。张二迷糊毕竟是个有分寸的人，知道无论什么事，得分得出里外面儿。自己这次跟张少山的矛盾，镇文化站的老周从一开始就很清楚。老周是镇里的人，他的办公室就在政府大院，整天跟镇长在一块儿，如果自己真跟张少山闹起来，再把这事儿闹大了，老周肯定能知道。他一知道，也许镇里的领导就知道了。张二迷糊倒不怕镇里领导知道，但还得顾及张少山。当然也不是顾及张少山，张少山毕竟是自己女儿的男人，他真混得灰头土脸了，自己女儿的日子也就不好过了。女儿的日子不好过，直接导致的结果就是自己的日子也不会好过。所以，张二迷糊明白，就是冲着自己女儿，也不能轻易跟张少山闹。

但这回，张二迷糊觉得，不闹不行了。

闹也不是胡闹，凡事得讲个理。这次，本来镇文化站的老周已经给天津那家文化公司搭上了桥，只要张少山以村主任的身份再使一把劲，哪怕把给村里别人使的劲拿出一半，这事儿也早就成了。可好好儿的一个事，就这么眼睁睁地看着生让他给拖黄了。好吧，黄了也就黄了，这些年没跟外面的哪家公司合作，他张二迷糊画的门神和财神也照样有人买，挣不了大钱，小钱总能挣。可这一次，张少山急火火地要去县城办事。他去县城当然不会跟自己说，这事还是听女儿说的。他既然不主动说，张二迷糊也就不主动问，只让女儿给他带话儿，让他这次去县城，给自己买点儿朱砂回来。这算个大事儿吗？当然不算。办这点事儿费事吗？应该也不费事。县城的中药店就在大街上，门口路过时，一扭屁股就进去买了，耽误不了几分钟。可张少山从县城回来，张二迷糊等了几天，他却一直住在村委会，始终没回来。好吧，不回来也就不回来，张二迷糊让女儿去村委会找他，把让他买的朱砂取回来。可他怎么说？他竟然忘了！村里的事，别人放个屁他都记得很清，自己让他买朱砂，是急等用，这么大的事，他竟然给忘了！这回张二迷糊没说任何话。其实人到这时，不说话，反倒比说话事更大。

张二迷糊想，这回不闹是不闹，要闹，就给他闹个大的。

张二迷糊这次决定闹，还有另一个目的。这时已听说了，先是二泉办养猪场，张少山去镇里给跑来贷款，后来又是茂根办厂，张少山也给跑了贷款。据金毛儿说，村里还有几家养鹌鹑的专业户，张少山也正给办贷款。如果自己也能贷点儿款，买纸买颜料也就不

186

用再这样一点一点地零揪儿了，一次买他一批，在家里踏踏实实地慢慢儿画，就是一时卖不出去，反正压的也不是自己的钱。张二迷糊还有个想法，前些日子张三宝来村里看他，曾说，张少山去找过他，让他帮着在老戏里找个合适的人物，看能不能改成财神的样子。张三宝说，其实跟天津这家文化公司合作得成合作不成倒无所谓，本事在咱自己身上，不卖东家卖西家，就算这次合作不成，能不能在县城找个小门脸儿，索性自己卖。当时张三宝也就是随口这么一说，张二迷糊却记在心里了。这些日子，越想这事越觉着靠谱儿。如果真能在县城租个小门脸儿，就不光是画门神和财神了。张二迷糊当年还跟他爹学了一手绝活儿，能画字画儿。这个所谓的"字画儿"，也就是把"福"或"囍"之类的吉祥字，用花鸟画出来，看着是一幅画儿，可再细看，又是字，这样也就更增添了喜庆色彩。只是这些年，画门神和财神还卖得不太顺畅，这字画儿也就一直搁下了。如果真能在县城的街上租个门脸儿，就可以把这字画儿也拾起来。但租门脸儿，就得先有钱，张少山如果能给贷点儿款，这事也就成了。不过张二迷糊知道，倘直接说，张少山肯定一拨楞脑袋，又说不行。让他给自己家的人办点事，比杀了他都难。这小子一向吃硬不吃软，看来只能再跟他大闹一次了。

这回，买朱砂这事也就正好是个由头。

张二迷糊为这次的事提前细细地谋划了一下，甚至连自己怎么说，张少山会怎么说，然后自己再怎么说，最后怎么做，都一步一步设想好了。然后，就等着张少山回来。可这些天，张少山在村里从早到晚地忙，一直没回来。张二迷糊倒也沉得住气，你就是再忙，总得有回家换件衣裳的时候，不怕你小子不露面。果然，这天傍晚，张少山终于回来了。

张二迷糊一见，就先在中间灶屋的锅台上坐下了。

张少山在院子里朝灶屋一看，心里就有数了，锅台不是坐人的地方，老丈人这么坐，应该是又拉开了要跟自己大吵的架势。张少山也知道，前些天去县城办事，一忙就忘了买朱砂，这事儿自己做得确实欠妥，心里还一直想着，再有人去县城，给带点儿回来。这时先回自己屋里换了件褂子，就来灶屋吃饭，想着村里那边还有人等着，吃完了赶紧走。

果然，张二迷糊眯起两个小眼睛看看他，说，你到底还是回来了。

这时已能听出来，话茬儿明显不对。

张少山说，这些日子村里出了不少事，实在分不开身。

张二迷糊没理他的茬儿，说，这几天，我一直等你回来。

张少山一边吃着饭，一边嗯了一声。

张二迷糊说，俩事儿。

张少山说，您说。

张二迷糊声音平稳地说，一是朱砂，我急等用，你明儿一早就赶紧去县城给我买。

张少山明白了，他这是在成心难为自己，说白了就是故意找事儿，眼下自己忙得屁股都冒烟了，哪有时间去县城给他买朱砂？但没说行，也没说不行，只是问，另一个事儿呢。

张二迷糊说，另一个事，我要在县城租个门脸儿，你去镇里，给我贷点儿款。

张少山一听，这事更离谱儿了，就笑了一下说，这贷款，不是谁说贷就能贷的。

张二迷糊说，我知道不是谁都能贷，可你贷不一样。

张少山问，咋不一样？

张二迷糊说，你给别人也贷了。

张少山说，那得符合条件。

张二迷糊问，我哪点儿不符合条件？

张少山只好耐下心来说，这贷款的事，政策性很强，国家是有严格规定的。

张二迷糊把小眼睛眯起来，盯着张少山，你的意思，就是不想管我这事儿呗？

张少山仍然耐着心说，不是不想管，这事儿，真不是您想的这么简单。

张二迷糊说，干脆说吧，这个事儿，你办，还是不办？

张少山刚要说话，张二迷糊一挥手，别的甭提了，你只说，办，还是不办？

这一下就把张少山逼到墙角了，稍稍沉了一下，脸憋得通红。

张二迷糊又叮问了一句，你办，还是不办？

张少山只好说，好吧，那我就照直说吧，这事儿，不能办，就是真办也，他说到这儿，本来下面想说的是，就是真办，肯定也办不下来。可还没等他这后半句话说出来，张二迷糊已经猫腰抄起跟前的一块大砖头。张少山的麻脸女人是个利索人，平时家里外头，连灶屋都收拾得很干净，这时在灶屋的锅台跟前出现这样一块半拉砖头，就有些奇怪。其实这半拉砖头是张二迷糊事先特意放在这儿的。他这时跟张少山的这番对话，基本没超出事先的设想，也就并不感到意外，他就等着张少山最后说这个不行。按事先的设计，只要张少山一说出不行，或不办，这一回的这个事儿也就要进入高潮了，这是做出后面这个举动的节骨眼儿。

现在，张少山果然说出来了。

张二迷糊一听，一伸手就把这块半拉砖头抄起来。这时，张少山的麻脸女人刚熬了半锅棒子面儿黏粥，正把灶口的柴火往灶膛里归置。张少山平时最爱喝用大灶熬的黏粥，再就着一小盘切成细丝儿的芥菜疙瘩，认为是最好的美味。但接下来会发生什么事，张二迷糊事先没有任何暗示，张少山的麻脸女人也就并不知道，对父亲猫腰抄起这块半拉砖头的奇怪举动也就并没在意。这时，张少山已把自己的大碗朝麻脸女人递过来，让她再给自己盛一碗粥。正这褃节儿，张二迷糊站起来一转身，举起这半拉砖头就朝粥锅砸下来。谁都没想到，连张二迷糊自己也没想到，这半拉砖头砸到粥锅里竟然会有这么大的动静，"扑通——哐当！"如同往锅里扔了个炸弹，黏粥登时飞溅出来，溅得连墙上屋顶上都是，张少山和麻脸女人，连张二迷糊自己的身上脸上也都溅满了黏粥。几个人都烫得叫了一声。张二迷糊疼得一下子蹦起三尺多高。再看这粥锅，已经砸出个大窟窿，一锅的黏粥都已漏到灶膛里了。

张二迷糊这一下虽然被烫得不轻，但也把这个事先设计的效果发挥到极致。这回是真下本儿了，上一次摔个粥碗都心疼了好几天，这回把锅砸了，这损失就更大了。但张二迷糊已在心里算了一笔账，这口生铁大锅满打满算也就百八十块钱，而如果这回这一砸，一闹，真能让张少山办下贷款，应该也划算，况且眼下做饭已不太用这个灶锅，砸了也就砸了。

这时张少山已把刚换的衣裳脱下来，扔给麻脸女人，转身出去了。

第三十三章

张少山夜里睡觉有个习惯，不起夜。村里小诊所的康大夫告诉他，男人一过50岁，晚上不起夜是好事，从中医角度讲，说明肾气足，元气充盈，夫妻生活应该很和谐。张少山没好意思说，自己跟麻脸女人的这种事也就是这么回事，有时十天半月来一下，也有时一忙，三两个月也想不起来。这天夜里，张少山起来五六次。村委会本来有个厕所，而且是水厕，但这几天水管坏了，还没顾上修。水厕一坏也就成了旱厕，天又热，方便之后不能冲，气味太大。这一夜，张少山每次起来就索性绕到房后，在下坡儿的地方方便。第二天早晨起来之后，感觉头还有些发蒙，也是昨晚刚生了一肚子气，觉着心里憋闷。

这时，西金旺村委会的会计金喜来了。

张少山看看他，知道有事。

果然，金喜说，马镇长正等着，让你过去一下。

张少山问，去河那边？

金喜说，是啊。

张少山想了想，马镇长的家就在西金旺，肯定是早晨还没去镇里，所以等在西金旺的村委会，有事要跟自己商量。于是笑笑说，打个电话就行了，干吗还跑一趟。

金喜也笑了，说，马镇长说了，过来请你，显得郑重一点儿。

张少山一听这话头儿，立刻警觉起来，看来八成是又让自己给西金旺做什么事。但既然来叫自己，又是马镇长让过来的，也就不好再说别的，只得硬着头皮跟过河来。

果然，马镇长正等在西金旺的村委会，金永年也在。张少山进来，马镇长先让他坐下，然后问，饲料厂着火的事，处理得怎么样了。张少山知道，马镇长这回指不定又要给自己安排什么事，索性就把村里这些日子的事，怎么忙，怎么乱，都详详细细一样一样地说了一遍。饲料厂的生产本来已经走上正轨，虽然还在生产粗饲料的阶段，但已经在为下一步做准备，正打算进新设备，可就在这时突然着了这一把火，所有的事只能先停下来了。幸好当初建厂时投了保，挽回大部分损失，可生产又得重新安排。前些天刚到县里的农光生物饲料公司去了一趟。当初饲料厂刚建时，徐副县长曾让县扶贫办的谢主任帮着联系过这个公司，而且这个公司也曾是东金旺的对口帮扶单位，所以人家派来个刘技术员，给了很大帮助。这次又去跟谢主任说了一下。谢主任一听出了这样的事，亲自跟着到农光公司去了一趟，和他们商量，尽量扶持一下，帮饲料厂尽早恢复生产。最近在他们的帮扶下，总算渡过了难关，但要正式恢复生产恐怕还得些日子。马镇长听了说，这是个教训，管理企业，也是一门学问，你还得跟这个金茂根强调一下，以后厂里的各项规章制度必须健全起来，安全生产的这根弦绝对不能放松。张少山又叹口气，眼下饲料厂这边也就是尽快复产，问题是二泉的养猪场。

马镇长问，养猪场怎么了？

张少山说，二泉的养猪场当初刚建时，镇里为他办了扶贫贷款，猪场办起来以后，为防备后面还有意外情况，这笔贷款也就没敢全用，手里还留了一部分。后来茂根的饲料厂建起来，养猪场的饲料也就一直从这边进，由村委会担保，饲料款先欠着，等将来养猪场的生猪出栏以后，再一块儿结算。现在突然发生了这样的事，饲料厂一停产，二泉猪场的饲料也就断了，只好先用现金在外面进。这段时间，在县扶贫办的协调下，县里的农光公司暂时也以赊欠的方式为二泉的养猪场提供饲料，但这也不是长久之计，茂根的饲料厂什么时候能正式复产还说不定，二泉的猪场一旦断了饲料，每天40张嘴都等着吃，而且现在眼看着这些猪越长越大，食量也越来越大，这个问题再不赶快解决，后面的麻烦就更大了。

张少山对马镇长说的这些，确实有些虚张声势，意思是眼下自己这边已经焦头烂额，抽不出一点精力再管别的事。但危机也确实存在。二泉猪场的这些猪，这时都已长到一百多斤，而且一头比一头结实，40头年轻力壮的猪，正都是如狼似虎的饭量，一天就得吃掉将近二百斤饲料，真要耗上一个月，确实是个大麻烦。马镇长了解张少山，知道他又在耍滑头。不过他说的这些情况，心里当然也有数，于是对张少山说，昨天镇里开会，在会上还说到这件事，吴书记的意思是，现在东金旺已经起来了，正在发展要劲儿的时候突然遇到这种意外的事，肯定会受影响，不过尽量把损失减到最小，还是不要影响发展的势头，努力想想办法吧，办法总比困难多，有什么实在解决不了的问题，就跟镇里说，我们出面去帮着协调。

马镇长又回头对金永年说，你们两村也要协作，互相帮衬，别总是一头儿的买卖。

金永年赶紧说，是啊，我这边金桐的养猪场，也一直帮衬着呢。

张少山已从马镇长的话里闻出一些味道，接着心里的气就又上来了。心想，这边的金桐帮是帮了，可这话轮不到你金永年说，前些日子又是请你吃饭，又是给你赔礼，求你去跟金桐说个情，可你当时油打滑蹭，推三挡四，现在又在马镇长的面前说这种现成话。

心里这么想着，就故意没看金永年。

马镇长看出张少山的心里还憋着话，就说，别的事以后再说吧。

接着才对张少山说，一大早叫你过来，是有个急事。

张少山知道，马镇长这就要说到正题了。

马镇长还急着去镇里，说话的这一会儿工夫，已经有几个电话打过来，于是对张少山说，咱就简短捷说吧，这回又是办文化节的事。

张少山明白了，没吭声。

马镇长说，镇里昨天刚开了会，现在全镇各村的形势虽然总体向好，但还得再加一把劲。要加劲，就得有抓手。西金旺上次搞的"肥猪节"虽然不成功，但毕竟已成为一个品牌，旗号也打出去了。这次镇里就决定，再搞第二届。马镇长接着又说，这第二届虽是排着上次的第一届，但也不是完全排着，首先，镇里决定，把"肥猪节"这个叫法改一下，叫"幸福拱门文化节"，其次，这一届虽然还在西金旺这边搞，但主办单位是梅姑镇人民政府。

马镇长说完看看张少山，明白了？

张少山嗯一声说，当然明白。

马镇长笑了，看你这意思，好像有情绪啊。

张少山心里的话，不好跟马镇长说出来，眼下自己村里刚起步就乱成这样，又是饲料厂又是养猪场，那边还有一堆养鹌鹑和种槿麻的事顾不上，哪有心思再跑到这边来搞什么"幸福拱门文化节"。但虽然没说出来，他心里想的，马镇长也还是已经看出来，于是正色说，这件事，还是要端正态度，这届文化节看着是在西金旺搞，其实也是咱梅姑镇全镇的事，可以说，每个村都能受益，既然大家都有份儿，也就都得出力。

张少山哼一声说，这不用说，我东金旺当然明白。

这回金永年倒挺低调，坐在旁边，一直一声不吭。

马镇长回头冲他笑着说，在你西金旺办文化节，你是主角儿，怎么反倒这么深沉？

金永年咧咧嘴说，我一直在听，少山他们村眼下正难，再弄这事儿，也难为他了。

张少山在心里哼了一声，暗想，这还算句人话。

马镇长知道张少山是吃软不吃硬，这会儿一见他脸上的神情平缓了，就说，现在说具体的吧，这回接受上次的教训，别再找不靠

193

谱儿的外人，自己人如果没把握的，也尽量别用。

金永年说，干脆说吧，这回再请人，就全仰仗少山了。

马镇长点头说，你这就对了，有啥说啥嘛。然后又把脸转向张少山，大家都知道，你师父是天津著名的老艺人，德高望重，这回办这文化节，就由你来负责请人吧。

张少山这才听出来，看来自己来之前，马镇长和金永年已经商量过了。

马镇长又说，现在东金旺也已开始发展养殖业，还办了饲料厂，以后宣传也就别再分什么西边东边，都是一回事，影响造出去，对大家都好。又冲张少山说，你东金旺的人鬼点子多，这方面的人才也多，回去让大伙儿一块儿想想，再为这回的文化节想个吉祥物儿。

张少山知道，这事看来推是推不掉了。但想了想，有些话还是得说在前头，省得后面再犯矫情，担责任还在其次，别认为自己成心。于是对马镇长说，说来说去不就是开幕式吗，我师父现在已经快80岁了，身体也不太好，老话说，70不留饭，80不留站，真把他请来，在咱这儿出点意外，不好交代，况且人家眼下在天津的茶馆儿园子都是商业演出，就算我师父答应帮这忙，也不可能拉一伙人来撑起一台开幕式的节目，要搞，这个班底还得靠咱自己，可我这边现在正乱，茂根和二泉都忙各自的事，根本顾不上，这回这祸是金尾巴惹的，出事以后，他觉着没脸在村里待了，一跺脚跑天津去了，他的响器班儿也就散了。

张少山虽没明说，可绕来绕去地还是把困难都摆出来。

马镇长明白，张少山虽然说的是实情，其实也在讨价还价，于是干脆明确说，你至少要做两件事，一是负责请天津的演员，而且一定要请胡老先生出面，如果他来有困难，咱这边想办法，可以派车去接，还可以找个人专门负责照顾他，二是想一个合适的吉祥物。

马镇长说完，不等张少山再说别的，就匆匆去镇里了。

张少山又坐了一下，觉得跟金永年说话有些不尴不尬，也就告辞出来了。金永年一边往外送着一边说，我听说了，你这一阵忙得够呛，唉，村长就这样，不好当啊。

张少山说，我这个村长不好当，你可不一样，看着挺滋润。

金永年说，哪儿啊，驴粪球儿，也就是表面光。

张少山听出来，金永年这样说，其实是在解释过去的事。于是大度地说，放心吧，话我是该怎么说怎么说，可真到事儿上，该怎么干，我还是怎么干。

说完一笑，就转身朝河边的渡口去了。

第三十四章

金长胜想来想去，还是对金桐放不下心思。

金长胜最放不下的，是金桐笑的声音。他发现，别管在多少人里，只要有金桐，她的笑声立刻就能分辨出来。有一次镇里召开养殖专业户经验交流大会，金长胜也去了。走进会场时，各村来的人已经坐满了，平时不常见面的熟人都在说笑聊天。正往里走，不知谁说了一句什么，人群里立刻爆出笑声。当时金长胜立刻站住了，他在这一群笑声里，一耳朵就听出一个熟悉的声音。朝人堆里看去，果然，金桐正坐在那儿，跟几个女孩儿说笑。

金长胜评价女人的标准，相貌不是第一位的，第一位的是性格。女人的性格也分层面，一种是脾气秉性，还一种则是由这脾气秉性决定的对事业的态度，也就是有没有事业心。当然，如果有事业心，相貌再好，性格再开朗，那就更是锦上添花了。金长胜一直认为，金桐就是这样的女孩儿。也正因如此，才让自己这样动心。一个只有20多岁的女孩儿，能把自己的养猪场搞成这样的规模，而且举重若轻，看着并不费力，男人又怎么样？

金长胜经常佩服地想，这不是哪个人都能做到的。

金长胜当兽医，不是科班出身。当初高考落榜了，正沮丧，一个偶然的机会，认识了县城的一个老兽医。这老兽医是一个同学的舅爷。人跟人是讲缘分的，当时金长胜来这同学的家里玩儿，正碰上这舅爷。彼此一见面就挺投缘，聊了一会儿也就熟了。过了几天，金长胜就来这老兽医的诊所，说，想跟他学这行。老兽医一听竟就答应了。所以，金长胜是用传统的拜师学艺的方式，跟着这老兽医入这一行的。可是真当一个执业的兽医师，还要考资格证，而要考资格证，就必须有大专以上的文凭。金长胜上中学时虽然学习成绩不太好，但并不是不聪明。聪明和学习好不是一回事，也没有绝对的因果关系，聪明不一定学习就好，学习好也不一定就聪明。生活中经常会看到这样的人，上学时学习很好，甚至是尖子或学霸之类的高材生，但毕业后，一走上社会，也就只是个不起眼的庸才。反倒是学习一般甚至还说不上一般的学生，在学校时表现平平，可一出校门，才释放出真正的才华。金长胜就是这后一种人。当年虽然高考落榜，但一学兽医，却显示出超人的悟性，连那个老兽医都感到吃惊。后来通过自学和函授又拿到本科文凭，也就顺利地考取了兽医师的执业资格证。

金长胜虽是兽医，但很爱看文学方面的书，晚上没事时也看电视，爱追剧。看书和追剧还不一样，书上虽然也有爱情，但是是用爱情讲道理。电视剧则不然，爱情就是爱情，没道理，也不讲理。金长胜渐渐看多了，自己就悟出来，男人和女人在感情上的事，说简单简单，说复杂也复杂，如果成就成，不成就不成，干干脆脆还好说，最怕的就是来回拉抽屉。摩擦生热，如同钻木取火，这样来来回回地拉来拉去，就是磨不出火也能冒出烟来。

金长胜觉得，自己跟金桐这事，就是一直在来回拉抽屉。当然，这抽屉只是自己这边一厢情愿地拉，人家金桐那边不光没拉，也许根本就没有任何感觉。

其实金长胜从上初中时就对金桐感觉很好。但那时的金桐就是学习尖子，人又漂亮，无论到哪儿都众目睽睽，后来毕业就考到县一中去了。金长胜则只去了一个普通高中，自知跟人家的差距越拉越大，虽在一个村住着，也就很少来往。但后来不知为什么，金桐没参加高考。再后来，金长胜在镇里的兽医站当了兽医，金桐也办起养猪场。金长胜这才有机会跟金桐接触了。这以后，对金桐的猪场也就格外上心，三两天就过来一趟。金桐显然也已感觉到了，但一直处理得很好，既不伤金长胜的面子，又不动声色地让他知道，不是这么回事。

其实金长胜总往金桐的养猪场跑，也是出于对工作认真。这天中午，趁着回家吃饭，特意又来金桐的猪场弯了一下，叮嘱说，最近又在流行一种猪的传染病，但只是预警，咱们这一带还没发现，不过也要小心，平时进出猪场的人员，一定要严格消毒。

金桐嘴上虽不说，但如果就普通朋友的关系而言，对金长胜的印象也很好，当初又是初中同学，也就一直把他当个知己。金桐觉得金长胜的性格比他爹金永年强。金永年这些年当村主任已当出了毛病，虽然智商并不太高，但自视很高，见人总有一种优越感，好像自己心里想的嘴上说的都比别人高一筹，也就总是一副居高临下的神气。金长胜则不然，人很谦虚，从不张扬，说话也很有分寸，但做起事来又很扎实。金长胜这个中午叮嘱完金桐，就准备回去了，这时忽然想起来，又问金桐，这一阵河那边的事，你听说了吗？

金桐问，什么事？

金长胜说，金茂根的饲料厂着了一场大火。

金桐一听就笑了，说，这么大的事，怎么会不知道，早听说了。

金长胜问，后来的事，听说了吗？

金桐看看他，后来的事？后来又有什么事？

金长胜这才告诉金桐，二泉养猪场用的饲料，本来都是由金茂根的饲料厂提供，这样可以先赊账，可这次饲料厂一着火，二泉猪场的饲料也就断了。金桐立刻问，现在他的饲料怎么办了？眼下他这40头猪都快长成了，一天用二百斤饲料都不够。

金长胜说，是啊，这一下，他又遇上大麻烦了。

金桐听了，没说话。

其实关于这次二泉养猪的事，金桐的心里一直挺佩服金长胜。

金桐当然早就明白金长胜的心思。金长胜肯定也听说了，当年在学校时，自己跟二泉曾有过那样一段事。现在二泉要办养猪场，来这边向自己求助，按理说，金长胜听了应该感到紧张。而自己后来故意给二泉出难题，金长胜也应该松一口气，心里高兴才对。但他没有。他反倒跑来劝自己，如果能帮二泉，还是帮他一下。这一来，反倒让自己更高看他一眼了。现在，他又来告诉自己这件事，显然也是想让自己再帮一下那边。于是沉了一下，问，眼下他这事儿，是怎么解决的？

金长胜告诉金桐，他也是听东金旺的人说的，眼下县扶贫办给协调了一下，暂时由县里的农光生物饲料公司给提供饲料，不过能提供多长时间，也难说，后面恐怕还没着落。

金桐想了想，忽然说，你等一下。

说完就进里面去了。

一会儿出来，把一个软包装的塑料袋递给金长胜。

金长胜接过看了看，问，这是什么？

金桐说，一个食品加工厂的人带来的，你拿回去，中午尝尝吧。

金长胜又低头看了看，是一袋酱猪肝。

金桐扑哧笑了，说，药不死你。

第三十五章

张少山发现，自己又犯了一个错误。人都会犯错误，但有两种错误不能犯，一是低级的错误，二是不该犯的错误。张少山意识到，自己这回犯的错误，这两条都占了。

张少山是个说话算数的人，别管什么事，如果不答应说不答应的，只要答应了，怎么答应的就怎么办。这次马镇长说了，要在西金旺这边搞第二届"幸福拱门文化节"，张少山本来没心思管这事。但既然那天已经应了，就还得硬着头皮办。可这就像打牌，张少山回来再想，才意识到，眼下自己的手里已经没什么牌了。金尾巴在茂根的饲料厂闯了这场祸，自己觉着没脸再见村里人，一跺脚跑到天津去了。他这一走，响器班儿的这伙人也就树倒猢狲散了。马镇长在文艺方面毕竟是外行，如果按他提的要求，根本无法实现。这一次，自己去请师父胡天雷，当然没问题，让师父帮着找演员，带几个能压住台的硬磕节目过来，应该也没问题，但请来的节目只是请来的节目，不可能这一整台的节目都指望人家，班底还得自己攒。说白了，只能是自己搭台，请人家唱戏，不可能让人家来帮你搭这台。金尾巴响器班儿的这伙人别看平时在村里闹得人心烦，可现在缺了这堆狗肉，还真成不了席了。二泉肯定不行。一是他现在没这心思，二来响器班儿的这伙人虽然都怵他，可真让他把这伙人攒到一块儿，也没人听他的。不能不承认，这个金尾巴虽然整天一点正文儿没有，可他的组织能力一般人还真比不了。茂根就更不行了，如果有二泉，让他跟着配合，当个帮手还行，他一个人根本顶不起这样一场事。这时，张少山才真有点儿后悔了，当时就不该答应马镇长。如果现在再说出这些困难，马镇长肯定认为，是自己回来之后盘算着不合适，又故意不想干了。

现在要干，只有一个办法，还得把这个班底攒起来。

这时张少山想起来，骆家湾那边还有一个响器班儿。这次的这个第二届"幸福拱门文化节"虽然是在西金旺搞，但真正的主办单位是镇政府，况且马镇长已明确说了，要把这文化节打造成一个品牌，真正宣传的不光是西金旺的肥猪，各村都有份儿，各种产业也都可以参与进来。既然如此，当然也有骆家湾的事。如果这样，把这个响器班儿弄过来也就名正言顺了。有了骆家湾的这伙响器班儿当班底，也就可以把东金旺的这帮散兵游勇重新聚到一块儿，这样师父胡天雷再从天津带几个节目过来，这一台节目也就撑起来了。

张少山这一想，心里也就有底了。

张少山知道，骆家湾这伙响器班儿的班主叫骆玉鸣，外号叫骆胡子。当初在外村的红白事上曾见过几次，也留了他的电话。这个上午找出电话，就给他打过去。骆胡子接电话时显然正在一个白事上，电话的背景声音正呜呜哇哇地吹。听着像是出来接的电话，一听是张少山，在电话里哦了一声，大概名字听着熟，一时又想不起来。张少山这才说，自己是东金旺的村主任，有个事，想跟他当面商量一下。骆胡子说，有啥事，就在电话里说吧。

张少山说，电话里说不清。

又说，这事儿挺大，还是当面说。

骆胡子一听是大事儿，想想说，这样吧，今天下午，在张伍村东头儿，有一堂喜事，我在那儿，你一来就看见了，我在那儿等你。

说完就把电话挂了。

下午，张少山来到张伍村。张伍村的村主任张大成就住东头，但没去惊动他，循着声音直接来到办喜事的这户人家。往里面一扒头，骆胡子立刻出来了。两个人来到院子外面，张少山说，你正在事儿上，就长话短说，西金旺曾办过一个"肥猪节"，你听说过吗。

骆胡子说，你就说吧。

张少山说，那是第一届，这回要办第二届。

骆胡子听了，哦了一声。

张少山又说，这回，想让你们来做这个班底。

骆胡子问，大概啥时候？

张少山说，眼下正筹备，具体时间定下来，我再告诉你。

骆胡子瞄一眼张少山，问，杵头儿，怎么挡？

张少山一听愣了愣。骆胡子说的这是一句江湖上的行话，意思是，这个活儿给多少钱。张少山当年跟师父学相声时，曾听师父提到过，否则一般人还真不懂。但骆胡子这一问，还真把张少山问住了。自己本来想的是，从天津请来的演员，就算没多有少，也总得给人家一些劳务，自己人吃顿饭也就算了，大不了象征性地给一点交通费，也就这意思。这时犹豫了一下，就说，这回这事儿是这样，看着是西金旺办这文化节，其实真正的主办单位是镇政府。骆胡子立刻打断说，我不管是哪儿主办，我这个响器班儿是商业运作，从乐器到人吃马喂，没拿过村委会一分钱，也从来不要镇里的补贴，说白了，我这十几个人，是指这个吃饭。

说着又看一眼张少山，你可以去问骆大鞋，我这响器班儿是怎么回事，他最清楚。

骆胡子说的骆大鞋，是骆家湾的村主任，因为平时总爱趿拉着一双大胶皮鞋，说这样穿着舒服，人们就给他取了这么个外号。张少山在镇里开会时，经常跟骆大鞋见面，关系很熟，但当然不会为这事儿去问他。于是想了想，说，你说杵头儿的事，我做不了主，回去问问吧。说完就扭头走了，走了几步又站住，回头说，不过这事儿甭想置，肯定嗨不了。

骆胡子一愣。张少山已经走了。

张少山最后说的也是一句行话，意思是甭想指着这事挣钱，肯定不会多。

张少山这样对骆胡子说，也就等于把底交代了，活儿就是这么个活儿，爱来不来。但回来的路上再想，也就打定主意了，既然这样，这个骆胡子就是答应来，也不能再要他们了。其实张少山对这个骆胡子的印象并不好。张少山从小跟着师父胡天雷学相声，当年师父和那几个相声演员在村里时，他们之间聊天，张少山也经常在旁边听，说话都很正常，并没有这些乱七八糟的。师父曾对张少山说过，江湖上的这些行话，也叫"春点"，都是旧社会的艺人留下来的，他们当年这样说话，也是被逼无奈，只是不想让外人知道自己行业内的事。现在早已用不着这些了，所以张嘴闭嘴再说这种话，也叫"调侃儿"，反倒让人瞧不起，用行里人的话说，叫"一嘴的炉灰渣子"。这个骆胡子说到底也就是个拴响器班儿的，不知从哪儿学来的这一套，平时到哪儿，也是一身的江湖气。张少山这才意识到，自己这回又找错人了。幸好现在及时刹车，否则文化节这天真把这伙人弄来了，如果有什么地方让他们不满意，这个骆胡子真敢给你摽了，看他说话这意思，这种事他不是干不出来。

这一想，也就意识到，看来这次的事，只能依靠师父这边了。

张少山憋了一肚子气，一回村，先到二泉的养猪场来。

这时，二泉养的这40头猪都已长到一百大几十斤了。当初猪舍刚建时，本来挺宽绰，现在再看，每个栏里都显得满满当当了。二泉伺候这40头猪，已经越来越忙不过来，还不光是忙不过来，毕竟右手还不太方便，也就越来越吃力。张少山已劝过他几次，还是再找几个帮手。但找帮手就得又多一笔工钱，二泉舍不得，就一直咬着牙自己干。张少山进来时，二泉正穿着胶靴冲猪栏。回头一见张少山，就问，您来时，碰见金桐养猪场的人了吗？

张少山一愣问，金桐的猪场来人了？

二泉这才告诉张少山，就在刚才，金桐猪场的人过来了，说那边的饲料进多了，仓库放不下，眼看就要到雨季了，又怕让雨水泡了，所以过来问问，这边需要不需要，如果需要，就给这边弄过来一些。二泉一听，这简直是天上掉下来的好事，立刻说，当然需要。但想了想又说，可眼下，不能马上结算。来的人一听就说，金桐场长说了，饲料款先不急，现在是你帮我们解决困难，这些饲料如果找地方存放，也得花钱，给这边拉来还省了一笔存放费。

二泉兴奋地对张少山说，你看，这不是天上掉下的馅儿饼吗。

张少山本来心里挺憋闷，这时一听也高兴了，立刻说，这可真是好事，赶紧去拉来吧！

二泉说，已经说好了，他们明天就给送过来。

张少山又问，地方找好了？

二泉说，找好了，当初建猪场时，不是有个小库房吗，我已经收拾出来了。

张少山这时一兴奋，心里就有些感慨。本来这个下午去找那骆家湾的骆胡子，弄得心里挺烦，现在看来，好事儿坏事儿都是搭着来的，这也叫阴阳平衡。二泉的养猪场，现在这些猪正都噌噌地长，食量一天比一天大，偏在这时饲料又成了问题。上午刚接到县扶贫办谢主任的电话，还催促这边尽快想办法。谢主任说，现在县里的这个农光生物饲料公司扶贫任务很重，压力也很大，给这边解决暂时的困难还可以，长了就不行了，所以还得赶紧想个解决办法。张少山放下电话还在心里盘算，眼下距离茂根的饲料厂复产还得有一段时间，如果县里的这个饲料企业不能提供饲料了，这中间就会有一段空当。在这段空当里，养猪场的饲料怎么解决？现在有了金桐这边的饲料，问题一下就全都迎刃而解了。

这一想，心里顿时感到轻松了。

这时二泉说，还有个事。

张少山问，啥事？

二泉笑笑说，刚才那边来的人看了，咱有几头猪，已经要发情了。

张少山一听立刻说，这更是大好事啊，如同添人进口，可是喜事啊！

二泉也点头说，是啊。

二泉告诉张少山，这个下午，金桐猪场来的人把这40头猪都看了一下，说，有几头母猪马上就要发情了。来的人说，那边可以提供配种的公猪。说完，看出二泉有为难的意思，就说，金桐场长说过，第一次提供种猪，就算她猪场提供猪崽儿的后续服务，可以免费。

张少山一听瞪起眼问，有这事？

二泉说，他们让我明天就过去，商量种猪的事。

张少山想想说，我跟你去吧。

第三十六章

二泉上高中时很少做梦。偶尔也做，但无论夜里梦到什么，早晨一睁眼就全忘了。后来看了一本书，才明白了，人在睡眠时，脑电波是正弦曲线和余弦曲线交替出现的。醒来时，如果正好处在波峰，梦的内容就很清晰，梦境里的一切也都会历历在目。而如果是在波谷时醒来，梦见的东西也就想不起来了。二泉想，看来自己每次都是在脑电波的波谷时醒的，所以才总是想不起梦里的内容。但后来，自从去广东打工，就几乎每晚都做梦了，梦的内容也千奇百怪。再后来时间长了，还经常和白天的现实混在一起，过一段时间再回想，甚至很难分清哪个是梦境，哪个是现实。渐渐地甚至有些担心，如果一直这样下去，自己会不会疯了。

自从回来，办起这个养猪场，夜里的梦就又少了。每晚半夜才完事，把这边收拾好，回到河边，再下河一边游泳一边洗个澡，回到土屋的炕上一躺，再睁眼也就天亮了。

但这个晚上，二泉又做梦了。

他梦见了父亲。父亲站在土屋门口，手里拿着一本书。由于光线很暗，看不清这是一本什么书，好像很厚，纸也已经发黄。父亲说，这本书是祖上留下来的，他已经看了很多遍，这里边说的事都太对了，所以让二泉也好好儿看一看。二泉听了赶紧过去，但刚要接过这本书，父亲已经转身走了。二泉没拿到书，立刻追出来。但从河边一直追到堤坡上，还是没找到父亲。心里一急，就醒了。这时仍是半夜。几天前，梅姑河的上游下了一场大雨，河水暴涨了。水流一大，也就很急，冲在渡口的木桩上发出哗哗的声音，在寂静的夜里显得很清晰。二泉觉得梦里的情形历历在目，真的像是刚发生的事。

他想，父亲要给自己一本什么书呢？

早晨，张少山来了。二泉刚去猪场忙完回来，正在河边洗脸。

张少山带来一张发面饼，里边夹了点咸菜丝儿，递给二泉说，早晨刚烙的，趁热吃吧。一边说着一边看他一眼，又笑笑说，咱这梅姑河边有句话，到哪儿说哪儿，干啥就得吆喝啥。

张少山这话是有所指的。二泉在广东打工这几年，已经养成那边的生活习惯，半夜还要吃一顿饭，这一来早饭也就吃得晚。但回来就不行了，梅姑河边的习惯，一大早的早饭必须是这一天中最硬磕的，吃完了要顶一天，反倒是晚上，可吃可不吃，有时喝一碗粥也就行了。二泉知道张少山说这话的意思，没吭声，用毛巾把手擦干了，接过发面饼就闷头吃起来。

204

张少山看着他吃完了，又换了件衣裳，起身说，走吧。

两人就从土屋出来。

河水一大，河面也就显得更宽了。两人来到渡口，上了船。这条渡船自从让二泉修过，已经不漏了，但年头太多了，船帮的木头还是有点糟了。二泉拽着缆绳把船拉过来。到这边一上岸，张少山一边往堤坡上走着，一边回头对二泉说，你这脾气，可得搂着点儿啊。

二泉把渡船的缆绳拴好，没吭声。

张少山说，眼下，可是咱求人家的时候。

二泉闷着头嗯了一声。

张少山又说，再说，不管怎么说，也是人家一片好意，一直在帮咱。

二泉说，我知道。

这时二泉才意识到，张少山这个上午跟过来，是担心自己的脾气。张少山哼一声说，你的脾气，我现在倒不担心了，关键是你这脸子，总像个门帘子似的耷拉着，不知道的还以为是人家谁欠着你的，有点儿笑模样儿行不行？相由心生，心思总这么重，也压运。

二泉也知道，自己是个冷脸，别管心里怎么想，脸上总没表情，不了解的还以为是为什么事不高兴了。其实脸上什么样，如果不照镜子，自己也意识不到。

两人一边说着话，就来到村东的"顺心养猪场"。

张少山已经熟门熟路，和二泉径直奔里边来。正走着，就见一个20多岁的女孩儿迎面过来。张少山迎过去笑着说，阿庆嫂啊，我们是不是来早了？说着又回头给二泉介绍，这是金桐场长的嫂子，可是个人物儿，在这边大名鼎鼎的阿庆嫂。

说完又问二泉，阿庆嫂，你知道吗？

接着就摇摇头，你这年龄，不一定知道。

二泉当然知道"阿庆嫂"。当年有一出现代京剧，叫《芦荡火种》，后来改叫《沙家浜》，其中有个开茶馆儿的人物，就是阿庆嫂，真正的身份是地下交通员，这几年，电视上好像又开始播这出京剧了，不过情节有些改动，名字也改回来，又叫《芦荡火种》了。

张少山笑着说，咱这阿庆嫂，可比那戏里的阿庆嫂还要阿庆嫂呢！

阿庆嫂也笑了，回了一句，你少山主任，也越来越像胡传魁了啊！

张少山回头对二泉说，怎么样，这嘴厉害不厉害，不饶人啊。

说着，就都笑起来。

二泉说，我们见过面。

阿庆嫂说，是啊，我昨天刚去那边的猪场呢。

张少山这才知道，昨天来猪场的，是阿庆嫂。

阿庆嫂又说，金桐这会儿有事，分不开身，不就是种猪的事吗，她已交代过了。

张少山赶紧说，感谢的话，我们就不说了。

阿庆嫂又笑了，谢不谢在你们，这不是勉强的事，不过，要谢也别谢我，我昨天去之前，金桐就说了，她算着你们那边的这批猪该有发情的了，这回提供种猪，就算我们猪场的售后服务，这话也是她说的。说完又看一眼旁边的二泉，走吧，我都安排了。

说着，就带着张少山和二泉来到旁边的一个猪舍。

这个猪舍很宽绰，猪栏也少，一进来就感觉很豁亮，通风也好。张少山和二泉跟着过来看看，每个栏里只有一头猪，都将近半人多高，身架儿大，也壮，看着都很精神。阿庆嫂说，眼下咱这边的猪场，公猪一共有六头种，都在这儿了，那边的几头是母猪。

说着又看一眼二泉，你们自己看吧，想用哪头，我让人弄出来。

二泉一下有些迟疑，朝这几头种猪看了看。

张少山说，我俩都外行，看也是白看，你就给挑一头吧。

阿庆嫂笑笑说，还是你们自己挑吧。

二泉有些为难。自己头一次养猪，对配种的事一窍不通，再看栏里的这几头种猪，都长一个模样儿，根本看不出哪头行哪头不行。正犹豫，阿庆嫂朝旁边栏里的一头种猪指了指说，就这头吧，平时能蹦能跳，劲头儿也大，头些日子配过几回，都没放空。

二泉看看，这头猪还真不太一样，长得骨骼清奇，相貌也不俗，

206

还是个双眼皮儿，两眼眯着像在坏笑，看得出眼珠也一直在叽里咕噜地乱转。阿庆嫂走过去，探身推了它一把，它好像不太高兴，呜呜地叫了几声。二泉觉得它叫的声音也有些奇怪，不像猪，可又听不出像什么动物。阿庆嫂笑着说，它就这样儿，叫声儿跟别的猪不一样，所以外号叫"二侉子"。

张少山问，大侉子是谁？

阿庆嫂噗地乐了，回头说，谁问，谁就是大侉子。

张少山立刻给噎得咴儿喽一声，知道阿庆嫂是成心拿自己开涮。但正是求人的时候，也就只好装傻，咧嘴笑笑。阿庆嫂也知道自己这玩笑开得有点儿过，就正起颜色说，眼下这二侉子能吃能睡，也没啥毛病，你们要是觉着行，我这就去安排车，现在给你们送过去。

张少山赶紧说，行行，那就麻烦了。

西金旺和东金旺这里没桥，虽然只隔着一条河，开车得绕下游十几里外的张伍村。阿庆嫂喊来两个人，把二侉子从栏里弄出来。这二侉子果然有脾气，看样子哪儿也不想去，一边呜呜叫着拼命地往后打出溜。好容易拽到外面，这时一辆皮卡已经等在门口。几个人就合力把它弄到车上。二泉把它挤在车厢的一个角上。张少山揪住它的两个耳朵使劲按住。

阿庆嫂在下面说，还是捆上点儿吧。

二泉怕它难受，说，别捆了。

阿庆嫂说，不捆，它真闹起来，你们可弄不住它。

张少山一听乐了，两个大男人，还弄不住一口猪？

阿庆嫂说，好吧。

然后朝前面喊了一声。车就开了。

但是，张少山和二泉确实不知道这"二侉子"是怎么回事。车一开动，它果然不动了。出了西金旺，汽车开上大堤，它的四腿往下一趴，头一低，索性一声不吭了。二泉和张少山这才松了口气。本来都死死地按着它，这时，也就慢慢松开手。梅姑河两岸的大堤都挺宽，堤上也都修了公路，但东岸大堤仍是土路，西岸这边却已修了柏油路。汽车开了一会儿，路过大堤上的一个水闸，车速稍稍减慢了一点。就在这时，这二侉子突然从车厢的角落里猛一下蹿起来。还不是蹿，是蹦，它这一蹦把二泉和张少山都吓了一跳，等回过神来，它已蹦到车厢中间，接着又朝外一蹿，就跳下车去了。张少山赶紧用手拍前面的车楼子。司机知道后面有事，立刻停下来。这时再看二侉子，已经一溜烟儿地跑回去了。

卡车只好又开回养猪场。张少山和二泉一下车，阿庆嫂就迎过来。阿庆嫂显然已知道二侉子跑回来了，做了个手势，就和他两人一块儿又来到刚才的猪舍。这时再看，二侉子已经趴在自己的栏外边。旁边栏里的一头种母猪隔着栏冲它哼哼，像在撒娇谄媚，它也爱搭不理。阿庆嫂又喊来人，这回把它的四腿捆结实了，才又抬到车上来。

回来的路上，张少山忍不住乐了，对二泉说，猪这东西到底不是人，要是个人，又知道让他来干啥，还不美得屁颠儿屁颠儿的，哪有心思往回跑，除非有毛病。

第三十七章

张少山又一连几天没回家，还不光是因为跟张二迷糊怄气，也实在忙不过来。张少山是个计划性很强的人，从不干走一步说一步的事。无论多忙，也会根据事情的轻重缓急，想好先干哪样，再干哪样，一步一步有条不紊。这次既然已答应马镇长了，下一步最要紧的事，自然是帮西金旺搞这个第二届"幸福拱门文化节"。况且马镇长已反复强调，这第二届跟第一届还不一样，第一届只是西金旺自己搞，也就是说，是他们自己的事。第二届虽然还在西金旺，却是由镇政府主办，说白了是在西金旺搭台，让各村都来这里唱戏，而且是为脱贫攻坚再烧一把火，最好能再推起一个高潮，这意义就大了。张少山也正是想到这一层，才意识到，只要这事儿一干起来，不光要牵扯很大精力，还会占用很多时间。所以，他必须在动手之前，先把村里的事都安排好。这样才能踏踏实实地放手去干。

张少山不回家，每到吃饭的时候，麻脸女人就把饭给送到村委会来。这个傍晚，麻脸女人来送饭时，给张少山带来一个消息，金毛儿头天晚上不知在外面遇到了什么事，回到家也不说话，在炕上一倒就睡了。起初家里没注意，以为是累了，后来往屋里一看才发现，他这睡觉挺吓人，跟睡死了一样，一动不动，好像连气儿也不喘。麻脸女人说，这个下午，她在街上碰见金毛儿娘了。金毛儿娘抹着泪说，一开始，家里还以为他在外面喝了酒，可闻着身上没酒味儿，已经一天一夜里了，也不知是睡还是醒着，只把自己关在屋里，敲门不开，喊他也不说话。张少山一听也觉着奇怪，金毛儿没喝酒，就这么闷睡，这要是用梅姑河边的老话说，应该是让"胡、黄、白、柳、灰"哪一路神仙迷住了。张少山当然不信这套，就问麻脸女人，他这次回来之前去过哪儿。麻脸女人说不清楚。但想想又说，听金毛儿娘说，头天晚上是从张伍村回来的。张少山一听张伍村，就明白了，如果这样说，应该是从张凤祥那儿回来的。于是吃完了晚饭，就给张伍村的张大成打了个电话。张大成一接电话就说，我正想给你打电话呢，可这一天一直忙事，还没顾上。又问，你是不是要问你们村金毛儿的事？

张少山说，是啊，他从昨晚回来就跟喝了酒似的，一直闷着，咋回事？

张大成说，电话里一两句话说不清楚，你抽空来一趟吧，这事儿真得跟你说说了。

张少山本打算第二天一早去天津，跟师父胡天雷商量第二届"幸福拱门文化节"的事。这时一听，只好先改变计划，于是在电话里说，好吧，我明天一早过去。

第二天一大早，张少山就奔张伍村来。

张少山早已听说了，金毛儿跟着张伍村的张凤祥学种槿麻，本来学得挺好。张大成曾说过，他让张凤祥教金毛儿，也是有考虑的。

张大成听张少山说过，让金毛儿来这边学种檀麻，是想等他学成了，把这种植技术带回去，村里还有几户想学种檀麻的，这样就可以把这几户也带动起来。所以，张大成说，如果这样，这个张凤祥就应该最合适，他的檀麻现在已初步形成产业链，从种植到加工，直到销售，自己已经一条龙。所以不仅能教金毛儿种植，后面加工的事也可以传授给他。但张少山后来听说，金毛儿一边跟着张凤祥学种檀麻，却看上了人家的女儿。这一下这事就有点儿复杂了。金毛儿的个人条件，从形象到人品倒都可以。但这还不是主要的。主要的是，看来金毛儿还是不懂。他跟张凤祥学种檀麻虽不算正式拜师学艺，但毕竟也带有师徒性质的关系，这种关系最忌讳这种事，说忌讳还不准确，是轻易不能往这上想。一旦真想了，就只能成，如果不成，后面的关系也就没法儿再处了。所以这层纸，一般人都不敢轻易捅破。可金毛儿不懂好歹，还没到哪儿就先往这上想，这一回，他大概是把这层纸给人家捅破了，又碰了钉子，所以心里才受不住了。

可来到张伍村，一听张大成说，却不是这么回事。

张大成说，这事儿从一开始，村里的人就都传反了。人们只看见金毛儿跟张凤祥的女儿张保妍经常凑在一块儿，可到底是谁往谁的跟前凑，并不清楚，于是也就想当然地认为，是这金毛儿有啥想法儿。张大成说到这儿就摇头笑了，我也是刚知道的，其实不是这么回事，正好相反，是张凤祥的女儿张保妍看上了你们村的金毛儿，而人家金毛儿并没这意思。

张少山一听也挺意外，没想到竟然是这么回事。

张少山直到往回走，心里还觉得好笑。看来自己是老了，虽然当初也年轻过，可现在再想，觉着年轻人的这点事儿已经离自己很遥远了。张少山没想到，这个金毛儿的性格竟然是这样的。这一次，是张凤祥的女儿张保妍跟他摊牌了。张保妍毕竟是女孩儿，对这种事敏感，主动往金毛儿跟前凑了些日子，就感觉到了，金毛儿对自己并没有这个意思。于是几天前，就跟金毛儿开诚布公地谈了一次。张保妍是个很大气的女孩儿，对金毛儿说，她确实很喜欢他，觉得他的性格虽不是太外向，但很阳光，不过这没关系，如果他对自己没这种感觉，也无所谓。她说，她只是不想让他有顾虑，担心如果拒绝自己，会影响他跟她父亲的关系，所以才不想明说，而只是以这种不明不白的态度先维持这种状态。张保妍正色说，如果这样，就真是对她的伤害了。金毛儿没想到张保妍竟会跟自己挑明，更没想到她会说出这样一番话，既豁达，又通情达理，而且说得光明磊落。他一下傻住了，看着她，一时竟不知说什么了。

也就在这时，又有一件事。张大成的一个本家侄子要结婚。这个本家侄子是在县里的食品厂工作，但家里让他回来，要先在村里办喜事，等办完了喜事再带着新媳妇回县城。这本家侄子的爹妈来跟张大成商量，想把喜事办得热闹一点，但去骆家湾请响器班儿，那边的活儿都排满了。这本家侄子的爹妈说，听说正跟张凤祥学种檀麻的这个金毛儿，当初是东金旺响器班儿的，能不能跟他说说，给找几个人帮帮忙。张大成也知道金毛儿曾是响器班儿的，会吹笙，就把金毛儿找来商量。其实金毛儿这时正不是心思。但张大成当初为自己来张伍村学种檀麻，帮了很大的忙，现在好容易有个报答人家的机会，也就不好拒绝。但还是跟张大成说，东金旺的这个响器班儿本来是金满帆的，自从他去天津，响器班儿也就散了，现在找几个人临时来凑一场，估计还行，但就怕锣齐鼓不齐的会影响效果。张大成立刻说，有几个人就来几个人，效果不效果的也无所谓，只要能吹出动静儿，有个热闹劲儿也就行了。金毛儿一听，回东金旺找了几个人，就把张伍村的这一堂喜事给吹下来了。但吹是吹下来了，接下来却出了一件事。本来这时该收拾家伙了，主家要招待吃饭，金毛儿忽然想去方便一下。出去方便完了，张大成又把他叫到一边，商量报酬的事。金毛儿事先已说了，这次的事就算帮忙，来的也都是说得着的人，吃顿饭也就行了。可这时张大成对金毛儿说，主家过意不去，还是坚持要给报酬。这样来回一说，就又耽搁了一点时间。可这时，金毛儿就把自己的乐器忘了，当然也不是忘了，而是没想到会出事。他刚才出来方便时，随手把笙放在自己坐的凳子上。走之后，有人要用这个凳子，就把他的笙拿起来放到旁边的茶桌上。这时是在院里，坐的地方当然是在阴凉处，而这个摆着茶壶茶碗的桌子本来也在阴凉处，太阳一转，就晒着了。这时这个人把金毛儿的笙放在桌上，也就一直在太阳底下暴晒。笙这东西是竹子做的，里面的簧片都是用胶粘的，也就最怕晒。吹笙是用"呼合"音，一"呼"一"合"，也就是一边吸气一边吹气。这时金毛儿已"呼呼合合"地吹了半天，笙里自然都是水汽，再放到太阳底下一暴晒，又让风一飚，里面的胶就全开了。金毛儿跟张大成说完了话，回来时才想起把笙收起来。但一拿就感觉不对劲了，笙里稀里哗拉的。再细一看才发现，里面的簧片已经都掉了。金毛儿当然不好问，这是谁把自己的笙放到太阳底下的。没吭声就装进盒子。但嘴上没说，心里却更别扭了，而且不是一般的别扭。本来这几天就挺沮丧，这时笙又坏了，心里一下也就雪上加霜。这个笙还是他奶奶留下的。他奶奶当年给人跑媒拉纤儿时，不知从哪儿带回这样一个笙，他奶奶当然不会吹，也就一直当个摆设在家里放着，直到金毛儿大了，才给了他。张三宝来村里时曾看过这个笙，断定是个老物件儿，让金毛儿小心保护好。

可没想到，这次却出了这样的事。

张大成对张少山说，金毛儿的心里肯定还窝着张保妍的事。这事本来不叫个事，但张保妍来跟他说了这么一番话，这就叫事了，金毛儿应该是怎么想怎么别扭，就像吃了一个没蒸透的两掺儿馍馍，心里硌硌楞楞的。这时一看自己的笙又坏了，这股闷气一下就憋不住了。

张少山一听，这才明白了。

张少山从张伍村回来，当天下午来看金毛儿。金毛儿这时已经没事了。他娘说，去村东的槿麻地了。张少山告诉金毛儿娘，等他回来，让他到村委会来一下。

傍晚，金毛儿来了。

虽已过去一天，金毛儿的眼皮还有些浮肿，看上去带着一脸的倦容。张少山正收拾一捆晒干的烟叶儿，见金毛儿进来，没提别的事，只是问，听说，你的笙坏了？

金毛儿耷拉着两眼说，是。

张少山说，去拿来吧。

金毛儿抬起眼，看看张少山。

张少山说，我明天去天津，找个地方给你修修。

第三十八章

张少山来天津的路上才想起来，再过几天，就是师父的生日了。

张少山拜胡天雷为师，用相声行业里的话说，叫叩了门儿，虽然在胡天雷的坚持下一直没"摆知"，但在心里，始终把胡天雷当成自己真正的师父。张少山能感觉到，胡天雷也一直把自己当成是真正的徒弟。按行里的传统规矩，一旦正式拜师，以后每年的"三节两寿"，徒弟都要有所表示，能耐小的时候小表示，等能耐大时就要有大表示。所谓"三节两寿"，三节指的是每年的五月节，八月节和春节，两寿则是师父和师娘的寿诞之日。胡天雷的老伴20年前就过世了，当时张少山没得着消息，是事后才知道的。张少山也明白，师父是心疼自己，人已经没了，去了也就是送送，可一去就得花钱。别人花钱也就花了，但师父知道，自己那时很困难，所以也就不说算了。其实这些年，师父过生日也如此，一直不让张少山去。后来就干脆明确对他说了，你要是有时间，就过来喝杯酒，没时间来个电话就行，说明你心里有师父，毕竟在村里当着干部，事儿多，也杂，忙你的就是了。渐渐地，张少山也就真不在意这些礼数了。每次来看师父，也总空着手。偶尔想起带点东西，师父反倒说他。再后来，好像不带东西是正常的，一带东西反倒不正常了。但这个早晨，张少山在路上想，师父这次的生日一定得有所表示了。如果算着，师父今年应该77了，按老话说，77叫"喜寿"，这是因为草体

213

的"喜"字写出来很像"77"，所以这"喜寿"应该也是大寿。

这一想，张少山就在心里盘算，师父的这个喜寿该怎么表示呢。

张少山这次临出来，身上本来有200多块钱，想想不买东西，也没花钱的地方，应该也够了。但突然想起来，还得给金毛儿修这个笙，这一下就是没谱的事了。麻脸女人知道张少山这个早晨要去天津，一早来村委会送饭时，特意又拿了两个馒头，让他带着路上吃。然后，又拿出300块钱塞给他。张少山一看问，这钱是哪儿来的。麻脸女人说，是偷她爹的。她爹在枕头边上有个木头盒儿，看着是盛旱烟叶儿的，其实这盒底下还有个夹层，他平时画门神财神挣的钱，就放在这夹层里。麻脸女人说，他以为这事儿没人知道，其实她早就知道了。张少山知道老丈人的脾气，他要是发现自己的钱没了，能一把火把家里的房子点了，立刻说，这可不行，你赶紧给他放回去，别再招惹他了。麻脸女人说，你带着吧，穷家富路，这次要是没用上，回来我再给他放回去，要是用了，我想办法，他再闹也闹不出圈儿去。

这时张少山想，本来计划的是，先用自己身上的这200多块钱给金毛儿修笙，实在不够，再动用老婆给的这300块钱，当然能不用就还是尽量不用。可现在看来不行了，就算给师父买个象征性的生日礼物，这200多块钱也不算多，如果再给金毛儿修笙，就肯定得用这300块钱了。于是心一横想，用就用吧，我看他张二迷糊，还真敢把家里的房子点了？

来到天津已是上午的10点多钟，张少山就直奔鼓楼文化街来。

文化街上卖的都是老物件儿。老物件儿也分几种，一种是真正的老东西，还一种是仿着老东西做的，也不能说是假的，只能说是仿制品。此外还有一种，是把老东西和仿制品攒在一块儿，真中有假，假中有真，这就得靠眼力了。张少山在街上转了一会儿，终于找到一家卖拐杖的铺子。现在师父虽已70多岁，但腿脚儿还算利落，不过手里拿个拐杖，也不是不可以。其实拐杖历来有两个作用，一是真当一条腿使，走路拄着，为的是稳当。还一种则只是一种装饰，或者叫派头儿，拿在手里可以拄，也可以不拄，但有这么个东西，看着就气度不凡。张少山觉得，如果给师父买个拐杖，这两种功能都可以用上，一来手里有这么个东西，走路能保险一点，二来师父也到了这个年纪，拿着也好看。这是一个专卖木雕制品的铺子，张少山进来，一眼就看见在角落里放着一个竹子编的箩筐，筐里插着一堆拐杖。这些拐杖都是木制的，拐杖头上有雕着鸟的，也有雕着兽的。其中一根比别的都长，高出一大截儿，张少山走过来，抻出一看，是一根"龙头拐杖"，雕工也挺细。于是问铺子里的人，这拐杖要多少钱。一个人过来说，220块。张少山一听，差点儿给气乐了，这人好像看见了，就奔着自己兜里这点钱要的，如果留出回去的车钱，也就是220来块钱。于是就想再划划价儿。但这人看出来了，没等张少山张嘴就说，不打价儿，这东西稀罕，整个儿这条街上也就这么一根，你要是要，220块钱拿走，不要就算了，一分钱也别划。

张少山无奈，只好给了钱，就拎着这根拐杖出来了。

买了可心的东西，心里还是挺高兴。但这时再想，如果再给金毛儿修这笙，也就肯定得动用老婆偷出来的这300块钱了。也就在这时，张少山的心里突然冒出个想法，等见了师父问一问，如果您有修笙的地方，也许还能省点儿钱。掏出手机看了看，已经快12点了，就赶紧给师父打电话。胡天雷已经起了，听说话的意思，正要出门。张少山知道，按师父的习惯，这会儿是刚在家里吃了午饭，应该去浴池泡澡了。果然，师父在电话里说，干脆，跟我去泡个澡吧，一边儿泡着，有嘛话咱爷儿俩再说。张少山这会儿还空着肚子，一泡澡非晕了堂子，于是赶紧说，我就别泡了，等您泡完了，我再去见您，有点事想跟您商量。

胡天雷问，今天住下吗？

张少山说，不住，跟您说完事，我还得赶回去。

胡天雷说，那我也甭去了，就在家等你吧。

又问，吃饭了吗，来家里吃吧，我让他们给你做点儿。

张少山赶紧说，我吃完了。

说完，就把电话挂了。

张少山在街上站了一下，心里琢磨着，自己的这顿午饭怎么吃。把身上的钱掏出来数数，那300整钱不敢动，剩下的零钱，留出回去的车钱，也就剩3块多钱。这3块多钱只够喝碗云吞或老豆腐脑的，可在天津这地方，云吞和老豆腐脑只有早点铺儿才卖，这会儿已是中午了。有心买瓶矿泉水，干脆找个没人的地方把馒头吃了也就算了。可再想，就这么站在大街上啃干馒头，让人看了不太像话，自己又不是盲流儿，现在已经没这么干的了。又想，这会儿要是有个卖羊汤的地方就好了，天津人爱喝羊汤，街上这种小铺儿应该不少。朝前走了一会儿，果然看见个小门脸儿，是个卖羊杂碎和羊汤的地方。张少山走进来，问小老板，羊汤多少钱一碗。小老板说，看你要嘛东西了，羊肚儿羊肺儿羊肝儿羊脸儿，价儿不一样。

张少山问，光要羊汤呢？

小老板看看他，没这么要的。

张少山说，我就这么要。

小老板又愣了一下，不太高兴，但还是说，你给1块钱吧。

张少山一听挺高兴，本来这顿午饭的预算是两块多钱，现在1块钱就解决了，这样一会儿回去的路上，还能买瓶矿泉水。羊汤端上来，张少山坐在门口的桌上，从包里拿出馒头。麻脸女人心很细，怕路上馒头脏了，特意用一块冷布包起来。这时，张少山把这馒头包儿放到桌上，打开冷布，拿出馒头，就一块一块掰着泡在羊汤里。小老板在旁边看着挺新鲜，他还从没见过这么大个儿的馒头，快赶上碗口大了。一个馒头刚泡了一半儿，碗里的羊汤就没了，都让馒头吸进去了。小老板又给端来一碗，放在旁边。张少山抬头刚要说话，小老板说，这碗是送你的。说着就乐了，你这馒头个儿太大了，一碗哪够，吃吧，不够再给你盛。

张少山也乐了，虽没说话，脸上的表情也带出谢的意思。

午饭把两个馒头都吃了，还挺舒服。张少山打着饱嗝儿出来，就奔师父家来。

胡天雷正等在家里，还特意把谭春儿也叫来了。一见张少山就笑着说，知道你一来，准有事，我把春儿叫来了，有嘛事儿，让他去办。张少山先把在鼓楼文化街买的这根龙头拐杖给师父，说这是给师父77岁大寿的礼物，就是个心意。胡天雷接过来一看，高兴地说，好啊好啊，这东西我喜欢，可我拄着它出去，怎么有点儿佘太君的意思啊。

说着，几个人就都笑了。

张少山这几天在村里忙得晕头转向，这时一见师父，心就定下来，也感觉踏实了。于是没再扯闲话，先说明来意，又把西金旺的"幸福拱门文化节"是怎么回事，第一届怎么办得不成功，现在由镇政府主导，又要办第二届，而且还在西金旺办，怎么来怎么去都详细地跟师父说了。胡天雷听得很认真。等张少山说完了，才问，你这次来，想让我怎么帮你?

张少山这才说，这回的文化节开幕式还有演出，镇里让我组台。

胡天雷一听就笑了，这事儿简单。

张少山说，简单是简单，可要说麻烦，也挺麻烦。

然后问师父，还记不记得，村里有个叫金尾巴的。

胡天雷想想说，记得，会吹唢呐，他在村里不是还有个响器班儿吗。

张少山就把金尾巴前一阵怎么在茂根的饲料厂烧锅炉，怎么遇到别扭事儿喝大了，把锅炉烧炸了引起火灾，自己觉着没脸在村里待了，一跺脚跑到天津来，前前后后的事都对师父说了。张少山说，这次的文化节如果金尾巴在，让他的响器班儿做班底，您这边再带几个节目过去，这个台也就撑起来了，可他这一走，响器班儿也散了，总不能从天津这边弄一整台节目过去。胡天雷说，这不叫事儿，弄一整台就弄一整台，没嘛大不了的。

谭春儿在旁边说，也不行，如果咱去撑一台节目，不成曲艺专场了。

217

胡天雷笑笑说，脑筋别太死了，带几对儿相声过去，再叫上几个唱鼓曲的，别忘了，学和唱是咱的基本功，哪个不能唱两口儿，伴奏又是现成的，唱几个流行歌曲还叫事儿。

谭春儿也笑了，说，还真是。

张少山一听，心才放下了。

接下来就是具体的事了。张少山跟师父商量好，等文化节的具体时间定下来，到开幕那天，镇里来车接演员。胡天雷说，能接最好，如果实在不方便，这边想办法也行。这时张少山又想起一件事，对师父说，镇里的领导还交代了，要为这次的文化节想个吉祥物。

胡天雷想想说，这还不简单，这个文化节既然跟猪有关，弄个猪八戒不就行了。

张少山一听立刻连点头，说行，还真行！

一边说着就乐了。

接着才想起来，还有给金毛儿修笙的事。张少山不好意思说自己没钱，只是说，在天津不熟，不知去哪儿修。谭春儿在旁边一听说，这个容易，团里伴奏有吹笙的，自己都会修，给我吧，我去找个人给修上就行了，不过得先放下，去演出那天，再带过去。

张少山连声说，行行，这个不急。

第三十九章

张少山没想到，本来让自己最发愁的几件事，来趟天津，轻而易举地就全解决了。

但回来的路上，突然又想起一件事。这吉祥物还是个问题。师父胡天雷建议弄个猪八戒，这主意肯定行，可总不能把这猪八戒直接弄过来。既然叫吉祥物，就不能太写实，不光简化，还要适当变形，要搞成个艺术形象，这就不是一般人能干的事了。

这时，张少山的心里又一动。能干的人，眼前就有一个。

张少山想起自己的老丈人张二迷糊。张二迷糊画门神财神已经画了这些年，还会画"字画儿"，如果让他给设计一下，肯定没问题。可问题是，眼下他正跟自己较劲，还不光是较劲，前几天连家里的锅都砸了，已经闹成这样，现在还怎么跟他张这个嘴？就算真张嘴了，张少山知道，凭他的脾气，也肯定是一拨楞脑袋说不管。可再想，除了这条路，又已经没有别的办法了。张少山一边走着一边寻思，现在只能起飞智，想个特殊办法了。

这一想，心里突然就冒出个主意。

张少山没回村，直接奔县城来。路上先给张三宝打了个电话，两人约好，在县剧团门口见。赶到县城时，张三宝已经等在剧团门口。一见张少山行色匆匆地赶来，就说，我也该下班了，旁边有个小馆儿，去喝一杯吧。张少山说，不了，咱说完话，我还得赶回去，一会儿天就黑了。张三宝知道张少山刚从天津回来，这才问，什么事儿，这么急？

张少山埋怨说，你算把我坑苦了。

张三宝问，我怎么坑你了？

张少山哼一声说，你净给你二叔胡出主意！

张三宝明白了，张少山说的是自己给二叔出主意，让他在县城找个小门脸儿的事，于是说，我也就随口这么一说。张少山说，是啊，你随口一说，他可当真了！

张三宝说，他不一直就是这么个认实的脾气吗。

张少山说，可他这回认实，把家里的锅都给砸了！

张三宝一听闹这么大，忙问是怎么回事。张少山这才把前些天家里发生的事，跟张三宝简单说了。张三宝一听就笑起来，说，我这二叔啊，现在怎么这么大脾气了！

张少山说，问题是，他让我给他贷款，我上哪儿给他贷去？

张三宝说，这好办啊，你想糊弄他，还不好糊弄？

张少山这才说，我急着来找你，就是想商量个办法，你惹出的祸，你还得帮我搪啊。

接着，张少山就把镇里要举办第二届"幸福拱门文化节"，现在想用猪八戒当吉祥物的事，对张三宝说了。当初张少山曾跟张三宝说过，让他帮着在老戏里找一找，看能不能找个可以借鉴的人物，给张二迷糊重新想个财神的新形象。这时张三宝一听，要用猪八戒做这次文化节的吉祥物，立刻笑着连连点头说，好啊好好，这创意是谁想的？

张少山说，我师父胡天雷想的。

张三宝立刻乐了，说，你师父不愧是说相声的，这想法儿还真不错！

张少山说，不错是不错，可还得设计一下啊，总不能把这猪八戒直接搬过来。

张三宝这才明白了，张少山的意思，是想让张二迷糊再给设计一下这吉祥物。

张少山说，是啊，可你二叔的脾气，你还不知道啊。

张三宝点头嗯一声说，没错儿，眼下他正在气头儿上，这事儿，他肯定不管。

又问张少山，你有主意了吗？

张少山说，刚才在路上，还真想出个主意，这才赶紧来找你。

张三宝说，说吧，我听听。

张少山就把自己想的主意说出来。

张三宝一听又乐了，一边摇着头一边说，姐夫啊，要不让你当村干部呢！

张少山眨着眼看看他，怎么？

张三宝说，幸亏你是个好人。

张少山喊地说，你才刚知道啊，你姐早就说过，我本来就是好人。张三宝哼一声，又摇摇头，就冲你这一肚子鬼心眼儿，我二叔他们爷儿俩加在一块儿，也斗不过你啊！

说着，就掏出电话，又按成免提，按张少山说的给张二迷糊打过去。张二迷糊显然正吃饭，嘴里嚼着东西问，啥事儿。张三宝说，

220

今天在县城的街上跑了一天，这会儿刚歇下来。

张二迷糊问，跑啥事儿了这是？

张三宝这才说，我姐夫昨天来了，一来就问，头些天托付我的事办了没有。说着就叹了口气，唉，我还真给忘了，他一问才想起来，是托付我帮着打听一下，这县城的街上有没有能租的门脸儿房，面积不要太大，可一定得是热闹地方，还得留得住人。

张二迷糊在电话里一听，明显来了兴趣，立刻说，是啊，你头些日子不是也给我出过这主意吗，要真能在县城的街上租个小门脸儿，以后我这点事也就不用再求人了。

张三宝说，对啊，我姐夫也这么说。

张二迷糊忙问，找得咋样？

张三宝嗨的一声说，要跟您说的就是这事儿，不好办。

张二迷糊问，咋不好办？

张三宝说，热闹地段的门脸儿房，倒是有，可租金太贵，便宜地方又明显不行。

张二迷糊在电话里没说话。

张三宝又说，刚才我姐夫又打来电话，一听是这个行情，立刻说，租金高也租，大不了他这村长不当了，出去打工，怎么说也能把这租金挣出来。

张二迷糊嗤地说，甭听那人的，他跟你吹气冒泡儿呢！

张三宝说，他就是这么说的。

张二迷糊沉了一下，那也不行，他这村长当得好好儿的，哪能说不干就不干了。

张三宝叹口气，你们爷儿俩啊，现在都绕住了，我看我姐夫，眼下比你还急呢！

张二迷糊哼一声，他要是真急，去镇里给我贷点儿款，不是都解决了？

张三宝扑哧一笑说，二叔啊，你以为银行是我姐夫开的？他是村长，不是银行的行长！

221

张二迷糊好像在电话里长出一口气，又沉一下说，这个，我当然知道，也真难为他了。

张少山一听张二迷糊是这个口气了，赶紧给张三宝做了个手势。张三宝又说了两句闲话，就把电话挂了。然后看看张少山，这回行了吧，是不是达到目的了？

张少山连连点头，行了行了，这一下，我回去就好说话了。

张少山告别了张三宝，立刻往回赶。事情一顺起来，也就事事都顺了，正在县城的街上走着，看见一辆张伍村的农用车。开车的叫张二愣子，是村主任张大成的堂弟，来县城是给一家酒楼送自己养的土鸡。张少山赶紧叫住他，上了他的车。这张二愣子知道张少山是东金旺的村主任，跟张大成的关系也挺好，就多跑了几步路，开着车直接把他送回村来。

张少山回来时，天还没黑透。在村口碰上刚从檾麻地回来的金毛儿。金毛儿还惦记着自己的笙，一见张少山是空着手回来的，看看他，想问，又没问出口。张少山明白他的意思，立刻说，笙已经找人修了，可还得等几天，天津那边来人时，就给带过来。

金毛儿一听这才放心了，又说，刚才在地里，碰见二爷了。

金毛儿说的二爷，是指张二迷糊。

张少山问，哪儿碰见的？

金毛儿说，村东头，他说去西下洼子挖点儿马齿菜，这东西清火，你爱吃。

金毛儿是个透亮人，知道这点事虽然不大，但应该让张少山知道。这时说完，又看了张少山一眼，就扛着锄头回去了。张少山的心里热了一下。这时突然想起来，看来自己的女人偷拿那300块钱的事，张二迷糊还没发觉。如果这样，得赶紧给他放回去。

这一想，就急着朝家里走去。

麻脸女人正在灶屋拌马齿菜。马齿菜切了，再放了盐，点上一点儿醋，一屋里都弥散着一股苦涩的清香。抬头见张少山回来了，没说话，只是用两眼询问地看看张少山。张少山明白她的意思，立刻掏出钱塞在她手里，又小声问，他人呢？

麻脸女人朝东屋门挑一眼，小声说，先吃了，躺着呢。

说完去院里，给张少山打了一盆洗脸水。

张少山跟出来。

麻脸女人问，事儿，都挺顺？

张少山显得轻松了，一边用毛巾擦着脸说，是啊，挺顺，都办了。

麻脸女人又朝东屋看一眼说，下午三宝打来一个电话，爹接完了，看着挺高兴。

张少山回到屋里，坐在小桌跟前吃饭。跑了这一整天，这会儿还真饿了，又有自己爱吃的拌马齿菜，抓过一个两掺儿的大饽饽就狼吞虎咽地吃起来。

麻脸女人看看他，试探地问，今晚，还走吗？

张少山也看了女人一眼，说，不走了。

麻脸女人垂下眼。

张少山说，今天累了，一会儿早歇着吧，明儿一早，还有事要跟爹商量。

麻脸女人哦一声，就起身去收拾了。

第四十章

张少山一直没存金永年的手机号码。也不是故意不存，只是觉着没必要，金永年的号码早已印在脑子里，想忘都忘不掉。偶尔给他打电话，一拿手机，这一串数字就在脑子里蹦出来。这天上午，张少山的手机响了，拿出来一看，是金永年。金永年平时说话的声音很干燥，像用笸箩筲高粱糠的声音，可这回却很湿润，声音欲滴，如同浸了刚打的井水。他在电话里说，老哥啊，这回文化节的事，这边已准备得差不多了，想跟你汇报一下啊。

张少山想笑，但没笑出来，只说了一句，今天太阳打梅姑河里冒出来了？

金永年嘿嘿了两声说，你这嘴不是嘴，配上牙就是切菜刀，我说不过你。

张少山还是笑了，说，你总算说句明白话，当年孔子咋说的，朝闻道，夕死可矣。

金永年说，天哪天哪，还让不让人活啦，你这话都跟炖肘子似的，想砸死我啊？

张少山说，行了，咱都大忙忙儿的，甭要贫嘴了，啥事儿，快说吧。

金永年说，刚才已经说了，就是这回文化节的事，想跟你念叨念叨。

张少山说，你是想知道，我这边的节目准备得咋样了，是吧？

金永年吭哧了一下说，是啊，咱两边儿不能两拿着，总得合在一块儿不是。

张少山想想说，这样吧，我这边的事，也该跟马镇长汇报了，我这就打电话，这个上午马镇长要是有时间，咱就都去镇里，把所有的事，在镇里一块儿汇总一下。

金永年忙说，好好，这样更好，我听你招呼吧。

说完，就赶紧把电话挂了。

张少山给马镇长打了个电话。马镇长没接。一会儿，微信回过来，说正开会，有事用微信说也可以。张少山回复说，是关于文化节筹备的事，他和金永年想一块儿去，当面汇报一下。又过了一会儿，马镇长回复说，下午吧，我尽量安排时间，你和永年主任一块儿过来。

张少山立刻给金永年打了个电话，告诉他，跟马镇长约了，下午过去。

张少山要跟马镇长汇报的是两件事，一是开幕式上的节目，二是吉祥物。张二迷糊已把吉祥物设计出来。张二迷糊平时没事，唯一的喜好就是看电视。家里有一台液晶的平板电视，是张三宝送来的。张三宝又换了一台更大的，这台淘汰下来没用了，卖又卖不上价儿，就给他二叔拉过来。张二迷糊看电视，最爱看儿童节目，还得是学龄前儿童的节目，尤其爱看动画片。在张二迷糊看来，这动画片是什么内容，故事是怎么回事，都不重要，他只是觉得这种片子的画面花花绿绿，人物说话也怪声怪气，看着挺可爱。

没想到这回设计吉祥物，却用上了。

张少山这次从天津回来，心里清楚，张二迷糊虽然表面还耷拉着脸，其实肚子里的气已经消了。但跟他说这吉祥物的事儿时，还是故意绕了个弯子，说，这次文化节的吉祥物定的是猪八戒，可找了几个人设计，镇领导都不满意，最后还是马镇长提出来，说东金旺不是有个张天赐吗，画门神财神很有名，干吗还求别人，就让他设计吧。张少山的这一招儿果然灵，张二迷糊一听，嘴上虽没说话，但扭头就去把自己画画儿的家什都拿出来。

张二迷糊寻思了一个晚上，先把猪八戒跟赵公元帅的形象捏在一块儿，然后为了简化，又把从电视上看的"天线宝宝"也用上了。把这三样东西攒在一起，就搞成了一个笑眯眯的"咧嘴儿宝宝"，还袒胸露腹，肩上扛个大钉耙。再细看，这钉耙是个大元宝。

张少山一看这形象，差点儿笑喷了，心里觉着肯定行，但还没给镇里领导看，不知领导是什么意见，也就没表态。只是去村里的小杂货店给张二迷糊打了半斤酒，又叮嘱自己的麻脸女人，好好儿给老头儿炒几个鸡蛋，要多放葱花儿，多切香椿芽儿。

这个下午，张少山和金永年来到镇里。马镇长已经等在自己的办公室，镇扶贫办的几个工作人员也都在，文化站的老周坐在旁边，负责记录。马镇长一看张少山带来的吉祥物，立刻就笑了，点着头说，好啊，好，既有传统文化的神韵，又有时尚元素，而且还突出了这次"幸福拱门文化节"的主题。金永年在旁边一看，也乐了，连连说，好好，我西金旺这边，本来已经有人往家里的大门上贴猪八戒，以后干脆，就把它也当成财神爷吧！

张少山一听，立刻回头看了金永年一眼，想说什么，又把话咽回去。

接着，张少山和金永年又把各自筹备的情况都跟马镇长汇报了一下。马镇长听完很满意，这时才说，昨天刚接到县里通知，有一个媒体主题采访团来海州县，主要是采访脱贫攻坚的情况，根据县里安排，三天以后，他们的第一站就先来咱梅姑镇，大约要待五到六天时间，今天上午镇里开会时，吴书记还说，咱的第二届"幸福拱门文化节"能不能赶在这个媒体采访团在咱们镇的时候开幕，这样也就可以把这个文化节的影响最大化。马镇长说，我在上午的会上没敢应这个话，担心时间太仓促，不过现在要看你们的准备情况，应该没问题了。

张少山说，我这边好说，节目已经商量好了，都是现成的，只要时间定下来，跟天津那边打个招呼就行，到开幕那天一早去，把他们接过来也就行了，关键看永年这边。

金永年想想说，紧是紧了点儿，不过我回去安排一下，紧把手儿，应该没问题。

马镇长兴奋地说，有你们这话我就放心了，我这就跟吴书记说去。

于是就这样定下来，文化节的开幕式在五天后举行。

这届的文化节开幕式果然很顺利，也很成功。二泉和茂根都正忙，本来不想参与这事了。但开幕的前一天晚上，张少山还是把他俩找来，说，这次文化节的规模挺大，全镇各村都有人来参加，又赶上一个媒体采访团正在咱这儿，也是个难得的机会。张少山说，眼下二泉的养猪场已经起来了，茂根的饲料厂也恢复生产了，就是再忙，来参与一下这个开幕式总没坏处，俗话说，磨刀不误砍柴工，耽误一天，如果能宣传一下企业，应该也值得。

于是开幕式这天，二泉和茂根也都来了。

媒体采访团的记者事先已在镇里了解了大致的情况，这天在开幕式上也就有的放矢，对每个村都制定了采访方案。东金旺的采访重点是四个人，二泉的养猪场，茂根的饲料厂，金毛儿的槿麻种植业和几户的鹌鹑养殖业。本来镇文化站的老周跟张少山商量，这次张二迷糊为文化节设计的这个吉祥物，不光镇里领导，全镇的人看了也都说好，是不是趁这机会也让记者采访一下，这样也能再宣传一下"梅姑彩画"。张少山想了想说，还是算了，现在他的"梅姑彩画"名气已经有了，不用再宣传了，关键是怎么让他这东西走出去。接着又对老周说，你可别再给我惹祸了，他要是知道我拦着不让采访，可就又没消停日子过了。

老周乐着说，我懂。

这次胡天雷事先做了充分准备，来的又都是专业演员，节目也就很硬磕。虽然没有专门为这次文化节创作的节目，但相声表演本身就很灵活，演员上台之前，先大致了解了一下当地的情况，在台上可以"现挂"，尤其还突出了脱贫和发展各种产业的内容，这一来，也就显得节目和这次文化节的主题结合很紧。马镇长特意又把县里的徐副县长请来。徐副县长也很满意，笑着对马镇长说，看得出来，这第二届，你们是下功夫了，准备得很充分啊。

节目正进行的时候，胡天雷把张少山叫过来，跟他商量，能不能让东金旺也出一两个节目，这样穿插着，不仅显得形式活泼，也更接地气。张少山一听，想想说，行倒是行，可事先没准备，金尾巴那伙人又早都不干了，临时现抓，没有现成节目啊。

胡天雷乐了，说，你上去说个小段儿吧，让谭春儿给你捧。

张少山一听立刻连连摆手说，别价师父，您杀了我吧！

胡天雷看着他，爷们儿，俗话说，养兵千日用在一时啊。

张少山的脸都憋红了，说，可我，没有啊。

胡天雷说，你这么说就是骂我了，在师父面前说没有，那我这当师父的是干嘛吃的？

张少山赶紧说，不是这意思，我是说，已经撂了这些年，就是拾，也得先遛遛活啊。

胡天雷说，放心，有春儿呢，真有个洒汤漏水儿的地方，让他给你托着。

张少山这才没话说了。临时找个身材差不多的相声演员，把大褂儿借过来，张少山就扮上了。正这时，张少山忽然灵机一动，又把二泉找来。二泉一见张少山这身打扮儿，吓了一跳，问他这是要干吗。张少山说，打着鸭子上架，非得让我上台，说段儿相声。

茂根在旁边一听乐了，说，这些年光听说您学过相声，可还真没见您说过呢。

张少山正色说，行啊，这回就见见吧，也让你们开开眼。然后又问二泉，你的右手，现在行吗？见他没明白，就又说，我的意思，还能不能弹三弦儿？

二泉把右手张了张，又攥了攥说，说不好。

张少山说，一会儿，你也上台试试？

二泉说，已经撂下这些年了。

张少山说，金毛儿的笙也修好了，让他给你伴奏。

茂根一听在旁边撺掇，上吧上吧，就图个热闹呗！

二泉想想说，我那把三弦儿，也已经这些年不用了。

张少山笑笑说，三弦儿是现成的，市里来的演员就有。

又一拍二泉的肩膀，就这么定了，一会儿让金毛儿陪你上。

说完，就匆匆朝后台那边去了。

张少山和谭春儿一上台，还没张嘴，台下的人就都哄地笑起来。这些年，都知道张少山学过相声，可还没见过他这身打扮儿。这时，张少山站在台上反倒不紧张了，朝台下看看，是一双一双盯着自己的眼睛，再朝远处看，是梅姑河大堤，河那边就是自己的东金旺，心里一下就有了一股豪气，觉着自己这会儿是代表一村的人，又想，等将来东金旺发展起来了，下一届文化节，一定要挪到自己那边去办。这一想，嘴皮子也就利索了。本来上台之前跟谭春儿商量，就说个小段儿《磨蔓儿》。这小段儿不长，"包袱儿"也脆。可这时一张嘴，先和谭春儿"现挂"着说了几句跟文化节有关的垫话儿，顺到《磨蔓儿》，眼看快到"底"了，却还没有要完的意思，接着话头儿一拐，又奔着《菜单子》去了。《菜单子》是相声演员行里的叫法，正式的叫《报菜名》。谭春儿毕竟在台上的演出经验丰富，立刻明白了，也就跟着过来，又接着给他捧这段《报菜名》。张少山自己也没想到，按说这《报菜名》最吃功夫，可在台上这一个趟子说下来，居然没有一点锛瓜掉字儿的地方。鞠躬下台时，底下一片掌声。

张少山一下来，就赶紧来到师父胡天雷的跟前问，师父，行吗？

胡天雷连连点头说，到底有当年童子功的底子，行，还有点儿意思。

给二泉安排的场口儿，跟张少山只隔了一个节目。报幕的一报出二泉，台下立刻就没声音了。二泉出去打工时，手受过伤，且受的还不是一般的伤，很多人都知道。这时，他拎着三弦上台，坐下来款动丝弦，弹起《浏阳河》。正弹着，金毛儿一边吹着笙也上来了。金毛儿在响器班儿吹了这几年笙，虽不专业，而且还带着一股江湖气，但也练就一种"随弯儿就弯儿"的功夫，只要是会哼的曲子，就会吹，只要会吹也就能伴奏。这时随着二泉的三弦，倒也挺好听。二泉也已感觉到了，弹拨琴弦的右手似乎并不吃力，虽然一开始还有些僵硬，但接下来就越来越自如了。这样一曲《浏阳河》下来，又弹了一个《梅花调》。二泉自从高中毕业离开学校，就再也没弹过三弦。尤其后来出工伤，偶尔再想起三弦，就觉得已是很遥远的事了。但此时，他坐在台上，伸开胳膊架着这把三弦，忽然感觉自己又是当年的自己了。

就在这时，他忽然看到了台下的金桐。

金桐站在不远的一棵树下，正朝这边看着。

第四十一章

二泉这些天心情很好。心情好，是因为"二侉子"。

二泉上中学时，曾在一本科普书上看过，猪是一种很神奇的动物，表面看，好像又蠢又笨，其实与人类的相似度仅次于黑猩猩，竟然高达84%。这里说的，当然是指基因。但就是基因也让人无法相信。当时二泉确实不信，不仅不信，也不能理解。如果说黑猩猩的基因与人类的相似度高，还有情可原，黑猩猩毕竟是灵长类动物，但猪这东西别说外表，从哪儿看也跟人扯不上边儿，它的基因怎么会仅次于黑猩猩，跟人类有如此高的相似度呢？

但这次，二泉真信了。

二泉从金桐的"顺心养猪场"把这"二傻子"弄出来往回拉时，就发现这不是一头普通的猪。它一直在故意捣乱。表面装得挺老实，但只要瞅准机会，从车上一蹿下去就往回跑。二泉本来不想捆它。后来一看，不捆实在不行了，根本弄不住，这才只好任凭它挣扎着乱蹬乱叫，像捆粽子似的把它结结实实地捆起来，用车拉回来了。

但让二泉没想到的是，它来到这边没两天，竟然就喜欢上了这边一头叫"胖丫头"的母猪。这"胖丫头"的绰号也是金桐的嫂子"阿庆嫂"给取的。那天"阿庆嫂"来这边，先和二泉说了饲料的事，然后按金桐的嘱咐，又把这40头猪都仔细看了一下。看到这头又高又胖的母猪时，一下就笑了，拍着它浑圆的屁股说，这头能当种猪使，看它这身架儿，这胖劲儿，以后就叫它"胖丫头"吧。二泉一听也笑了。这以后，就叫它"胖丫头"了。

"二傻子"本来贪玩儿，也贪睡。但二泉仔细观察就发现，它平时趴在栏里看着是在睡觉，其实眼并没完全闭上，只是眯着，两个小眼珠儿还在叽里咕噜地乱转，好像在心里想什么主意。二泉估计，它应该还在寻思着怎么逃跑。但如果从这边的猪场往回跑，去河那边的西金旺又没桥，这一下非得跑丢了不可。二泉这一想，就把它挪到最里边的栏里。这个栏高，也坚固，应该保险一点儿。但挪到这边，"二傻子"又出了新花样，一到该喂食的时候，它就扬起脖子呜呜地叫。它的叫声本来就很奇怪，别的猪都没听过，又正是喂食的时候，一下让它叫得心烦意乱，也就都没心思吃食了。就在这时，"胖丫头"这边也出事了。"胖丫头"有个毛病，一烦躁就倒着走，这时也让"二侉子"叫得不知所措，往后一倒，一屁股把栏上的木板坐折了。二泉一看，只好把它挪到"二侉子"旁边的栏里来。可"胖丫头"一过来，"二侉子"突然就不叫了，先是凑过来，朝这边的栏里仔细看了一会儿，然后就慢慢趴下了。这时，"胖丫头"好像对"二侉子"也有了兴趣，也朝这边凑过来，隔着栏杆朝"二侉子"看了一会儿，也哼唧着趴下了。这以后，它俩也就隔着栏杆寸步不离。二泉起初没注意，后来发现"二侉子"突然不叫了，再一看，才知道是"胖丫头"的缘故。

金桐一直在注意这边猪场的消息，但总没动静，就让"阿庆嫂"打电话问一下配种的事怎么样了。这时才知道，"阿庆嫂"竟然让二泉把这边最能闹的"二侉子"弄去了。

金桐立刻明白了，"阿庆嫂"这是成心。"阿庆嫂"向来是睚眦必报的脾气，第一次张少山带着二泉过来，二泉明明是来求人的，可耷拉着脸，一副不乐意的样子，就像是谁硬逼着他来的。后来两句话没说对付，连个招呼也不打就扭头走了。当时金桐倒没说什么，但"阿庆嫂"在旁边气坏了。看着他们走了，就对金桐说，这才叫打狗棍子绑菜刀，穷横穷横的，你这么做就对了，咱的猪崽儿也不是大风刮来的，况且咱开的是猪场，又不是粥棚，他要是想要，就先拿钱来。其实这时，金桐的心里也憋了一口气，但知道"阿庆嫂"的脾气，就没敢接她这茬儿，知道如果再顺着这话头儿说会更加助长她这种情绪。但此时，金桐想，"阿庆嫂"这事还是做得有点儿过了，猪发情是有时间性的，必须掌握好时机，况且二泉对猪的事本来就是个生手，再弄这么个捣乱的"二侉子"过去，一耽误也许这发情期就过去了。

金桐看出"阿庆嫂"不愿打这个电话，想了想，就自己给张少山打过去。张少山一接电话就说，他这一阵一直在忙别的事，没顾上去猪场，也不知道那边的情况。

自从这次文化节之后，东金旺这边的养殖户和种植户都已有了跟外面联系的渠道，有的是联系外村的同行同业，还有的干脆就直接联系上了销售渠道，各家的干劲也就一下都起来了。这些天，张少山一直在为村里跑这些事。但想想又说，不过，虽然没顾上去猪场，估计配种的事还没着落，如果真有着落了，二泉就应该告诉他了。

金桐放下电话想想，觉得这事儿不行，不能再这么拖下去。如果算准，二泉的这批猪应该陆续有发情的了，再这么晃荡下去，就真要误事了。可回过头来再想，又不能埋怨"阿庆嫂"，她也是为自己打抱不平。于是又想了一下，就心平气和地跟她商量，看样子，让"二侉子"在那边肯定不行，既然这样，就先把它弄回来吧，赶紧换一头顶用的送过去。

说完看出"阿庆嫂"不太同意，只好说，要不，还是我亲自去吧。

"阿庆嫂"这才哼了一声说，你去，更给他脸了，还是我去吧。

"阿庆嫂"先给二泉打了个电话，没说别的，只说，金桐场长听说配种的事不顺利，担心误了种猪的发情期，让再送一头种猪过来，把"二侉子"换回去。二泉一听立刻说，这就太好了，这"二侉子"自从来这边，好像忘了自己是干什么来的，整天没正经事，不是跟"胖丫头"隔着栏杆哼唧，就是趴在栏里睡觉，别的母猪急得在旁边的栏里直叫，它也不理。

"阿庆嫂"一听二泉这话没法儿接，只是咳了一下。

二泉也意识到了，赶紧岔开说，如果能换一头来，就太好了。

"阿庆嫂"说，你等着吧，我下午过去。

二泉吭哧了一下，又说，麻烦你带个话儿，谢谢金桐场长。

"阿庆嫂"把电话挂了，回头冲金桐说，总算有句人话了。

金桐问，他说啥？

"阿庆嫂"说，说啦，谢谢你！

金桐的脸红了一下。

当天下午，"阿庆嫂"就把另一头种猪送过来。这头猪的身架儿很匀称，看着也老实，不像有脾气的。"阿庆嫂"把这头猪放下，就把"二侉子"拉走了。这回"二侉子"没闹，也没叫，"阿庆嫂"也就没让人捆它。它只是站在车上朝下看着，然后，呜地叫了一声。

第四十二章

张少山接了"阿庆嫂"的电话，心里立刻不踏实了。

张少山过去也养过猪，对这点事都明白。猪这东西不像人，想哪会儿就哪会儿，随时随地；猪的发情是有日子的，这种事不能耽误，一过去就还得等。这时才意识到，这个"二侉子"已经来这边有些天了，还一直没动静，照这样下去还真要耽误事了。本想来养猪场这边看看，但福林的家里又有事，一直脱不开身。福林看金毛儿种槿麻，这事儿挺好，又听金毛儿说了以后的前景，就想一边在饲料厂烧锅炉，也捎带着干这个。但张少山替他想了一下，他的腿不行，种槿麻得经常在地里侍弄，就建议他还是养鹌鹑。这时村里已经有几家养鹌鹑的，也都有了起色，而且在这次文化节上也做了宣传。福林倒是个听劝的人，也就养起了鹌鹑。但这些天连着下了几场雨，福林家的鹌鹑笼子漏了。别的事能拖，笼子漏了不能拖，鹌鹑在雨里浇着会得一种病。向家集的鹌鹑养殖户在传授经验时特意说，这种病不好治，鹌鹑一旦染上不光传染，死亡率也很高。福林就咧着嘴来找张少山。张少山一听，有心想在村里找两个人去给福林帮帮忙。但这时手头都有事，谁也分不开身。张少山就只好亲自来帮福林修笼子。忙了几天，笼子修好了，天也放晴了。福林哼着说，真应了那句老话，越穷越吃亏，越冷越尿尿，老天爷也成心跟我金福林过不去。张少山笑着说，你这么想就错了，遇事得往好处想，这叫一劳永逸，笼子修好了，以后再下多大的雨也就不怕了。

福林一听想了想，点头说，这倒也是。

张少山忙完了福林这边，才顾上来二泉的养猪场。这时才知道，金桐那边已把"二侉子"接回去了，又换了一头种猪送过来。张少山问，这回这头咋样？

二泉说，这头还行，勤勤恳恳，来了就知道干活儿。

张少山一听笑了，说，你出去这几年，说话也学嘎了。

二泉问，怎么？

张少山说，勤勤恳恳，这词儿用得好。

正说着，发现在猪栏旁边的台子上放着几个小玻璃管儿，看着比手指粗一点，就过去拿起一个，举着冲亮处看了看，回头问二泉，这东西，是干啥的？

二泉说，有个好消息，正要告诉你。

张少山说，好啊，看来今天是个好日子，我这儿也有个好消息，正想告诉你。

二泉说，你先说吧。

张少山要说的，是二泉的妹妹水霞的事。张少山上午去镇政府，碰见了镇中学的明光明老师。明老师说，这回学校期中考试，东金旺的金水霞考了全年级第一名，不光总分第一，各科成绩也都是第一，大光荣榜已经在学校里贴出来了。这次学校准备好好表彰一下，还要给她奖励。明老师又说，他前几天去县里开会，听说金水霞的哥哥金雨泉在县一中也是学习尖子。张少山说着就挺感慨，俗话说，家贫出孝子啊，你这两个弟弟妹妹，都是好样儿的。

接着又感叹了一声，你娘这几年的苦，总算没白吃！

二泉听了沉一下说，是啊，但愿他们以后，别像我。

张少山这才意识到，这话又戳到了二泉心里的痛处。他当初也是县一中的尖子生，学习一直名列前茅，本来肯定能考上一个好大学，就因为家里的事，才放弃高考去广东打工，还险些丢了一只手。于是看他一眼，笑笑说，你现在，不也挺好啊。

接着就赶紧把话岔开了，问，你刚才说，有啥好消息？

说着，又看看手里拿着的这个玻璃管儿。

二泉要说的好消息，也就是这个玻璃管儿的事。二泉说，这几个玻璃管儿叫试管儿，是镇里兽医站的金长胜给的。昨天他去兽医站，问金长胜，母猪配种是否成功怎么判断。金长胜就给了他这几个试管儿，还给了一个酒精灯，然后就教了他一个简单的测试方法。早晨，取要检测的母猪尿液，放在试管儿里，再加入几滴食醋，放到酒精灯上加热。等尿液煮沸了，如果变红，就说明配种成功，母猪有孕了，而如果变成黄绿色，且温度一降下来就褪色了，则说明还没受孕。二泉对张少山说，这个上午，他刚检测过了，已经有两头母猪的尿液变红，说明配种成功了。张少山一听兴奋地说，这可真是个好消息，添人进口，大喜事啊！

说着又笑了，我就说嘛，只要金桐帮你配，肯定能配成。

二泉没接茬儿，看了张少山一眼。

张少山又噗地笑了，这才意识到，自己说的这不太像人话。

二泉又说，不过，还有个事儿。

张少山问，怎么？

二泉说，"胖丫头"这几天不太好。

二泉对张少山说，"胖丫头"这些日子本来挺高兴，整天隔着栏杆跟"二侉子"在一块儿，后来"二侉子"一叫，它也学着叫。可这几天"二侉子"一走，它就不吃食，也不叫了。开始以为它怀孕了，可这回一检测，没有。打电话咨询金长胜，金长胜也说不出是怎么回事。

张少山问，到底怎么回事，现在弄清了吗？

二泉说，我估计，它是因为"二侉子"。

张少山一听就哈哈笑起来，说，它也害相思病啊？

二泉点头，正色说，估计是。

张少山又想想，嗯，还真有可能。

二泉说，没想到，猪这东西也这么痴情。

张少山不笑了，看一眼二泉，你也该学学"二侉子"啊。

二泉明白张少山的意思，只当没听出来。

第四十三章

二泉感觉到了，这只右手，现在真的又回来了。

这次在文化节开幕式上，他本不想上台，还不光是不想，也不敢。他知道自己。当初在广东做了再植手术之后，医生曾对他说，后期的药物介入只是一方面，要想真正重新建立起这只手与身体的神经连接，还要加强对它的训练。医生说，这训练是广义的，比如握拳张开，是一种训练，力量型的训练也是一种训练，更重要的还是技巧型的训练，比如有意多做事，尤其是各种日常的事，做的事越精细越好。现在二泉在养猪场，每天都有做不完的事，而且一件比一件琐碎，也一件比一件精细。这也就比做别的日常的事更能训练这只手。二泉觉得，当初刚做完再植手术时，这只手好像已经不是自己的，总感觉有些陌生。可现在，它已经重新跟自己融为一体了，似乎又是自己身体的一部分了。

这次在文化节的开幕式上，他起初不敢上台，也是因为心里没底。现在这只手虽然已经很自如了，但再自如，也只是做普通事。演奏乐器就完全不一样了，要求的精细是另一种精细，节奏差一丝一毫也不行。二泉明白，这次上了台，万一不是自己想象的，甚至演出一塌糊涂，对自己的打击就难以想象了。也许，好容易建立起的自信，这一下就全摧毁了。

但让他没想到的是，这次登台，竟然很成功。

无论内心多强大的人，有的时候也难免脆弱，也会敏感。二泉在台上演奏时，一直用余光注意台下人的反应，尤其是从天津来的那几位为鼓曲演员伴奏的琴师。他发现，这几位琴师的表情是赞许的，而且这赞许还不是表面的，也绝不是虚与委蛇，应该是一种发自内心的流露。这一下，二泉的心里就有底了。这一有底，也就更自信了。

也就是从这次，他才意识到，这只右手又是自己的了。

这时猪场的事已经捋顺了。金长胜也详细给他讲了，这几头怀孕的母猪应该如何照顾。二泉确实越来越忙不过来，但咬着牙想，就是再忙，也先不雇人，等这第一批猪出栏以后，把猪场进一步扩大，再雇人也不迟。现在就是累点儿，自己一个人也还能支应。

这几天，二泉只担心一件事，就是"胖丫头"。

"胖丫头"自从"二侉子"走了，先是不好好吃食，整天低着头闷闷不乐，这几天又添了新毛病，也开始不停地叫。"二侉子"在时，它跟着它已经学会了，这时的叫声也是呜呜的，要多侉有多侉，几乎跟"二侉子"一模一样。它这一叫，也就影响别的猪进食。但二泉看着它，也拿它没办法。渐渐地，还从它这叫声里听出一些伤心。

这天早晨，二泉来到猪场，一进来就觉出不太对劲。猪舍里挺安静，"胖丫头"不叫了。走过来一看，才发现，"二侉子"不知什么时候竟然跑回来了。这会儿，正趴在"胖丫头"的猪栏外面，"胖丫头"趴在里面，两个相对着都睡着了。睡得还挺香，都发出呼呼的鼾声。

二泉站在旁边看着，忽然有些感动。

接着又想，这"二侉子"是怎么回来的呢？

再想，应该不是金桐让人送回来的，如果是送回来的，肯定会先来电话告诉自己。但如果不是，那就应该是它自己偷着跑来的。真这样，金桐那边也就肯定不知道。

二泉这一想，就给"阿庆嫂"打了个电话。"阿庆嫂"果然不知道，一听就说，它自己跑那边去了？这怎么可能啊，我去栏里看看，一会儿再打给你。

说完就把电话挂了。

过了一会儿，电话又打过来了，说，是啊，它的栏里还真空了，可栏杆没坏，它是怎么出去的呢？想想又说，就算它自己能出去，这边没桥，它又是怎么过河的呢？

"阿庆嫂"提的这些问题，也正是二泉想的，所以，他也没法儿

237

回答。

想了想，就说，我把它送回去吧。

"阿庆嫂"说，你先等一下，我去告诉金桐。

二泉等了一会儿，"阿庆嫂"的电话又打过来了，说，那就太不好意思啦，金桐说，今天这边的车都安排出去了，也抽不出人手，你要是能给送过来，就太好了。

二泉说，行，我送它过去。

二泉挂了电话，又想想，如果送"二侉子"过去，就只能让茂根帮忙了。茂根的饲料厂因为经常要拉饲料，最近刚买了一辆二手的皮卡。二泉给茂根打了个电话。

茂根一听就说，这简单，啥时候去，我的车随叫随到。

二泉想想说，就现在吧。

茂根的车几分钟就来了。茂根早已考了驾照，这辆皮卡自己开。这时又特意带来一个工人。三个人一块儿把"二侉子"弄上车。"二侉子"没叫，也没闹，就这样老老实实地让车拉到河这边来。二泉在路上给"阿庆嫂"打了一个电话。来到"顺心养猪场"时，这边已经有两个工人在等着。这时"阿庆嫂"也来了，大家七手八脚地把"二侉子"弄下来。

二泉想了一下，对茂根说，你先开车回去吧。

茂根问，你还有事？

二泉说，我去跟金场长打个招呼。

正说着，金桐出来了。自从二泉从这边引进猪崽儿，虽然这几个月来来往往的这些事，但细想，二泉和金桐还一直没正式说过话。这时二泉走过来，对金桐说，谢谢你了。

金桐哦了一声说，听说，后来挺顺的，是吧。

二泉说，是，挺顺。

金桐看了二泉一眼，后面还有什么事，就说吧。

说完就回去了。

第四十四章

茂根不信命，但相信命运。

命和命运当然不是一回事。命是先天的，注定的，不能变。而命运则是后天的，人为的，凭着自己的努力也是可以改变的。当初高考落榜，后来去广东打工，再后来回天津，一直到现在又回到村里，茂根认为，这一切都不是命，而是命运。既然是命运，也就可以自己掌握，或者说，可以通过自己的努力改变它。比如回村以后，办起这个"金旺潭饲料厂"，茂根发现，这一次还不仅是改变命运，也终于真正找到了自己。人都希望找到自己。所谓找到自己，也就是可以轻松自如地运筹帷幄，把自己所有的优长都施展和发挥出来。

这次火灾之后，饲料厂很快就缓过来了。由于前一段生产的粗饲料已经打开销路，停产一段时间之后，再一复产，反倒产生了一种积压性需求的反弹效应，尤其是对岸西金旺的养猪户，简直供不应求。茂根也就顺势而为，又成立了一个"金旺养殖协会"。这个协会叫"金旺"，也是为了让人知道，跟这饲料厂是一回事。同时又故意不提"东""西"，也就把河两边的养殖户都包括进来。茂根是个做事有前瞻性的人，之所以叫"养殖协会"，而不叫"养猪协会"，是因为后面还有更大的想法。但是饭要一口一口地吃，事要一步一步地做，虽然后面计划很大，想的是将来要把所有的养殖业都囊括在内，但现在，既然只生产猪饲料，也就还是先以养猪业为主。茂根毕竟在外面跑了这些年，见多识广，也明白运作这个协会的最终目的，就是为了发展企业，所以在经营饲料厂的同时，也就把这个养殖协会搞得风生水起。协会平时向每个会员提供各种专业信息，还不定期地搞一些养殖方面的讲座，有时还请天津或唐山的商家来搞联谊活动。让茂根没想到的是，西金旺那边的养猪户对这件事很有兴趣，几乎都参加了这个协会。反倒是二泉，茂根说了几次，他才勉强同意参加了。

二泉说，他倒不是不想参加，是没时间。

茂根说，你白在外面跑了这几年，脑子太陈旧，得换换了。

茂根对二泉说，他这个协会现在参加是免费的，提供的各种服务也都免费，等将来真发展起来，就算缴会费也要有门槛儿了，到那时，就不是随便谁都能进来的。

二泉一听就笑了，说，我知道，你是拉巴我。

茂根说，拉巴倒说不上，以后，咱还得互相帮衬。

二泉这时对茂根的这个养殖协会倒不是没兴趣，是真顾不上。本来养猪场就他一个人，已经忙不过来，现在又弄个"二侉子"总捣乱，三天两头往这边跑。每回跑过来，就得让茂根开车帮着送回去。可送去的当天晚上，最多隔一天，它就又跑回来了。二泉一开始还先给那边打电话，然后再送过去，后来也就不打电话了，只要"二侉子"一过来，看茂根的时间，抽出空就立刻开车送回去了。二泉也纳闷，问茂根，这东西是怎么跑过来的呢？

茂根听了只是开车，笑而不答。

这个上午，二泉一早就发现，"二侉子"又跑回来了。但茂根那边一直有事。二泉等到快中午了，"阿庆嫂"把电话打过来，笑着问，"二侉子"又去你那边了吧？

二泉赶紧说，是，这就送过去。

二泉怎么也想不明白，下游张伍村的桥有十几里，难道这"二侉子"是飞过来的不成？

晚上，二泉在猪场收拾完了，出来时已是半夜。出村走到大堤跟前，见福林从堤坡上下来。福林一见二泉就乐着说，刚才看见个新鲜事儿，长这么大，还头一次见。

二泉问，啥事？

福林说，他刚才从河那边回来，在船上拽着缆绳过河时，看见远处的河面上好像有个东西。先是以为眼花了，再细看，是一个挺大的家伙在凫水，后面还拉起两溜水花儿。

福林说着又笑了，问，你猜是个啥？

二泉嗯了一声。

福林说，是头猪，敢情猪这东西也会凫水，游得还挺快！

二泉一听，心里突然动了一下。顾不上跟福林打招呼，立刻转身往回走。来到养猪场，径直朝这边关种猪的猪舍走过来。开灯一看，果然，"二侉子"又回来了。这时正趴在"胖丫头"的猪栏跟前，细眯着两眼，身上的鬃毛还湿漉漉地往下滴水。二泉走到它跟前，这才发现，"胖丫头"也在里面趴着。它俩一个栏里，一个栏外，就这么静静地四目相对。

第二天，二泉又把茂根叫来。开车送"二侉子"的路上，就把昨晚的事说了。

茂根听了不说话，只是笑。

二泉让他笑得有些恼火，就说，你有话就说，老笑啥？

茂根说，我问你，猪栏的高度是多少？

二泉想想说，一般的高度，是一米二到一米三。

茂根嗯一声，又说，我再问你，猪能站起来吗？

二泉说，要是前腿扒着东西，也许能站起来。

茂根说，好吧，就算能站起来，它能自己迈过这一米二一米三的栏杆吗？

二泉有点明白了，你是说，有人帮它出来的？

茂根乐着摇摇头，我没这么说。

二泉又寻思了一下，茂根说的这些，他还真没想到。

茂根曾听张少山说过，当初二泉从对岸的"顺心养猪场"引进40头猪崽儿，曾为盖猪舍的事发愁，虽然贷了款，可要盖猪舍就不够饲料钱，留出饲料钱又没法儿盖猪舍。正发愁的时候，金桐这边说，她的猪场有一个优惠，只要买猪崽儿超过30头，可以免费帮着建猪舍。

这时，茂根问二泉，有这回事吗。

二泉说，有这回事。

茂根说，你算过这笔账吗，一头猪崽多少钱，40头，一共是多

241

少钱，可要建一个你现在这样规模的猪舍，又得多少钱，她的猪场要这么干，还不得赔死？

二泉一听，心里咯噔一下。

茂根又说，后来我的饲料厂出事了，听说，她那边的饲料没处放，也给你拉过来了？

二泉没再说话，但心里已经明白了。

第四十五章

金长胜是个好琢磨事儿的人。

不同的人，琢磨事儿也不一样。有人琢磨事儿，是琢磨闲事儿，或者干脆说就是琢磨人。也有人琢磨事儿，是琢磨正经事儿，说白了也就是认真。其实这世间万物是一个理，怕就怕认真二字。别管什么事儿，最后出一堆麻烦，甚至造成无法挽回的后果，究其原因，就是因为事先没认真琢磨，如果一开始就琢磨了，也琢磨透了，或许就是另一种结果了。

头年闹猪瘟。只要哪里一出现疫情，立刻就大面积扑杀，各村的猪场和养猪户都很紧张。金长胜琢磨了几天，结合实际经验，就总结出一个"三步入门法"。凡是有一定规模的养猪场，第一步，在距离大门10米的地方铺一块浸了消毒液的消毒毯，无论车或人，进猪场都要先经过这个消毒毯。第二步，大门只供车辆出入，不准走人。旁边设一个专门的消毒室，门口再放一个盛有消毒液的消毒盘，人员进入，两脚要先在这消毒盘里踩30秒。第三步，进入消毒室，空间密闭，再经过一分钟的喷雾消毒。一般的养猪户如果没有这种条件，可以适当简化，但每一步也要严格做到。今年入春，又开始出现非洲猪瘟的疫情。这段时间形势越来越紧张，金长胜就在自己过去总结的"三步入门法"基础上，又进一步细化，搞成"五步半入门法"。他的这个入门方法也得到县防疫站的认可，已开始在各县各镇村推广。

金长胜推行自己的这个"五步半入门法"，西金旺村是重点。当然，这跟他是西金旺人没有太大关系，主要是因为，梅姑镇的养猪场和养猪户大都集中在西金旺，只要把这里的防疫工作做好，别的村也就好办了。而在西金旺，"顺心养猪场"的规模最大，于是也就成为金长胜工作重点的重点。这时，金长胜已知道金桐和二泉是怎么个状况，再来"顺心养猪场"，心里也就坦然了，反倒和金桐成了无话不谈的朋友。金桐拿他也不见外，再来商量防疫的事，有时自己忙不过来，就让"阿庆嫂"跟他说。"阿庆嫂"也奇怪，平时跟别人说话，两片嘴唇跟刀子似的，一句话过去，能把对方刺出血来。可在金长胜面前，说话却总是低声细气，而且言听计从，金长胜怎么说就怎么是。有一回金桐说，既然猪场的大门外面已经铺了消毒毯，消毒室的门口又有消毒池，里边的每个猪舍门口就没必要再铺消毒垫了。"阿庆嫂"立刻说，不行，长胜说了，猪场的院子是露天的，就算两只脚在大门的外面已经消毒，也不能排除在空气里二次污染的可能，每个猪舍的门口必须要有消毒垫，这个不能减。

金桐一听扑哧笑了。

"阿庆嫂"看看她，说，你，笑啥？

金桐说，你跟别人，可不这样。

"阿庆嫂"的脸红了，咋样？

金桐说，他说句话，就是圣旨啊。

"阿庆嫂"啐她说，屁吧你，人家有学问，又是兽医专家，当然得听人家的。

金桐撇着嘴说，听听，听听，还人家人家的，他啥时又成专家啦，你封的啊？

"阿庆嫂"哼一声，要不是专家，有本事你别听人家的啊？

金桐又噗地一乐，不往下说了。

"阿庆嫂"说是金桐的嫂子，其实比金桐还小一岁。金桐有个亲叔伯的堂哥，叫金杨，比金桐大三岁。三年前，刚跟"阿庆嫂"订

243

婚就去参军了。但两年前，在一次抗洪抢险中牺牲了。金桐跟这个堂哥从小在一块儿玩儿，感情很深，这以后，就让"阿庆嫂"来自己的养猪场，也不说是合伙还是打工，只当个亲嫂子一样对待。

金永年是个眼里不揉沙子的人。这一阵，一见儿子长胜总往"顺心养猪场"跑，心里本来挺高兴。长胜喜欢金桐，金永年是早就知道的。虽说金桐这丫头有点儿刁蛮，也任性，说话经常不顺南不顺北，总让人上不来下不去的，但毕竟能干，也没邪的歪的，既然长胜喜欢，将来是他们一块儿过日子，只要以后别拿自己这公爹不当回事也就行了。可这一阵在村里听说，长胜总往金桐的猪场跑，好像不是这么回事，他冲的并不是金桐，而是"阿庆嫂"。金永年立刻在心里打了个愣。这可就是另一回事了。这"阿庆嫂"的嘴比金桐还厉害，刁蛮不说，一张嘴更不管不顾，在她的眼里甭管村里谁，都没大没小。但这还不是最主要的，问题是，这"阿庆嫂"已经跟人订过婚，虽说对方已经不在了，可毕竟也已是个半嫠子媳妇，自己的儿子不瞎不瘸，哪能找这么个夹生的老婆。但金永年毕竟不是个冒失人，也知道自己儿子的脾气，倘若真是他看准的事，再想让他改变主意也不容易。所以，也就轻易不能跟他把这层纸捅破。最好先了解清楚了，如果这事儿真有影儿，再琢磨下一步怎么办。

金永年在心里打定主意，这天下午，就给金桐打了个电话，说镇里有个通知，让她到村委会来一下。金桐一听在电话里说，有啥通知，电话里说不就行了，这大忙忙儿的，有必要往您那儿跑一趟吗？金永年嗯嗯了两声说，你还是来吧，电话里不好说。

金桐只好说，好吧。

说完就把电话挂了。

金永年让金桐来村委会，也是事先考虑过的。问这事儿，他不能去"顺心养猪场"。万一"阿庆嫂"也在，两句话说不对付，自己一个人，就凭她们这两张嘴，还不得让她俩给剁成肉馅儿。让金桐来村委会就没关系了，这是自己的地盘儿，不怕她放刁。

一会儿，金桐来了。

金桐还是这身打扮，下面是暗红色的牛仔裤，上身穿一件浅色衬衣，挽着袖子，两个前襟系在前面的腰上。金永年一看金桐这样子，心里暗暗庆幸，幸亏将来的儿媳妇儿不是她，真要是她，就冲浑身上下这股飒利劲儿，将来也够我们爷儿俩喝一壶的。心里这么想，脸上却笑着，让金桐坐。金桐没坐，说，我那儿正忙着，镇里啥通知，你说吧。

金永年说，哦，镇里要统计生猪存栏数，养殖户不算，只统计猪场。

金桐一听看看金永年，这也让我跑一趟，电话里说一下不就行了？

金永年笑笑说，这回的这个数字要报县里的，为的是准确啊。

金桐转身就往外走着说，电话会拐弯儿啊，一个数字，还能错？

金永年连忙又说，还有个事儿。

这时，金桐已经走到门口。

金永年说，听说，我家长胜常去你的猪场？

金桐一听这话，立刻站住了。这才明白，看来金永年是老鼠拉木锨，大头儿在这儿呢。于是慢慢走回来，看着他说，是啊，长胜这一阵常去我的猪场，有时赶上了，我还留他吃饭。

金永年笑得有点儿干，又说，你明白我的意思。

金桐说，我不明白。

金永年说，好吧，那我就直说吧，我的意思，是"阿庆嫂"的事。

金桐也笑了，说，你早这么说，不就痛快了，省得再这么绕来绕去。

金永年点点头，既然挑开了，我也就挑开了问，这事儿，是真的吗？

金桐说，要问我，我还真没法儿说。

金永年眨眨眼，怎么讲？

金桐说，得问长胜自己啊。

金永年说，好吧，我就干脆明说吧，这事儿如果是真的，我不同意。

金桐眯起眼看看金永年，你不同意？这事儿，怕是你说了不算吧。

金永年的脸一下涨红了，我说了不算，谁说了算？

金桐说，现在有句话，听说过吗？

金永年问，啥话？

金桐说，谁的地盘儿谁做主，这恐怕，不是你的地盘儿。

说完又一笑，就转身走了。

第四十六章

张少山这天傍晚接到两个电话，一个是镇扶贫办小苏的，另一个是金桐的。小苏打电话，是告诉张少山，马镇长下午去县里开会，临走时叮嘱，让通知张少山，第二天上午到镇里来一下，说是有个从出版社来的编辑，还带着一位作家，要写一本关于扶贫的书，想了解一下情况。马镇长说，这个编辑姓杨，其实这杨编辑上次跟着媒体主题采访团来过梅姑镇，也去西金旺参加了第二届"幸福拱门文化节"的开幕式，所以对梅姑镇很感兴趣，这次又专门带着作家过来，想再了解一下情况。但他们还要去别的地方，时间有限，只能在这里停留半天。镇里研究了一下，觉得西金旺和东金旺最有代表性，就决定让这两个村介绍一下情况。

张少山一听问，具体介绍哪些情况。

小苏说，按马镇长的安排，也跟永年主任说了，明天让他把金桐带过来，你把金水泉和金茂根也带来吧，他俩一个是养猪场，另一个是饲料厂，都挺典型，让他俩也谈谈。

金桐来电话，则说的是金永年的事。说金永年，其实说的是"阿庆嫂"和金长胜。金桐之所以跟张少山说这事，是因为张少山跟"阿庆嫂"还有一层关系。"阿庆嫂"的娘家是向家集的。她娘家爹在村里论着，得叫张少山的丈人大伯张大迷糊表姐夫。因为这层关系，"阿庆嫂"平时见了张少山也叫姐夫。金桐先在电话里说了"阿

246

庆嫂"和金长胜的事,现在两人都有这意思,也投脾气,确实是个挺好的事儿,可金永年嫌"阿庆嫂"订过婚,已经明确说了,他不同意。金桐说,她跟张少山说这事儿的意思,是想让张少山帮着劝劝金永年,本来是两好儿合一好儿的事,别最后弄得脸红脖子粗,况且这种事,只要人家自己愿意,别人想拦也拦不住,就算当老家儿的也一样,拦来拦去,最后也只能是白饶一面儿。

张少山一听就明白了。金长胜最早喜欢金桐,但那时自己不知道,为二泉的事,还曾让他去帮着劝金桐。金长胜也厚道,别管心里怎么想,让劝还真去劝了。事后张少山知道了真相,才明白自己把这事儿办瞎了。现在,既然金桐跟自己说,也就是求到了自己,不管怎么说也不能再推辞,于是在电话说,行,我跟这老顽固说说,不过成不成可不敢保。

金桐笑笑说,让您劝,也是知会他一声,说到底,他同意不同意,都无所谓。

张少山当然知道"阿庆嫂"的脾气,也笑笑说,这不用说,我明白。

张少山第二天上午来镇政府,在政府大院的门口碰见金永年。自从这次举办第二届"幸福拱门文化节",张少山和金永年的关系明显缓和了,当然,是金永年主动缓和的。其实以往也缓和,但那时的缓和只是表面,这次才是真正地发自内心。这时张少山一看,金永年是一个人来的,有心想问,怎么金桐没来。再想也就明白了,金桐就是来也不会跟他一块儿来。金永年一见张少山,就主动凑过来打招呼说,你怎么也是一个人来的,他俩呢?

张少山说,他俩都有事,说好在这儿见。

金永年亲热地拍了张少山一下说,是啊,年轻人,都有他们自己的事。说着就掏出烟,抽出一支递过来说,你尝尝这个,长胜出去开会,给我带回来的,卷烟,可挺有劲儿。

张少山接过点上,抽了一口,点头说,是不错。

然后看了金永年一眼,又说,这一阵子,长胜干啥呢。

金永年说，他哪闲得住，给牲口看病的事，比人麻烦啊。

张少山点头，是啊，牲口不像人，哪儿难受说不出来，得猜。

又说，长胜也不小了吧？

金永年长出一口气说，是啊，眼看已经二十大几了，你跟前要有合适的，给张罗一个？

张少山乐了，摇头说，现在的年轻人，还用得着咱，听说，不是已经有眉目了？

金永年的脸上本来一直挂着笑，这时，笑容突然凝住了，像刷了一层糨面糊子，又风干了。看一眼张少山，又沉了沉，试探着问，怎么，你老哥听到啥了？

张少山哼地笑了，还用我听到啥，现在地球人都知道了。

金永年说，明白你说的啥事了。

张少山说，这可是好事儿啊，别拦着。

金永年摇摇头，我不同意。

张少山瞥他一眼，你不同意，眼下都啥年月了？

金永年的眉毛登时立起来，啥年月，他就是猴儿年马月我也不同意！

张少山一拨楞脑袋，我看这事儿，你未必拦得住，再说拦也没道理。

张少山还要往下说，金永年伸手把他拦住了，得得，你别说了，你的意思我已经明白了，想在我这儿当说客是不是？我只问你一句话，你要是觉着这事儿好，怎么不让二泉娶她？

张少山的两眼一下瞪起来，刚要吼，又把声音压下来，看着他说，你说的这叫人话吗？

金永年眯起眼，嘴角挑着一丝冷笑。

张少山没再说话，扭头就进去了。

张少山一进大院就看见主管文化的田副镇长。田副镇长正站在会议室的门口朝这边招手。张少山就走过来。田副镇长说，就在会议室吧，咱先进行着，马镇长一会儿就过来。

张少山走进会议室。杨编辑和一起来的那个作家已经先到了。张少山在文化节上跟杨编辑见过面，这时一下就认出来。杨编辑又介绍身边的这个作家。这是个30多岁的年轻人，看着不像作家，倒像个搞地质的，肤色挺黑，一看就经常在外面风吹日晒。这时金桐也到了。接着，金永年和二泉也前后脚进来。田副镇长问，金茂根怎么没来。张少山这才想起来，刚才在路上，茂根曾打了个电话，说丰南的一家粮食公司要来人，是签合同的事，他不能来了。

　　田副镇长一听，说，那就开始吧。

　　杨编辑说，这次要搞的是一部全景式的报告文学，所以先了解面上的情况，这就容易了。金桐的"顺心养猪场"目前是全镇最大的养猪场之一，生猪存栏数也排在全镇前几位，很有代表性。但最让杨编辑和这个作家感兴趣的，还是金桐养猪场的经营模式。金桐采取的是合作社的运作方式。村里有的养猪户限于资金和场地条件，无法扩大规模，金桐就把这些养猪户联合起来，平时个体喂养，然后统一经营，这一来每个养猪户也就都可以利用大规模养殖的优势。二泉的"金泉养猪场"则又是一种情况，当初刚起步时，得到"顺心养猪场"的帮扶，而猪场办起来之后，又在村里吸纳了一些暂时还没条件从事养殖业的农户参股，实际也已经具有了合作社的雏形。更重要的是，金桐和二泉，在各自的村里都已经起到致富带头人的引领作用。金桐和二泉介绍完自己的情况，金永年和张少山又分别介绍了西金旺和东金旺的整体情况。从表面看，采访进行得很顺利。杨编辑和这个作家很兴奋，一边不时地看一下手机录音是否正常，一边在笔记本上做记录。田副镇长也很满意，偶尔在旁边做一下补充。但是，只有被采访的这四个人自己知道，其实各怀心思。金桐故意不看金永年，偶尔和二泉的目光碰一下，也立刻就闪开了。张少山则更不看金永年。在金永年介绍情况时，还故意出去了，站在会议室的门口抽烟。四个人坐在会议桌的四边，如同是一个笨木匠做的镜框，七扭八歪地拧巴着。这时马镇长进来了。马镇长一直在和吴书记研究工作，一进来先道歉，又问，采访进行得怎么样了。

田副镇长先大致说了一下，杨编辑兴奋地说，非常好，我们想了解的情况都了解到了，原来想的是只把面上的总体情况了解一下，没想到还有这么多生动的细节，真是意外收获。马镇长一听，说，那就太好了，我们梅姑镇，还真是个有故事的地方。

然后看看表，又说，已经中午了，走，去吃饭吧，我们镇政府有食堂。

杨编辑说，还是去街上吧，找个饭馆儿，我请大家，吃着饭还可以接着聊。

马镇长笑着说，去食堂吃饭，就是为了接着聊，总比会议室轻松，也许还能聊出更多的东西，可如果出去，就是另一回事了，你们可以去，不过我和田副镇长就不去了。

杨作家一听立刻明白了，只好笑着说，那就还在食堂吧。

第四十七章

二泉这一阵越来越忙，但总觉着心里好像少了什么事。晚上把猪场收拾利落了，回到河边的土屋时，总忍不住朝河面上看一眼。早晨起来，一出门，也先朝河面上看。这个夏天雨水多，梅姑河的水也大，河面很宽阔。不远处的渡口已经快淹没了。

其实二泉的心里明白，一切都很正常，并没少什么事。唯一少的，就是"二侉子"已经有些日子不来了。"二侉子"不来，二泉也就没理由再去河那边的养猪场。直到几天前，二泉去镇里见那个杨编辑和作家，才又看见金桐。当时当着别人，他当然不能盯住金桐仔细看，但还是发现，金桐好像瘦了，脸色也不太好。不过精气神还那样，看着精力很充沛。

二泉不得不佩服茂根。茂根这几年，好像也没太交往过女孩儿，可对这种事却看得很准，也透，简直一眼能看到骨头里。那次他一说，二泉才突然明白了，敢情从一开始办这养猪场，金桐虽然表面跟自己处处为难，可后来一步一步的，如果没有她，这猪场还真办不起来。二泉一想明白，就心里感觉一热。这种热的感觉，过去还从没有过。

这些年，二泉对这种事确实没认真想过。当然也不是不想，无论男人还是女人，到了一定的时候自然都会想，就是脑子不想身上也会想。二泉没想，是顾不上。当初在广东打工时，只是想找一个伴儿。其实说起来，男人或女人找对象，也就是找个伴儿。但伴儿和伴儿不一样。有的伴儿就是个"伴儿"，刚到一块儿时，有男女的那股劲吸着，还甜甜蜜蜜，甚至如胶似漆，日子一长，习以为常，也就那么回事了。这种伴儿再怎么说，也只能是"身外之物"。还有一种伴儿，则是"心里之物"，这心里之物也才真正是心爱之物。身外之物当然好找，只要碰上一个，是个异性，看着顺眼，说话也不讨厌，这个伴儿就算搭上了。但心里之物就是另一回事了，可遇不可求，很多人找一辈子，或许到死也没找到。所以，二泉曾在一本书上看过这样一句话，如果真碰上了，肯定就是上千年的缘分，一定别轻易错过。

现在回想，在广东时，那个叫小勤的湖南女孩儿就是个伴儿，且是"身外之物"的伴儿，就像走夜路，想找个人一块儿走，也能说说话，至于这人是谁好像并不重要，有谁算谁。所以后来听茂根说，她最终还是找了个老乡，两人一块儿回老家开店去了，心里不仅没有失落感，还觉得有几分欣慰。毕竟一起同行了两年，她好，总比她不好要好。

二泉觉得，自己出外这几年，也经了一些事，对所有的事都能看开了。

这个下午，张少山打来电话，说自己正在镇里开会，一会儿回来，有事要商量。二泉听出张少山在电话里的声音发闷，气也喘得挺粗，似乎很兴奋。

于是问了一句，啥事？

张少山说，回去再说吧。

说完就把电话挂了。

二泉知道张少山的脾气，越是遇到事，心里越存不住。但一直等到晚上，张少山也没露面。二泉忙完猪场的事已经又是半夜，见张少山还没来，就关了猪场的灯出来了。正往河边走着，电话响了。掏出手机一看，猛地站住了。来电话的是金桐。金桐极少主动打电话。二泉想不出，她在这时来电话会有什么事。电话又响了几声，他想了想，才接通了。

先喘了一口气，然后说，你好，还没休息吗。

金桐在电话里的声音有些疲惫，跟平时好像是两个人，她说，你也没休息？

二泉说，刚完事。

金桐沉了一下，说，我没事。

二泉听见了，她好像在电话里笑了一下。愣了愣，不知接下来该说什么。电话里，能听到金桐喘气的声音。过了一会儿，她又说，今年的雨水太勤了，蛤蟆也多。

二泉更摸不着头脑了，不知她怎么又说起蛤蟆。于是哦了一声。

金桐说，这蛤蟆的叫声也大了，怪吵人的。

二泉想说，是有蛤蟆，可听着叫声不大啊。

但再想，又觉着这话好像不挨着。

金桐的声音忽然正常了，说，今天镇里开会了，后面可能要更忙了。

二泉说，我听说了，下午少山村长也去开会了。

金桐说，你抓紧休息吧，再见。

说完，不等二泉再说话，就把电话挂了。

二泉拿着电话，愣半天还没回过神来，想不出金桐怎么会没头没脑地打来这么个电话。

刚回到河边，手机又响了。二泉赶紧掏出来一看，这次是张少山。张少山说，我从镇里散了会已经挺晚了，这会儿刚到家，明天吧，一早去找你。

二泉刚要说话，张少山已经把电话挂了。

二泉这一夜没睡踏实，总觉着电话响。一机灵醒了，抓过手机看看，没有电话。一大早起来，先去猪场忙了一气，然后才回来刷牙洗脸，给自己准备早饭。

正吃着，张少山来了。

张少山知道二泉每天的三顿饭总凑合，如果是早晨过来，就给他带点吃的来。这时把两张发面饼扔到灶台上，又拿出一个快餐盒，里面是切成丝儿的芥菜疙瘩，还淋了点醋。二泉一看，拿过发面饼，抓了点芥菜丝儿夹上，一边吃着一边问，昨天，镇里开会了？

张少山说，是啊，要跟你说的就是这事。

说完又看看他，你是咋知道的？

二泉本来想说，昨晚听金桐说的，但话到嘴边又改口说，不是你说的吗。

张少山问，我啥时候说的？

二泉说，昨天，你在电话里说的。

张少山想了想，哦了一声。

张少山昨天在镇里开了一下午的会，又是各村的村主任联席会，但这次主题明确，内容也突出，叫"脱贫工作推进会"。马镇长在会上说，从现在起，是咱们全镇向彻底脱贫、全面脱贫发起总攻的时候了，所以说是推进会，其实也是一次动员会，誓师会。会上，先是各村的村主任把自己村的情况和进展大致说一下。马镇长特意把西金旺和东金旺安排在最后，等别的村都说完了，才说，今年上半年，特别是入夏以来，东金旺的工作最突出，不光自己的村里有了很大变化，还协助镇政府在西金旺成功地举办了第二届"幸福拱门文化节"，现在咱这个文化节的影响已经造出去了，成了一个品牌，连徐副县长都说，以后县里再搞农副产品交易会，也要借鉴咱这文化节的经验，这一切，都跟东金旺的努力付出分不开。这时，坐在旁边的金永年有点儿不爱听了。第二届"幸福拱门文化节"再怎么说也是在西金旺这边搞的，整个活动也都是西金旺张罗的，光前期筹备，就把全村上上下下忙得人仰马翻，他张少山不过是为开幕式组一下台，搞了几个节目，可现在，怎么功劳就都成了他的？

这么想着，心里不服气，脸上也就带出来。

马镇长已看出来了，但还是接着说，东金旺在发展产业方面也搞得很好，就让少山主任具体跟大伙儿说。这时，张少山的心里挺痛快。当初开春时的那场联席会上，东金旺还排在全镇最后，自己也灰头土脸，这次一方面是自己的努力，另一方面也是村里人也争气，关键是马镇长也终于说了公道话，这才总算让自己在全镇村主任的面前直直腰了。但心里这么想，话还是说得很低调，只把东金旺养殖业和种植业的大致情况，专业户占比以及产业规模大致说了一下，接着又把村里贫困户脱贫的情况，尤其以金福林为例，着重说了一下。最后又特意说，向家集的村主任向有树和张伍村的村主任张大成，在鹌鹑养殖和槿麻种植方面都给了我们村很大帮扶，如果没有大伙儿支持，东金旺村也成不了现在这样。

张少山故意没提金永年。

在这件事上，张少山的心里自有一本账。二泉的养猪场确实是在河这边西金旺的帮助下才建起来的。但给予帮助的不是西金旺村委会，而是西金旺的"顺心养猪场"。虽然都是西金旺，但这是两回事，况且自己当初为了向金永年求助，让他去跟金桐说句话，又请他吃饭又向他赔礼，结果还是碰了软钉子，所以这时，也就没必要再提金永年。但金永年本来就觉得马镇长刚才的话不舒服，一听张少山也这么说，心里就更来气了。这时张伍村的张大成说，别人帮助都只是外因，关键还是内生动力，这一大段时间，少山主任带着他的一村人还真是干得不含糊。向家集的向有树也说，是啊，现在东金旺真有点儿后来居上的意思了！

金永年就笑着接过话说，关键是搭顺风车啊！

张大成问，这话怎么讲？

金永年说，就说我西金旺吧，眼下养猪已经养得轻车熟路，有句话叫照猫画虎，就是再笨的人，不会照猫画虎，就是照着葫芦画个瓢，揪着我这边的猪尾巴也起来了。

张少山一听这话就不干了。但他这时不干，跟过去也不一样了，人都是如此，一自信说话也就有了底气，一有底气，反倒不急不慌了。他把脸扭向金永年，不紧不慢地说，你要这么说，咱今天就得说道说道了，不是吵架，也不为揪后账，这么说了，让大家听听也是个经验，以后好借鉴。金永年一听张少山这么说话，就像他那天在台上说相声，不光不疾不缓，还抑扬顿挫，分出高矮音儿来，一时摸不清他这是怎么个话头儿。张少山说，如果你说我东金旺是揪着你西金旺的猪尾巴起来的，那你倒说说，我揪的是你哪一根猪尾巴，咱先说下，金桐的"顺心养猪场"可跟你西金旺村委会没一点儿关系，人家那是合作社，没你的股份。

张少山这一说，金永年的脸立刻涨红了。

张少山又说，再说我这边，我只说两点，第一，倒是你西金旺的养猪户，眼下百分之九十五以上都用我东金旺饲料厂的饲料，我这边的饲料不光配方科学，价钱也比别处便宜，更关键的是，如果资金不凑手，还可以赊账，光这一项，就能解决你那边多大问题？

马镇长一听，说，还有这事？

张少山说，你可以问问永年主任，让他自己说。

马镇长说，要这么说，咱梅姑镇的这盘大棋，可真要下活了！

张少山盯着金永年，又说，我这说的只是第一点，还有第二点，就从这第二届的文化节之后，你西金旺家家大门上都不贴门神财神了，贴的是啥？

向有树好奇地问，贴的啥？

张少山说，大家可以去看看，贴的都是第二届"幸福拱门文化节"的吉祥物儿。

会上的人一听都笑了。

张少山说，你村的人为啥都争着贴这个，还不是图个吉利，可你别忘了，这吉祥物儿是我东金旺村的人设计的，我没向你们村的人主张著作权，就已经是发扬风格了！

金永年一看张少山真急了，这才往回圆着说，就是句玩笑话，何必当真呢。

马镇长一听金永年这么说了，也就对张少山说，既然是开玩笑，就算了吧。

就在这时，吴书记说了一句话。吴书记早就来了，但一直坐在后面听，会上的人也就都没注意。这时，吴书记说，你们西金旺和东金旺，可不要小看这个地理位置。

张少山和金永年听了，都回过头看着吴书记。

吴书记这才起身过来，又说，你们两村隔河相对，也有独特的优势。

张少山问，您指的，是啥优势？

吴书记说，可以互补，也可以互相借鉴经验。

也就是吴书记的这句话，让张少山的脸袋轰地一响，好像又捅开一个大洞。

这时，张少山对二泉说，他昨天在会上，就是听了吴书记的这句话，才忍不住给二泉打了个电话。二泉这半天一直听张少山说，可还是没听明白，他究竟要跟自己说什么。

张少山说，这么说吧，我突然想到一件事，金桐那边的经验，你就可以借鉴啊。

二泉说，您具体说。

张少山说，我原来就了解过，金桐的"顺心养猪场"是以两种形式吸纳入股，一是资金，二是劳力，也就是说，在她猪场上班的人，可以用工资入股。

二泉一听，立刻明白了。

现在"金泉养猪场"只是吸纳了村里一些农户的资金入股，却没想到第二步。所以猪场一直到现在，虽然规模一直扩大，却还是二泉一个人在苦苦支撑着。张少山说，你为啥一直不敢雇人，就是担心加大开支，怕担负不起工钱，对不对？可如果让工人用自己的工钱入股，这问题也就解决了，况且工人的工钱以后也可以再生钱，

256

这是两得利的事啊！

二泉连连点头说，是，是。

张少山兴奋地说，这本来是金桐那边猪场现成的办法，可这以前，咱怎么就没想到，昨天听吴书记一说，我这脑洞一下就开了，对啊，现成的经验，咱干吗不用呢？

这时，张少山想的还不只是二泉的"金泉养猪场"，如果茂根的"金旺潭饲料厂"也采用这种以工资入股的方式，在用工方面也就可以放开手脚了，只要用工量增大，产量也就可以进一步提高，同时还能提供更多的就业机会。再进一步想，村里养鹌鹑和种槿麻的专业户再发展一下，一旦时机成熟，也都可以走这条路。张少山还记得，小时候听村里的老人说过，当年在梅姑河上跑船儿的人有个说法，虽然船小好掉头，可太小也禁不住风浪，所以还得尽量把船做大，尤其要从出海口出去的船，能做多大就做多大，真有个闪失才能扛得住。

张少山感慨地说，眼下要想尽快发展，光靠单打独斗是不行了，得打群架。说着，又看一眼二泉，有句文词儿怎么说来着，他山之石可以攻玉，以后还真得跟金桐多学学，别看她一个20多岁的女孩儿家，能干到今天，必有她过人之处。

二泉低着头，没说话。

张少山忽然想起一个事，掏出手机，给茂根打过去。茂根显然正在车间里，电话的背景有机器的声音。张少山告诉茂根，一会儿要去天津，问茂根是不是跟着一块儿去。

茂根一听，问，今天回不回来。

张少山说，看情况，完事早就回，晚就住一晚，明天上午肯定回。

茂根说，等一下，我一会儿给您回话。

说完就把电话挂了。

二泉问，茂根也要去天津？

张少山说，他早说了，我再去，叫着他，他好像去天津也有事。

这时，茂根的电话又打过来，说他也去。

张少山说他还要先去镇里的文化站办点事，在镇里跟茂根会合。

然后又跟二泉打了个招呼，就匆匆地从土屋出来了。

第四十八章

这些日子，张二迷糊很忙，但心情也很好。

张二迷糊的忙眼别人忙还不太一样，别人忙，也许与钱有关，但也许与钱无关。张二迷糊不是，不忙是不忙，一忙，就肯定是钱的事。张二迷糊做梦也没想到，这次办完这个第二届文化节，突然一下就忙起来了。先是河那边的金喜。张二迷糊认识金喜，知道他是西金旺村委会的会计，但平时并没多少来往。一天上午，金喜过河来找张二迷湖，先把他的画儿夸了一番，说他的门神和财神画得如何好，如何远近闻名，现在镇里已把他的画儿命名为"梅姑彩画"，而且上游已宣传到天津，下游宣传到唐山。张二迷糊让金喜夸得有些摸不着头脑，但心里明白，他这大热的天儿过河来这边，肯定不会只为夸自己，应该还有别的事。

于是说，我忙，有啥事，你就说吧。

但立刻又说，要是为那人的事，别找我，他的事我不管，也从来不问。

金喜不知张二迷糊说的"那人"，是指谁。

张少山的麻脸女人正在旁边绑笤帚，一听，轻轻咳了一声，又指了指张少山晾在院里的一双胶鞋。金喜这才明白了，立刻笑着说，不是少山主任的事，跟他没关系。

张二迷糊又看一眼金喜，不是就行，说吧。

金喜就从怀里掏出一张花纸。这是一张文化节上的宣传纸，上面印着吉祥物。金喜拿到张二迷糊的眼前说，我这儿有个这东西，你看，能不能给画出来。

张二迷糊伸头看看，噗地乐了，说，你成心吧，这咋不能画。

金喜立刻问，能画得一模一样？

张二迷糊又抬头看一眼金旺，你咋了？当然一模一样！

金喜连连点头，啧啧地说，要不说呢，高手就是高手。

张二迷糊哼一声，这东西，本来就是我画的！

金喜一听，两眼立刻瞪起来，这是，你画的？

张二迷糊斜楞他一眼，咋，你不信？

金喜没再说话。

这个吉祥物是张二迷糊琢磨出来的，也是他画的，这事儿，张少山从一开始就没对任何人说。他不说，也是有自己的想法。张二迷糊毕竟是自己老丈人，如果让镇里领导知道，他张少山跟这设计者之间的关系，万一不行，哪怕是不太满意，人家就不好表态了，况且还有个金永年，他那嘴是要拆的衙门，更没把门儿的，到时候还指不定说出什么来。所以，张少山想，干脆不说，反正也没打算要设计费，行就行，不行就算，大不了再想别的辙就是了。可没想到，一拿到镇里，大家看了上下一致满意。马镇长还特意问，这是找哪儿设计的，肯定是个高手，给人家多少设计费合适。张少山一听，就更不能说出是自己的老丈人了，否则这设计费还别说多少，要不要都不合适，于是干脆也就一直没说。但这回，张少山也学聪明了，对外没说，回来之后，却先给张二迷糊下了毛毛雨，不过没说真正原因，只说，如果说出这吉祥物是自己老丈人设计的，万一有人提出不同意见，就没法儿替他说话了。

张二迷糊当初只是随手一画，一听张少山这样说，也就没当回事。

金喜来时，本想让张二迷糊给画两张，这时一听，敢情这吉祥物儿就是他设计的，立刻改口了，说要五张。张二迷糊倒挺高兴，既然让自己画，当然多画多挣钱。说好两天后来取，就让金喜先回去了。在家里忙了两天，就把这五张都画出来。当初为文化节设计时，因为要得急，画得也就有些仓促。这回没人催了，踏踏实实地画，效果也就更好，不光颜色鲜艳，笔道儿也更沉稳。两天后金喜来取，一看更高兴了，一张嘴，还让他再画五张。这时张二迷糊才

259

有点回过味儿来了。金喜只有一个家，一个家也就一个院子，一个院子最多只有两扇大门，他上次要五张，已经有点儿奇怪，这回又要五张，弄这么多回去，他往哪儿贴？是不是想转手再给别人？张二迷糊这些年画彩画儿，在价钱上从不跟人争竞，但也不傻，而且最讨厌别人拿自己当傻子。这时一听就说，手里没这么多纸了，颜料也不够，如果还要，得过几天，等有人去县里办事，顺便带些纸和颜料回来。金喜一听也就回去了。但没过两天，河那边又有人过来，也想要张二迷糊画的吉祥物。这下张二迷糊更多心了，绕着弯儿一问，果然，金喜上次买了自己五张彩画儿回去，真转手卖了四张，价钱也比自己多出一倍。张二迷糊一听气坏了，金喜来找自己买彩画儿，贵贱都没关系，毕竟是自己画的东西，白给他两张都行，可他不该拿了自己的东西去赚钱，赚钱也没关系，只要跟自己明说，赚了也就赚了，反正是赚到人兜里了，又没赚到狗的兜里，谁赚了自己都高兴。但他在自己跟前红口白牙地说，是自己用，回去却转手又卖别人，这就是骗人了。再退一步说，骗了也就骗了，可他还拿自己当傻子，已经骗了一回，这回又来骗，这就有点儿说不过去了。这一下，张二迷糊也就不客气了，甭管河那边的谁再来，要自己的彩画儿可以，但价钱就上去了，还不是一般的上去，既然你金喜加一倍，我干脆就加两倍，理由也很充分，这跟过去的门神和财神不是一回事，其中还有设计费，用镇文化站老周的话说，这里有知识产权的问题。人就是这样，都有一种奇怪"股市心理"，说白了也就是"买涨不买跌"。张二迷糊这一涨价，反而买的人更多了。于是张二迷糊就又开始限量，每人只卖两张，理由也很充分，每家最多只有两扇大门，再多买，就有倒卖的嫌疑了，况且这东西是一笔一笔画的，太多，也画不出来。

张少山一见老丈人这里火了，当然也高兴。他能挣钱还只是一方面，关键是一挣了钱，心气儿也就顺了。他的心气儿一顺，在家不闹了，自己的日子也就能消停一点儿了。

张少山这个早晨去天津之前，先来镇里的文化站找老周，还是想跟他商量老丈人张二迷糊的事。这时，张少山又有了一个新想法，只是还没跟张二迷糊商量。前一段时间，本来天津的那家文化公司一直对张二迷糊的"梅姑彩画"有兴趣，只是因为让张二迷糊重新设计一个有时尚元素的新财神，张二迷糊始终没设计出来，这事才放下了。现在，这吉祥物就是一个现成的新形象，而且完全符合这文化公司的要求，只要稍加改动就行。张少山就想跟老周商量，自己跟张二迷糊的关系，当然不好以村委会主任的身份出面，能不能还从镇文化站的角度，跟这家公司再联系一下，如果他们对这个形象感兴趣，是不是还有合作的可能。

张少山来到文化站，把这想法跟老周一说，老周就笑了。老周说，其实这次文化节之后，他也一直在想这事。前一段一直为这个新方案发愁，总想不出点子，现在这个吉祥物就挺合适，稍加改动就是个财神的新形象，只是这一阵一直忙"非遗"的事，还没顾上跟张二迷糊说。但老周又说，现在既然已经有了新方案，也就不用着急了，俗话说，有女不愁嫁，东方不亮西方亮，既然这家公司后来一直没消息了，咱也就没必要再主动去找他们。

张少山问，你的意思呢？

老周说，我的意思，先让你老丈人把这新方案落实了，画出来，咱再说下一步。

张少山一听，觉着老周说得也有道理，于是说，行，那就这么办。

第四十九章

张少山前一天的下午去镇里开"扶贫工作推进会"，散会时，马镇长让他留下，说一块儿在镇政府的食堂吃晚饭。镇政府的食堂本来只有早饭和午饭，今年开春以后，各部门几乎每晚都要加班，有时这大院里甚至彻夜灯火通明。但食堂没晚饭，加班的人就只好去街上随便买点凑合一下。马镇长一看这样下去不是办法，就干脆通知食堂，以后增加晚餐，还要做一些宵夜，但留下吃饭的人要事先打招呼，食堂按人头做，免得剩下浪费。

张少山一听马镇长要留自己吃晚饭，就知道还有事要说。

果然，一边吃着饭，马镇长一边跟张少山说，这一阵东金旺的工作已经打开局面，也上了轨道。俗话说万事开头难，现在已经开了头，显然也都捋顺了，后面只要把握好方向，把发展的速度再提起来也就行了。张少山明白，马镇长要跟自己说的话，在后头。

马镇长说，是啊，现在要跟你说的是另一件事。

马镇长说得简明扼要。不能不承认，现在东金旺的发展，在某种程度上是踩着西金旺的脚印儿过来的，不光养殖业，也包括种植业。张少山一听，刚要说话，马镇长伸手把他拦住了。马镇长知道他要说什么，西金旺不管怎么说，只是以养猪为主，而东金旺除去养猪，还发展了别的产业，这些产业虽然也得到张伍村和向家集的帮扶，但还要看到，西金旺也确实提供了一些经营模式上的经验。马镇长说，当然，这些经验有成功的，也有不成功的。

张少山一听马镇长这样说，心里才服气了。

马镇长说，我现在想跟你说的，就是他们不成功的经验。

张少山已经把一个菜包子放到嘴边，这时一听，立刻停住了。

马镇长说，所谓不成功的经验，如果换个说法，也就是教训。

马镇长先从西金旺当初搞的第一届"肥猪节"说起。那次文化节大家都知道，搞得一塌糊涂，金永年让人家骗了一笔钱，这还是小事，关键是造成的负面影响，一旦出现，就很难挽回了。马镇长说，其实这件事不是偶然的，西金旺这几年发展得挺好，可就是文化欠缺，金永年一沾这方面的事就怵头。所以，他们的经济再怎么发展，也总是瘸着一条腿。

这时，张少山已经知道马镇长要跟自己说什么了。

马镇长说，这也是教训，在一手抓硬的同时，还要一手抓软，一头儿沉不行。

张少山点头说，是啊，我东金旺这边真得吸取这个教训，不能光练不说，当傻把式。

马镇长说，我要跟你说的，也就是这个，你们东金旺，还要发挥出你自己本来的优势。

张少山对马镇长说，其实这个问题，早就想过，当初金满帆的这个响器班儿，就如同是一伙从绿林出来的草莽，能成事，也能坏事，关键是怎么收编他们，纳入正轨，另外，这些人虽然都会吹拉弹唱，可还是太业余，平时谁家有个红白喜事，去吹吹打打还行，但上不了正式的台面儿，现在金满帆走了，可这些人还在，应该找专业老师，让他们接受正规训练。

马镇长一听连连点头说，好好，如果干这事儿，你应该有得天独厚的条件。

张少山笑笑说，我得天独厚的条件，也就是去找我师父。

马镇长说，总之，我说的这件事，你一定要重视起来。

张少山点头说，我有数了。

第五十章

茂根当初在天津时，曾去找过胡天雷，而且还跟着胡天雷在茶馆儿园子干过几天。但这件事，他回村之后从没跟张少山提过。这次一块儿去天津，再不提就不行了。

于是去的路上，才跟张少山说了。

张少山一听就笑了，说，这事儿我早知道了。

又说，你小子，有个缝儿就能钻进去。

茂根咧咧嘴，红着脸说，这也是生存之道啊，俗话说，多个朋友多条道。

茂根告诉张少山，他这次去天津，是想找一个大学老师。这老师姓牛，叫牛大衍，本来是搞生物的，但也喜好曲艺，尤其爱听相声和大鼓。当初茂根和他就是在茶馆儿园子里认识的。那时茂根在园子打杂，这牛老师晚上常来听曲艺。两人虽然一个是打工的，另一个是大学老师，可一说起曲艺的事，倒能说到一块儿。后来这牛大衍就把自己的电话号码留给茂根，只要晚上有好角儿，或有好节目，茂根就提前打电话告诉他。

张少山问，这次来找这牛大衍，要干什么。

茂根说，当初听牛大衍说过，他在农林大学的畜牧学院工作，这次来找他，是想问一问，能不能聘请他当"金旺潭饲料厂"的技术顾问，下一步，帮着研发新产品。

张少山一听笑了，行，看来你还真动脑子了。

茂根说，现在的饲料可不是过去的概念了，企业得向科技要发展。

张少山点头说，照你这样干，用不了两年，咱村就能赶上河那边的西金旺。

茂根一听乐了。

张少山问，你乐啥？

茂根说，当年，项羽跟着他叔叔学武艺时，说过一句话。

张少山看看茂根。

茂根说，他西金旺算啥，我要学的是万人敌。

张少山嗯一声，点头说，好，看出来了，你小子有志气！

张少山和茂根到天津时已是中午。茂根看出张少山不愿进饭馆儿，舍不得花钱，就把他拉进街边的一家"百饺园"说，咱吃饺子吧，我请客。

张少山赶紧说，还是AA制吧，你挣点儿钱也不容易。

茂根乐着说，这没几个钱。

俩人吃完了饺子出来，就分头，茂根去农林大学找牛大衍，张少山来找师父胡天雷。

张少山在路上已给师父胡天雷打了电话。胡天雷知道张少山不愿去澡堂子，就说，你来家里吧，我等你。这时，张少山来到师父家里，师父正睡觉。

等了一会儿，师父起来了。

胡天雷上次带人去西金旺的第二届"幸福拱门文化节"开幕式上演出，搞得很成功，心里也挺高兴。毕竟当年曾在这一带下放，现在又能为这里做点事，觉得很欣慰。当时跟县里和镇里的领导都见面了，徐副县长说，以后咱这边再搞活动，只要胡老的身体状况允许，还要请您过来。马镇长也说，真没想到，当年胡老来这儿下放，倒成了咱这里的福气，以后梅姑镇的文化发展，也要仰仗胡老。胡天雷虽已上了年纪，仍有一股豪气，立刻说，没问题。

　　这时，胡天雷一听张少山说了来意，就问，有什么具体想法吗。

　　张少山就把来之前，跟马镇长商量的，又跟师父说了一遍。胡天雷听完想想说，找几个专业的老师倒不成问题，不过，这个你当然懂，如果一点基础没有，现教，恐怕比较麻烦，学乐器可不是一天两天的事儿，就算正经下几年工夫，也不一定能怎么样。

　　张少山说，这事我也想过，不过就是学了，将来也不干专业，不用要求太高。

　　胡天雷说，这倒是。

　　又想了一下说，我看这样吧，这事儿打我这儿说，可以干，咱就分成两块，一块长线，一块短线，长短结合，这样见效快，马上就能用上，从长远看也有发展。

　　张少山问，怎么个长线短线。

　　胡天雷说，所谓长线，是培养从零开始的，当然也得够这材料，让老师从头教，先练基本功，短线，也就是现有的这些人，东金旺的这个响器班儿我见过，点拨一下，应该还行。

　　张少山一听高兴了，又问师父，将来怎么个教法儿。

　　胡天雷说，这好办，找好了老师，定期去一下就行，那边想来，也随时可以过来。

　　张少山在师父这里一边喝茶一边说着话，手机响了，是茂根。茂根在电话里说，他正跟牛教授在一块儿。牛教授说，晚上想请胡天雷和张少山一块儿吃个饭，问张少山，是否方便。

　　张少山想了一下说，稍等，我一会儿给你打过去。

然后挂了电话，问师父，晚上一块儿吃饭行不行。

张少山笑着说，这牛教授当然是冲您，要我说，您还是去吧。

胡天雷这才知道，茂根也来了，又问，他跟这个牛教授是怎么回事。张少山就把茂根来找牛教授的目的，后面的想法，都跟师父说了。胡天雷一听就笑了，说，敢情这么回事，如果这样，晚上这饭就一定得去，另外，你让茂根告诉这牛教授，不用他请，今晚我请。

张少山一边拨着茂根的电话，笑着说，师父，您太给力了！

胡天雷说，请人家牛教授帮忙，哪有再让人家请客的道理。

茂根在电话里一听胡天雷同意了，还说要请牛教授，也很兴奋，然后就约了地点。

茂根这天下午也是先给牛大衍打了电话。牛大衍正在学校开会，一听茂根来了，就说，如果有事，可以来学校找他。茂根曾在天津待过一段时间，地方都熟，立刻来到农林大学。这时牛大衍刚散会，从系里出来，一见茂根就问，有什么事。

茂根就把来意说了。

牛大衍笑着说，没想到，你现在也是企业家了。

茂根说，企业家说不上，刚起步，正发展，所以才需要您这样的大专家帮扶啊。牛大衍想想说，我给你的企业当顾问可以，不过从长远看，你还得有自己的人才储备才行。茂根说，长远是这样，可眼下，企业规模有限，尤其科技人才，招不起，就是招了也怕留不住。

牛大衍摇头说，这倒未必，现在从大学出来的年轻人，也都想创业。

茂根赶紧说，可两头儿不见日头啊，您就在中间给搭个桥吧！

牛大衍说，现在有一种方式，很多地方，也都在这么干。

茂根说，您说？

牛大衍说，这么说吧，我的学生，也有跟这个专业有关的，等他们毕业，如果有兴趣，可以去你的饲料厂工作，专职兼职都可以，如果专职，先定了工资标准，然后可以只拿生活费，剩下的工资就

266

算在企业投资参股，这也就相当于原始股，等以后企业发展起来，再分红就是了。如果这期间有科研成果或发明专利，也可以用项目参股。茂根一听笑着说，现在我那边的企业用工，已经在用类似的办法，如果真能这样，那就太好了，也是双赢的事。

这时，牛大衍才顾上问茂根，这次是怎么来的。一听茂根说，是和村长一起来的，村长当年竟是胡天雷的徒弟，立刻兴奋起来，连声说，我最喜欢胡天雷的相声。

茂根赶紧说，这样吧，我打个电话，如果那边方便，晚上我请客，一块儿吃个饭。

牛大衍连连摆手，我请我请，能跟胡老先生一起吃顿饭，也是荣幸！

茂根这才赶紧给张少山把电话打过去。一会儿，张少山的电话回过来。茂根一听更高兴了，挂了电话对牛大衍说，胡老先生说了，今晚，他请您。

牛大衍更兴奋了，搓着两手连声说，还是我请吧。

| 三 |

荷 卷

第五十一章

梅姑河又涨水了。

河面更加宽阔了。下游一些很久不见的水鸟，也又飞回来了。

一个中午，金尾巴回村来了，身边还带着一个挺结实的女孩儿。金尾巴给村里人介绍，这女孩儿是他的女朋友，叫田大凤。这个叫田大凤的女孩儿是山东口音，长着一双龙眼，两个嘴角又尖又翘，梅姑河边把这种嘴叫"自来笑儿"。人也很懂礼貌，金尾巴介绍一个人，她就规规矩矩地叫一个人。但金尾巴在村里的辈分实在太大了，无论见谁，不是侄子就是孙子，平辈都少，田大凤不知该怎么叫。金尾巴就教她，不用看对方年岁，只叫名儿，把前面的姓略去就行了。于是田大凤见了张二迷糊，就叫二迷糊。金尾巴一听赶紧给纠正，这个不能这么叫，应该叫天赐。张二迷糊倒乐了，说，叫二迷糊挺好，我早把天赐这名儿忘了。

当天晚上，金尾巴把街上的小饭馆儿包下来，要请客。张少山，张二迷糊，二泉，茂根，都请到了，另外还有当初响器班儿的人。看看人都到齐了，金尾巴才说，今晚请客，主客只有一个人，就是茂根，别人都是陪客。来的人一听就明白了，金尾巴还是为当初饲料厂的那场大火。金尾巴说，是，就为那场大火，今天要正正经经地给茂根赔个礼。说着就站起来，当着众人给茂根鞠了一躬。茂根笑了，摆手说，啥时候的事了，早过去了。

金尾巴很认真地说，你是过去了，可在我心里，这事儿永远过不去。

张少山盯着金尾巴，一直没说话。

接着，金尾巴又宣布，今晚的酒，大伙儿放开喝，他已跟杂货店的韩九儿说好了，这边喝多少，他给送来多少。不过，他又说，他已不喝酒了，让大风陪大伙儿喝。

这一下当初响器班儿的人都不干了，问金尾巴，你为啥不喝？

金尾巴正色说，我戒了。

金尾巴不好意思说，当初刚去天津时，因为喝酒，又惹过一场祸，而且这一次比在饲料厂惹的祸还大。如果不是酒醒了，及时把事情刹住，后面恐怕就没法儿收拾了。

其实喝酒的人无论酒量大小，喝到一定的时候都会醉，只是酒量大的人醉得浅，酒量小的人醉得深。但无论深浅，就因为能醉，所以才喝酒。不过同样是喝酒，也不一样，有人喝酒是有瘾，酒一成瘾，也就成癖。还有人喝酒则只是本能，就像饿了想吃饭，渴了想喝水，走不动路了想拄拐杖。金尾巴就是这后一种人。金尾巴自己也奇怪，这些年几乎天天喝酒，却感觉好像并没酒瘾，只是心里一烦一闷，才想喝酒，如果不烦不闷，也许连着几天也想不起来。当初从村里跑出来，身上没带几个钱。刚到天津时，整天漫无目的地四处游荡，觉得自己就像个飘在街上的游魂。有一回在太阳地儿里走着，突然发现，自己的影子没了。这一下真把他吓着了。当初在村里，曾听老人说过，死人才没影子。他这时最想的一件事就是喝酒。但人就是这样，任性，是因为还没到一定的时候，真到了一定的时候，就是想任性也任不起来。金尾巴知道，此时的自己，吃饭比喝酒更重要，身上的这点钱还得留着吃饭。

但就是吃饭，这点钱也禁不住花。没几天，眼看啃干馒头也要啃不起了。金尾巴这才一咬牙，去了一个建筑工地打工。其实去工地打工也并非易事。工地上的工人分帮，都是自己一块儿出来的同乡，外人根本插不进去。但人一饿就不顾脸面了，一不顾脸面，也就什么事都做得出来。金尾巴前一天早晨用身上最后的5毛钱买了个馒头，顶了一天，又顶了一宿，再到第二天早晨，就意识到，必须赶紧想办法了，如果再这样下去，把身上最后的一点能量耗尽，后果就难以想象了。这时看到路边有一片建筑工地，心一横就走进去。金尾巴当年来天津时，曾在建筑工地干过，知道这工地里是怎么回事，于是没找工长，只在工地上转悠。这时听见一个棚子里有电锯的声音，就走过去，见里面有个人正用电锯破木料，就厚着脸皮说，自己实在饿得不行了，也不会干嘛正经活儿，能不能在这儿当个小工子，不要工钱，给口饭吃就行。这是个30来岁的年轻人，手头的活儿正忙不过来，跟前这一堆木料急着赶紧破出来，浇筑那边还等着用。这时一听金尾巴说，就想，不要工钱就好办，工地上的饭是白吃，管饱，多一个吃饭的也无所谓。于是就让他留下来，帮自己破料。这时金尾巴才知道，这年轻人是个木匠，姓唐。到了中午吃饭时，唐木匠让金尾巴先等在工棚里，自己就去吃饭。吃完了，又用木工兜子偷偷带回一兜馒头，还用个小搪瓷盆儿带回一些大蒜炒白菜。唐木匠本来是连晚上的饭一块儿给金尾巴带来的，但金尾巴来工地时已经饿了一天一宿，又空着肚子干了一上午活儿，这时已经前心贴后心，于是一口气就把这一兜子馒头连小盆儿里的菜都吃了。这一下把唐木匠吓着了，不知这人饿了几天。于是赶紧出去，又找人给偷偷弄来几个馒头，还端来一小盆稀饭。金尾巴又都吃了，这才总算稳住神了。

金尾巴一见唐木匠这人挺好，不光实诚，也知道疼人，在这里先说有口饭吃，也就不走了，每天跟着唐木匠一心一意地干活儿。金尾巴本来是个最怕受累的人，从小吃不得一点儿苦。但人就怕饿，一饿顶三懒，也就什么苦都能吃了。这一能吃苦，也就有了眼力见儿，跟着唐木匠忙前忙后干得挺巴结。这唐木匠虽然年轻，也能体谅人，看着金尾巴这人还行，但总让人家白干也过意不去，就去找工长商量，是不是把这人留下。工长知道唐木匠这里一直缺个小工，这时一听，既然唐木匠满意，也就同意了，说好管吃管住，每月给两千块钱的工钱。这一下金尾巴不光有饭吃，还有了工钱，也就在这里干得更踏实了。

古人说，饱暖生闲事。

金尾巴在这个工地落下脚，有吃有喝了，每月还有两千块钱工钱，就又有别的闲心了。这个唐木匠是湖北黄冈人，有个妹妹，叫小眉。当初兄妹俩是一块儿来天津的。这小眉就在附近的一家饭馆儿打工，平时没事，常来工地玩儿。金尾巴一看这小眉长着一对小虎牙，挺可爱，每次来了就跟她聊天。渐渐聊熟了，俩人也说说笑笑，再后来越聊话越多。但过了些日子，这小眉突然不来了。一天傍晚下班，唐木匠说有几句话想跟金尾巴说。金尾巴一看唐木匠的脸色不对，以为对自己干活儿不满意。金尾巴这几天实在太累了，连着几个早晨都起晚了，虽然没迟到，但来到工地时，唐木匠已经开始干活儿了。不过唐木匠并没提这事，对金尾巴说他想说的是关于他妹妹的事。唐木匠说他家里就他兄妹俩，他父母之所以让他带小眉一块儿出来，就是为她的将来着想，说白了，不想让她回去了，就在这天津嫁个当地人。唐木匠说，直说吧，你对小眉，就别动这心思了。

金尾巴这才明白了，为什么小眉最近突然不来了。其实金尾巴自己也说不清，到底对这小眉动没动这个心思。这时，他的脑子里还一直装着西金旺的金晓红。他觉得金晓红才是自己理想中的女孩儿。金尾巴当年最爱看《红楼梦》，《红楼梦》里又最喜欢晴雯。书中对晴雯的形容是妖妖调调，金尾巴就喜欢这个妖妖调调。他觉得从这四个字里，就能想象出一个女孩儿的万种风情。当初之所以一眼看上金晓红，也是因为她一说一笑，正是想象中的妖妖调调。这时金尾巴想，这个小眉当然说不上妖妖调调，但不知哪个地方，总觉得有点像金晓红，而且平时也是不笑不说话，一笑俩酒窝儿。但男人和女人在这个时候往往就是一种感觉，这感觉就像一股烟儿，说有就有，又似是而非，接下来只能跟着这感觉走，也许走着走着就是这么回事了，但也许走着走着也就没了。不管怎么说，只是不能捅破，一捅破也许立刻就什么都不是了。可问题是，虽然什么都不是了，却又无法当成什么都没发生过。金尾巴这样想来想去，越

274

想越别扭，咬着牙干到拿了第一个月的工钱，就还是从这个工地出来了。

这时，金尾巴才痛定思痛，开始反省自己了。当初从村里落荒出来，究其原因，是因为金晓红。这次刚在这个工地有口饱饭吃，又因为这个叫小眉的女孩儿出来了。虽然这两次完全不是一回事，但也有一个共同之处，都是因为，自己遇上的女孩儿本来就不是，或者根本就不该属于自己。如果再往深里想，也就是对自己一直没有一个清醒的认识，或干脆说，就是没有自知之明。是不是自己本来就不配有女孩儿喜欢，或者根本就不可能有女孩儿喜欢？金尾巴这一反思，打击就太大了，几乎把自己完完全全地否定了。沿着这个思路再想下去，也才突然意识到，自己已经二十大几了，虽然自认为也是饱读诗书，聪慧过人，可学会什么正经的一技之长了？还别说一技之长，真让自己干点正经事，又能干什么？当初二泉回村，说办养猪场，人家就办起来了，茂根回来说办饲料厂，也办起来了。可自己呢，饿着肚子去工地找唐木匠，也只能厚着脸皮跟人家说，当个小工子，给口饭吃就行。

金尾巴反思到这儿，想起一个时髦的说法，叫"人设"，这时，感觉自己的人设一下彻底崩塌了，干脆说，就是白活了这二十几年。接着再想，当初自己去向金晓红表白，人家听了，笑的那种表情，这回唐木匠跟自己说他妹妹小眉的事时，那种不容商量的口气，心里也就明白了。这不是偶然的，是必然的，如果换了自己是金晓红，是唐木匠，肯定也会这样。

金尾巴想明白这一切，就彻底灰心丧气了。

这时，他就又想起了酒。幸好还有酒。金尾巴在家看电视时，《三国》里的曹操说过一句话，何以解忧，唯有杜康。这个下午，金尾巴在街上漫无目的地走着，摸摸兜里的两千块钱，就又想起曹操的这句话。见街边有个小馆儿，是卖驴肉火烧的，就走进来，要了四个驴肉火烧，一盘驴板肠，掏出刚在门口买的一瓶二锅头，就一边吃着一边喝起来。金尾巴喝酒有个习惯，一开始喝酒是喝酒，但喝着喝着酒就不是酒了，好像成了水，只是沿着惯性一口一口喝，一口一口咽。金尾巴自己知道，一喝到这时，也就离醉不远了。

在这个下午，他坐在这个小驴肉馆儿，在老板的注视下就这样把这瓶二锅头一口一口地喝完，四个驴肉火烧和一盘驴板肠也吃完，就起身出来了。这时天已大黑了，走在街上，万家灯火。金尾巴每到这时，就觉得自己跟两千年前的曹操心灵相通了。当年曹操解忧，是唯有杜康，现在自己解忧是唯有二锅头。也只有这时，金尾巴才明白曹操为什么要用杜康解忧，杜康跟二锅头一样，就像香港歌星刘德华唱的"忘情水"，这二锅头倒不是忘情水，是忘忧水，只要一喝也就什么都不想了，可以腾云驾雾地飘飘欲仙了。

金尾巴就这样腾云驾雾，不知不觉地来到一片空地上。

这时，他才想起自己的身上还带着唢呐。这些年，他走到哪儿身上都带着唢呐，唢呐好像就是他的魂，只要有唢呐在身上，魂就能定住，心里也才踏实。这时，他站在这片空地朝四外看看，很空旷，于是就把唢呐拿出来。试着吹了一下，把自己也吓一跳，城里跟农村不一样，虽然四周也很安静，但不远处有一个居民小区，这一吹不光贼响，小区也有回音，这声音在楼群里撞来撞去，也就又放大了几倍。但这时，金尾巴已不在意这些，两个腮帮子一鼓就吹起来。此时他才理解，村里的羊倌儿"金嗓子"当年为什么拼命吹唢呐。这唢呐就像一根管子，使劲一吹，似乎心里的闷气就都顺着这管子出来了。这时好像不是在吹，而是在用唢呐唱，也不是唱，如同在哭。金尾巴就这样闭起两眼忘情地如泣如歌地吹起来。

但他并不知道，这附近小区里的宠物狗都从来没听过这么奇怪的声音，又尖又细，不光刺耳，还忽高忽低，忽远忽近，一下就都拼命地叫起来。先是几条狗叫，接着整个小区的狗就都狂叫起来。小区里有人实在忍不住了，就打电话报警了。

金尾巴正吹着，警车就开来了。

但这时金尾巴已经忘了身边的一切，完全沉浸在自己的唢呐里。警车拉着警笛开到跟前，他也没在意。一个大个子警察从警车上跳下来，走到金尾巴跟前先敬了个礼，又哎了一声。金尾巴好像没听见，仍然闭着两眼，鼓着腮帮子使劲地吹。

警察已经来到他面前，又哎了一声。

金尾巴还没睁眼，仍在使劲地吹。

这一下警察急了，伸手把他的唢呐夺过来。

金尾巴这才睁开眼，看看警察问，你要干啥？

警察给气笑了，说，干啥，我正要问你，你这是干啥？

金尾巴说，我没干啥。

警察说，你拿这儿当维也纳的金色大厅啊？

金尾巴不服气，周围又没人，我吹不行啊？

警察说，当然不行，这周围没人，那边小区里可有人，人家已经报警了。

金尾巴这时刚喝了酒，脑子还都在他的唢呐上。跟警察说着话，一把又把唢呐抢过来。但他这时已有些晃，抢这唢呐时往前一扑站立不稳，在抓到唢呐的同时，另一只手就本能地去抓警察的肩膀，想把自己稳住。可这一下抓偏了，没抓着肩膀，却抓着了警察的脖子，一抓脖子也就抓住了制服的脖领子。这一下警察误会了，按天津人的习惯，一般在动手打架时才会抓对方的脖领子，警察以为，金尾巴是要跟自己动手打架。但警察又感到奇怪，觉得这人的胆子也太大了，看着瘦小枯干，几乎比自己矮一头，况且自己是警察，他竟然敢这样明目张胆地袭警。由于是在露天，警察也就并没闻到他的酒味，这时金尾巴往跟前一扑，又一撕巴，警察才闻到一股浓重的酒气，立刻明白了，看来这人是喝醉了。警察出于职业习惯，先把自己身上的执法记录仪摆正，然后警告他说，你这样做可是袭警，松手！

但这时金尾巴虽已把唢呐抓到手里，另一只手也抓住警察的脖领子，可身体已经完全失去重心，为了让自己站稳，只好把警察制服的衣领越抓越紧，这一来也就让警察感觉，事态已经越来越严重。这时，警察就要严厉执法了。他仗着自己身材的优势，当初又在警校接受过专业训练，把金尾巴的手腕一拧，一个反关节按在地上，

277

跟着掏出手铐，咔地就把他铐上了。金尾巴一被按到地上，酒立刻就都涌到头上来，一看自己被铐上了，也急了，两脚一蹬要站起来。但他这一蹬更坏了，他本来从没学过武术，可这一蹬却是标准的"兔子蹬鹰"，一只脚凿凿实实地踹在这警察的肩膀上，另一只脚，却蹬在了警察的脸上。警察没防备，更没想到金尾巴会来这一手，等发觉已经晚了，这一脚已经蹬在自己的面门上。鼻子里的血哗地就流出来。这一下问题就更严重了，还不仅是严重，性质也变了。旁边的一个小警察立刻用对讲机通知指挥台，说张警官在与歹徒搏斗时负伤了，请求增援。张警官立刻训了他一句，说没这么严重，乱说话！然后，一边擦着鼻子的血，就把金尾巴弄上警车。

金尾巴经过这一通折腾，一上警车，就已经醉得不省人事了。

金尾巴再醒来时，发现自己躺在一间空屋的长椅上。慢慢坐起来，朝四周看看，见墙上写着"坦白从宽，抗拒从严"，这才知道，自己被关起来了。起身去试着拉了一下门，门立刻开了，并没锁。于是探出头朝外看看。外面是值班室。值班的是个女警官，长得挺漂亮，正给一个人办迁户手续，回头看见金尾巴，说，醒啦？你稍等一下。

金尾巴就回来了。

一会儿，昨天的张警官来了，看看金尾巴问，睡一觉，没事了？

金尾巴说，没事了。

张警官问，碰上别扭事了？

金尾巴没说话。

张警官说，以后有事儿说事儿，别这么喝酒，伤身。说着，就把唢呐递给他，又扑哧乐了，说，还真别说，你这唢呐吹得不错，挺有味儿，哪儿学的？

金尾巴想说跟村里"金嗓子"学的，但话到嘴边又说，瞎吹。

张警官说，去做个笔录，走吧。

金尾巴一听，抬头看看张警官。他并不知道，昨晚这张警官回来，本来气坏了，但又看了一下自己的执法记录仪，才发现，金尾巴并不是袭警，只是喝多了，没站稳。

金尾巴从派出所出来时，对张警官说了一句话，我以后，不喝酒了。

第五十二章

张少山没想到，金尾巴出去这几个月，回来竟然把酒戒了。当初在村里，三天一大醉，两天一小醉，恨不能整天泡在酒缸里，本来就是个瘦猴脸儿，喝得白里透青，盖张纸都够哭的过儿了。现在这一戒酒，人也显得滋润了，脸上有红是白儿的。张少山想，这才应了那句老话，想吃冰就下雹子，这金尾巴要是真把酒戒了，现在又有了这个小女朋友，以后说不定就能干点正事了，真这样，眼下自己正要把"金社"搞起来，他回来也就正是时候。

张少山挺喜欢这个叫田大凤的女孩儿，一看就挺实诚。现在的女孩儿，身上都有点儿这样那样的毛病，这田大凤倒看不出来，而且一进村，见谁都亲，倒真像是自己人。张少山这么想着，就问了田大凤一句，这次跟满帆回来，是回来看看，还是就不走了？

田大凤大大咧咧地笑着说，不走了，以后哪儿也不去了。

张少山一听更高兴了，立刻冲金毛儿说，你们响器班儿的人，还不赶快敬大凤一杯啊？

金毛儿说，她应该敬我们。

金尾巴笑了，要论着，你们得叫她奶奶，哪有奶奶给孙子敬酒的？

立刻有人说，奶奶也是新奶奶，就得让她敬！

田大凤倒不在乎，笑着说，敬就敬，不过敬多少，你们都得喝啊。

响器班儿的人一见金尾巴回来了，又说不走了，都高兴了，也是有日子没这么喝酒了，一下就都撒开了，跟田大凤左一杯右一杯地喝起来。这一下他们就上当了。本来张少山怕这几个坏小子成心灌田大凤，一直在旁边说，人家一个女孩儿，别让她喝多了。金尾巴倒有根，笑着说，让她喝吧，她没事。又对田大凤说，你就代表我，多跟这几个孙子喝几杯。

田大凤点头嗯了一声。看得出来，田大凤很听金尾巴的。

金毛儿几个人一听更来劲了，挨着个儿地跟田大凤碰杯。但他们并不知道，这田大凤的酒量没底儿，喝多少就跟没喝一样。这样几圈儿喝下来，田大凤一点事没有，金毛儿几个人已经脸红脖子粗了。这时张少山也已喝了几杯酒，就问茂根，听说，你也有女朋友啦？

茂根笑笑说，眼下还说不上，不知以后咋样呢。

最近村里人都在传，茂根的饲料厂来了一个实习的女孩儿，叫施小莲，俩人的关系挺好。这施小莲是迁安人，在牛教授的畜牧学院代培，快结业时，牛教授就介绍来这里实习。

张少山又扭头对二泉说，二泉啊，你也得努力啊。

二泉坐在旁边，一直不说话，这时只是笑了一下。

茂根笑着说，二泉的事，不用咱操心。

这样说了，见二泉不太想说这事，也就不往下说了。

张少山也立刻岔开说，对了，满帆啊，你跟大凤是怎么认识的，说说，让大伙儿听听。

金尾巴这次回来像变了个人，在田大凤面前大模大样，一副当家人的派头儿，跟前的茶杯，喝一杯，田大凤给倒一杯。这时一听张少山说，就对她说，你说吧。

田大凤的脸一下红了，嘟囔着说，非得说啊。

金尾巴说，这是回家了，说呗。

张少山笑了，说，满帆让你说就说，你俩咋回事，也给他们几个打个样儿。

这田大凤毕竟是山东女孩儿，不扭捏，把酒杯一蹾说就说啊。

田大凤说，其实她最早注意金尾巴，也就是在他吹唢呐的那个晚上。那片空地的附近有一个农贸市场，她在这市场里有个卖菜的摊位。那个晚上她收摊儿晚，从市场出来，没走几步就听见有人吹唢呐。当时她一耳朵就听出来，这吹的是《百鸟朝凤》。这个曲子在山

280

东很流行，田大凤在家时经常听。这时一下就站住了，不光亲切，也越听越觉着好听。听了一会儿，就朝这边走过来，想看看这吹唢呐的是个什么人。前面有一片空地，四周立着蓝色的围栏，看样子这一片马上要盖楼。田大凤还没走到近前，就见一辆警车拉着警笛开过来。她不知发生了什么事，再走近了，才看清吹唢呐的是个挺瘦的年轻人。这时警车停在跟前，一个警察跳下来，走过来没说几句话就把这年轻人的唢呐夺过来。年轻人也急了，一边跟这警察矫情，扑过去要抢唢呐，这一下就跟警察撕巴起来。结果让这警察两下就按在地上给铐起来了。田大凤在一边看着，心里挺有气，本想过去替这年轻人说话，他在这儿吹唢呐又没招谁，干吗铐他。但又不想惹事，于是就这样眼看着这年轻人被塞上警车拉走了。这个晚上，田大凤回去，心里还一直惦记着这事。她知道那片空地的附近有个派出所，这年轻人一定给弄到那个派出所去了。于是第二天一早，去市场的路上，就故意到那个派出所弯了一下。田大凤第一次进派出所，心里倒不怵。当时值班的是个年轻的女警察，她就问这女警察，昨晚是不是逮来一个吹唢呐的年轻人。女警察先看看田大凤，然后说，是，不过不是因为他吹唢呐，是因为他喝醉了。又说，也不是逮，是让他来所里醒醒酒。

田大凤问，他现在，在哪儿？

女警察又看看她，你是他什么人？

田大凤想了想说，朋友，是朋友。

女警察又问，你要接他回去吗？

田大凤的脸一下红了，说，不是。

女警察奇怪了，问，那你来干吗？

田大凤愣了一下说，就是来问问。

说完，就赶紧从派出所出来了。

她出来没走，在这派出所对面的街边站了一会儿，就见昨晚的这年轻人晃晃悠悠地出来了。其实昨晚挺黑，她并没看清他的脸。这时，见他手里拿着个唢呐，就认出是他了。但田大凤没过去，看他顺着大街朝前走了，就在他后面跟着。这样走了一会儿，这年轻人又朝市场相反的方向去了。田大凤一看不能再跟了，就紧走几步追上去，叫了他一声。

这年轻人站住了，慢慢转过身，看看田大凤。

田大凤过来，一下又不知该说什么了。

年轻人问，你有事？

田大凤说，你吹唢呐，挺好听。

这样说完，自己也愣了一下，不知怎么冒出这么一句。

这年轻人一听笑了，说，好听也不敢吹了。

田大凤问，为啥？

年轻人说，再吹，又有人报警了。

说着又摇摇头，这城里，真不如我们那儿，想吹就吹。

田大凤问，大哥是哪儿的？

年轻人说，海州，梅姑。

田大凤立刻问，梅姑镇？

年轻人说，是啊，你去过？

田大凤乐了，说，那镇上有个新盖的超市，我去送过菜。

这一说，俩人好像一下就近了。

田大凤说，我叫田大凤。

年轻人说，我姓金，叫金满帆。

说着又一笑，在家时，都叫我金尾巴。

田大凤一听也笑了，哦，是尾巴哥啊。

这以后，田大凤就一直叫金尾巴"尾巴哥"。

这个早晨，田大凤知道金尾巴在派出所蹲了一宿，昨晚又喝醉了，就要拉他一块儿吃早饭，说，天津的嘎巴菜最好吃，比他们山东的大煎饼还香。金尾巴这时也确实饿了，就和田大凤走进街边的一个早点铺。俩人一边吃着嘎巴菜，一聊，田大凤才说，她是山东章丘人。章丘的大葱最有名，她家那一带就都种大葱。所以，她在这边的这个农贸市场租了一个摊位，专卖她家那边产的大葱。她这摊位看着是个摊位，其实就是她家那一带菜农的一个点儿，每回家

282

里那边的人把大葱和蔬菜拉来，就在她这里卖。田大凤说完又问金尾巴，眼下在天津干什么。金尾巴想了想，自己的事没法儿说，就随口说，刚来天津，还没想好干啥。

在这个早晨，俩人吃完早饭一块儿出来，田大凤看看金尾巴，犹豫了一下才说，她还想听金尾巴吹唢呐。金尾巴摇头说，这回真不敢吹了，不想再惹祸了。田大凤说，找个不碍事的地方吹啊。金尾巴说，哪儿不碍事，这城里没有不碍事的地方，哪儿都碍事。

田大凤脸红了一下说，总得有不碍事的地方吧。

金尾巴一见田大凤是真喜欢，这才说，好吧，哪天给你吹。

于是俩人约好，田大凤先去市场卖菜，金尾巴没事时，再去找她。

这以后，田大凤一边在市场卖菜，心里还一直想着这事。她觉着尾巴哥这人挺好，虽然人有点儿闷，看得出心里有事，但唢呐吹得实在是好听，以往无论在家里，还是在天津这边，还从没见过这样的人。但等了几天，金尾巴一直没露面。她这时才后悔了，那天早晨，没留他的电话。一天下午，家里那边又拉来一车大葱。家里送大葱，每回都是用小车拉，可这回却拉来一大车。田大凤在市场里只有一个摊位的地方，这一车大葱根本放不下，又不能占人家的地方。可送大葱的人一看天气不好，要下雨，就想赶紧把大葱卸了，赶紧往回赶。田大凤实在没办法了，只好让车开到市场外面的路边，就在这儿把大葱卸了。这辆车卸完大葱就赶紧走了。但田大凤在路边守着这一堆大葱，却发愁了。天津人也爱吃大葱，但不像山东人那么吃，一般只是做菜时炝锅用，也就不会买太多。这跟小山似的一堆大葱，得啥时才能卖完。可在路边这么堆着又不是办法，"城管"要是看见了肯定不干。于是田大凤赶紧给平时经常来买菜的几个大客户打电话，问要不要大葱，如果要就赶紧过来。

这时田大凤一眼看见，金尾巴来了。

金尾巴这个下午是来市场看田大凤，却在路边看见她，正守着这一堆大葱。一问才知道，是家里拉来的，太多了，一下没处放才堆在这儿了。田大凤心急火燎地说，这会儿还不光是怕"城管"，也怕天

283

气，眼看已经起风了，真要下雨，这堆大葱就得烂在这儿了。其实田大凤放这堆大葱的这地方位置很好，离市场近，来来往往的人也多。从这里过的人，自然都是来买菜的。这堆大葱也好，是章丘著名的品种，叫"大梧桐"，不光杆儿粗，葱裤儿也大，看着都跟小甘蔗似的，而且葱白是葱白，葱叶是葱叶，白白绿绿的一看就很抢眼。

这时，金尾巴朝四周看了一下，想想说，你不是爱听我吹唢呐吗？

田大凤是爱听金尾巴吹唢呐，可这时光想着这堆大葱了，又担心"城管"的人过来管，也就已经没这心思了。金尾巴从身上拿出唢呐，就站在这堆大葱的旁边吹起来。

市场外面车来车往，人流也不断。这时一听有人吹唢呐，就都朝这边看，见是一个女孩儿，正守着这样一堆大葱卖，一下都觉着新鲜，还从没见过这么卖大葱的。天津人对吃都很内行，再看这堆大葱，就知道是好东西，应该是山东大葱，山东大葱不光不辣，还是甜口儿，于是就都过来买。但金尾巴这一吹唢呐，也招来了麻烦。本来这堆大葱堆在这儿，"城管"的人还没注意。他这唢呐一响，又吹得挺好听，一下就引起"城管"的人注意，立刻朝这边走过来。田大凤一见来了"城管"，登时有些紧张。但这几个人过来，并没说大葱的事，只是站在旁边听金尾巴吹唢呐。金尾巴一边吹，已经用眼角瞟见这几个"城管"，看出他们爱听，也就更加起劲地吹，吹了一个曲子又吹一个曲子。这几个"城管"的人有滋有味儿地听了一会儿，过来对田大凤说了一句，赶快卖，卖完了把地方扫干净。

说完，就转身走了。

这个下午，田大凤的这堆大葱很快就卖完了。金尾巴帮她把路边的葱皮葱叶清扫了一下。田大凤又回市场把自己的摊位收拾了，就和金尾巴一块儿出来。这时田大凤已对金尾巴佩服得五体投地，心里不光高兴，也很兴奋，要请金尾巴吃饭。金尾巴本来就是来看田大凤的，也没什么事，就和她一块儿来到一个小饭馆儿。田大凤最爱吃肉，要了一个红烧肉，一个黄焖牛肉，又要了一个水煮羊肉，然后又要了一瓶白酒。但金尾巴说，自己喝酒总惹祸，这次从派出所出来，已经下决心戒酒了。田大凤一听就说，以后戒酒是以后的事，今天就算最后一回，也是头一次请尾巴哥吃饭，这酒一定得喝。其实金尾巴这时也挺高兴，没想到自己吹唢呐还有这么大作用，竟然帮田大凤把这一堆大葱都卖了，而且连"城管"的人来了也爱听自己吹唢呐，心里有一种从没有过的成就感，也就和田大凤喝起来。

田大凤红着脸说，从这以后，就和尾巴哥好上了。

这时，张少山一听，敢情金尾巴和田大凤是因为卖大葱好上的，而且归根结底还是因为吹唢呐，就哈哈笑了，对金尾巴说，好啊，这回你这唢呐算是用在正道儿上了！

金尾巴听了只是笑，没说话。

田大凤把两只眼睛睁大了说，你们听过吗，我尾巴哥吹唢呐可好听了！

张少山说，怎么没听过啊，他真正的本事，你还不知道呢，他当初有个响器班儿，说着一指金毛儿这伙人，他们都是他调教的，等哪天，让他们也给你吹吹！

金毛儿一听搓着两手说，是啊，有日子不玩儿了，哪天吹吹！

第五十三章

金尾巴自从遇到田大凤，感觉就像是遇到了一面镜子，长这么大，从田大凤的嘴里，才第一次知道自己是怎么回事。一开始田大凤也没说，是有一回，两人吵架。这是两个人唯一的一次吵架。但这次吵得很凶，最后差点儿散伙。起因是金尾巴给田大凤出主意，让她的菜摊儿再雇一个人。那次金尾巴帮田大凤卖葱，急中生智站在旁边吹唢呐，把"城管"的人也招来了，但"城管"的人不光没管这卖葱的事，还站在旁边都挺爱听。后来"城管"的人对他俩说，以后再有这样的事，前面不远有个把角儿，那地方不碍事，就去那儿卖，只是时间别太长，赶紧卖完赶紧收拾干净。这以后，田大凤的家里又送过几次大宗的大葱，金尾巴就帮田大凤按"城管"说的，弄到那个把角儿去卖。本来这地方有点儿背静，但金尾巴在旁边一吹唢呐，就又把人都招过来。金尾巴已经感觉到了，这街上的人都爱听他吹唢呐，有的虽不是爱听，但看着这么个小喇叭儿拿在手里，就能吹出这么大动静儿，也觉着新鲜。其实不光吹唢呐，无论干什么的，只要是带有表演性质的都一样，看的人越多也就越来劲，所以行话才叫"人来疯"。金尾巴一边吹唢呐，一边就能帮田大凤把大葱卖了，自然也挺得意。后来他给田大凤出主意，是因为每次从市场一出来，里面的摊位就没人看了，只好停下来。如果再雇一个人，也就可以两边的生意都不耽误。但田大凤觉得没必要，在这路边卖大葱又不是天天卖，家里那边只是偶尔拉来一车大宗的，况且自从在这市场租了这个摊位，无论多忙多累，一直是自己干，如果再雇一个人，就又得多一笔挑费。田大凤倒不是舍不得花这钱，只是觉着这样多余。金尾巴说了两次，见田大凤拿自己的话不当回事，就有点儿不高兴了。但不高兴也没说出来，只是闷在心里。几天以后，田大凤的老家那边又送来一车大葱。金尾巴就说，让田大凤自己在路边把角儿卖，他去市场里看摊位。其实他这么说，也是成心赌气，就想让田大凤知道，她不听自己的意见，会出这样的麻烦。田大凤一听当然不同意，说，在这路边的把角儿卖葱，就是因为有金尾巴吹唢呐，"城管"的人都爱听，所以才睁一只眼闭一只眼，况且他吹唢呐也能招人，每次的大葱才很快就卖完了，现在他一走，外面的这一堆大葱还怎么卖？但这回，金尾巴的脾气也上来了，不管田大凤怎么说，还是去市场里边的摊位了。结果也就是这回，正赶上市容大检查，田大凤事先又没得到消息，这一堆大葱都被没收了。田大凤一下就急了，当天傍晚一收摊儿，就跟金尾巴吵起来。金尾巴本来也憋着一肚子火儿，田大凤一吵，金尾巴也就跟她吵起来。两人越吵越凶，最后金尾巴一气之下，扔下一句话，如果这样就算了，以后就当咱谁也不认识谁。说完就愤愤地走了。

　　但金尾巴这么走了，想了想，又不太放心。走出一段犹豫了一

286

下，又回来了，一看，果然，田大凤正一个人蹲在路边哭。金尾巴的心一下软了，过来蹲到她跟前说，别哭了。田大凤正抱着膝盖呜呜地哭，听到金尾巴说话，抬头一看，他回来了，正蹲在自己跟前，一下就扑到他怀里，哭得更凶了。金尾巴这时心里一热，赶紧使劲哄她，这才总算哄住了。

年轻的男女到了这时，最怕的就是这样吵架。这一吵，只会有两个结果，而且是两个极端的结果，要么就吵散了，如果没散，也就反倒一下子彻底吵到了一块儿。金尾巴当初从唐木匠那里出来，一直没找到安身的地方，也就暂时还跟那个工地上的工人住在一块儿。这些工人都是唐木匠的老乡，看在老乡面子上，也知道金尾巴是怎么出来的，就先让他这样住着。这个晚上，金尾巴跟田大凤这一吵，也就一块儿去了她的住处。而且从此，两人索性就住到了一块儿。这以后，金尾巴也就不干别的了，一心一意地帮田大凤卖菜。

金尾巴这时才发现，自己确实是个很奇怪的人。过去，只要沾一点吃苦的事就不愿干，更不想受累操心，但只要是正经事没有不吃苦受累的，也没有不操心的，所以这些年才不想做任何正经事。可现在，自从帮田大凤在市场卖菜，每天风吹日晒也不觉着什么，反而还干着挺高兴。田大凤也发现，金尾巴确实有生意头脑，他的思路总跟别人不一样，想出的主意也总是不按套路出牌。田大凤在市场里的摊位本来是夹在中间，位置很好，做蔬菜生意的都喜欢扎堆儿，扎的堆儿越大，人气也才越旺。但金尾巴不知怎么跟市场管理所的人商量的，没几天，就把摊位调到了最边儿上。田大凤的心里本来不太乐意，当初这个中间位置是自己费很大劲才争取到的，现在调到边儿上一个冷清的位置，生意肯定不如原来。但心里不乐意，有了上次的教训，也就不敢说出来。可没过几天，田大凤就发现了，金尾巴这样做是对的。当初"城管"的人因为爱听金尾巴吹唢呐，照顾他们，准许在一个不碍事的把角儿卖大葱，但这毕竟不是长久之计，而且一有整顿市容或卫生检查之类的事，就很麻烦。大葱不像别的东西，天一热，堆两天就烂了。现在金尾巴把这摊位

287

调到边上，看着是比过去冷清了，可地方一下就宽绰了，只要堆放合理，别太乱，再有大宗的大葱拉来也就不用再去外面了。田大凤直到这时，才对金尾巴说，尾巴哥，以后咱家的事，就你做主啦！

快到八月节时，田大凤提前跟金尾巴说，八月十五中秋节这天，是她爸的生日，让他跟着一块儿回山东，给她爸过生日。金尾巴一听就乐了，说，这么巧，你爸跟兔儿爷是一天的生日。田大凤笑着啐他，你回去了敢胡说八道，看你老丈人不撕烂你的嘴！

金尾巴这次跟田大凤来到她家，才知道，敢情她家条件很好，而且不是一般的好。她爸不是普通的菜农，家里有几十个大棚，村里别的种菜户也都把菜集中到他这儿，再由他统一发出去。田大凤只是不愿待在家里，才一个人跑到天津去卖菜。田大凤的父亲身材不高，也挺瘦，给人的感觉不像山东汉子。但性格像，说话也瓮声瓮气。这次见女儿领回这样一个年轻人，看着其貌不扬，倒挺老实，不多说不少道的，就跟他聊了聊。这一聊才发现，这年轻人倒透着机灵，虽然对今后还没有具体想法，但有脑子。于是说，年轻人暂时没想法没关系，有脑子就行，这也像种菜，有苗儿不愁长，可这脑子得能用，别是摆设。

金尾巴听了想想，觉得田大凤她爸这话，不像是在夸自己。

金尾巴在田大凤的家里待了几天，每天去大棚里转，还真有了想法。他跟田大凤商量，这个种菜还真行。田大凤的家离天津这么远，种了菜都能拉过来，东金旺离天津只几十公里，就更有地理优势了，况且东金旺守着梅姑河，也适合种菜，最关键的是，这几年，那边还一直没人干这个，就是有也很少，没形成气候。所以，他对田大凤说，想回东金旺，也搞蔬菜大棚。田大凤这时已对金尾巴言听计从，一听他这样说，只说了一句话，你当家，听你的。

田大凤跟金尾巴在一起这些日子，已经基本了解他。金尾巴确实聪明，也有鬼才，但就一样，手里没钱。可一个大男人，没钱是没面子的事，也就不好说出来。于是一天下午，田大凤就来跟她父亲说了。这时田大凤的父亲已看出来，自己的女儿是真喜欢这个年轻人。田大凤的父亲倒不势利眼，但听了女儿的话，没立刻说话。田大凤看出父亲的心思，就说，你早就跟我说过，我将来要嫁男人，宁愿下嫁，别高攀，高攀表面看着风光，其实真正难受的日子是在后头，这就像股市，得看长线，只要是绩优股就行，不能只看眼前。

田大凤的父亲说，是不是绩优股，也不是一眼就能看出来的。

沉了一下，又说，你去把他叫来，我跟他说几句话。

田大凤不知父亲要说什么，就去把金尾巴叫来了。田大凤的父亲让女儿先出去，又让金尾巴坐下，然后说，听大凤说，你也想搞蔬菜大棚？

金尾巴说，是。

田大凤的父亲说，搞大棚和搞大棚也不一样，你是想大搞呢，还是小搞？

金尾巴问，怎么叫大搞，怎么叫小搞。

田大凤的父亲说，小搞也就是三五个棚，自己种点儿反季节蔬菜，再弄到市场上去卖一卖，大搞就不用说了，要多大就有多大，我现在，就是大搞，以后也许还要更大。

金尾巴说，我想一步步来，先干着看，如果行，再慢慢往大里干。

田大凤的父亲一听，觉着这年轻人说的倒上道儿，就点头说，行，我给你10万。

金尾巴一听，立刻抬头瞪着田大凤的父亲。

田大凤的父亲说，放心，这10万不是借你的，是给你的，不过，我有个条件。

金尾巴一听还有条件，立刻有了一种预感。金尾巴这次来，从第一眼见到田大凤的父亲，心里就有点发怵。田大凤的父亲不光不爱说话，也不爱笑。一个40多岁的男人如果不爱说话也不爱笑，让人看着心里就没底，不知这人的心里在想什么。

这时，他谨慎地说，您说。

田大凤的父亲说，你拿了这10万，以后就离开大凤。

金尾巴一下愣住了。

田大凤的父亲说，我不同意你俩的事，不是说你这人不行，你今年28了，如果到这岁数还是现在这样，我就不知你前面的这些年是怎么过的，说句难听话，对你的后面，我心里也就没底，当然，也许你以后干得比我还好，可万一不行呢，我不想让大凤冒这个险。

田大凤的父亲说完，把一张银行卡放到金尾巴面前的桌上，又往前推了一下说，密码是你的生日，跨行取不收手续费，你打算什么时候走，跟我说一声，我让车送你去车站。

金尾巴朝桌上的卡瞥一眼，没拿，点头说，行，我走时告诉您。

说完就起身出来了。

金尾巴从田大凤的父亲这里出来，没去见田大凤，直接就奔了车站。田大凤的家离章丘不远，但还要坐一段汽车。他在这个下午刚到汽车站，田大凤就追来了。田大凤显然是一路跑来的，已经哭成了一个泪人儿，见到金尾巴一把抓住，也不说话，只是用拳头打他。金尾巴也不吭声，低着头，让田大凤打。田大凤打够了，才说，走吧，我跟你一块儿走。

金尾巴看看田大凤，这才哭了。

他说，你爸说的对。

田大凤哼一声说，对个屁！

两人坐上车，田大凤从身上掏出一张银行卡，举到金尾巴的眼前。金尾巴看看，就是她父亲要给自己的那张卡，一愣说，你还是拿来了？

田大凤破涕为笑，狠着说，不要白不要！

第五十四章

金尾巴听茂根说才知道，二泉病了。

金尾巴已经看出来，那天晚上吃饭时，二泉坐在旁边一直没太说话。

二泉几天前刚办了一件错事。一个人办错事，这感觉就像丢东西，不在东西大小，只是觉着沮丧，怎么想怎么别扭。前些天的那个晚上，金桐忽然打来一个莫名其妙的电话，先说没什么事，接着又说，今年雨水大，蛤蟆也多，吵得人睡不着。然后没再说什么就把电话挂了。当时二泉拿着手机，愣了半天还没回过神来。但事后再想，才明白了。金桐当时在电话里说没什么事，其实真正的意思还是有事。然后她说，今年雨水大，蛤蟆也多，吵得人睡不着。二泉想，其实她真正要说的，或者说，真正想让二泉知道的，也就是这个睡不着。但她在这个晚上为什么睡不着呢，也就应该不言而喻了。

　　二泉这一想，心里登时一暖。

　　就在这时，正好有个机会，应该说也是个借口。自从对岸的"二侉子"不来了，这边的"胖丫头"一直闷闷不乐，也不好好吃食了。而最让二泉奇怪的是，"二侉子"在这儿的那些天，整天跟"胖丫头"在一块儿厮磨，它却始终没动静。后来代替"二侉子"的这头种公猪过来，没多久，就让这边的几头母猪都怀上了，可唯独"胖丫头"，却死活不让它近身，一近身就又叫又咬。后来金桐让"阿庆嫂"把这头种猪接回去，觉得"胖丫头"还行，不配种可惜了，就又把"二侉子"送过来。这回"二侉子"在这边待几天，配是配上了，可成功没成功还是不知道。也就在这时，"阿庆嫂"打来电话，说金桐问，"二侉子"这回在这边配没配上，要是配上了，就来把它接回去。二泉一听，心里就动了一下。他的第一反应是，这应该是个机会，接着就想，金桐让"阿庆嫂"打这个电话，是不是也想让自己亲自把"二侉子"送过去呢。这一想，就在电话里说，你们别接了，我送过去吧。

　　二泉想的是，借送"二侉子"这机会，索性就跟金桐把这事挑开了。既然自己跟金桐的这段事已是公开的秘密，也就早该挑开了，再不挑开，就得有人说，自己是故意揣着明白装糊涂了。于是这天上午，他故意没找茂根的饲料厂要车。这时养猪场已经有几个工人。他就叫了两个人，帮自己把"二侉子"的两条前腿和两条后腿都绑上，中间穿了一根杠子，抬到河边的渡船上。这样过了河，又一直抬到金桐的"顺心养猪场"，才让这两个工人回去了。"阿庆嫂"闻声出来，一看就笑了，说，我们可是去那边帮忙的啊，怎么能这么对待我们，还绳捆索绑的？二泉听这不像好话，赶紧把"二侉子"四条腿上的绳子松开，弄到栏里。然后又磨磨蹭蹭的，好像还不想走。"阿庆嫂"已看出来，抿嘴一笑，就转身进去了。一会儿，金桐出来了。金桐好像正写什么，手里拿着笔，一见二泉问，有事？

二泉的脸一下红了，吭哧了一下说，就想，当面谢你一下。

金桐眨眼看看他，谢啥？

二泉说，从一开始，你就帮我，现在又这样，还一直没正式道过谢。

金桐笑了，我当为啥呢，这不叫事儿。

二泉这时已看见，"阿庆嫂"正在不远处朝这边瞄着，就赶紧说，我，回去了。

金桐说，我送送你吧。

二泉就转身从猪场出来了。由于走得太快，一下把金桐甩在了后面。金桐在他身后笑着说，你要去赶火车啊，这是让我送你，还是让我追你啊，要这么追，我就回去了。

二泉这时已来到外面，看看四周没人，才站住了，转身说，你回吧。

金桐看他一眼说，你好像，还有话说？

二泉的脸一下又红了，嗯嗯了两声说，其实，有句话，早就想说。

金桐说，好啊，那现在就说吧。

二泉又卡住了，闷了一会儿，才抬起头说，就是想，向你道个歉。

金桐好像没听懂，道啥歉？

二泉说，当年在学校，我，伤过你。

金桐看看二泉，没说话。

二泉说，可我，当时，不是有意的。

金桐忽然笑了，你说的这都是啥时候的事了，我早就忘了。

二泉慢慢抬起头，盯着金桐。

金桐立刻把脸转开了。

二泉对金桐说这样的话，是茂根给出的主意。几天前，茂根来河边的土屋看二泉，见他脸色蜡黄，人也瘦了，就说，这都啥年月了，还我住长江头，君住长江尾啊，有话一迈脚就过去了，多少话不能说啊，干吗这么闷着折腾自己。然后又说，现在说什么不重要，重要的是说这话的契机，一定要有一个合适的机会。接着，就为二泉设计了这一套话。当时二泉听了还有些犹豫，觉得这样事先编好一套说辞，是不是太动心计了。但茂根不这么看。他认为该动心计的时候就得动一点心计，关键要看这心计是不是善意的。况且这样说，一是显示真诚，这个道歉发自肺腑，实心实意，二是借这机会，也把自己那个时候的心境和家里的处境跟金桐解释一下，让她理解，第三，也是最重要的一点，现在对她这样说，也就把两人的关系一下子不言而喻地直接切入到这个性质上来，这样也就省去许多环节，只要再续前缘就是了。茂根很有把握地说，只要把这番话对她说了，你俩也就满天的云彩都散了。

这回来这边送"二侉子"，正好是一个机会。可没想到，金桐听了二泉的这些话，却是这样的反应，她说，这都是啥时候的事了，早就忘了。这样说的意思，显然是不想承认过去，或者干脆说，就是拒绝，当然，拒绝承认过去的事，也就等于说是没有前缘，既然没有前缘也就谈不到再续什么。二泉感觉自己像是突然被扔在了半道儿上，一下有些不知所措了。

这时，金桐又说，我听说了，你的猪场已经有十来个工人了。

二泉说，是，昨天又多了一个，有十一个人了。

金桐说，好啊，你的猪场以后会越来越大。

二泉这时已不想再说话了，又冲金桐笑了一下，这，真得感谢你。

说完，点了下头，就赶紧朝渡口那边去了。

二泉回来，心里像压了一块石头，觉得每喘一口气都要使一下劲。他这时才开始怀疑了，还不是怀疑，看来可以肯定，自己一直以来的判断都是错的。一开始引进猪崽儿的时候，金桐故意刁难了一下，但后来一看她这样帮自己，就觉得，她当初的刁难不过是因为还没忘在学校时的那件事，不过是女孩儿成心报复的小心眼儿，后来又这样帮自己，就说明她当年的想法应该还没变。尤其后来，茂根给他把每件事都说破了，包括金桐以售后服务的名义帮着建猪舍，在最困难的时候又帮了饲料，也包括"二侉子"一次又一次莫名其妙地跑过来。二泉一听，这才恍然明白了，敢情金桐虽然一直不动声色，其实还有这个心思。但二泉也有顾虑。既然当初是人家主动向自己表示，又被自己拒绝，现在不管怎样，如果事情还是这么个事情，也就应该是自己主动去向人家表示，但问题是，现在跟当初已经不一样了，当初金桐虽然堪称校花，可自己也是学校的高材生，大家是平等的，现在相差就很悬殊了，如果自己又反过来去向人家主动表示，是不是有功利之嫌，人家会不会多想呢？

促使二泉最后下定决心的，也就是那天夜里金桐突然打来的那个莫名其妙的电话。二泉想，如果确实是这样，也就没必要再顾虑什么了。

但让二泉没料到的是，看来自己想错了。也正因为前面想错了，所以才会有这样的判断失误。现在看，金桐已根本没这意思了，她这样帮自己，仅仅是帮一下而已。

就在这时，张少山又带来一个坏消息。

张少山这天下午去镇里开会时，见到金永年。金永年说，他也是听儿子长胜说的，最近有人刚给金桐介绍了一个对象，是向家集的，叫向树良。这向树良的条件挺好，在天津一家食品企业工作，年薪很高。金永年对张少山说这事时，一边的嘴角挑着笑，看出有点幸灾乐祸。张少山一听，觉得这消息不会是空穴来风，脸上虽然没动声色，心里却有些意外。张少山从没直接问过二泉，但也知道他对金桐的心思，如果这事是真的，对二泉的打击就太大了。想了想，镇里一散会，就直接来兽医站找长胜。长胜刚去下面出诊回来，正洗手换衣服，一听张少山问这事，有些意外，问他，您是怎么知道的？

张少山说，刚才在镇里开会，听你爹说的。

长胜听了皱皱眉，我告诉他了，先别乱说。

张少山说，跟我说，也不算乱说，你就告诉我吧，到底是怎么回事？

长胜说，好吧，既然您已知道了，说就说吧。

金长胜是个很有主意的人，他和"阿庆嫂"的事，虽然他爹金永年一直不同意，但也左右不了他，最近还是跟"阿庆嫂"订了婚。金长胜这几年经常来金桐的"顺心养猪场"，对这边的事也总是很上心，"阿庆嫂"一直都看在眼里，也就知道，金长胜曾有要追金桐的意思，只是对岸还有个二泉搅和着，金长胜最后才只好作罢。于是两人订婚时，"阿庆嫂"就问金长胜，是不是有这回事。金长胜倒也磊落，坦然承认，自己确实这么想过。但又说，谁还没有过年轻的时候，这都是过去的事了。其实这事说完也就完了，但"阿庆嫂"这人单是一个思路，她的想法总跟别人拧着。听金长胜这一说，就认为他这次失败是败在了二泉的手里，加上也一直看着二泉不顺眼，觉得他是打狗棍子绑菜刀，穷横。这回也不知怎么想的，竟然要为自己的老公出这口恶气。要出这恶气当然容易，既然当初自己的老公没追上金桐，他二泉也别想追上。于是，就故意给金桐介绍了一个男朋友。这男朋友是"阿庆嫂"娘家那边的一个表哥，大专学历，当初学的是食品专业，毕业后在天津的一家食品企业工作，工资也不低。但现在不想干了，正打算回乡来，自己办一个食品加工厂。

显然，这样条件的年轻人，应该说确实具有一定的杀伤力。张少山一听金长胜说，当时虽没说话，心里也挺生气。他气，是气这"阿庆嫂"。俗话说，宁拆十座庙，不破一桩婚。"阿庆嫂"这么做当然不为过，但也不能成一家败一家，这事儿没有这么干的。

张少山回来的路上想来想去，觉得这事不能瞒着二泉，还是得及时告诉他。二泉的脾气跟金尾巴和金毛儿那些人不一样。那些人遇上别扭事儿，可以喝酒，可以闹，一喝一闹，心里再怎么别扭也就都发散出去了。但二泉不行，他不喝，也不闹，就一个人闷着，使劲别扭，这就最要命，不光伤身，也误事。现在好好儿的一个养猪场，已经办成了这样，眼下又已经有了这些工人，这就不光是他自己的事了，还得为这个企业负责。

张少山这样想好，一回来就对二泉说了。

二泉一听，只是淡淡地说，随缘吧。

张少山看看他，你，真这么想？

二泉说，真这么想。

张少山听出来，他这话说得有些勉强。

果然，没过两天，二泉和"胖丫头"就都病了。

第五十五章

金尾巴这次回来，之所以当天就在村里请客，而且一上来就开宗明义，他请的主客是茂根，其实也是回来之前想好的。表面看，这样请客，而且以请茂根为主，是为了当初饲料厂的那把火，其实还另有一个目的。金尾巴这次回来，已经横下心，也发了狠，打算干一番大事，让田大凤她爸看看。但这个大事具体多大，也要看实际情况。金尾巴这时已知道深浅，明白这次做的事不是吹气冒泡儿。可既然要干，一开始支的架子就得足够大，至于将来干大干小，那是以后的事，但发展空间必须预留出来。金尾巴经过分析，把东金旺的年轻人一个一个在脑子里过了一遍，最后认定，真正能干大事的人，除了自己，也就是二泉和茂根。二泉有定力，有思想，还有一股狠劲儿，茂根则头脑灵活，有活动能量。金尾巴这样一想，也就明白了，如果能跟这两个人联手，无论干什么，也就可以形成一个东金旺的"铁三角"。

但那天晚上吃饭，他很快就看出来了，二泉不太说话。

一个人不说话，可能有各种原因，有人不说话，是因为性格。

二泉本来也不爱说话。但他这个晚上好像不光是因为性格，应该还有别的心事。

果然，事后一问张少山才知道，二泉确实有心事。

金尾巴的鬼点子毕竟多，一听张少山说，也就明白是怎么回事了。既然二泉得的是心病，心病只能用心药治。他认为这个"心药"，就掌握在金长胜的手里。

其实早在当初，金尾巴和金长胜的关系就一直很好，只是一般人不知道。金长胜虽然一直在镇里的兽医站当兽医，也早就看出西金旺的问题。村里的养殖业和其他方面确实搞得很好，在全镇都数一数二，只是缺少文化气息。关于这个问题，他曾不止一次地跟父亲金永年说过，如果再不重视这方面，早晚得吃大亏。但每回说了，金永年就一句话，你只要把你的兽医当好就行了，别的不用操心。后来西金旺办"肥猪节"，果然让人骗了，金永年才无话可说了。再后来，金永年为老槐爷子办丧事，把金尾巴的响器班儿请来，结果又闹出了笑话，在丧事上吹起了《真是乐死人》。出了这事以后，不光是金永年，西金旺全村的人都说金尾巴这伙响器班儿的人不靠谱儿，以后不能再用了。但唯独金长胜不这么看。金长胜认为，金尾巴这伙人，尤其是金尾巴，就像一块璞玉，材料本身是好材料，东西也是好东西，只是没经过雕琢和打磨，而且没用在正地方。后来跟金尾巴一接触，俩人也聊得挺投机。金尾巴觉得金长胜很理解自己，是个知音，聊天时，有什么心里话也就愿意跟他说。后来金尾巴去参加镇里文化站的活动，看上了打扬琴的金晓红，再一打听才知道，这金晓红的家是西金旺的，在村里论着，还得叫金长胜大哥，就来找金长胜，想让他帮着给牵个线。但金长胜这时已听说了，金晓红已经在跟梅姑镇中学的明光明老师谈恋爱。可再看金尾巴，又这样一往情深，也就不好明确告诉他。所以嘴上虽然答应了，也就并没去跟金晓红说。

金长胜为这事，心里一直觉着挺对不住金尾巴。

其实无论什么事，最怕的就是自己瞎寻思，胡乱猜，越寻思越猜也就越没头儿，只会越搅和越乱。而只要去当面问一下，也许事情立刻就清楚了。金尾巴当然也懂这个道理。他不会瞎寻思，一听张少山说，敢情是这么回事，立刻就给金长胜打了个电话，说有事想问问他。金长胜这时已听说金尾巴回来了，立刻说，好啊，你来镇里吧，咱一块儿吃个饭。

金尾巴就来镇里找金长胜。

俩人在饭馆儿一边吃着饭，金尾巴就问，金桐这事儿到底是怎么回事。金长胜一听就乐了，说，你怎么也问，真没想到，这么多人对这事儿感兴趣。

金尾巴问，还有谁问了？

金长胜说，头两天，你们村的少山主任也问了。

金尾巴说，我问和他问不一样，他问，是因为他是村长，我问是因为二泉是朋友，不光是朋友，也许以后还得一块儿干事，跟他有关的事，我当然得先弄清楚。

金长胜这才明白了，于是告诉金尾巴，这事确实是真的，不过根本就是没影儿的事。

金尾巴一听就糊涂了，既然确有其事，怎么又没影儿。

金长胜说，"阿庆嫂"的确给金桐介绍了她这个叫向树良的表哥，而且借口参观猪场，还来跟金桐见了一面。但见面之后，金桐并没说同意。后来"阿庆嫂"问过金桐，男方条件这么好，人家也满心愿意，你为啥不同意呢。金桐先是不回答，再问才说，她也不知道。"阿庆嫂"又问，你是不是心里已经有人了。当时金桐回答的原话是，说不好。

金长胜笑着说，咱中国话就这么神奇，一个说不好，你就自己寻思去吧。

金尾巴想了想，又问，"阿庆嫂"明确问过她，对二泉到底怎么看吗？

金长胜说，当然问过，而且还不止一次，但每次问，她总是故意把话岔开。

金尾巴一听，心里就有底了。故意岔开，就说明还是有想法，否则说出来不就行了。

金尾巴从镇里回来，当天晚上，又跟田大凤说起这事。金尾巴之所以跟田大凤说，也是想听一听，田大凤站在一个女孩儿的角度，听了金桐这事怎么看，自己的判断是不是准确。果然，田大凤一听就笑了，说，这个金桐还是对二泉有意啊，她说不知道，说不好，如果真不知道，真说不好，她就不这么说了，干吗还拐这么大一个弯儿？一边说着又扑哧地乐了，在金尾巴的脸上亲了一下说，我的尾巴哥啊，你这样，我倒放心了。

金尾巴不懂，眨着眼问，怎么？

田大凤说，看来，你还真没有跟女孩儿打交道的经验。说着就搂住他的脖子，又亲了一口，你要真是个情场老手儿，就不会这么问我了。

金尾巴一听倒挺得意，也嘿嘿地乐了。

第二天晚上，金尾巴让田大凤炸了一碗辣酱，又用山东的做法儿摊了一摞煎饼，把茂根和二泉都叫来，请他俩吃煎饼卷大葱蘸酱。茂根从没这么吃过，一尝还真好吃。这一下把二泉的食欲也勾上来了，又有小米稀饭，几个人也就越吃越高兴。这时，金尾巴才把昨天从金长胜那里听来的话，对二泉说了，接着又把自己对这事的分析也说出来。这样说完，为了印证自己的分析是对的，又把昨天晚上，田大凤站在女孩儿的角度怎么看这事，也说了一遍。

茂根一听也连连点头，觉得这个分析有道理。

二泉听完，看看茂根，又看看金尾巴。

这时，金尾巴才说，我有个办法，挺冒险，不过，值得一试。

茂根笑着说，我发现，你出去这段时间，鬼点子比过去更多了。一边说着扭头问田大凤，他这些鬼点子，是不是跟你学的啊，这才真叫不是一家人，不进一家门呢。

田大凤崇拜地看着金尾巴说，哪儿啊，我跟尾巴哥学，还学不过来呢！

金尾巴正色对二泉说，简单说，就是以其人之道，还治其人之身。

茂根问，怎么讲？

金尾巴说，现在，这"胖丫头"不是也害相思病了？

二泉一听，脸一下红起来。

金尾巴说，有个事儿，我先问你，这"胖丫头"去过对岸的"顺心养猪场"吗？

茂根立刻说，去过，这事我还是听村长说的，"二侉子"在这边时，"胖丫头"一直没配上，后来担心误了发情期，就弄到那边两回，当然，在那边配成没配成不知道。

金尾巴一听点头说，这就行了。

二泉问，你到底，要说啥？

金尾巴说，今天晚上，你把"胖丫头"放出去，看它去哪儿。

茂根一听，立刻拍着桌子连声说，好主意，这可是个好主意！

金尾巴又说，不过可得盯紧了，看住它，别让它跑丢了。

二泉扑哧笑了，说，也就是你，能想出这种傻主意。

茂根说，还真别说，这主意兴许就管用。

说着又抬头看一眼田大凤，笑着说，大凤啊，你算是找对人了。

田大凤有几分得意地看着金尾巴，幸福地说，我尾巴哥想出的点子，总不按常理出牌。

茂根笑着摆手说，我想说的是，你可得小心啊，他这一肚子鬼主意，哪天再把你卖了！

田大凤哼一声说，他才不会。

说着回头问，你舍得吗？

金尾巴摇晃了一下脑袋，嘿嘿笑了。

这天晚上，几个人吃完了饭，就一块儿来到二泉的养猪场。金尾巴进来四处看看，点着头连连赞叹说，真是啊，啥人干啥活儿，啥鸟儿垒啥窝，二泉这猪场，就是不一样。

这时，值夜班的福林走过来。福林的腿病越来越严重，家里的老婆也离不开人。过去在茂根的饲料厂烧锅炉，后来厂里失火，也就回家了。饲料厂复产以后，张少山看他再烧锅炉有些吃力，就让他来二泉的猪场。在这边干一天挣一天的钱，但钱先不拿出来，放在猪场算投资，到年底再分红。福林也就越干越有劲，晚上没事，还抢着来值夜班。这时刚准备了第二天的饲料，见二泉几个人来了，赶紧过来问，有啥事。

二泉说，没事，忙你的去吧。

福林就出去了。

二泉来到"胖丫头"的猪栏跟前，把门儿打开。然后，几个人从猪舍出来，站在不远处等着。一会儿，果然就见"胖丫头"出来了。它先站在猪舍的门口朝四周看了看，就朝河边的方向去了。三个人随后跟着，一直来到河边，又上了大堤。站在堤坡上朝下看去，就见"胖丫头"已在河里朝对岸游去了。三个人来到渡口，上了船。到对岸时，"胖丫头"已经上了大堤，又下去了。三个人也来到大堤上，就见它朝"顺心养猪场"的方向去了。

这时，金尾巴已经惊得瞪大两眼，小声说，这家伙，太神了！

茂根看他一眼笑着说，这就是爱情的力量。

又说，不信？这可是你出的主意！

二泉没说话，朝远处看着，只见"胖丫头"一撅一撅地越跑越快，转眼就没影儿了。

茂根又回头对金尾巴说，这猪是怎么回事，我要是告诉你，准吓你一跳。

金尾巴问，怎么回事？

茂根说，我也是听二泉说的，现趸现卖，它跟人的基因，有84%是相同的。

金尾巴一听更惊着了，瞪着茂根，84%？

茂根说，没想到吧。

金尾巴乐了，摇头说，哪天，它再说了人话。

茂根哼一声说，还真没准儿！

第五十六章

一过中秋节，张少山的心里一直惦记着一件事。

中秋过后天凉了，天一凉，也就要冷了。二泉住的这一间半土屋四面漏风，火坑也不行了，这一冬没法儿过。当初刚建猪场时，忙不过来，也没人手。后来猪场忙过来了，还是没人手。现在已有十几个工人，也有人手了，按说抽几天时间，把这一间半土屋翻盖一下应该不是难事。但二泉又不同意。张少山说，你这么聪明的人，怎么算不过这笔账，现在这个养猪场是你二泉的，猪场里这些工人的工资，也都是你给开的，既然你出了工资，他们在猪场干是干，来为你翻盖这房子也是干，终归都是你的活儿，里外不一回事嘛。

二泉说，账是这么个账，可不是这么算的。

张少山不服气，问，应该怎么算？

二泉说，如果猪场的工人按月领工资，账当然是这个算法儿，可问题是，工人每月不领工资，只拿生活费，他们把工资算入股，这就不一样了。

张少山还是不明白，这不一回事吗，怎么不一样？

二泉说，如果他们拿工资入了股，甭管在猪场占多大股份，也就是股东，可他们用来入股的这工资并没全给猪场干，还有给我个人干的，如果我个人没给他们工钱，也就等于是拿猪场的钱付了工钱，可猪场的钱里本来就有人家的份儿，这不是等于占了人家的便宜吗。

张少山这一听，虽然账还没算过来，也有点明白了。

于是嗨一声说，你这人啊，就是太认真了。

二泉说，这种事，以后还就得认真，咱不能让人家说出话来。

这个早晨，张少山刚从家出来，就接到金桐的电话。

金桐在电话里说，"胖丫头"来了。

张少山一听"胖丫头",先没反应过来,接着就明白了,立刻问,它怎么去那边了?

金桐说,是啊,我也是刚知道的,今天一大早,就看见它趴在"二侉子"的栏跟前。

张少山乐了,说,猪这东西啊,有的时候还真别小看,比人都重感情。

金桐在电话里听着,没说话。

张少山又问,是让二泉去接,还是你们送过来?

金桐说,都行。

张少山想一下说,让他去接吧。

金桐没说话,就把电话挂了。

张少山立刻来到猪场。二泉没在,猪场的人说,他回去吃饭了。

张少山赶紧又奔河边来。路上走着,在心里盘算,如果二泉去对岸接"胖丫头",就得用茂根饲料厂的车。但张少山又觉着,二泉这趟去,好像接"胖丫头"还不是主要的。况且这"胖丫头"到底是怎么过去的,刚才张少山在电话里问金桐,金桐也支支吾吾。

心里这么想着,就已来到河边。

二泉正蹲在门口啃一个两掺儿的大馇饽,一见张少山来了,就站起来问,是不是有啥事。张少山朝跟前看了看,在一个树墩子上坐下了,问,"胖丫头"呢?

二泉一听张少山这么问,就知道有事,看看他,说,咋了?

张少山笑了,说,金桐刚才来电话了,说它去那边了。

二泉哦了一声。

张少山看看他,你知道它去了?

二泉吭哧了一下才说,今早看它的栏里空了,估摸着是跑那边去了。

张少山哼的一声笑了,站起来说,栏里空了,就不兴是溜了门,跑丢了?

说完就扭头走了。走了几步又站住,转身说,快去接吧,那边还等着呢。

张少山一边往回走着，一边为自己这样处理这事儿感到有几分得意。二泉也不是小孩子，事儿就是这么个事儿，告诉他了，赶紧去接"胖丫头"，至于怎么接，是叫饲料厂的车去，还是自己想办法，让他看着办就是了。尤其最后又叮的这句话，那边还等着呢。

张少山觉着，这句话说得好，挺关键。

这时回头瞄一眼。

果然，二泉已经朝河边渡口那边去了。

第五十七章

茂根遇到两件事，一件是高兴的事，另一件是堵心的事。

其实堵心的事也不是真堵心，只能说有些失落。当初牛大衍教授介绍来的这个叫施小莲的实习女生，本来一直在饲料厂干得很好。茂根觉得这女孩儿不光文静，也朴实。一般情况下，女孩儿文静是文静，朴实是朴实，这两种性格虽不矛盾，但也不是一种类型。可这个施小莲却偏偏是这两种性格兼备，既文静，又朴实，这一来给人的感觉也就更好，无论做什么事都很踏实。茂根起初并没太注意这个女孩儿，只是安排她协助生产调度，因为牛教授事先交代了，也就尽量给她安排好生活，特意在厂里收拾了一间宿舍，虽然不大，但挺干净。这个施小莲平时不太爱交往，一下班，就把自己关在小屋里。后来有一次，茂根带她去县城办事，路上一边开着车聊天，才知道，她下班后关在屋里就是看书。茂根有些好奇，问她都看什么书。施小莲说，现在很多地方都建了"致富带头人培训基地"，专门培养为脱贫致富创办各种产业的"带头人"，她托朋友找了一套这方面的培训教材，每天看的就是这些书。茂根一听就笑了，说，你可是农林大学的代培生啊，给他们编这种教材还差不多，怎么也看这东西？施小莲很认真地说，这些教材上讲的，跟在大学里学的不是一回事，大学里学的是书本知识，这教材上讲的都是经验，而且是拿到实际中就能用上的经验。

茂根问，这不是一回事吗？

施小莲说，知识是知识，经验是经验，当然不是一回事。

茂根看她一眼，心里还是不太明白，但又不好再说。

施小莲说，有了经验，可以在当致富带头人的过程中，一边实践一边学知识，可如果光有知识，不一定能当致富带头人，知识当然很重要，可实践经验同样重要。她一边说着一边就笑了，比如您吧，您现在在村里，其实就是一个致富带头人，可您也没上过大学啊，我上大学了，又怎么样呢，只学了知识，没有实践经验，不是也得来您这里实习吗。

也就从这一次，茂根发现，这施小莲确实不是个一般的女孩儿。

茂根一开始并没想过跟这个施小莲怎么样，只是觉着和她聊天挺开心。饲料厂每天有无穷无尽的杂事，经常把茂根的脑袋里搞得像灌满糨糊，黏黏糊糊又晕头转向。但施小莲偶尔过来，说完工作的事，再顺便聊几句别的，茂根顿时就觉得脑袋里像被一股清水冲开了，也清爽了。施小莲的性格也随和，跟茂根聊天时，如果见他手头没事，感觉愿意跟自己说话，就多说几句，看他忙，也就赶紧走了。这样渐渐地，茂根一觉得累了，就找个由头，把施小莲叫过来聊一会儿。但茂根毕竟在外面跑过几年，各种事都明白，所以跟施小莲的关系，分寸也就拿捏得很好。这种事当然是随缘，不能强求，不过茂根能感觉到，施小莲也愿意跟自己说话，所以也就明白，这件事如果就这样下去，应该会朝着自己希望的方向发展。

但就在这时，事情却突然发生了意想不到的变化。

这天一早，施小莲来找茂根，说，自己的实习期满了，应该回去了。其实茂根的心里一直算着，知道施小莲的实习该结束了，也正想问她，以后有什么打算，只是还没找到机会。

这时就问，后面怎么想的。

其实茂根这样问，已经给施小莲留了余地，如果她说，就想留在饲料厂工作，也就等于表明了对另一件事的态度。但施小莲说，现在学校那边的学习已经结束了，这边的实习期也满了，后面打算回迁安，已经想好了，准备回去办一个生物农业的企业。茂根听了一下愣住了，没料到施小莲会这么说。但再想，她不这样说又能怎么说呢？如果她想回去创业，就算真对自己有什么想法，也不可能留在这里，这两件事注定是不能兼顾的。于是只好笑笑说，好啊，你这样的女孩儿，优秀，又有思想，到哪儿都肯定能干出一番大事来。

施小莲说，您过奖了，我一定努力。

茂根又说，将来如果有事要我帮忙，只管说话。

于是，在一个下着小雨的下午，施小莲就这样冒雨走了。茂根亲自开车把她送到长途汽车站。给她买了些在路上吃的东西，看着她上了车。施小莲只是冲他笑笑，汽车就开走了。

茂根正失落，就又遇到一件高兴的事。

这天上午，牛大衍教授突然打来电话，说要带几个人到茂根的"金旺潭饲料厂"考察一下。具体考察什么，牛大衍没说，只说是来一天，而且不用厂里招待，也不要惊动村里，他们自带干粮，考察完立刻就走。茂根一听就说，就算饲料厂不招待，午饭总要在村里吃，已经到了这儿，总不能让你们自己啃干粮。牛大衍一听就在电话里笑了，说，我们到哪儿都是这样，一吃饭就得说话，一说话就要耽误时间，这一来工作的劲头也就懈了，所以到哪儿都是一鼓作气。又说，你不用过意不去，最关键的是把事情做了，况且以后有的是机会。

茂根还要再说话，那边已经把电话挂了。

第二天，牛大衍一行就开车过来了。牛大衍介绍，一块儿来的这几个人，有他在学院的同事，也有他的学生。茂根事先已跟张少山打了招呼，也把牛大衍在电话里的意思说了。张少山一听，是天津搞畜牧专业的大学教授要来饲料厂考察，就说，人家这趟来，肯定是对咱有利的事，不过这样也好，既然他们不想耽误时间，咱就两便，你给他们把话带过去，一是表示感谢，二是如果需要村里配合什么，只管说，咱一定尽全力配合。这时，茂根一见牛大衍，就先把村长张少山的意思说了。牛大衍一听连连点头说，这样好，这样就好。

然后，就来到厂里。

牛大衍一行在饲料厂看得很细，从生产设备，到生产环境，一直到原料仓库和成品仓库。最后又从厂里出来，看了一下周围的环境。牛大衍的几个学生有的在本子上记录，有的用手机拍照。然后，又来到梅姑河边考察了两岸的环境，在河里取了水样。

牛大衍忙完没说什么，就带着人回去了。

当天晚上，张少山来找茂根，问他这一天考察得咋样。茂根始终也没闹明白，牛大衍这次带人来考察，究竟要干什么。这时就把白天考察的内容跟张少山说了一下，又说，甭管他们这次考察是什么目的，看样子，对咱饲料厂和周围的环境都挺满意。

张少山一听说，这就行，还是那句话，肯定是对咱有利的事。

几天以后的一个上午，牛大衍给茂根打来电话，问他这两天有没有时间。茂根一听立刻说，有时间，饲料厂的事都可以安排开，如果有事，随时都行。

牛大衍说，那就明天吧，你到我这儿来一趟。

茂根问，去学校？

牛大衍说，就来学校吧。

茂根看看时间，才上午10点左右，就说，我如果现在过去，下午之前就能到。

牛大衍笑了，说，没这么急。

又想了想，说，也行，那就今天过来吧。

茂根立刻把厂里的事安排了一下，就动身往天津赶。

来到天津已是下午两点多钟。茂根也顾不上吃饭，赶紧来到农林大学。牛大衍正等在畜牧学院，一见他来了，领到旁边的一个会客室。茂根这一路跑得口干舌燥，但虽然心里急，又不好急着问是什么事。牛大衍先去拿了一瓶饮料，拧开递给他，然后才说，他有一个科研团队，正搞几个项目，现在计划建一个实验室，一直还没找到合适的地方，这次去茂根的饲料厂考察了，觉得各方面的条件都很合适，回来跟学院领导商量了一下，领导也觉得可行。牛大衍说，如果茂根也同意，这个事可以分两步进行，第一步，先把这实验室建起来，第二步，等建起实验室，正式投入使用，后面再搞成一个集实验和实习的基地，以后有学生实习，也可以来这个饲料厂。茂根一听差点儿蹦起来，连声说，好啊好啊，这可太好了！

牛大衍也笑了，说，我估计，你肯定高兴。

茂根说，岂止是高兴，简直是求之不得啊！

第五十八章

张少山这天上午也连着遇到两件事，两件都是高兴的事。

先是一大早接到镇里文化站的电话。电话是老周打来的，说有急事，让他马上到镇里来一趟。张少山正打算去金毛儿的家，这几天金毛儿因为要进檩麻加工设备的事，跟他爹的意见不一致，爷儿俩干起来。这个早晨干脆就吵翻了，金毛儿的爹一气之下，要把金毛儿从家里赶出来，爷儿俩散伙，各干各的。金毛儿一见自己的爹倚老卖老，跟自己犯浑，只好向村长张少山求助。张少山这时正急着要去金毛儿的家里救火，一听老周说让他去镇里，就问，下午行不行。老周说不行，事儿挺急，而且还不是他找张少山，是马镇长，这会儿马镇长正等着。张少山一听，这才先放下金毛儿家的事，赶紧奔镇里来。

老周一见张少山来了，顾不上说话，就和他一块儿来到马镇长的办公室。马镇长正接电话，见张少山来了，赶紧把电话里的事说完，然后笑着说，这回咱这第二届"幸福拱门文化节"真是没白搞啊，不光是大获成功，这文化节的附加值还一直在增加。

张少山一听马镇长这没头没脑的话，问，怎么？

马镇长这才告诉张少山，今天一大早就接到县文旅局的电话，说是徐副县长建议，是不是把梅姑镇的"梅姑彩画"列为县级非遗项目，所以，让梅姑镇这边赶紧准备相关材料，然后报到文旅局去。马镇长说，你说，这不是天上掉下来的好事吗？

张少山一听也立刻兴奋起来。如果这"梅姑彩画"真能申报成功，列为县里的非遗项目，这就不光是老丈人张二迷糊自己的事了，后面就可以借这机会把事情做大。马镇长又说，老周也跟我说了他的想法，我觉得思路挺对，如果真能实现，应该很好。

说着就对老周说，你具体说吧。

老周的想法很简单，现在听县里文旅局的口气，这次申报应该没问题，如果真能申报成功，索性就在东金旺搞一个"梅姑彩画工作室"，再让张二迷糊收几个徒弟，既然是非遗项目，就得培养传承人。后面如果再有哪个文化公司感兴趣，愿意合作，张二迷糊也就可以用这个工作室的名义去合作，这样一来，以往一些不好解决的问题，也就都解决了。

张少山一听老周的这个想法立刻连连点头说，好，这就更好了。

马镇长说，一大早急着把你叫来，就是让你配合老周准备材料。

又说，赶紧把材料弄好，咱得趁热打铁，别让这事儿凉了。

张少山说，镇长放心吧，这么好的事，不会让它凉了。

说完，就和老周出来了。

张少山在回村的路上，茂根的电话又打过来。

茂根在电话里问，您在哪儿？

张少山说，刚从镇里出来，正往回走。

茂根说，行，我等您回来吧。

张少山问，有事？

茂根说，有点事。

张少山一回村，就径直奔饲料厂来。茂根一见他，就把这次去天津的农林大学，牛大衍教授跟他说的，要在饲料厂建实验室，后面还要搞一个学院的实习基地，都对张少山说了。张少山一听这才明白，原来这个牛大衍教授上次带人来考察，是为这事。立刻高兴地说，这可是咱求之不得的大好事啊，请还请不来呢，需要村里怎么协助，只管说！

茂根也很兴奋，说，这两天他们就来人，具体商量后面的事。

张少山从饲料厂出来，一边往村委会走着，自己忍不住咯咯儿地笑出声来，心想，应该看看黄历，今天到底是个啥日子，怎么好事儿都赶在一块儿了。正走着，又猛的一下站住了，这才想起来，金毛儿家的那边还有一档子事。金毛儿种槿麻种得挺好，而且在他的带动下，村里还有几户也一块儿种，已经形成了一个小气候。但这两天，这金毛儿好好儿的不知怎么回事，突然跟他爹干起来了，而且听他在电话里的意思，爷儿俩已经闹到水火不相容的地步。张少山想了想，就给金毛儿打了个电话，问他，这会儿在哪儿。

金毛儿显然还在气头儿上，在电话里说，在东头的槿麻地。

张少山立刻又奔村东来。

村东是一片洼地，靠着东引河。东引河是一条行洪河道，平时水很少，但是到了汛期也有漫堤的时候，渐渐就冲成一片低洼坑地。这里种别的作物不行，却最适合种槿麻。这一来，村里的几个槿麻专业户通过土地流转，就都集中到这边来。

金毛儿没干活儿，正闷坐在垄沟边上。张少山一来就说，我那儿还一堆事儿呢，你快说吧，这槿麻种得好好儿的，也快收了，怎么爷儿俩又闹起来，这咋回事啊？

金毛儿还没说话，眼圈儿先红了，吭哧了一下才说其实这事儿也不怨他爹，可再想，也不怨自己，所以越想越糊涂，闹得这么热闹，说来说去却是打的一场瞎仗，也说不出到底该怨谁。张少山一听就乐了，哼一声说，没别的，我看就两样，要么是撑的，要么是闲的。

金毛儿没好气地说，我看也是。

金毛儿告诉张少山，起因就是这个槿麻。现在眼看槿麻已到快收的时候，就该想后面的事了。金毛儿在此之前虽没种过槿麻，但别人种，也见过，知道这檾麻收上来，剥比种更麻烦。檾麻从地里割了得先打成捆，然后扔到水沟里泡，叫沤麻。至少得沤一个月，等把麻皮沤熟了，再捞出来。这时的檾麻已沤得又腥又臭，而且还脏。剥麻，也就是把麻皮从麻秆上扒下来，这种活儿也就可想而知，不仅脏臭，效率也低，剥一天檾麻人就要不得了。金毛儿一直跟着张伍村的张凤祥学搞檾麻产业，后来虽然因为他女儿张保妍的事发生点令人尴尬的不愉快，但和张凤祥还一直保持着师徒关系。这一阵，张凤祥的檾麻企业升级改造，正准备更新设备，原来剥檾麻的机器淘汰下来，就说，让金毛儿随便给几个钱，拉走就算了。又说，如果金毛儿手头紧，就先用，等有了钱再给。金毛儿对张少山说，人家张凤祥已经把话说到这个份儿上，还要人家怎么样。可他爹一听却坚决不干。他爹认为，这是张凤祥在动心眼儿，他淘汰下来的这些烂设备已经没多大用处，如果卖给废品公司，也就是一堆破铜烂铁，可现在却想还当成物件儿卖给金毛儿，就算他教金毛儿种檾麻，坑人也没有这么坑的。但金毛儿却不这么看。他见过这些设备，还都是六七成新，人家是因为升级改造才淘汰下来，其实完全还能正常使用。既然张凤祥已经说了，可以先拉来用，这至少先解决了这一季剥檾麻的问题。此外还有一节，金毛儿心里盘算，真把这几台剥麻的机器弄回来，不光可以自己用，村里还有别的檾麻户，眼下也都到了该收的时候，自家用完了还可以租给别人，这样一季下来，也许这几台机器的钱就赚回来了，等于白得。金毛儿对张少山说，可他现在担心的是，他爹这一闹，兴许人家别的檾麻户听说了，已经跑去张伍村捷足先登了。

张少山一听就笑了，说，这不是挺好的事吗，情理也清楚，你爹不同意，他有毛病啊？

金毛儿哼一声，我也怀疑，他大概是老糊涂了！

张少山乐呵呵儿地说，这不叫个事儿，也值当的你们爷儿俩把人脑袋打成狗脑袋？说着又一拍金毛儿，你该干吗干吗，这事儿，我去跟那个老糊涂说，只要觉着合适，就别犹豫！

说完嘿嘿一笑，就起身回村来了。

　　张少山一路往村委会走着，心情更好了。过去最常说的一句话是，穷家难当。自己这一村之长，也就是顶个名儿，手里没钱，也就没人拿着当回事。现在眼看着把一个一个困难户都扶起来了，自己再说话，也就硬气了。金毛儿爹在村里是出了名的不顺南不顺北，用张少山的话说，是宁死爹不戴孝帽子的宁丧种，只要他认准的事，还别说九头牛，就是九台农用车也拉不回来。可现在，他张少山就敢说这话，我去跟他说，看他敢不听！

　　但张少山并不知道，这会儿，金尾巴和田大凤正在村委会等他。

　　金尾巴一大早就来村委会找张少山。副主任金友成告诉他，少山主任一早就让镇里叫去了，看来是有急事。金尾巴一听就回去了。将近中午，又来了，这回是带着田大凤一块儿来的。金友成说，少山主任回是回来了，可一回来又去饲料厂了。金尾巴就坐下了，对身边的田大凤说，咱等他。田大凤嗯一声，也在金尾巴身边坐下了。金友成一看，金尾巴这阵势有点不对。金友成自从金尾巴这次回来，还没怎么跟他接触过，不知他现在是怎么回事，就试探着说，你给少山主任打电话问一下，别这么干等，他万一还有别的事呢。

　　金尾巴说，不怕，再有事，他也得回来。

　　金友成说，那可不一定，要是晚了，他也许就直接回家吃饭了。

　　金尾巴说，他吃了饭，也得来。

　　金友成一听金尾巴这话头儿越说越不对，就从屋里出来，在院子里给张少山打了个电话，问他这会儿在哪儿。张少山说，正往回走，马上就到村委会了。

　　又问，有事？

　　金友成说，金尾巴带着他那个小对象，一直在这儿等你呢。

　　张少山哦了一声。然后就一步迈进来。

　　金尾巴一见张少山回来了，就起身迎过来说，村长，我可在这儿等你一上午了。

　　张少山先抓过桌上的水壶，对着嘴儿喝了几口凉水，然后才回

312

头说，啥事儿，说吧。

金尾巴说，这事儿说大不算大，可也挺急。

张少山乐了，别这么腻腻歪歪的，直接说。

金尾巴这才说，我想，让您帮着贷点儿款。

张少山一听，刚喝到嘴里的一口水又噗地吐出来，看看他说，你要贷款？

金尾巴说，是啊，怎么了，我不能贷吗？

金尾巴这次回来很低调，没跟任何人说过自己后面的打算。当然，他不说也有自己的想法。梅姑河边有句话，麻袋片儿上绣花，底子不好。自己当初去天津，从村里是这么走的，况且在村里时也是整天游手好闲，在这方圆左近都出了名，这次回来，就是真想干事，也得先干后说，干出一步，再让人看一步，没到哪儿先把大话吹出去，不光没人信，也没意思。但他闷着不说，张少山也就并不知道，更不清楚他这次回来究竟有什么打算。这时一听要贷款，就扑哧乐了，说，你眼下这酒是戒了，可贷了款一有钱，说不定哪天又想起来了，这点儿钱还不够你喝的。一边说着，就把自己也逗得咯咯儿地乐起来。

但他并没注意到，这时，金尾巴的脸已经黑了。

金尾巴看着他，问，村长，你这话是啥意思？

张少山还沉浸在自己逗的哏儿里，乐着说，再说这银行也不是我开的，我说贷就贷啊？

金尾巴说，我说的不是这个，我是问，你刚才说的话，是啥意思？

张少山一愣，这才看出金尾巴的脸色不对了。

金尾巴说，贷款喝酒？天底下有这么二百五的人吗？就算真有，你觉着我是这种人吗？

张少山一听，心里也不悦了。现在已不是从前，这段时间，自己不光在镇领导的面前越来越有面子，在村里的人气也越来越高，男女老少，还没有谁敢在自己面前这么说话。于是也把脸一沉，硬邦邦地说，喝不喝酒是你的事，这款，我没法儿帮你贷。

金尾巴一看张少山掉脸儿了，干脆也把脸一抹问，为啥？

张少山说，不为啥，我说没法儿贷，就是没法儿贷，你有辙你自己想去。

这一下金尾巴不干了，一嗓子嚷起来，我自己贷去？你这是当村长的说的话吗?!

张少山反问，我怎么说话？

金尾巴说，我告诉你，要比犯浑，小爷我比你内行！

张少山冷笑一声说，这我当然知道。

金尾巴说，你这一碗水，得端平了！

张少山一听这话更火儿了。当村干部的都有个毛病，别管为什么事，你跟他吵，怎么吵都行，骂他的祖宗都没关系，但最忌讳说他一碗水端不平。这时一听，歪起嘴哼一声说，好啊，你说吧，我这碗水怎么没端平了，只要拿出证据我让贤，这个村长你当！

金尾巴问，二泉当初贷款，是不是你给跑的？

张少山说，是！

金尾巴又问，茂根贷款，是不是你给办的？

张少山又说，没错！

金尾巴说，凭啥他俩能贷，到我这儿就不行？

张少山说，他俩一个办猪场，一个办饲料厂，都是正事儿！

金尾巴立刻反问，可你咋就知道，我贷款不是正事儿？

金尾巴的这句话，就说到根儿上了。张少山这段时间也是一直顺风顺水，有些让胜利冲昏头脑了。其实这会儿跟金尾巴说话，从一开始就有毛病。金尾巴提出要贷款，应该先问清楚，他贷款的用途是什么。国家放贷有很严格的规定，如果确实有项目，就要说出这个项目的具体内容，然后根据这项目内容，经过审核和各方面评估，最后才能决定，这个款究竟能贷还是不能贷。可张少山一听金尾巴说，就用老眼光看他，还说了一堆不着四六儿的话，金尾巴也不是好脾气，当然就急了。其实金尾巴这次回来，张少山已经感觉到了，他虽然只出去几个月，但跟走之前确实不一样了，不光是把

314

酒戒了，人也沉稳了，看着心里有事儿了。男人心里一有事儿，也就显得有城府了。可这时，既然话已僵到这儿了，自己作为村主任，当然不能再服这软儿。于是索性咬着后槽牙说，我说不能贷，就不能贷，你想找谁找谁去！这一下金尾巴真急了，使劲一蹦说，我还告诉你张少山，没你这臭鸡蛋，小爷我照样打卤儿！

张少山一听也急了，啪地一拍桌子喝道，你跟谁充小爷?!

可说完又一想，他自称小爷也没错，论辈分，他还真是自己的小爷。一下又噎住了。

这时，坐在旁边一直没说话的田大凤也站起来了。田大凤自从跟了金尾巴，所有的是非观念就都以金尾巴为准，只要金尾巴认为对的，她就认为对，金尾巴认为错的，她也认为错。现在金尾巴跟张少山吵成这样，她自然坚定地站在金尾巴一边。于是噔噔地走过来，也一拍桌子扯着山东章丘的口音冲张少山嚷道，我也告诉你！别人怕你，小奶奶不怕！你不就是个破村长吗？不给贷款拉倒！你家小奶奶在天津卖大葱卖几年了，没贷款，也照样儿卖！

张少山一听回过头，瞪着田大凤，已经一句话也说不出来了。他没想到，这个山东小丫头竟然也敢在自己面前这么说话。这时田大凤又一哼，你甭瞪我，小奶奶不怕你！

然后一拉金尾巴，别求他了！咱走！

说完，俩人就一撅一蹦地走了。

第五十九章

金尾巴没想到，这次一回来就出师不利。事儿还没干，先在张少山这儿碰了个硬钉子。

金尾巴是个有脑子的人，做事之前不会盲目出手。如果前面已有人干了，就先看看别人是怎么干的，踩着别人走过的道儿走，一是保险，二是省事。只要前面的人成功了，照着葫芦画瓢就行了。

所以，他回来的这些日子，表面看好像没干什么，其实已经不动声色地把茂根的饲料厂和二泉的养猪场都摸清了。他发现，饲料厂和养猪场有两个共同点，第一，开始建厂时，都贷了款，而且无论是以什么方式贷的，也都是张少山给跑的。第二，都让村里人入了股。这入股的形式又分两种，一是只出钱，还一种是出人也出钱。这出人也出钱，是来厂里上班，再用工钱入股。金尾巴想，如果能同时采用这两种入股形式，就更理想了，这样既解决了资金短缺的问题，也解决了用工成本的问题。此外还有一个好处，如果工人本身就是股东，在厂里干活儿也就是给自己干，这一来也就更有责任心和积极性。田大凤对金尾巴说，钱的事不用愁，咱手里有我爸的那10万块钱，起步先够了，后面的事，一边干再一边想办法。但金尾巴不同意。后面既然要干大事，什么情况都可能遇上，手里不能没有钱。他叮嘱田大凤，把这10万块钱放好，不到万不得已的时候先不能动。

金尾巴本来已经盘算好了，这回搞蔬菜大棚，起步的资金来源分两块，一是如果有可能，也按茂根和二泉的办法，吸纳村里人入股。当然，一开始先不能以用工的方式，摊子刚铺，还不能贸然招工，最理想的是吸纳村里人直接投资，用钱入股。第二，既然张少山已经帮茂根和二泉都贷过款，这次就让他也帮自己贷点款。这样两项加起来，起步的钱应该就够了。可没想到，跟张少山一说就碰了钉子。但碰钉子跟碰钉子也不一样，甭管谁，你找人家办事，人家总有能办有不能办的，这都正常。可有的碰钉子不是对方不能办，而是不想给你办，不想办也没关系，也在情理之中，如果再说些不着四六儿的话，这就不是能办不能办的事了，而是侮辱人格。这次张少山竟然说，如果他帮着贷了款，金尾巴是不是又拿着这钱去喝酒，这就太过分了。不过金尾巴发现，自己这次从外面回来，脾气确实已经变了，如果当初遇到这种事儿，他张少山敢这么说话，自己真说不定会干出什么事来。

但金尾巴还是越想越生气。这天在村里，碰到二泉。二泉这几天气色好多了，人看着也有精神了。上次金尾巴给出的"以其人之道，还治其人之身"的主意，果然管用。那个晚上，把"胖丫头"从栏里一放出来，它就自己游过河，跑到对岸的"顺心养猪场"找"二侉子"去了。接着第二天一大早，张少山就来了，说金桐打来电话，"胖丫头"跑到那边去了，让二泉去接回来。可既然去接，自然不能牵着回来，得用车。但二泉并没向饲料厂借车，就这样自己从渡口过河，空着身儿去了。这个上午，金桐显然正在等二泉，一见他就说，你知道吗，"胖丫头"有了。二泉听了很意外。在这之前，他也怀疑过，"胖丫头"一直不太正常，是不是已经怀上崽了。但用金长胜教的测孕方法试过两次，都没有反应。看来还是金桐有经验，它一过来，立刻就看出来了。金桐又说，这次可能还是个多胎，猪一般情况下，一胎最多产8崽左右，但"胖丫头"这回，最少也在10个以上。二泉一听更兴奋了，立刻问，能肯定吗。金桐说，应该差不多。想想又说，多胎的母猪照顾就得小心了，要不这样吧，先让它在这边，我找个有经验的人，这样保险。二泉一听，立刻就同意了。

金尾巴这天在街上碰见二泉，拉他来到个背静地方，把自己因为想贷款跟张少山吵起来的事，对二泉说了。二泉一听有些意外，问，你想搞蔬菜大棚？

金尾巴说，是啊，大凤的家里就是种菜的，她是行家。

金尾巴不想瞒二泉，就把自己的具体打算都对他说了。

二泉没想到，金尾巴出去这些日子，回来竟然有这样大的打算，立刻说，你这想法儿好啊，咱这边还没几个干蔬菜大棚的，离天津和唐山又都不远，将来肯定能行。金尾巴嗨的一声说，将来是将来，可我得先说眼下，没钱，就是想得天好也没用啊！

说着苦笑了一下，问二泉，有句话，你听说过吗？

二泉问，啥话？

金尾巴说，有钱男子汉，没钱汉子难。

二泉想起自己刚起步时，深有感触地说，是啊，一起手都这样，哪那么容易。

金尾巴摇摇头，要不老话儿说，屎难吃，钱难挣，真是这么个理儿！

二泉扑哧笑了，说，你哪儿学来的这么多怪话。

金尾巴捏起嗓子，学着京剧的韵白说，我现在是，空有凌云志，枉怀报国心哪！

说完一转身，就摇头晃脑地走了。

二泉又把他叫住了，说，你有啥事，要是让我帮忙，就说话。

金尾巴眨眨眼说，放心，后面肯定有找你的时候。

说完一边走着，又回头苦着脸笑了一下。

金尾巴躺在家里，两手抱着脑袋瞪着屋顶，在心里盘算了两天。田大凤看他这样也心疼，就劝说，要是实在别扭就喝点酒吧，戒是戒了，可偶尔喝一点，也不挡戒。

金尾巴正色看她一眼说，你要害我啊？

田大凤立刻不敢说话了。

金尾巴这时觉得，自己长这么大，第一次头脑这样清醒，对自己要做的事，前后左右上上下下，也都想得这样明白。现在资金来源的两条途径，一条已经堵死了，这回跟张少山撕破了脸，后面就是能帮着贷款他也不会管了。另外还有一条路，就是吸纳村里人入股。但要想吸纳入股有一个前提条件，你自己手里得先有钱，自己一分没有就让别人给你投钱，这叫"空手套白狼"，况且谁也不傻，投资之前总得掂量掂量，没谱儿的事谁也不会干。这时田大凤说，如果实在想不出办法，手里的这10万块钱又不想动，她就给家里打个电话，她爸再怎么说也是她爸，真到事儿上，总不能眼看着自己闺女不管。田大凤咬着牙说，他要是真干得出来，这次不管，我也就干得出来，从今以后也不认他这个爸，他死了也不回去给他穿孝。金尾巴一听噌地从床上坐起来，瞪着田大凤说，咱就是难死，也不跟他张这个嘴。

田大凤叹口气，你有这志气，我就没看错人，可志气也当不了钱花。

金尾巴这几天一直在心里盘算的，还是吸纳入股这条路。但这条路也有个最大问题。不能不承认，自己当初在村里底子不好，说底子还太含蓄，干脆说就是名声。那时候整天吹拉弹唱，要不就是喝酒"斗地主"，吹拉弹唱还算响器班儿的正经事，可喝酒"斗地主"就是不务正业了。现在如果自己在村里说，要搞蔬菜大棚，谁家想入股就来自己这里入股，可以肯定，没有一家愿意来的。凭自己过去的名声，谁有钱也不敢往这儿投。

这一想，也就意识到，所有的道儿都堵死了。

第六十章

金尾巴又想了几天，终于想出个馊主意。

这天一大早，他先给对岸的金永年打了个电话。金永年已听说金尾巴回来了，一接电话就笑着说，你这一回来就行了，以后再有事，又能找你的响器班儿了。

金尾巴听出来，金永年说的这不是好话。就凭当初那几次的事，他如果再有事，就是打死也不会再来找自己。况且后来还给他送去个"摩天轮"一样的大花圈，蠢天蠢地地在他村委会门口一放，一下在全镇都传成了笑话。不过这时，金尾巴知道，自己是求人的时候。也就故意装着听不出来，只是软声软气地说，响器班儿是早就不干了，想干正经事了。

金永年一听大惊小怪地说，这不就是正经事嘛，好好儿的咋不干了？

金尾巴说，眼下得先说挣钱，赔本儿赚吆喝的事，哪还有那个闲心。

金永年又笑了，呵呵着说，没想到啊，你这响器班儿的班主也说这种话了。

接着又说，说吧，有啥事。

金尾巴这才问金永年，这会儿有没有时间。

又特意说，要有，现在就过去一下，确实有点事想跟他商量。

金永年一听愣了愣，说，时间倒有，不过，啥事儿这么紧要，不能在电话里说?

金尾巴说，还是当面说吧，我这就过去。

说完挂断电话，就奔河这边来。

金永年知道金尾巴的鬼点子多，一挂电话就感觉到了，他这一大早给自己打电话，肯定有什么特别的事。但这金尾巴不同别人，金永年还真吃不准，他突然这样急着找自己会有什么事。于是没在村委会等，一挂电话就出来，一路溜溜达达地朝河边的渡口迎过来。

金尾巴来到河这边，下了堤坡一进街，就见金永年迎面过来，心里立刻明白了，他是吃不准自己有什么事，不想在村委会说。于是和他来到街边，说，在这儿说更好。

金永年问，啥事，这么急?

金尾巴说，事儿倒不急，是我急，我这人就这脾气，想好的事，就得赶紧办。

金永年笑笑说，这脾气好，不耽误事，只争朝夕嘛，说吧，到底有啥事儿。

金尾巴就把自己想建蔬菜大棚的事说了。接着又耍了个心眼儿，他知道金永年跟张少山的关系总拧巴着，就特意又把刚跟张少山吵起来的事也说了，而且故意往夸大里说，张少山做事不公平，二泉和茂根办厂时，他跑前跑后地帮着贷款，可到自己这儿却一拨楞脑袋，说不管。金尾巴本来是耍小心眼儿才说这事，可这时一说，一肚子火儿又勾起来了，红头涨脸地说，他以为他是谁啊，救世主啊，我这回非让他看看，没他这根葱，小爷我照样烩锅儿!

金永年听了先想想，然后一本正经地点头说，少山这么做，是不太合适，他当村长的不管怎么说，一碗水总得端平了，不能让人说出话来，哪能有薄有厚，这就不能服人了。

金尾巴终于听到一句公道话，立刻一拍大腿说，好话，说得就是啊！

金永年又笑了，看着金尾巴说，戏文里有句话，士别三日当刮目相看，听说你出去了些日子，遇上世外高人了是怎么着，这是在哪儿得了真传，回来要干大事了。

金尾巴摇晃了一下脑袋，人活一世，草木一秋，总得干点正经事。

金永年点头说，这倒是，好吧，我不像少山，你有啥事让我帮忙，只管说吧。

金尾巴这才把来意说了。但他并没说如果在东金旺吸纳入股，恐怕自己的信誉度不够，村里没人敢投资，只说，现在那边有心气儿入股的人，都已在二泉和茂根的厂里入得差不多了，就是没入的，也都有自己的事干，所以想让金永年帮着在这边说说，看有没有感兴趣的人。又说，目前最好是直接用钱参股，等后面正式干起来，肯定得用工，到那时再说。

金永年是个老庄稼把式，人又精明，一听金尾巴要搞蔬菜大棚，就知道这事儿准行。这里守着梅姑河，而且这两年河里的水质越来越好，已经基本没有污染了，关键是土质也适合，况且这一带也没有种菜的传统，还从没有人想到干这个。尤其蔬菜大棚，金永年去镇上开会时，也常去超市买菜，知道大棚蔬菜跟过去菜地里种的不是一回事，而且还可以反季节，一年四季想种什么都可以。这时一听金尾巴又说，他这次带回的小女朋友是山东章丘人，家里就是菜农，她爹是专搞蔬菜大棚的，如果这样说，这女孩儿也肯定是个种菜的行家。于是当即说，好啊，你这想法儿太好了，眼下的人们越活越在意，吃菜都怕农药，你这大棚要搞成没污染的蔬菜，甭等拉到天津，半路上就得让人抢了，肯定能行。想想又说，我这村里几乎都是养殖户，尤其是养猪的，将来光把这些猪粪给你当有机肥，就够你这蔬菜大棚用的了。

金尾巴一听金永年这么说，更高兴了，立刻说，你就帮着在这边问问呗？

金永年想了想，又在心里拐了个弯儿，对金尾巴说，你搞蔬菜大棚这事儿，行是肯定行，不过俗话说，人无头不走，鸟无头不飞，这入股的事要想有把握，西金旺有三个人，在村里最有影响力，只要这三个人同意在你这儿入股，别人肯定跟着走。

金尾巴立刻问，哪三个人？

金永年说，一个金桐，一个金晓红，还一个就是金丽春。

金永年说，金丽春你应该知道，是马镇长的老婆，不过这事，我看还是先别找她。她平时在村里很低调，入股这种事，她肯定不会参与，不过参与不参与倒无所谓，只要她认为这是个可以干的好事，村里人一听，也就会放心了，金桐是这村里养猪的第一大户，而且是公认有头脑的人，平时看事儿看得最准，只要她参与，肯定能带动别人，再有就是金晓红，你更应该知道，她眼下和镇上学校的明老师刚结婚，在家待着也没事，关键是老公是个有文化的人，有文化也就有主见，她的态度，自然是她老公的态度，应该也有影响力。

金尾巴一听，觉得金永年分析得很有道理。

金永年说，不过，这几个人，都得你自己去找。

其实金永年要跟金尾巴说的，也就是最后这句话。这回金永年长记性了，他才不会再去碰金桐的橡皮钉子。但金尾巴既然过河来找自己，这事儿也就有点儿意思。金尾巴是东金旺的人，如果他搞蔬菜大棚，是自己帮他搞成的，入股的又都是西金旺这边的人，将来无论从哪个角度说，都是为自己脸上贴金的事，而且不用抬手，自然就打了张少山的脸。

这一想，也就觉着这事儿不光可以干，还挺可乐。

不过可以干是可以干，还得把金尾巴推到前面。他跟金丽春说不说倒无所谓，关键是让他去跟金桐说，只要金桐答应入股，别人肯定会跟着走。但金永年又不能只说金桐，所以才把金晓红也捎上了。金尾巴这时一听金晓红，已经坦然了，立刻说，行，我去说。

金永年赶紧又说，跟金晓红说很关键，可更关键的，还是金桐。

又说，你先跟她们说好了，我在村里再说话，也就好说了。

金尾巴这时满脑子都是他蔬菜大棚的事，立刻说，明白了。

然后，就来村里找金晓红。

金晓红的娘家是养猪的。她和梅姑镇中学的明光明老师结婚以后，平时去娘家那边帮一帮忙，没事的时候就待在家里。明光明见她爱打扬琴，就特意给她买了一架大转调的扬琴。金尾巴这个上午来找金晓红时，金晓红正坐在家里打扬琴。这时，金晓红的扬琴已经越打越好。金尾巴来了，先站在旁边听了一会儿，然后点头赞叹说，好啊，民乐有几句话，二胡一条线，笛子打打点，琵琶扫扫边，扬琴一捧烟，你现在这扬琴打的，就已经到了一捧烟的境界。金晓红让金尾巴夸得很高兴，放下琴键说，早听说你回来了，今天怎么这么闲在，有事啊？金尾巴也就开门见山，先说了自己现在的情况，然后又说了想搞蔬菜大棚的事。金晓红一听金尾巴也有了女朋友，而且是个山东女孩儿，也为他高兴，笑着说，你看，我当初说过吧，这就是缘分，其实从那时，这个女孩儿就一直等着你呢，只是缘分还没到，现在缘分到了，你们就见面了。接着又听金尾巴说，要和这小女朋友一块儿搞蔬菜大棚，立刻说，好啊，我愿意入股，我这入的可是原始股啊，将来肯定有升值空间！

金尾巴在金晓红这里谈得很顺，一说就成了，心里挺高兴。从金晓红的家里出来，想了想，索性就又来"顺心养猪场"找金桐。金尾巴回来这些日子，断断续续地听了二泉和金桐的一些事，心里已经有数了，二泉就不用说了，主要的当然还是金桐，如果金桐对二泉没这意思，也不会弄出这么多事来。所以，他来猪场找金桐时，心里就已想好怎么说了。

金桐正在猪舍，金长胜和"阿庆嫂"也在，三个人站在"胖丫头"的猪栏跟前，正在观察。金长胜一抬头，见金尾巴来了，就问，找我，还是找金桐？

金尾巴指指金桐。

金长胜和"阿庆嫂"就先出去了。

金桐认识金尾巴，但不是很熟，笑笑说，找我有事啊？

金尾巴就把来意说了。但这一次，除了把刚才对金晓红说的那番话说了，最后又特意加了一句，二泉也觉得这个蔬菜大棚的事挺好，他也已经在我这儿入了股。

金桐一听就笑了，说，二泉正办猪场，怎么还有精力参与大棚的事。

金尾巴说，现在都讲横向联合，只要能挣钱，干啥都是干啊。

金桐点头，这倒是。

想想又说，我这猪场，猪粪有的是，这要种菜可是最好的有机肥啊。

金尾巴说，对，蔬菜大棚一不用农药，二不用化肥，有机肥最好。

金桐说，行啊，我干脆就用猪粪在你这儿参股吧。

金尾巴一愣，心想，还没听说过有拿猪粪参股的。

金桐扑哧笑了，说，逗你呢！

金尾巴也笑了，认真地说，玩笑归玩笑，你可是有影响的人物，我希望你入股。

金桐说，我考虑一下吧。

第六十一章

张少山第一次发现，自己的老丈人叫张二迷糊，其实并不迷糊。不光不迷糊，真到事儿上，脑子还异常清楚。几天前，张少山从镇里回来跟他交代，镇政府要把他的"梅姑彩画"申报县级非遗项目，而且是徐副县长提议的，县文旅局主动给镇里打来电话，催着赶快把材料报上去，看样子批下来的可能性很大。张少山让张二迷糊抓紧准备材料，然后就把一张纸交给他，说，所有需要的材料都在这纸上记着，按这个准备就行了。

让张少山没想到的是，张二迷糊当天就把材料都准备齐了。张少山看了看，基本没问题，只让他又补充了一点相关的背景材料，第二天上午就给镇文化站送来了。老周把这些材料仔细看了一遍，抬头问张少山，这是你老丈人准备的？

张少山说，是啊。

老周摇头说，真是人不可貌相，海水不可斗量啊！

张少山问，怎么？

老周说，他不光准备得细，还都是棵节儿，可以说要啥他就准备啥了。

张少山笑了，说，自己的事儿，他当然上心啊。

老周嗯一声说，你这话也对，也不对。

张少山问，哪儿不对？

老周说，这回要是申遗成功，可就不光是他自己的事了。

张少山从文化站出来，又到马镇长的办公室来扒个头儿。马镇长正坐在桌前看一个材料，抬头一见张少山，立刻招手说，你来得正好，正要找你呢，你倒自己送上门儿来了！

张少山一听马镇长这话头儿不对，进来说，咋啦，又有啥事要拿我是问啊？

马镇长说，还真有事。

说着让张少山在自己跟前的椅子上坐下，问，这个金满帆，是怎么回事？

张少山听了一愣，眨着眼问，啥怎么回事？

马镇长说，你是跟我故意装傻，还是真不知道我问的是什么？

张少山顿了一下，你是问，他要贷款的事？

马镇长说，对啊，人家要干事，先别说这贷款办得成办不成，你怎么不支持？

张少山的心里咯噔一下，没想到，这事儿传得这么快，镇里这边已经知道了。接着又一咬牙想，肯定是金尾巴这小子跑到镇里来告自己的状了。这一想，心里的一股火儿就又拱上来。这小子出去时间不长，还真长本事了，学会这个了，以后本事再大点儿，是不

325

是还要跑到县里去告状啊？想到这儿，就闷着嗓子哼了一声。

马镇长看出他的心思，扔给他一支烟说，你甭乱猜，听说这个金满帆已经出去半年了，最近刚回来，我还没见过他，是吴书记，前天去县里考察建材市场，偶然听说这事的。

马镇长说完又看看张少山，就笑了，你甭不信，这种事，我能骗你吗。

马镇长对张少山说的吴书记这事，确实是真的。这两年全镇各村的经济都在发展，不光养殖业，也包括种植业，基建材料的用量也就越来越大。吴书记前天上午特意到县城的建材市场去了解行情，这样哪个村再有项目，在成本方面也就心里有数了。海州县城的建材市场说大不大，说小也不小。过去的规模本来不太大，但这几年对建筑材料的需求量一天比一天大，市场是由需求决定的，规模也就随着发展起来。吴书记那个上午去建材市场，转到一条小街上，这里都是卖塑料膜的。塑料膜分两种，一种是大棚用的厚膜，还一种是做地膜用的薄膜。在一个经营厚膜的摊位上，一个精瘦的年轻人正跟老板砍价儿。这老板是个挺会算计的人，翻来覆去地怎么说，价钱就是下不来，这年轻人也不着急，就一点儿一点儿地往下划，最后终于把这老板划急了，摆着手不耐烦地说，算了算了，你看哪儿便宜去哪儿吧，你这买卖我不做了。年轻人一听倒乐了，说，你也不用急，俗话说，漫天要价儿，就地还钱，买东西有不划价儿的吗，再说我真没这么多钱，可这膜儿等着用，又非买不可，你以为我愿意跟你这么划啊？费半天劲，累得顺脖子汗流，最后也省不了几个子儿，这不是实在没辙吗？

吴书记在旁边看着有意思，就过来问这年轻人，是哪儿的。

这年轻人说，梅姑镇的。

吴书记一听立刻问，梅姑镇哪村的。

年轻人说，东金旺的。

这个年轻人，就是金尾巴。但金尾巴并不认识吴书记，一见有人跟自己搭话，也是为了诉苦给这摊位老板听，这才说，自己准备搞蔬菜大棚，本来想得挺好，可村长不支持，让他帮着贷款不光不管，还咸的淡的说了一大堆。他说着一晃脑袋，我现在是脾气好了，要搁过去，哼。他这一哼，吴书记就笑着问，搁过去怎么样，你还敢打村长啊？金尾巴眼一瞪说，打他还新鲜？在村里论着，我是他小爷，爷爷打孙子怎么了？打了也就打了！

马镇长说到这儿就笑了，对张少山说，你没挨这小爷打，就认便宜吧。

张少山听到这儿才明白了，敢情金尾巴这回想贷款，是要搞蔬菜大棚。

马镇长说，我听说这事儿也纳闷儿，你张少山不是这种傻人啊，送上门儿的好事儿，要在过去，上赶着让这金满帆干，他都不干，现在人家想干了，你倒不支持了，听说，他这回还带回一个山东章丘的小女朋友，是个种菜能手，如果真能把这蔬菜大棚搞起来，这一下又能带动村里的多少人，现在好了，你反倒把人家逼到对岸的西金旺去了。

张少山这一听，心里又吃了一惊。

马镇长说，当然，手心手背都是肉，对西金旺有利，也是好事，但你不能不承认，这事儿对西金旺也就是锦上添花，可对你东金旺，就是雪中送炭啊，你说你这事儿办的！

其实，马镇长并没把所有的话都对张少山说出来。他只说，金尾巴的这个事儿，是吴书记去县里考察建材市场时碰到金尾巴，偶然听说的。但这只是前半段，而后半段，金尾巴跑到西金旺去找人入股，这个事儿，马镇长又是怎么知道的呢？不过这时，张少山的脑子已经乱了，他怎么也没想到，金尾巴竟然要搞蔬菜大棚，所以马镇长说话的这个漏洞，他也就并没注意。马镇长知道这事，其实是听金永年说的。金永年那天让金尾巴去找村里的金晓红和金桐，当天下午就听说了，金晓红和金桐都已同意，要在金尾巴的蔬菜大棚入股。金永年这时已经认定，这是个一举多得的事，于是立刻就去村里，跟估摸着应该有心气儿的几户人家说了。果然，这几户一见是村主任说的事，前面又已经有金桐和金晓红两家入股，也立刻都痛快地同意了。金永年把这事办妥了，就给金尾巴打了个电话，告诉他，这边都有哪几户准备入股，让他尽快过来，直接跟这几家商量具体的事。

然后，又想了想，就来镇里找马镇长。

金永年平时找马镇长，一般从不到家里。马镇长曾说过，他在镇里是副镇长，一回到家，就是个普通村民，归金永年这个村主任领导，所以村里有什么事，也就不要来家里找他，一律到镇里去说。金永年前一天的上午来到镇里，跟马镇长把这事说了。他这样说，也是有几个目的的，一是让马镇长知道，自己作为西金旺的村主任，在脱贫致富的工作上不仅只管本村，对东金旺的工作也一样支持。当然，他已想到了，既然金尾巴来找过金丽春，而且金丽春也认为搞蔬菜大棚，这样吸纳大家入股挺好，马镇长回家也就应该听说了。但金尾巴为贷款的事跟张少山吵起来，这一节马镇长肯定不知道，所以他来镇里说，也就等于不动声色地给张少山上了点"眼药儿"。张少山作为一村之长，村里有人要搞蔬菜大棚，这么好的事，且不说这贷款能不能办下来，至少他应该有个态度，怎么能反过来还对人家讽刺打击呢？

金永年来跟马镇长说这事时，马镇长确实已在家里听金丽春说了。但金丽春也是只知其一，不知其二，所以说得也不太明白。正想问一问具体情况，这时一听金永年说，才知道，敢情是这么回事。不过马镇长的心里也清楚，金永年和张少山这些年一直别着劲儿，今年搞了这一系列活动，又发生了这些事，两人的关系虽然比过去缓和多了，可平时说话也听得出来，还难免夹枪带棒。所以，金永年这次来镇里说这事，也就不能让张少山知道。马镇长了解张少山，是个很要面子的人，一旦知道是金永年来告了他的状，肯定又得急。

在这个上午，马镇长并没跟张少山说太多，只是说，既然你事先不知道金满帆要搞蔬菜大棚，也就不知者不怪，但现在知道了，就不能是前面的态度了，回去先了解一下，听听人家的具体想法，够不够贷款的条件是另一回事，至少得先有个态度，一定要支持。

张少山哼一声说，这是肯定的，我也没理由不支持。

第六十二章

这天下午，二泉来找金尾巴。

金尾巴的蔬菜大棚倒快，说建就已经建起来了，一共四个。田大凤的气魄大，本来想，只要资金允许就多建几个。但金尾巴还想稳妥一点，那10万块钱已经用了一些，先投石问路，看一看情况再决定下一步。金尾巴倒不是怕担风险，只要干事，就会有风险，世上没有绝对有把握的事。但是担风险可以，心里得有根。金尾巴觉得，再怎么说，自己对蔬菜大棚也是外行，得从零学起，就算想尽快发展也得稳扎稳打，不能操之过急。

二泉来时，金尾巴和田大凤正在大棚里整理菜畦。田大凤过去在家里干过，菜畦的这点事都在心里装着，这时一边干，一边给金尾巴讲解。金尾巴很虚心，不懂就问，在田大凤的面前一点儿不装。俩人看上去，还真有点儿"你挑水我浇园"的意思。

这时，金尾巴一抬头，见二泉来了，就停下手。

二泉来到菜畦跟前，朝大棚里环顾了一下。

金尾巴有几分得意，问，还行吧？

二泉点头说，当然行，确实挺好。

金尾巴又问，有事？

二泉说，有点事。

金尾巴扔下手里的锄，朝菜畦外面走着说，说吧。

二泉说，我来，是想跟你商量入股的事。

金尾巴看看二泉，眨巴眨巴眼，入股？

二泉说，是啊，你不是在外面说，我已经在你这儿入股了，那就真入吧。

金尾巴的脸立刻红了，知道二泉是从金桐那儿听来的。

二泉刚从对岸的"顺心养猪场"回来。这一阵，"胖丫头"因为怀孕了，又是多胎，金桐担心二泉没经验，就说先让它在这边。这一来，二泉也就隔三岔五地过来看一下。每次来也不一定见金桐，直接来猪舍看看"胖丫头"，有时也带来一些精饲料，跟猪场的人问问情况，待一下也就回来了。这个下午来"顺心养猪场"，正好金桐在猪舍。金桐一见二泉就说，"胖丫头"挺好，情况都正常，你放心吧。

二泉说，让你操心了。

金桐说，没啥，就是捎带手的事。

二泉说，是啊，在你这儿不叫事，可如果在我那儿，就是大事儿了。

金桐看他一眼，又说，你养猪，怎么对蔬菜大棚的事也有兴趣。

二泉听了摸不着头脑，想想说，蔬菜大棚，是村里金尾巴搞的。

金桐说，他前几天来了，说要搞蔬菜大棚，还说，你也入股了。

二泉一听就明白了，只是笑笑，没说话。

金桐说，我跟他不太熟，只是在村里听说过，当初还弄出一些事来，他这次来，看着倒真像是要干事的意思，又听他说，你也在他这儿入了股，跟我一说，我也就答应了。

二泉问，你也入股了？

金桐说，是啊。

说完又看一眼二泉，我信你。

二泉没说话。

金桐又说，我是想，你跟他一村，应该比我清楚，如果你觉得这事儿行，应该就行。

二泉沉了一下，闷出一句，没想到，你这么信任我。

金桐的脸红了，说，倒不是信任，入股的事，搁谁也得慎重啊。

二泉说，金尾巴这次回来，真跟从前不一样了，过去以为他就会吹拉弹唱。

金桐扑哧笑了，说，吹拉弹唱也不是坏事啊，你不是也会吹拉弹唱嘛。

二泉也笑了，摇头说，那都已是过去的事了。

金桐不笑了，看他一眼说，那回看你在台上又能弹三弦了，还是弹得那么好听，真为你高兴。沉了沉，又说，你这右手，现在没事了吧？

二泉把手伸出来，攥了攥说，感觉已经好了。

金桐忽然说，哪天，我也跟你学弹三弦吧。

二泉说，行啊，你想学，我就教。

金桐说，正式拜师？

二泉笑笑，随便。

二泉这个下午从对岸一回来，就直接来到金尾巴的蔬菜大棚。

这时，金尾巴一听二泉这样说，立刻误会了，以为是来埋怨自己打着他的旗号出去乱说话。于是赶紧说，那天本来是去西金旺找金永年，当时金永年一听就觉着这是个好事，是他给出的主意，先找村里的三个人说这事，一个金丽春，一个金晓红，还一个就是金桐，金永年说，这三个人在西金旺都是有影响的人，只要她们同意参股，别人就好说了。金尾巴看一眼二泉，又说，当时去找金桐，跟她说，你也入股了，也就是随口这么一说。

二泉嗯一声说，说了也就说了，我本来也打算在你这儿入股。

金尾巴一见二泉并没有埋怨自己的意思，心里才踏实了。

其实，金尾巴的心里，对二泉还藏着一个想法。

金尾巴这次回来的真正打算，没对任何人说过，只有田大凤知道。但他对田大凤也没说得太详细。金尾巴搞这个有机蔬菜大棚，只是第一步。他之所以想吸纳村里人入股，也是有目的的，后面，还想成立合作社。而成立合作社也只是第二步，再往后，他的野心更大，还打算把村里的几家养猪场连同茂根的饲料厂和他的"金旺养殖协会"以及村里的鹌鹑养殖户都整合起来，搞一个联合体。当然，这也只是第三步，后面还有第四步。金尾巴想的第四步就更大了，一旦时机成熟，他想连对岸西金旺的养猪场，也包括其他的禽

331

类养殖场全都吸纳进来。将来，这个联合体不光形成一个产业链，也是一个生物链，先由茂根的饲料厂为各养殖场提供饲料，养殖场出来的禽畜粪便为蔬菜大棚提供有机肥，种出绝无污染的蔬菜，连养殖场养出的禽畜，再由联合体统一收购，统一定价，统一对外销售。这一来就在内部形成一个完整的循环，也彻底消除了养殖户和种植户的后顾之忧，养的只管养，种的只管种，卖的只管卖，大家各司其职。当然，将来根据具体的实际情况，这个产业链的哪个环节如果薄弱，还可以进一步加强，或再增加新的环节。金尾巴甚至想，以后如果有可能，也有了条件，还可以把这个联合体再进一步做大，搞农副产品的深加工。金尾巴只是把自己的这些想法大致跟田大凤说了一下。田大凤一听就笑了，对他说，看来我上次带你回山东老家，还真没白去，你说的这些想法别人不懂，我可一听就明白，好多都是从我爸那儿趸来的，他在家里搞大棚，这些年就一直是这么干的。金尾巴也有几分得意地说，是啊，我这也是发挥现有优势，如果没讨你这个老婆，没有这样的老丈人，我做梦也想不到这么干，就是想到了也不敢干啊。

说着又摇头叹了口气，只是这老丈人，直到现在还不认我。

田大凤撇着嘴哼一声，早晚他得认！

接着又崇拜地说，你这样的人才，他不认，傻呀？

金尾巴也发现了，自己确实是个人才，不敢说有雄才大略，至少一想事，视点总比别人高，视野也比一般的人开阔。但金尾巴也清楚，人才也分三六九等。有的人才是兵才，有胆量，敢冲锋陷阵；也有的人才是将才，有韬略，能领兵打仗；还有的人才则是帅才，不光有韬略，能领兵打仗，还有高瞻远瞩的战略眼光，可以统领全局。金尾巴有自知之明，自己当然不是兵才，但也不够帅才，充其量也就是个将才，韬略有，胆识也有，也能领兵打仗，但真正统领全局，恐怕就没这个能力了。古人说，千军易得，一将难求。将才尚且如此，帅才也就更难找了。但要想一步一步实现自己的这个宏伟计划，就必须找一个这样的帅才。

金尾巴已经看准了，这个人就是二泉。

当初金尾巴还在村里拴响器班儿时，就想让二泉当灵魂人物。帅才都是天生的，身上得有那么一股子劲儿，这股劲儿具体是什么，很难说清楚，但一接触就能感觉出来，用一句时髦的话说，就是气场。金尾巴觉着，二泉的身上就有这种气场。不过金尾巴的心里也有数，这件事只能走一步说一步，至少现在，还没到跟二泉摊牌的时候。

金尾巴本来想得挺好。建蔬菜大棚是自己计划的第一步，也是打基础，所以吸纳村里人入股很重要，当然是入股的人越多越好。具体股份多少没关系，关键是只要占了股，也就是自己的股东，等这边发展差不多了，再向河那边的西金旺发展。可没想到，事情从一开始就没朝自己预想的发展。村长张少山上来就是一闷棍，一下子把自己打回来了。金尾巴事后想想，也明白，这事儿不能全怨张少山，自己过去在村里的名声确实不太好。这一来也就提了个醒，下一步要想在村里吸纳入股，别说不可能，恐怕也不是这么容易的事。

幸好金尾巴及时做了调整，索性先从河那边的西金旺开始。没想到阴错阳差，这一下局面反倒打开了。不过先从哪边开始，顺序倒不重要，重要的是目的。只要方向是朝着自己最终的目的，没出偏差，后面踏下心来一步一个脚印地走就是了。金尾巴这时毕竟已开始成熟了。一个人成熟的标志有两方面，一是懂得千里之行始于足下的道理，不再好高骛远，也不再好大喜功，明白这样的结果只会"心比天高，命比纸薄"；第二就是清楚地知道自己的本事到底有多大，能飞多高儿，蹦多远儿，对自己有一个客观准确的评估。金尾巴当然知道，自己确实比一般的年轻人聪明。但平时遇到事偶尔起一起飞智，或想一些别人想不出的鬼点子还行，可真要把这些鬼点子落到实处，再搞一个这么大的盘子，这就是另外一回事了，真驾驭起来，自己肯定没这个能力。而要论有这能力的人，也就非二泉莫属。

金尾巴很清楚，自己的这个计划不是一般的计划，要想实现，肯定也不是容易的事。将来如果能把二泉推到前面，自己在旁边辅佐，再有茂根，这应该是个最理想的组合。

第六十三章

金尾巴的脑子又一次起了飞智。

田大凤这时已对金尾巴言听计从，先给山东章丘的老家打电话，让那边送来一些大葱，然后把这些大葱栽在自己的大棚里。田大凤当初在天津的农贸市场卖大葱时，有一些老主顾。这些老主顾大都是机关或企事业单位食堂的采购员，知道田大凤的大葱和蔬菜都是山东章丘过来的，渐渐地也就成了常户。田大凤的手里有这些人的电话，每次来了新鲜蔬菜，就打电话通知这些人。这次，金尾巴又让田大凤给这些老主顾打电话，说要搞一个现场品尝会。这些采购员都是整天开着面包车或骑着"三蹦子"到农贸市场买菜，还从没听说过有什么现场品尝会，就在电话里问，这品尝会是怎么回事。田大凤这才说，眼下她在梅姑河边搞了几个有机蔬菜大棚，但种的蔬菜还是山东章丘的品种，而且梅姑河边的土质好，水质也好，又没有农药不施化肥，所以没有任何污染。现在为了宣传推介，就在她的蔬菜大棚搞一次现场品尝会，新鲜的大葱，刚炸的梅姑镇黄酱，蘸着干吃也行，想夹饼，也有刚烙得的发面饼，就是让大家尝尝有机蔬菜的味道。老主顾们一听觉着这事儿挺新鲜，都说要来参加。田大凤又说，还可以告诉别的同行，有愿意来的也可以来。又说，品尝会的时间是两个小时，管接管送，到那天早晨，会有一辆旅游大巴停在农贸市场门口，坐满了人就走。

到了品尝会这天，旅游大巴果然拉来满满的一车人。当然不光是企事业单位食堂的采购员，也有跟着来凑热闹蹭旅游的。金尾巴和田大凤一视同仁，一律都热情招待。金尾巴心里有数，来的每个人，回去时都带回一张嘴，多一张嘴宣传，也就说不定能带来什么商机。金尾巴的这几个蔬菜大棚建在村南。当初建在这儿，金尾巴也是经过反复考虑的。这里的环境好，地理位置也好，而且紧挨着南大渠，用水也方便，况且将来还要建更多的大棚，地方也宽绰，有发展空间。往西不到一百米，一上大堤就是公路，交通也便利。

这次的品尝会很成功。其实算起来，成本也不过就是烙一摞发面饼，炸几碗黄酱，再有就是几畦号称"大梧桐"的大葱。来的这一车人个个儿吃得兴高采烈，男的喊着大葱能壮阳，女的喊着大葱能美容，最后就都带着一嘴的大葱味儿坐着大巴高高兴兴地回去了。

这个品尝会很快就有了效果。几天后的一个上午，有人给金尾巴打来电话。这人说，他是"六月花艺术中心"的主任，姓连。这个"六月花艺术中心"是一个儿童教育机构，连主任说，前几天他中心的采购员来参加了品尝会，回去跟他一说，他有个想法，今后能不能和金尾巴的有机蔬菜大棚建立起长期的合作关系，艺术中心定期带着孩子和家长过来，孩子们可以观察各种蔬菜的生长，家长则可以亲眼看一看有机蔬菜的管理过程，确认没有任何污染，这一来在教育的同时，还可以建立起一种长期的采购关系。连主任说，这只是初步设想，这个合作模式也是一种创新，如果可行，今后艺术中心还可以把这里当成一个基地。

金尾巴在电话里听了，想想说，这个想法挺好，我们研究一下吧。

挂了电话，旁边的田大凤已经急得直跺脚，问他，你还商量啥，赶紧答应啊！

金尾巴说，他如果真有诚意，肯定跑不了，要是还没想好，急着答应也没用。

这时，金尾巴想的是另一件事。

就在几天前，张少山刚来找金尾巴。张少山那天从镇里回来，一直在心里运气。他运气还不光是因为自己跟金尾巴吵起来的这件事闹到镇里，让马镇长和吴书记都知道了，也为金尾巴跑到河对岸去找了金永年。张少山最恨的就是金尾巴这次胳膊肘儿往外拐，你跟我吵，咱可以关起门来随便吵，就是人脑袋吵出狗脑袋也是自己

335

村里的事，可再怎么着也不能跑到河那边去找金永年。这一下好了，本来自己不知道金尾巴要建大棚，结果金永年不光捡了个现成的大便宜，反过来还吃甜咬脆，到处跟人说，是张少山不支持金尾巴搞大棚，所以他西金旺才把这事儿接过来。但张少山回来又想了几天，就把这事想明白了。其实要认真说起来，这件事也没吃亏，现在自己身不动膀不摇，等于是金永年帮自己把金尾巴的蔬菜大棚扶持起来了，参股的人都是他西金旺的，这也没什么不好，自己反倒捡了现成的。现在不管怎么说，镇里的吴书记和马镇长都对金尾巴这事表示肯定，而且明确说，让自己支持，当然，自己也没有不支持的道理。但支持归支持，事情也得先说清楚，不能就这么黑不提白不提地过去了。所以，张少山来找金尾巴，一上来并没提建蔬菜大棚的事，而是说他要拉村里人入股的事。说这事，也不提他去河那边找过金永年，可绕来绕去，说的还是这件事。

金尾巴当然早听明白了，知道张少山闪转腾挪地围着这事儿说，可就是不想说破，于是就干脆给他捅破了，说，你也甭费这劲了，你的意思，不就是我不该去找金永年吗？

他这一捅破，张少山反倒没话说了。

金尾巴说，你要是从一开始就支持，贷款成不成另说，只要有个态度，我能去那边吗？

张少山说，可你并没说，贷款是要建蔬菜大棚啊？

金尾巴反问，你容我说了吗？

这一下，张少山没词儿了。

这时旁边的田大凤憋不住了，过来说，去河那边找金永年，是我的主意。又说，我们没偷没抢，找人入股也是自愿，没逼谁，你和金永年是你们的事儿，跟我们没关系！

张少山已经领教过这山东丫头的厉害，有点儿怵她，心想我好男不跟女斗，也就不想再跟她递话儿。于是故意转过头，对金尾巴说，你们想错了。

金尾巴一见田大凤也说话了，底气更足了，说，没错，今天话

336

已说到这儿了，那就明说吧，我就是这回不去河那边，后面也得去，让西金旺的人在我这儿入股，只是早晚的事，金永年也一样，这回不找，下回也得找，我后面还要干啥，怎么干，你做梦也想不到！

金尾巴的这几句话，又差点儿把张少山砸个跟头。

张少山这时已听说了，就因为西金旺有人在金尾巴的蔬菜大棚入股，最近他小两口儿又搞"现场品尝会"又搞"大葱展示会"地折腾，东金旺这边也已经有人跟着入股了。张少山这才意识到，看来这个金尾巴，真不是过去的金尾巴了。张少山毕竟是个敞亮人，倒也不小肚鸡肠，想到这儿，也就明白了，索性对金尾巴说，好吧，既然话已说到这个地步，咱谁也别藏着掖着了，今天索性就把话摆在明面儿上，都说清楚了吧。

金尾巴说，行啊，那就说吧。

张少山说，你这回要干的这是正经事，不光是正经事，我已听出来了，应该还是个大事，现在连镇里的吴书记和马镇长都明确表示支持，我作为村主任，也就更没有不支持的道理，可有几件事，咱也得先说在头里，第一，你以后别管再有啥事，得先跟我说明白了，我不是神仙，你攥着拳头让我猜，我猜不出来，况且村里整天七事八事儿，我也没这工夫儿猜。

金尾巴点头说，行。

张少山又说，第二，你说的事只要合理，我肯定支持，可也不能你怎么说就怎么是。

金尾巴一听问，这是啥意思？

张少山说，你有你的想法，我有我的实际情况，有的事咱得商量，看怎么更合理。

金尾巴说，行。

张少山又说，最后一条，再有事，能自己解决的咱就自己解决，别动不动往外哄嚷。

金尾巴明白张少山的意思，但已说到这个分儿上了，也就不想再解释。

这一次，金尾巴也就长记性了。这个"六月花艺术中心"的连主任提出要合作的事，当然是个好事，如果真能跟他们合作成了，既能打开一条销路，又能在天津扩大影响，对搞蔬菜大棚简直是求之不得的事。但他想，还是先跟张少山说一下。跟他说还不光是打招呼，既然他说了，上次吵起来是因为不知道要搞蔬菜大棚，而且已明确表态要支持自己，这次先跟他说明白了，如果有可能，也许借这个机会还是让他帮着跑一跑贷款。

田大凤听了一拍手说，尾巴哥，还是你想得周全！

第六十四章

张二迷糊又喝醉了。

但这回不是大醉，是小醉。大醉和小醉不一样。大醉是不省人事，小醉心里还清楚，只是平时不想说，不愿说，或说不出口的话，这时就一下子都说出来了。

张三宝下午给张二迷糊打来个电话，说是跟着县剧团来梅姑镇送戏下乡，这会儿正在陈快庄，本想抽空儿来东金旺看看，可脱不开身，就不过来了。然后，又告诉张二迷糊一个信息。张三宝说，他也是上午刚在县里听说的，这批县级的"非遗"项目批下来了，其中有张二迷糊的"梅姑彩画"。张三宝说，因为是刚批的，还没公布，所以张二迷糊知道就行了，先别对外说。张二迷糊并不懂这"非遗"项目究竟是怎么回事，前些日子让他准备材料，也就准备了，反正知道，就像镇文化站的老周说的，肯定是好事儿。这时一听张三宝说，还真批下来了，当然高兴。一撂电话，想了想，就还是又给老周打过去。

老周一听立刻说，喝，你消息真灵通啊，我这两天还一直想打听呢，你倒先知道了。张二迷糊这才问，这个"非遗"到底有啥好处。老周在电话里想了想说，唔，这么说吧，你这"梅姑彩画"在

338

县里申遗之前，也就是个民间艺术，自己想弄就弄，不想弄了也没人问，更没人管，现在一成县级"非遗"项目就不一样了，你这个彩画儿就要受保护了，上面有这个专款，以后你有啥困难，可以通过咱镇里的文化站，也可以去县里，直接跟有关部门提出来，最关键的是，还不能让你这东西失传，以后要给你培养传承人，这就叫保护。

张二迷糊一听，哦一声说，要这么说，以后我这彩画儿就更值钱了呗？

老周一听笑了，说，对啊，你这话就说到点儿上了。

张二迷糊的心里一痛快，就又想到喝酒。平时喝酒都是穷喝，在家里切一撮儿芥菜疙瘩丝儿，或卷一根旱烟大炮就着，就能喝二两。但这个下午他想挥霍一下，来到街里的小饭铺儿，端端正正地要了一盘儿木樨肉，四两玉田老烧，坐在桌前有滋有味儿地喝起来。福林从小馆儿门口过，一见探进头问，这是有啥喜事儿啊，喝得这么滋润？

张二迷糊笑眯眯地不答，只是招呼说，进来喝两口儿啊？

福林摆手说，我可没你这么闲在，猪场那边还等着呢。

张二迷糊平时的酒量也就是二两，最多不过三两，今天一高兴，把四两都喝了。当时喝了没觉出什么，从小饭铺儿出来，溜溜达达往回走时，就觉出酒劲儿上来了，脚下轻飘飘的，像腾云驾雾。心里一痛快，也是舒坦，就叨叨咕咕自言自语地嘟囔，这酒啊，是高粱水儿，醉人先醉腿儿。一边叨咕，一边想着"非遗"的事成了，以后自己的身价儿上来了，也就越寻思越美。接着也就想起自己的女婿张少山。这次这彩画儿申遗成了，跟张少山不能说没关系，如果他不在村里当这个村长，自己这彩画儿没机会出头露脸儿，也就不会引起县里领导的注意，况且他经常往镇里跑，和上边领导接触，跟这事儿多少应该也有点关系。这一想，就觉着自己当初确实眼毒，相中这张少山果然没看错。这小子不光能干，有心路，也真是个人物儿。这东金旺的人一个比一个头难剃，这些年能连着几任把这村主任当下来，不是谁都能干的。再一想，自己这辈子虽然没儿子，只有个闺女还是个麻脸，老话儿说，无债一身轻，有子万事足，现在有这么个称心如意的女婿，一个姑爷半个儿，也该知足了。

　　这个晚上，张二迷糊回到家，见张少山也回来了，就把他叫到自己的东屋。张少山一进来就闻到一股酒味儿，心里立刻绷起来。他知道，老丈人一喝了酒就爱发火，这个晚上指不定又要说什么。但瞄一眼，发现张二迷糊的脸上挺平和，还朝炕沿儿对面的春凳指了一下，意思是让他坐。张少山就欠身坐下了。张二迷糊又回身打开炕柜，在里面刨了一下，拿出一盒"紫钻石"香烟。这还是上次西金旺的会计金喜拿来的，一直没舍得抽。这时撕开，拽出一支递给张少山，自己也点上一支，抽了一口才说，自打你进咱家的门儿，这些年，这里里外外也多亏你了。张少山刚把烟放到嘴边，一听停住了，看看张二迷糊。

　　张二迷糊又说，我这人，不是个好脾气。

　　张少山笑了。

　　张二迷糊问，你笑啥？

　　张少山说，您脾气挺好。

　　张二迷糊哼一声，屁话。

　　张少山又要笑，但还是忍住了。

　　张二迷糊又说，可有的话，我该说也得说。

　　张少山的心里已经松下来，嗯一声说，您说吧。

　　张二迷糊说，我的纸和朱砂，你到现在也没给买来。

　　张少山心里咯噔一下，这才想起来，这还是几个月前的事，早忘在脖子后头了。立刻说，我确实忘了，明天一早正好有人去县城，我让他们给带回来。

　　张二迷糊笑了，眼里流出几分慈祥，说，我还有用的，不过，这回可别忘了。

　　张少山回到自己屋里，才听麻脸女人说，爹今天是遇上高兴事儿了，下午张三宝打来电话，说他的彩画儿县里批下"非遗"了，还说，以后他就要受到保护了。

张少山一听，这才明白了。

这时，张少山忽然想起来，二泉刚才打来电话，说在养猪场等着，有要紧的事要商量。于是跟麻脸女人交代了一下，就从家里出来。

这个晚上，张少山走在往村南去的街上，朝四外看了看，心里忽然有些感慨。过去一到晚上，村里除了爱吹拉弹唱的凑在一块儿，一般的人家没什么事，就都早早地黑灯睡觉了。现在不一样了，一眼看去，几乎家家儿亮着灯，显然都在忙自己的事。再看远处的村外，灯光也明晃晃的，北面是茂根的饲料厂，一片灯火通明，南面是金尾巴的蔬菜大棚，最近一口气又建起了8个，已经发展到12个，还正式注册了专门生产有机蔬菜的公司。

张少山在心里感叹，现在的东金旺，真是跟过去大不一样了。

张少山来到养猪场，二泉正带人冲刷猪舍。现在已经有几批养成的猪陆续出栏，资金周转开了，又建起两排新猪舍。猪舍里的设施也都已升级改造，猪栏里都安装了专门的饮水器和自动淋浴装置。猪舍一进来，感觉很宽敞，通风也好，几乎没什么气味。

二泉一抬头，见张少山来了，就放下手里的水管走过来。

张少山看看他的右手，问，你这手，现在咋样？

二泉笑笑说，挺好，已经感觉又是自己的了。

两人说着话来到外面。

张少山问，你说有事，啥事？

二泉看一眼张少山说，这几天，金尾巴找你了吗？

张少山想想说，他那天倒说了，有事要跟我商量，还一直没顾上说。

二泉说，他今天下午来找我了，跟我说的事，挺大。

张少山听了看看二泉，意识到，应该不是一般的事。心想，金尾巴这小子不像二泉和茂根，脑子一时一刻也不闲着，而且还一肚子鬼点子，这回，他说不定又想出什么主意了。

二泉说，是啊，他这回想的这事儿可大了。

二泉告诉张少山，这个下午，金尾巴来找他，倒没藏着掖着，开门见山就把他的想法说出来。他说现在要想把事做大，光凭一家一户单打独斗不行，得联合起来，讲的是"打群架"，所谓打群架也就是大家捆绑在一块儿，互补长短，互通有无，优势共享，资源共享，走共同发展的道路。金尾巴说，他现在这12个蔬菜大棚还只是刚起步，将来要搞成这梅姑河沿岸一带最大的有机蔬菜生产基地，而且已经注册了有机农业发展有限公司，从现在开始，就要把盘子一步一步做大。当时二泉听他说了，也觉得很有道理，就问，具体有啥打算。金尾巴说，他准备以他的这个有机农业发展有限公司为基本盘，搞一个农业联合体，把村里现有的养殖户和种植户都联合在一块儿。二泉这才明白了，金尾巴这些日子一直不动声色地折腾忙碌，敢情是老鼠拉木锨，大头儿在后头。这时，金尾巴又说，他去找茂根商量了，茂根已经同意，把他的饲料厂和"金旺养殖协会"都加入这个联合体里来。二泉一听心里就有数了，茂根的这个"金旺养殖协会"已经规模很大，基本包括了东金旺所有的养殖户和西金旺的大部分养殖户，连自己的这个"金泉养猪场"也是他这协会的会员，如果他同意把这个协会也加入到金尾巴的联合体，这就意味着，这东金旺和西金旺两个村的养殖户基本都已加入进来。金尾巴又特意说明，现在加入这个联合体，还是免费的，但所有的成员，联合体的信息、资源和各方面优势都可以共享，将来发展的目标，是联合体统一收购，统一定价，统一对外销售，这样一来，养的只管养，种的只管种，卖的只管卖，也就都没有后顾之忧了。

二泉这时已明白金尾巴的来意，对他说，既然茂根同意把"金旺养殖协会"加入这个联合体，我的养猪场也就是你当然的成员了，我这个合作社，也可以加入。

金尾巴看看他说，我要找你商量的，还不是这事。

二泉问，还有啥事？

金尾巴这才把他的真正来意说了。他对二泉说，人贵有自知之明，他知道自己几斤几两，动脑子还行，但也就是个狗头军师的材料，真要撑起这么大的台面儿，自己没这个能力。

二泉听了，看看金尾巴。

金尾巴说，我这一说，你就该明白了。

接着又说，我跟你说的这些，也是经过反复琢磨的。

二泉低着头，没说话。

金尾巴又说，咱是一块儿长起来的，谁都知道谁。

二泉又想了一下，抬起头说，你说的这些我都同意，如果真能实现，不光对咱村，对西金旺也是个大好事儿，我的猪场和合作社加入都没问题，可你后面说的，我还得想想。

金尾巴倒沉得住气，点头说，不急，你想好了，咱再具体商量。

这时，张少山一听二泉说，心里吃了一惊。他怎么也没想到金尾巴竟然有这么大的想法儿，这如果真能实现，东金旺可就不是现在的东金旺了。接着也就明白了，金尾巴曾说过，他回来之前，和田大凤去过她的山东章丘老家，那边有很多生产蔬菜的基地。他一定是从那边取了经回来。于是对二泉说，既然他这想法这么好，又这么信任你，你还犹豫啥？

二泉说，他越这样，我越得好好儿想想。

第六十五章

张少山这些年有个习惯，早晨起来，要先喝一壶酽茶。这个习惯还是跟师父胡天雷学的。胡天雷说，按说早晨空腹喝茶不好，其实也不尽然，只要习惯就行了。胡天雷对张少山说，早晨起来先喝茶有几大好处，一是可以把这一夜积存的废物都冲下去，如同在体内洗了个澡，二是让大脑尽快清醒，一清醒也就可以兴奋起来。另外还有一个好处，也是最重要的，一边喝着茶，一边可以把这一天要做的事先想清楚，这样心里也就有数了。所以这些年，张少山一直保持着这个习惯。即使是日子最难的时候，只要有口饭吃，早晨就得喝茶。正所谓开门七件事，柴米油盐酱醋茶，哪怕是买茶叶铺扫底子的"土末儿"，这茶也得喝。

这个早晨，张少山起来坐在院里，一边喝着茶，就把这一天要干的事一件一件想了一遍。正想着，手机响了，是马镇长打来的。马镇长没问他这个上午有什么安排，直接就说，你到镇里来一下，现在就来，我等你。说完就把电话挂了。张少山知道，马镇长这样说话，肯定是有重要的事。于是赶紧叫麻脸女人做饭。自己收拾了一下，匆匆吃了早饭就奔镇里来。

张少山在路上想，马镇长这样急着找自己，应该是为成立联合体的事。

张少山吃一堑长一智，已经学聪明了，再有大事，先跟镇里打招呼，不光是征求领导意见，后面如果有困难，也好让镇里帮着协调。所以那个晚上一听二泉说，金尾巴要搞联合体，第二天先找金尾巴把他的想法问清楚了，立刻就去镇里跟马镇长做了汇报。马镇长一听也很兴奋，对张少山说，这可是大事，他要跟吴书记研究一下，先听听吴书记的意见。

这个早晨，张少山想，马镇长一定是跟吴书记研究过了，关于这件事有什么说法了。

张少山来到镇政府，发现金永年也到了。马镇长一见张少山来了，立刻给吴书记打了个电话，说，人都到了。然后挂了电话说，吴书记正安排事，马上过来。

金永年笑笑说，看这阵势，镇里的领导很重视这事啊。

马镇长说，当然重视，我和吴书记已经研究两天了，觉得这个设想意义重大，东金旺的这个金满帆，还真没看出来，有这么大的魄力，他这个想法不仅大胆，也带有突破性，对你们两个村简直就是一次彻底的"破冰"，如果真能实现，将来在全镇也有推广意义。

张少山明白了，这个早晨让自己来，果然是为这事。

这时吴书记来了，一进门先问金永年，东金旺的这个设想，你都知道了？

金永年说，刚听马镇长说了。

吴书记问，怎么想，同意吗？

金永年挠了下头发说，想法儿倒是好，不过，太有冲击力了，我没心理准备。

吴书记笑了，说，永年主任啊，以后有冲击力的事会越来越多，你得适应这个新形势。接着又说，马镇长可能已经说了镇里的态度，第一是肯定，第二是支持！

张少山一听，心里立刻踏实了。

不过，吴书记又说，这里还有一个关键问题，这个设想能不能实现，决定因素还不光是自愿，不能拉郎配，还要真正做到齐心，这样干起来，才能心往一处想，劲往一处使。

金永年笑着说，这吴书记只管放心，当初，这金满帆的事一起手，就是先在我西金旺这边开始的，那个时候我一听，就很支持，还亲自帮他联系我们村的养殖户入股。说着看一眼旁边的张少山，又笑了笑，听说为这事儿，后来还引起一些误会呢。

吴书记摆摆手，这我都听说了，过程不重要，咱们只要结果。

张少山也笑笑，没接茬儿。

这时马镇长说，这件事本来是东金旺这边发起的，但既然涉及两个村，你们二位村主任也就都责无旁贷，我和吴书记商量之后，现在给你们提一个建议，既然已经明确了，这件事可行，眼下的条件也已经基本成熟，也就没必要再一步一步走了，索性几步并一步，直接成立两个村的联合体。马镇长说着又看看他两人，不过，这就要看你们怎么工作了。

吴书记说，是啊，虽然这个设想是金满帆提的，但有的工作，还得你们做。

张少山点头说，东金旺这边没问题。

吴书记和马镇长一块儿看看金永年。

金永年立刻说，我这边更没问题！

第六十六章

这天早晨，张少山又坐在院子里喝了一壶茶。说是一壶，其实不止一壶。茶要一淋一淋地沏，每沏一淋，就是一壶，如果是好茶，又经沏，直到喝得没味儿了，就说不定是几壶了。这个早晨，张少山喝的是"金骏眉"，而且还不是一般的"金骏眉"。这还是刚入夏时，张三宝拿来的，说是去天津办事，在"张一元"买了两罐儿，自己留了一罐儿，给张少山带来一罐儿。张少山一直没舍得喝。这个早晨，特意让麻脸女人拿出来沏了一壶。到底是好茶，还别说喝，沏了一闻就不一样，这香味儿顺着鼻子眼儿能一直蹿到头顶。张少山有滋有味儿地把这壶茶喝到第三淋儿，心里就已经有了想法。于是掏出手机，给金尾巴打了个电话。金尾巴这几天已忙得脚后跟打了后脑勺儿，接电话时显然手头正有事，问，有啥事。

张少山问他，你这会儿有时间吗。

金尾巴说，有要紧事，就有时间。

张少山说，你过来吧，现在找你，当然是要紧事。

金尾巴问，哪儿找你？

张少山说，家儿来吧。

挂了电话就吩咐麻脸女人，早饭多做出一个人的。

一会儿，金尾巴来了，一进院就说，我一会儿还约了事。

张少山指指小饭桌跟前的凳子说，吃着说，吃完了忙你的去。

张少山把金尾巴叫来，是想问他联合体的事进展得怎么样了。前些天从镇里一回来，就跟金尾巴说了吴书记和马镇长的态度。金尾巴一听镇里的领导支持，而且还这么重视，一下子更来劲了，每天在两个村来回跑。这时，张少山先问，二泉咋样？

金尾巴把送到嘴边的发面饼停了一下，问，啥咋样？

张少山说，他不是说，要考虑一下吗。

346

金尾巴说，现在不是他考虑的事了，是我要考虑。

张少山没听懂，看看他，你要考虑，你考虑个啥？

金尾巴这才告诉张少山，前几天，他又跟二泉谈了一次。二泉基本同意了，不过提出一个条件，如果让他挑头儿，他必须有决定权。二泉的理由是，他这人无论做什么事，一定要自己能左右，这样心里才有把握，否则成了傀儡不说，把他推到这个位置也就没意义了。但二泉又说，这个条件，估计金尾巴也很难接受，所以这事，恐怕还不太好办，如果双方都不让步，那金尾巴就只能另做打算了。当时金尾巴听了没立刻说话。二泉提的这个条件，他确实无法接受。金尾巴也是个自信的人，他也不想当傀儡。二泉说的这个问题，他还真没想过。但俗话说，用人不疑，疑人不用，既然你觉得人家行，把人家推到前面，可又不给决定权，这事儿当然说不过去。但如果真把决定权交给二泉，自己的位置又如何摆呢？

金尾巴毕竟是个有智慧的人。有智慧如果换个说法儿，也就是能变通。他心里很清楚，现在必须让二泉加入进来，而且不是一般的加入，一定要以管理者的身份，否则无论从哪个角度想，这件事都会增加很多不确定因素。可现在又面临这样一个难题，如果这个难题暂时无解，那最好的办法就是先搁置在这儿，大家从这个难题绕过去，先商量别的事。常言说，办法总比困难多，困难都能解决，难题也就更没有解决不了的。于是，他开诚布公地对二泉说，你提的这个条件，我确实没想过，你给我点时间，让我考虑一下。

二泉也很真诚，说，好吧，咱们都再想想。

金尾巴说，不过有一点是肯定的，我必须让你在这个位置。

这时，张少山一听金尾巴说，就意识到，他们已经把这事谈得很深，也想得很实际了。于是问金尾巴，你这几天考虑得怎么样了？想想又说，要这么说，关键就在你这儿了。

金尾巴摇头，也不对。

张少山看看他。

金尾巴说，关键还不在我。

张少山问，在二泉？

金尾巴又摇头，也不全在二泉。

张少山扔下筷子说，你怎么也学会说这种刮钢绕脖子的话了。

金尾巴说，现在的关键，是在我们俩，一个人，谁说了都不算。

张少山明白了，想了一下点头说，我觉得这样更好，这个联合体虽是你想出来的，可我估摸着，你也是在别处学的经验，毕竟还没亲手干过，二泉再怎么说，这种事虽然也没经过，可他出去这几年，又是在广东的沿海城市，那边经济发达，也就比你有见识，如果你俩共同掌控，二泉在前面，你在后面，就像唱双簧，一个前脸儿，一个后脸儿，真遇上事儿，也能有个退身步儿，况且一个人两只眼，两个人就是四只眼，也能看得更清楚。

金尾巴端起碗，一边喝着粥就乐了。

张少山问，你乐啥？

金尾巴说，要不说你当村长呢，这一说，本来缠头裹脑的事，一下就明白了。

这时，张少山的电话响了，是副主任金友成打来的。金友成先在电话里问张少山在哪儿。张少山说，这会儿还能在哪儿，在家呢。一听金友成说话挺急，又问，有啥事儿？

金友成这才说，你快来村委会吧，吴书记和马镇长来了，都在这儿等着呢。

张少山一听赶紧站起来，对金尾巴说，你慢慢吃，我先去村里。

说完就急急地奔村委会来。

马镇长和吴书记来东金旺，是临时决定的。头一天下午，去陈快庄参加现场会。陈快庄用大棚栽培鸡腿菇闯出一条新路。鸡腿菇学名叫"毛头鬼伞"，属于热带和亚热带植物，因为营养价值高，很有发展前景。本来海州县一带的温湿气候不太适合这种东西的生长，但它要求土质偏碱性，而梅姑河沿岸一带正好是偏碱性土壤，于是陈快庄就尝试着用大棚培育鸡腿菇，竟然获得了成功，还总结出一套经验。前一天的下午，在徐副县长的亲自安排下，组织各镇主管扶贫工作的副镇长在陈快庄召开了一个现场会。吴书记和马镇长是东道主，自然都要来参加。傍晚散会以后，徐副县长一行开会的人都走了，吴书记和马镇长又留下来在村里商量后面的事。这一商量就晚了，索性住在村里。今天一早，两个人从陈快庄出来，回镇里的路上一商量，本打算把张少山叫到镇里，研究后面的事，现在索性就弯一下来东金旺，顺便也看一看村里的实际情况。这时，马镇长见张少山赶过来了，就笑着说，昨天下午的现场会故意没叫你，也没叫永年，眼下你们手头都有自己的事，也都干得挺好，贪多嚼不烂，这培育鸡腿菇的事暂时就别想了，如果哪天想干，陈快庄也不远，经验都是现成的。

张少山一听就笑了，说，这鸡腿菇，我早晚得搞，眼下确实顾不上。

张少山先陪着吴书记和马镇长去茂根的饲料厂和二泉的养猪场转了一下，然后就来到村南金尾巴的蔬菜大棚。三排12个整整齐齐的大棚，看着很气派。田大凤正带着人在大棚里忙碌，一见张少山陪着领导来了，赶紧迎出来。张少山介绍说，这就是金满帆的小女朋友，叫田大凤，是山东姑娘，不光能干，种菜也是一把好手儿，人家干这个是家传，听说往上捯几辈儿都种菜，眼下在老家那边有一个很大的蔬菜生产基地，这回，把种菜的经验也带到咱这边来了。张少山说着就笑了，金满帆眼下这么有底气，他的底气就是从大凤这儿来的。

田大凤让张少山这一夸，有点不好意思，红着脸说，咱不会别的，就会种菜。

吴书记笑着说，会种菜就行啊，这就是本事，眼下咱这里正需要呢！

田大凤点头说，行，我和尾巴哥一定好好儿干！

吴书记回头问，尾巴哥是谁？

张少山笑着说，就是金满帆，他小名儿叫金尾巴。

吴书记一听也笑了，说，对上号了，我在县里的建材市场见过他，还聊了一会儿呢。

马镇长在旁边说，是啊，也就是那回，他给少山告了一状。

说着就都笑了。

这时，马镇长又对张少山说，你给永年打个电话，叫他也过来，咱索性就在这儿开个现场会，把事情都商量一下，你们现在都忙，也就别往镇里跑了。

回到村委会，金永年也赶过来了。

马镇长这才说，这几天和吴书记反复商量，觉得你们两个村的条件基本都已成熟了，所以想提个建议，这个联合体，是早成立早受益，是不是尽快落实这个事。

吴书记说，这是个创新事物，这一次，咱可以把声势搞得大一点。

金永年一听扭头看看张少山，说，我没意见！

张少山想了想，点头说，行倒是行，不过，我还得先和金尾巴他们几个商量一下。

马镇长笑着对吴书记说，看看，少山这个村主任，也当得快成精了。

张少山感慨地说，虽然这些年了，可还得在干中学啊，眼下不一样了，咱面对的是一帮年轻人，有文化，又都在外面跑过，有见识，况且现在撑的毕竟已是一条大船了。

其实张少山的心里清楚，这事不用跟金尾巴几个人商量。当初这想法就是金尾巴提出来的，又经过这些日子的反复酝酿，各方面都已成熟，而且在这个过程里，二泉和茂根也都把各自的想法说出来，现在已经形成一套完整的方案。所以他们几个人也就没有不同意的道理。张少山真正的心思，是还得跟金永年商量一下。张少山想问题很细，也比较周密，不管怎么说，不能不承认，西金旺的发展还是一直走在前面，村里各个产业的经济实力也远比东金旺这边要强。可这个联合体的想法是东金旺先提出来的，这就有一个问题，如果这想法是西金旺先提的，似乎更顺理成章，而由东金旺提，会不会有傍着人家之嫌呢？吴书记从一开始就先说了，联合体这事有两个关键，一是要自愿，绝不能拉郎配，二是必须齐心，只有自愿，又齐心，后面的事才能心往一处想，劲往一处使，团结一致共同发展。

吴书记和马镇长走后，金永年没走。张少山看出来，金永年好像也有话说。张少山索性先把自己的想法说出来，现在茂根已明确表示了，他组织的"金旺养殖协会"可以加入联合体，他既然这么说，也就肯定征得所有成员户的同意了。张少山说，这些成员户有不少是你西金旺的，可你那边还有不在这协会的，这就不能强迫人家也加入这个联合体。

金永年听了点头说，我也正想说这事，这是个很实际的问题，你有啥想法？

张少山说，我是这么想，虽然马镇长说，咱这次索性几步并作一步走，但具体操作起来，还得分两步，当然这两步不光是针对你西金旺，我东金旺这边也一样，第一步，让协会成员，当然也就是加入的成员户和愿意加入的农户，先加入进来，暂时犹豫或还不打算加入的，可以等等，让他们观望一下，用吴书记的话说，咱不能拉郎配，等他们真正看出这联合体的优势，确实想加入了，再走第二步，这时咱就可以把两个村的优势完全整合起来了。

张少山说完又强调一句，还是那句话，不能操之过急。

金永年点头说，我同意。

第二天上午，马镇长又给张少山打来电话，联合体的成立大会具体怎么搞，让他尽快拿出一个方案。张少山正寻思，金永年的电话也打过来，说马镇长也给他打电话了，让他跟这边商量一下方案的事。金永年在电话里说，既然这联合体以后要落在东金旺，又是以东金旺为主，这回的这个成立大会，也就应该在你那边搞。张少山一听，金永年说得确实是这么回事，也就没推辞，不过又对金永年说，这个联合体说到底，将来还是由金尾巴和二泉他们操持，这回他们是主角儿，咱当村主任的，只是给他们挎刀打旗儿。

金永年没听懂，不知张少山说的"挎刀打旗儿"是什么意思。

351

张少山这才给他解释，所谓挎刀打旗儿，是戏台上的话，意思也就是跑龙套，说句好懂的，他们是红花，咱是绿叶儿。金永年一听就在电话里乐了，说，你当初那几年相声真没白学，肚子里的玩意儿就是比我多。张少山说，要我看，方案这事儿这么办，我先去征求一下他们几个人的意见，听听他们有啥想法儿，然后咱再具体商量。

金永年说，行。接着又提醒，别忘了茂根。

张少山说，对，以后这三个人，就是咱这联合体的铁三角儿。

张少山来到村南的蔬菜大棚，跟金尾巴一说，金尾巴立刻说，这事儿我得先找他俩商量一下。张少山说，不过你得快点儿，镇里马镇长那边还等着呢。

金尾巴说，放心，事情不会耽误在我这儿。

果然，三天以后的上午，金尾巴就把一份完整的方案给张少山送来了，又说，这个方案的每个环节，他们几个人都已落实了，如果镇里有什么想法，还可以调整。

张少山一拿到这个方案，立刻把金永年叫到这边来。金永年先把这方案仔仔细细地看了一遍，然后抬头问张少山，这个方案，你都看了吗？

张少山说，看了。

金永年说，到底是今天的年轻人，真敢想。

张少山摇头笑了，是啊，老话儿怎么说，年纪不饶人啊！

金永年说，我这几天也寻思了，有个想法儿，你看合适不合适。

张少山说，你说。

金永年说，咱这回，如果像吴书记和马镇长说的，要把声势造起来，是不是索性就再搞个第三届"幸福拱门文化节"，然后在这文化节上，宣布这个联合体成立。

张少山听了一拍大腿说，好啊，你这个想法儿好！

张少山把方案送到镇里。两天以后，马镇长就把电话打过来，先在电话里说，已经和吴书记研究过了，把这次活动的名称稍稍改动了一下，建议叫"第三届幸福拱门文化节暨金旺生物农业联合体成立大会"。然后又说，只把其中的几个环节做了一下微调，别的都很好。

张少山一听，说，行，如果这样，我们就着手筹备了！

第六十七章

张少山终于如愿以偿了。

当初，在第二届"幸福拱门文化节"上，张少山曾上台说了一段相声。当时他站在台上，望着河那边的东金旺想，下一届文化节，一定要在自己的村里搞。

现在，这个想法终于实现了！

开幕式的前一天晚上，张少山兴奋得一夜没睡着觉。心里像揣着一口粥锅，一直在冒着泡地翻腾。半夜时，他翻身趴在炕上，捅了捅身边的麻脸女人问，咱俩结婚多少年了？

麻脸女人让他折腾得也一直没睡，这时听了想想说，29年了。

张少山凑过来小声说，今晚，我比29年前的那天夜里还高兴。

麻脸女人哼一声，红着脸翻他一眼。

张少山嘿嘿笑着，朝自己的女人爬过来。

第二天一大早，张少山又早早起来，先坐在院里喝了一壶茶，把今天的事又细细想了一遍。然后吃了早饭，就奔街里来。这时村委会门前的空场已经布置起来。金尾巴和二泉茂根已经带着人忙碌。茂根一见张少山就过来说，牛教授刚才来电话了，说他们已经在路上。张少山知道，今天的开幕式上，牛大衍这一行人也是重要角色，这时一听就放下心来，又扭头对金尾巴说，昨晚胡天雷也来电话了，他们也是一早出发，估计过一会儿就该到了。

金尾巴兴奋得满脸通红，说，好啊，今天是各路英雄大聚会！

按事先拟好的方案，这次"第三届幸福拱门文化节暨金旺生物农业联合体成立大会"有几项主要内容，一是"金旺生物农业联合体"成立仪式，二是牛大衍教授的科研团队与联合体签订战略合作伙伴关系的协议，三是牛大衍设在"金旺潭饲料厂"的实验室正式挂牌，四是"金旺潭饲料厂"与牛大衍的几个学生签订以工资在企业入股的协议，五是天津的"六月花艺术中心"与蔬菜基地签订长期合作协议。胡天雷这次带几个文艺界的演员过来，还有两个任务，一是在开幕式上穿插演出，二是要举行拜师仪式。这个环节也是马镇长和吴书记研究之后，提出的一个建议，在联合体成立的同时，也不能忘了东金旺的另一个优势，平时说的所谓"吹拉弹唱"也不能丢。马镇长特意对张少山说，原来一直说，要成立一个"乌兰牧骑"式的"金社"，这次在这个文化节上，举行完拜师仪式，是不是顺便就把这个"金社"也成立起来。张少山一听当然同意。但金尾巴这时满脑子都是联合体的事，已经顾不上。跟二泉一说，二泉认为可行，况且这只是其中的一个环节，并不费事，又提议，聘请胡天雷老先生担任"金社"的艺术顾问。张少山一听笑着说，这个想法儿好，您听了肯定高兴！

于是，所有的事就这样定下来。

开幕式开始之前，张二迷糊来找张少山。张二迷糊的脸色不太好看，看得出来，心里好像又窝着火儿，但说话还是竭力平和，他问，这开幕式上是不是忘了啥事。

张少山问，啥事？

张二迷糊说，我的事呢，咋没有我的事？

张少山当然没忘。这回张二迷糊的"梅姑彩画"在县里申遗成功，镇文化站的老周没跟张二迷糊打招呼，就又跟天津的那家"霓虹文化公司"联系了一下，一是告诉他们这个信息，二是特意把张二迷糊后来为文化节设计的吉祥物，以及从吉祥物衍化过来的新财神形象拍成照片，给对方发过去，意思是如果他们有兴趣，上次谈了一半的事还可以继续再谈。果然，对方很快就回应了，表示愿意合作。老周这才跟张二迷糊说了。张二迷糊一听当然高兴，也知道这事一直是老周在为自己张罗，索性就对老周说，让他当自己的全权代表，由他去跟这家文化公司谈，他怎么谈就怎么是。因为这件事前面已经谈过，老周也就很快把各项事宜都跟这家公司确定下来。这次，老周跟张少山商量，是不是把这个文化公司和张二迷糊签订合作协议，也作为开幕式上的一项内容。但张少山考虑再三，还是没同意。张少山仍有过去的顾虑，他想的是，张二迷糊毕竟是自己的老丈人，在这样的场合把老丈人跟一家文化公司签合作协议的事也作为一项正式内容，总有"搭公车办私事"之嫌。想来想去，最后就采取一个折中的办法，在文化节开幕式上，把这家文化公司的代表作为特邀嘉宾请过来，然后在文化节期间，联合体还有一系列的商业协议要跟商家和企业签订，张二迷糊和这家文化公司的合作协议可以在这个阶段签。但这时张二迷糊来跟张少山说，这家文化公司的代表提出来了，他们要签订的这个协议也是文化方面的，应该列为开幕式上的一项正式内容。张少山当然明白，这家公司的代表这样说，自然也是想扩大这件事的影响，但自己的顾虑又不便对张二迷糊直说，担心一说，他又得急。这时灵机一动，就带着张二迷糊来找马镇长，让张二迷糊把刚才的话再跟马镇长说一遍。马镇长听完就笑了，说，这叫个什么事儿啊，少山你这人哪，有的时候就是太认真，一太认真了也就难免较真儿，别忘了，现在你老丈人的这个"梅姑彩画"已经不是他个人的了，是咱海州县的"非遗"项目，共同的文化遗产，谁都有责任保护。张少山一听马镇长这样说，才点头说，好吧，我赶紧告诉他们，把这个内容也加进去。

张二迷糊冲张少山哼了一声，这才转身倒背着两手，撅着下巴走了。

开幕式上，一项一项内容都进行得很顺利。到拜师这个环节，按事先安排，台上摆了一溜儿椅子，然后主持人每念出一位老师的名字，这个老师就拿着自己的乐器坐到台上去。这时，主持人念到最后，竟念出了二泉的名字。二泉一愣，茂根赶紧把一把大三弦塞到他手里，就往台上推他。二泉这时已经没了退路，只好抱着三弦来到台上，见一把椅子上贴着自己名字的纸条，就在这椅子上坐下了。接着，主持人又开始念准备拜师的学生名字，每念一个，就上来一个，站到自己老师的跟前。这时，主持人又念到金桐的名字。金桐来到台上，大大方方地走到二泉面前。二泉一下愣住了，登时憋得满脸通红。接着，主持人又开始喊，学生向老师，一鞠躬！二鞠躬！三鞠躬！台上的学生，都规规矩矩地向坐在面前的老师鞠躬。二泉的脸上已经像一块红布。正这时，台下不知谁喊了一句，二泉，也应该向金桐三鞠躬啊！

台下的人立刻都笑起来。

接下来是领导和各界嘉宾上台致辞。就在马镇长在台上致辞时，金尾巴来找张少山。金尾巴一会儿也要上台，代表二泉和茂根说几句话，其实也就是表个态。金尾巴本来不打算说，想让二泉说。但二泉也不想说，跟金尾巴推来推去，最后还是让他上去。

但就在这时，两人却为在台上说什么，意见出现了分歧。

金尾巴说，如果让他上台去说，他后面还有一个更大的想法儿，准备借这机会透露出来。东金旺和西金旺两个村还有一个很独特的地理优势，梅姑河往下游走是通往煤河的一个河汊，这一带当年曾是一片湿地，风景很好，每到季节，各种候鸟和本地的一些鸟类就都飞来。但头些年由于水越来越少，水质也变差，河汊一带的这片湿地已几乎干涸了。现在生态逐渐修复，河水不仅多了，也清澈了，湿地也渐渐恢复了，各种鸟类也又都飞回来了。金尾巴去考察过几次，觉得这里也可以开发旅游。往梅姑河上游走，有一个叫"南塘"的地方，是一个古渔村，现在已经恢复成古渔港的小镇，成了一个可以吃海鲜，也可以休闲购物的旅游景点。金尾巴想，这个现成的旅游景点可以利用起来。如果以"金旺生物农业联合体"为依托，搞一条独特的"大篷船"，在梅姑河上开辟一条从南塘小镇到下游河汊湿地的旅游线路，搞个"水上一日游"，应该能行。来南塘小镇游玩的客人，如果有兴趣，可以多待一天，乘坐这个"大篷船"到下游的河汊湿地去，途中经过东金旺和西金旺，这里也可以再重新修起小码头，西金旺有养猪业的"猪八戒文化"，东金旺有蔬菜大棚的采摘，又有"金社"的民间文艺表演，也能形成独特的"乡村旅游文化"。但二泉一听却不同意。他认为这个想法确实挺好，但下游的这片河汊湿地不能开发旅游，现在生态好容易恢复了，一开发旅游就又要遭到破坏，得不偿失。金尾巴本来很为自己这个起飞智的想法得意，没想到二泉的一盆冷水兜头浇下来。他觉得二泉说得太绝对了，开发旅游就一定破坏生态环境吗，那不一定，只要注意保护，二者应该可以兼得。于是两人争执不下，一下就僵在了这里。

这时，眼看就该金尾巴上台了。他本来可以搁置争议，上台时先不提这块内容。但金尾巴偏又是个拧脾气，觉得这一块是个亮点，还非要提。直到这时，金尾巴也才意识到，自己从一开始就把事情想简单了，当初只想着真干起来时，如果有什么意见不一致的事，自己可以和二泉商量着解决。但就没想到，如果商量了，还解决不了怎么办？现在就遇到了这样的难题，自己和二泉各不相让，眼看两个人就这样顶在死胡同里。幸好这时还有个茂根。茂根毕竟脑筋灵活，他这半天在旁边已经都听明白了，于是提出一个折中的方案。他说，金尾巴的这个"大篷船"项目可以搞，但不一定非去下游的河汊湿地，搞一个"水上乡村旅游"行不行？比如，大船一早从南塘小镇出发，在梅姑河上一路玩赏两岸风景，目的地索性就是东金旺和西金旺，旅游项目还是这些，或者还可以开发更多，等后面真正发展起来，游客多了，大船索性改成"水上巴士"，两个村还可以搞"农家乐"，甚至搞休闲度假的"农墅"。

茂根这一说，所有的人立刻都说好。

张少山笑着说，行，以后咱这个联合体，就看你们这铁三角儿了！

金永年也点头说，说个文词儿，这才真叫后生可畏啊！

这时，主持人已在台上招呼，催促金尾巴赶紧上去。

金尾巴冲二泉挤挤眼，就转身朝台上跑去。

357

尾 声

这一年的谷雨，下了一场透透的春雨，梅姑河水又暴涨了。

　　立夏的前几天，马镇长给金永年和张少山各打了一个电话，把他二人叫到镇里。

　　马镇长说，今天叫你俩来，是想商量一下，再过几天就是立夏了。

　　说着，把脸转向金永年，立夏，在西金旺可是个大日子啊。

　　金永年笑笑说，明白，我今年，还要洗石头。

　　马镇长听了，看看金永年，又看看张少山。

　　张少山也笑了，对马镇长说，还是我说吧，西金旺和东金旺不是说好，要集资建一座桥吗，我俩商量了，就在立夏这天动工，永年说了，那块"又一金"的石头，就当奠基石。

　　马镇长一听，也笑了。

2020年7月7日（小暑第二天）写毕于天津木华榭

7月23日（大暑第二天）修改

10月20日（农历八月初四）定稿

关于《暖夏》

这部《暖夏》定稿后，是先在《人民文学》杂志2020年第11期上发表的。《长篇小说选刊》2021年第2期转载。转载前，这部小说单行本的责任编辑，同时也是我前一部长篇小说《烟火》的责编，著名作家、评论家兴安先生电话我，让我写一写创作这部小说的感想。于是我写了一篇题为《上天入地之后》的创作谈，在长篇选刊上与《暖夏》同期刊出。这里要说的是，在这篇创作谈里，关于时间问题，我说得不太准确。当时说，这部小说写了将近一年，如果算上构思，大约有三年左右时间。可过后再想，这么算是不对的。要从想写这样一部小说的念头说，早在十几年前就有了。我曾多次说过，在音乐创作上有一个术语，叫"动机"，一部音乐作品的产生，这个动机起着至关重要的作用。其实小说也如此。所以，尽管写这样一部小说的念头早有了，但一直没有"动机"。而那时，我写中篇小说又写得正"疯"，尤其是"后知青"题材，一部接着一部，这部长篇小说也就始终没拿起来。

　　倘这么算，这部小说从酝酿到完成，前后就应该有十几年的时间了。

　　后来有一个契机。这就要感谢万镜明女士了。她当时在天津作协主持工作，我们是老朋友，也是老同事，私下里还习惯亲切地叫她"小万"。2014年底，我有一种感觉，似乎"后知青"题材的小说可以暂告一段落了，倒不是不能再写，或写不出来了，只是觉得，也许应该换一个参照系进一步思考，这就需要时间和过程。于是跟万镜明女士商量，我说，想去当年插队的地方挂职一段时间。万镜明一听很支持。没几天就电话我，说已向有关的上级领导汇报此事，上级也很支持，为让我能尽快下去，一应组织手续都"特事特办"。就这样，2015年初，我就到天津的宁河区——当年插队时还是宁河县——文旅局挂了一个"副局长"的职。表面看，这只是个"闲差"，局里并没给我具体分工，只是让我配合主管业务的副局长工作。但我心里很清楚，除了晚上睡觉，我的眼和脑子一时一刻也没闲着。这时的宁河跟我插队时当然已无法相比。但渐渐的，我有了一种感觉，开始的兴奋过去之后，在这里一点一点勾起的，却都是当年的一些不愉快的回忆。我这时才意识到，我对那段经历，并没有"怀念"或"眷恋"。这让我有些茫然。我本来想的是，这次挂职之后，也许会写一部关于这个地方的长篇小说。可这时再想，我写什么呢？又有什么可写呢？

三年后，我就带着这样的茫然和困惑回来了。

但此时，我还没意识到，这次的挂职经历对我来说并没这样简单。它不仅改变了我的生活方式，也已经为后来的这部《暖夏》埋下了种子。

这以后，又有一个关键性的契机。2019年下半年，我接受了中国作协一个创作报告文学的任务，题材是关于"脱贫攻坚"的。由于我曾在江西的赣南地区深入生活很长时间，这次，就由我来写赣南。也就是这次重回赣南，对《暖夏》起了关键作用。一天，《人民文学》主编，著名评论家施战军先生电话我，说，你曾在当年插队的地方挂职，现在又要为这部"脱贫攻坚"题材的报告文学去江西赣南采访，何不把这两个经历放到一起，写一部长篇小说。他这话，一下点醒了我。接着，中国作协创联部主任彭学明先生知道了我有写这部长篇小说的想法，也立刻来电，建议我把"定点深入生活"的地方就放在这两个地方——天津的宁河和江西的赣南。这时，我感觉到，自己已经进入创作前的兴奋状态了。

我一直认为，作为一个小说家，编故事是首先要具备的素质。

编不好故事的小说家，算不算是一个真正意义的小说家这里姑且不论，至少写出的小说不会好看。

这部《暖夏》的故事很快就有了，而且是先有的人物，如同盖房子，四梁八柱都齐了，甚至连如何为这房子"刨槽"也有了具体想法。可准备好这一切，却迟迟没动笔。没动笔的原因主要有两个。这两个原因其实是一个，或者说有因果关系。首先，我总感觉这个想好的故事过于有"质感"。故事有质感，本来是好事，但不能过，一过分量就太"重"了。这也就导致了第二个原因；我写小说，让自己兴奋的一个前提，是这个故事必须能"飞"起来。这样的"飞"有一个先决条件，就是情节轻盈；能真正飞扬起来的故事可以产生一种奇怪的感觉，似乎是透明的，也可以让自己在写作过程中，有一种和情节一起飞的感觉。这种感觉可以刺激得让我更兴奋。如果没有这种兴奋，也就不会有写这个故事的欲望。

后来有一天，我忽然想起一件事。这件事让我一下起了"飞智"。

飞智和灵感还不是一回事，应该比灵感更"灵"，是一种超常的，甚至接近"犯规"的想法。当然，我这一次起的飞智与"犯规"无关。当初在宁河的文旅局——当时还叫"文广局"——挂职时，就住在办公室。每天下班，也写写东西。起初，我并没在意，后来发现，一到傍晚，窗外总是敲锣打鼓笙管唢呐的很热闹。一天晚上，我无意中朝窗外一看，才知道是怎么回事。我办公室的窗子正对着一个公园，有一片很大的湖面，景色很好。湖边有一个小广场，这热闹的声音就是从这小广场传来的。原来是一群人——还不光是中老年人，也有不少年轻人，正翩翩起舞地扭秧歌。我有些好奇，就下楼来到这小广场。一看才发现，果然很有趣。扭秧歌一般是为庆祝什么事的，可以增加喜庆和欢乐的气氛，至少我一直这样认为。可这些人扭秧歌不是，他们是玩儿，自娱自乐，且每个人还为自己规定了角色，有梁山伯和祝英台，有焦仲卿和刘兰芝，有冯素珍和李兆廷，有杜丽娘和柳梦梅，还有许仙、白娘子和小青等等，这些形形色色的角色都穿红挂绿描眉打脸地装扮起来，行头也很漂亮。

367

关键是，旁边的吹打伴奏非常好听。这伙吹打弹拉的显然都是民间乐手，不能说很专业，但也正是这不专业，反而有了一种独特味道。这种味道，在大剧院是不可能听到的。也就从这以后，我每晚就不再急着写东西了，吃过晚饭，先下楼来到这个小广场，看他们扭秧歌。后来渐渐发现，还不仅是秧歌，公园的湖心亭里，也经常有人唱评戏。这一带的人都酷爱评戏，爱听，也爱唱，所以号称评剧之乡。挂职这三年，我几乎是在窗外的秧歌和评戏的演唱声中度过的。

起了这个"飞智"，我才意识到，去宁河挂职这三年，真正的意义要显现了。

此时，再想这个故事，不仅变得轻盈了，人物以及人物之间的双边关系和多边关系，包括故事的色彩也都有了变化。此前，这些人物就像北方冬天的树木，是铅灰色的，这时一下都鲜艳起来，就如同小广场上那些扭秧歌的人。更关键的是，这个故事似乎也在空中变幻着，一点点升腾起来。我觉得，我在保留了质感的同时，终于抽去了它的重量。

这确实很难，但我做到了。

不过这里也有一个问题。尽管我经过努力，终于让这部小说的故事"飞"起来了，但也不能飞得太高。让故事飞翔，当然比贴着地面好，从几何学的角度讲，贴在地面只是两维空间，而飞翔起来则是三维空间，仅从维度说，也会为人物的活动和故事的演绎提供更广阔也更具自由度的广义场域。但是，如果让它飞得过高，到了空气稀薄甚至没有了空气的"平流层"，无论人物和故事再怎么演绎也就都没意义了。不光没意义，也不可信了。

由此可见，这件事也不能过，过犹不及。

从另一个角度说，起初，这个故事之所以过于有质感，乃至显得有些"重"，也是由题材决定的。其实在我以往的小说中，写当下题材的并不多，或者说少之又少。当下题材不好写的一个重要原因，就是事件本身的"密度"太大，如果换一个说法也就是"质感"。这也是"重"的原因。正因如此，要解决这个问题是一件很伤脑筋的事。从这个意义上说，我这次在解决了这个问题之后，也并没有任由故事一直在天上飞，而是让它重新回到了地面。当然，这个回到地面，就与原来的意义不同了，我已经让云朵的气息和泥土的味道混在一起。

写小说是一件快乐的事。但小说写完，快乐就没了，剩下的只有忐忑。我的所有小说，都是写给读者的。这似乎是一句废话，哪个作家写作品，不是写给读者的呢？其实也不尽然。曾有很多写小说的人表示过，他们不在意读者，只注重自己写作时的感受，如果用太阳比喻，他们说，他们自己才是太阳，读者只是被照耀的。但我不是。我坚定的认为，无论作者还是读者，都不是太阳，究竟是什么，这是个值得思考的问题，而且应该是一个哲学问题，恐怕一时半时很难说清。不过有一点可以肯定，这两者的关系不可能一个天上一个地下，更不可能切割。我的忐忑也就是从这里来的。我每写出一部小说，都很在意读者怎么看。

所以这次，我也期待着读者的反应，包括每一位读者。

在好莱坞有个笑话，每次，每个站在台上的人要说表示感谢的话时，无论他想得多么周全，已经把所有应该感谢的人都感谢到了，第二天，还会有人对他说，哪个哪个你最应该感谢的人，你没有说到。所以，后来也就形成了一个惯例，大家再上台说感谢的话时，都一言以蔽之——衷心感谢所有应该感谢的人。在这里，我也借用这句话吧。

在这部小说出版之际，衷心感谢所有应该感谢的人！（拱手）（笑脸）

2021年2月16日（农历大年初五）写毕于木华榭

369